罗汉

戴寅 著

北京出版集团公司
北京十月文艺出版社

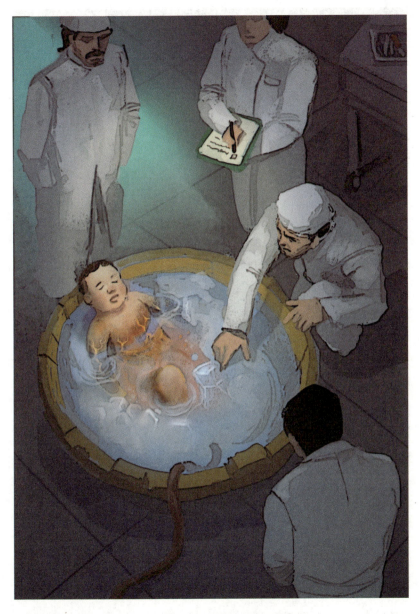

医生们看着在冰里镇着的罗汉，身体上的皮肤已经开裂，有体液流出，混入冰水，还能看见他体内有烧红的电热丝一样的物质在发亮，在水中也能继续燃烧，冰正在融化。

肇姨冷冷地站在大门口观看孩子们快乐地堆雪人，心中有所感悟，更加深了自己的错觉，认为罗汉是她自己的孩子，第一次流下几滴眼泪。她的眼泪是冰滴，掉在门口的白石阶上发出金属落地的声音，从地上弹起，滚到雪地里。

看来日本人肯定把罗司令他们恨透了，用一排机枪枪毙他们，死了以后当场焚烧。烧毁他们的火堆上，风中升起一些死者衣装的破片。有人说，那不是衣服碎片，是燃烧的黑蝴蝶。

刘立业看见各地众多的巨型宫殿，以及它们的焚毁和建设的全过程回放，每次改朝换代的战争过后，胜利者都要把对方的宫室焚烧干净，不许留下前朝记忆的痕迹，然后造起自己壮丽的新宫，用来显示正统的权威。

在反对秦军的战争中，西楚军有十几个特殊的骑兵。那十几个骑兵好像有超自然的灵敏和力量，从来没有伤亡，原来他们就是"万人敌"。他们的构造一定和一般人不一样。

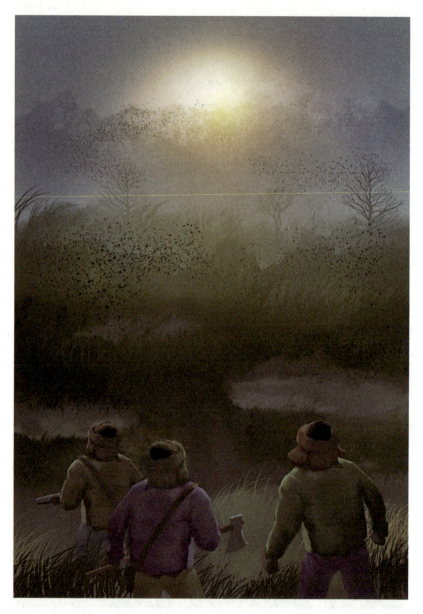

十月，大北的秋天下雨了。沼泽里的青苔水面上，野草的烂根下面，水泡子里和树林中沤烂的腐叶里的几代蚊虫知道湿地上来了新物种，闻到新鲜血液的味儿，就飞起来形成第二层天空、第三层天空和很多天空，罗汉和他的同学们这才知道古代神话中为什么是九重天。

太阳沉渊楼的书，全放在经楼的架子上，一排排，按经史子集辞书文选分类，延伸到看不见的地方。罗汉看不懂眼前的景象，怎么经楼的里面比外面大好多？一排排书架，无边无际，延伸到看不见的深处。

四百万年之前，从非洲直立起来的人类，一些族群开始北上。越过了直布罗陀低地，踏上欧亚大陆，后来从那儿分道，有的向西，有的向东，不管向西还是向东，他们走的是一条幸运的路线。

前　言

　　那天在北京地铁5号线看见一个人，手里捧着一本书在看，感到很惊讶，很敬佩。

　　既然还有人看书，就还应该有写书的人，决定给他写个故事看看，这本书就献给那个我不认识的人。

　　书是故事书，但是里面都是对这个古老国家的印象。印象不是故事，古往今来，东南西北哪里的印象都有，也不知道怎样把它们拼装成一个故事，所以只好采取横空出世的办法，重新洗牌，拆开了纵横写。

　　印象都是对平凡生活的印象，感觉很有意思，但是光感觉有意思没用，写出来就没意思了，被逼无奈，只好把平凡改一改，其实这不是篡改，因为真实的平凡经常很出奇。

　　因为这本书的起因是有个人看书，所以里面有书和人之间的事情；因为这本书是对历史和现代的印象，所以里面有神话和现实之间的事情；因为这些印象不这么写就写不出来，被逼无奈，所以采取了这种写法，其实风格很不正常，也只好这样了。

这个故事不知道是什么主题，只知道是为了作者对读书人的尊重写的，也知道是为了后人对前人的尊重而写。任何看的人，看见的将是各自看到的主题，那不是作者管的事。

书里的角色可能还有天地人，不能平均分配，都混在一起了。

插图是廖天石的手迹，此人三岁画恐龙像照片，才具天纵，不随便画，是因为觉得好玩儿，才给加了插图，是里面的一个场面，现在不像照片了，像风起云涌了，所以图比书生动好看，让这故事有了形神。

戴寅　文

廖天石　图

2017年5月

目录
Contents

第 一 章 / 001

第 二 章 / 007

第 三 章 / 012

第 四 章 / 017

第 五 章 / 023

第 六 章 / 032

第 七 章 / 038

第 八 章 / 042

第 九 章 / 050

第 十 章 / 056

第十一章 / 064

第十二章 / 070

第十三章 / 078

第十四章 / 088

第十五章 / 095

第十六章 / 103

第十七章 / 113

第十八章 / 120

第十九章 / 127

第 二 十 章 / 136

第二十一章 / 142

第二十二章 / 147

第二十三章 / 156

第二十四章 / 161

第二十五章 / 170

第二十六章 / 178

第二十七章 / 185

第二十八章 / 195

第二十九章 / 200

第 三 十 章 / 210

第三十一章 / 220

第三十二章 / 225

第三十三章　/ 233　　　　第四十五章　/ 329

第三十四章　/ 240　　　　第四十六章　/ 339

第三十五章　/ 246　　　　第四十七章　/ 348

第三十六章　/ 253　　　　第四十八章　/ 360

第三十七章　/ 265　　　　第四十九章　/ 370

第三十八章　/ 274　　　　第 五 十 章　/ 379

第三十九章　/ 281　　　　第五十一章　/ 392

第 四 十 章　/ 289　　　　第五十二章　/ 400

第四十一章　/ 297　　　　第五十三章　/ 407

第四十二章　/ 304　　　　第五十四章　/ 414

第四十三章　/ 312　　　　第五十五章　/ 425

第四十四章　/ 324　　　　第五十六章　/ 433

第一章

　　罗汉出生的时候，记得一些他所不应该记得的事情。

　　四百万年之前，人类在非洲直立起来了，他们中间的一部分站起来以后四下一瞧，就凭着本能往北走。那时候海洋里的水大部分封闭在冰川里，所以海平面比现在低几十丈，非洲和欧亚大陆基本上是连着的。

　　这些人从直布罗陀海峡那块低地走到欧洲，从那儿分手，有的向东，有的向西，有的继续直行北上。向东的一支，有的经过地中海东边西南亚的新月沃土，有的翻过了西藏高原，有的沿着印度河谷，走到了亚洲大陆。

　　八千年以前，走到亚洲大陆的一支已经建立起粮食中心，进入了农业文明三皇五帝的新时代，在有文字之前，他们强有力地存在着，但因为没有史册，所以并不是很清楚他们是如何强有力地存在着，只知道他们伟大，创造了发展文明所需要的一切，粮食种植、大型食草动物驯化和语言文字。

但不知道他们是怎样做到的，所以他们是神话民族。

远古时期，那些搞发明创造的，发明新技术的，爱胡思乱想、匠心独运、鼓捣出以前没有的东西的人，在初民的神话中都是神，或者是帝。神农氏是发明庄稼的，燧人氏是发明火的，有巢氏是发明房子的，黄帝是建立农耕文明的，炎帝是最早驯化动物的，等等，而神话中追着太阳跑，想发现太阳的老家，想给大地留下太阳的光明和温暖，后来累死在路上的那位叫夸父的巨人，是研究太阳运行的氏族。

黄帝轩辕的长子玄嚣氏虽然是家里的老大，但是没有继承黄帝的帝位，那是因为他和他的氏族已经是专业化的族群，有更重要的事情要办，所以黄帝的位子由二儿子昌意接替。

玄嚣氏族专门负责观测太阳。种庄稼需要跟着节气走，他们发现太阳运行的路线是变化的，所以在黄河流域新兴的农耕区域，他们整天拿个杆子到处跑，测绘日影的方位和长短，专门负责观测太阳，研究太阳，测定时令和节气，知道了天时，就知道怎么种地和很多别的事，后来发明了日历。罗汉就是这个上古族群太阳天官的后代。

罗汉出生在北京东城麒麟碑胡同英国教会办的妇幼保健院。他降生在现代社会，本质上却仍然是一个上古时期的人，或者是因为时间错误，他没来得及赶上他的时代，被滞留了一万年之后才生出来，来得太晚了；或者是因为他体内留存着太多上古的基因，根本就属于物种上和现代人不同的远古人类；或者是因为他是人类历史上发生的最严重的一次无人知晓的返祖现象；反正他就这样生出来了。

他和世人不一样。第一是他的构造不一样，第二是他的能量不一样，自然选择对他的进化是为他应该属于的那个远古时代所准备的，不是为了适应以后的现代准备的，所以从一开始就有问题。他体内人类生命的原动力太强了，太大了，太多了，太富裕了，太肆无忌惮了，以至于如果不随时使用释放出来，不变着法子把这些能量用光，就会自己燃烧起来，轻则发高烧，重则自燃，把自己烧掉。

罗汉自己当然不知道自己有"时间错误并发症"，他只是凭着本能行事，调整出可以自我保护的生存方式。起先，小时候，就是像野马一样不停地奔跑，散发多余的能量。

罗汉的母亲怀他到十二个月的时候，有一种莫名其妙的感觉，就是觉得在和家里人吃饭聊天的时候，体内的孩子也在那儿听，好像已经有了意识，不过这只是一闪念，她习惯性地用手擦了一下自己的眉毛，把这个荒唐的念头抹掉了。

罗汉出生，是个正常尺寸的男孩儿。接生的英国大夫让护士给婴儿称体重，自己拿着笔准备填出生表。护士称了一下孩子的重量，脸色变了，回头看大夫，不吭声。大夫伸头一看秤，体重32斤。大夫叫护士换个秤去，这个肯定是坏的。护士从隔壁病房借了一台秤，再约分量，还是32斤。这时，洋大夫心里有点儿发虚，仍然还能控制住情绪，还能笑眯眯地和婴儿调侃：

Come on Baby, please behave, no fooling around, OK?

意思是：小孩儿，正经点儿，别瞎闹给我使坏行不行？

但是那护士已经扛不住了，转身就跑，又去搬来一台新秤，还搬来了妇幼保健院的院长。拿秤第三次再约分量，32斤。

英国大夫是个坚信科学的人，此时已经崩溃，把钢笔一扔，这出生表没法填了，气得在屋里转圆圈儿，一边愤然自言自语地嘟囔，跟自己置气：

This is against the fucking nature!

意思是：这不是他娘的违反自然规律吗！

那年秋天那段时间，医院里边有点儿乱，分成了两派，一派认为，既然这种孩子已经存在了，就应该注册登记，上报中科院；一派认为，这件事不符合科学，不符合唯物主义，也不符合社会发展史，新中国刚成立，不能再给政府添乱了，主张不发出生证，没有出生证，就证明这种事不存在。

宽街一带的街坊，胡同，邻里，摊铺，菜站和居民之间，那时候生出了很多传闻，说附近的医院生了一个小孩儿，生下来不哭；还说那小孩儿自打生下来，两个星期不睁眼，光睡觉，但是早上脸朝东，中午脸对着房顶，下午脸朝西，跟着太阳转，像棵向日葵；甚至还有，也不知道是听医院里的人说的真事还是添油加醋起哄，说那孩子睁眼以后，第一件事不是要吃奶，而是盯着病房里立式台灯杆子在墙上的影子仔细瞧，好像还挺爱看。

出院那天，下雨了，母亲文眉抱着孩子坐着三轮车回西城区后海环路北边的西口袋胡同，孩子他姥爷家。文眉的弟弟文龙打着伞，罩着他姐和她怀里的孩子在三轮车左边跟着往家跑。

西口袋胡同孩子的姥爷家里已经乱了。姥爷在旧社会是个最高法院的院长，家务事什么也不会，但是会发号施令，指挥家里上下人等忙活儿着布置房间，搬家具，预备应用的东西，准备迎接女儿和外孙子回家。老爷子心情太激动，在院子里慌得挓挲着手到处走，尽帮倒忙，管账的李先生嫌他碍事，想把他支开，让他去厨房看看壶里的水开了没有，他去看了看又回来了，问水开了是什么样。

他让看门的老张到后院去把院子里那口井的盖子盖上，怕孩子不小心掉进去，老张说："老爷子，您就别添乱了，小公子还不会走路呢，他就是真想往井里跳，也得过两年不是？"

他姥爷一看自己在院子里真的没什么用，自己就去门外胡同口站岗去了，准备一看见来了，就回来报信。

车子到了家，孩子抱进院，全家都围上来看。罗汉脸上蒙着一块面纱，文龙伸手要去揭开，让大家看看，孩子的姥姥一巴掌打开他的手说："不许掀，再受了风。"

进了屋，大家观看孩子，老太太喜欢得不得了，用手摸摸这儿，捏捏那儿，乐得合不上嘴。手摸到罗汉的头顶，忽然大惊失色，回转身来问女儿："这孩子的天灵盖怎么不是圆的，后面怎么高出一块，是个高台儿？！"

"大夫说了，新生儿还没发育好，过几天就没了。"

新生的罗汉有意识，能听见大家说的话，只是不明白说的是什么，但是都记住了，几年以后才明白意思。

罗汉这个名字，是他姥爷起的。那天吃了晚饭，合家坐在院子里，商量小孩儿的名字。姥爷说："叫罗汉吧。他爹以前姓罗，从父亲的原姓，这'汉'字嘛，简朴上口，听着硬朗，也适合男孩儿。"

名字就这样定了。

文龙爱捣乱，就问："罗汉就是和尚，我外甥不成了小和尚了？"

姥爷抔着胡子想了想，就说："话虽这么说，但也不是个贬义的名儿，罗汉是佛教里的阿修罗，这种和尚一生执着，老想点把火照亮黑暗，自己也在火里焚灭了，又能在火里涅槃复生，永无休止。这孩子若能如此，给世道带来点儿光亮，也不枉来世上一遭。"

第二章

　　罗汉虽然还没有岁数，却已然对外界有知觉，不过不完整，模模糊糊。

　　他的妈妈，就是一团清香柔软的温暖，永不离散，他老爱往里面拱，就不害怕黑暗。

　　他的姥爷是一团烟雾，有时是一串烟圈，那是他姥爷抽的烟斗里冒出来的烟，总是悄悄地来，在头上飘，还跟他说话，却总是让人赶走。

　　赶走姥爷的是一个声音，不是说："你想呛死他！"就是说："别看啦，胡子拉碴的，再吓着！"那是他的姥姥。

　　二舅文龙也老爱来，揪他耳朵，教他说话什么的，不过有点儿奇怪，二舅除了自己身上那股比较冲的味道，头发里还夹藏着另外一个味儿，好闻多了，有点儿像院子里花儿的味儿，那味道不是他自己的。后来才知道是二舅的一个女同学的味儿。

　　他一岁的时候，吓了家里一跳。姥姥拿来一个相册给他看，知道他什么也不懂，但总是想告诉他家里都有谁。相册打开，都是黑白照片，有个全家福，上面的人都没表情，直眉瞪眼地往前看。没等他姥姥开始介绍，那天罗汉自己忽然会开口说话了，指着照片上的人一个一个认证，顺序也比较对："姥爷，姥姥，妈妈，二舅……"

虽然他的发音还是大舌头，都不准，但是说得都对。罗汉的姥姥吓得差点儿要往外跑，立刻又转忧为喜，招呼全家赶紧进屋听。大家都不信，让孩子再说。姥爷一边抽烟一边听，惊得已经不会说话了，只会说："这孩子，这孩子，这孩子，谁教的？"

其实没人教，罗汉记事比这还早，还帮过姥爷的忙。

不到一岁的时候，不知为什么姥爷突然要藏家里的房契和地契，小心地放在了一个地方，认为谁也找不着。后来给忘了，结果自己也找不着了，怎么找也找不着，就让全家跟着找，结果真的是谁也找不着。正在情急的时候，发现罗汉坐在小床里伸着手，指着书架最上边的一套蓝布函套装着的线装书《四库全书总目提要》，他姥爷这才想起来，他是把房契和地契都给夹在那套书里边了。

原来，罗汉看见过他姥爷往里面放一些纸。远古时期，人吃饭，靠的就是到处采集能吃的种子和果子什么的，不然就得饿死，连小孩儿也都必须进化出一种知道什么东西在哪里的记性，所以都特别会找东西。家里当然不知道这里的渊源，就觉得非常奇怪，议论了好几天这事情。从此，他姥爷有时候闲着没事，叼着个烟斗看外孙子，琢磨这孩子究竟是怎么回事。

婴儿时期，罗汉对事物的认识，主要是通过声音、颜色和形状。根据早上、中午和下午不同时间屋里光线的不同颜色，他大概知道是几点。他能记住别人说话的音节，但不懂意思，后来再慢慢根据经验把语言和事物对上号。当然也有一直没对上的，像收音机里说的一些话，比如：本市昨天举行了公审一贯道反革命分子的群众大会……这样的话，没见过参照系，就听不懂了。

后来，他发现事情之间有因果关系。一开始是书，比如，听妈妈讲故事翻书：一张纸和另一张纸好像不单纯是一张纸和另一张纸，里面的事情其实是连在一起的。再后来，他有了数量的概念，因为他发现家里的人和东西越来越少，以前院子里有很多人，很热闹，后来在院子里干活儿的人都没有了，屋里的东西也越来越少了，再后来，连姥爷、姥姥和二舅都没有了。

罗汉不会走路的时候，出不了屋，但是也知道四季的变迁和外面的变化。春天，大地还阳，那时，东风和院子里的七棵丁香树，就飘进来那个季节特有的湿润香味儿来报信了，虽然那时外面还没绿，但是他眼前就能看见一片绿，知道好日子要来了，大地上能吃的东西都快要长出来了。那是远古时期的氏族集体潜意识对春耕时令的感觉积累，已经变成了预感，知道会有收获。

冬天，壁炉里出现有小火苗儿，是些会跳舞的红颜色的时候，罗汉就知道那是冬天，模糊地想起来，很久以前很多不穿衣服的人在山洞里围在一团火红的跳跃颜色周围一起吃东西，指手画脚地说话，洞穴里烟气腾腾，有点儿像姥爷家的人那样，围着一个桌子上冒热气的铜火锅吃饭。当空气变得有些黏，窗户里进来的太阳光变了颜色，有些发白，一些会飞的小虫子晚上也会进来的时候，就是夏天。

家里的人好像不喜欢那些会飞的虫子，说它们老叮人，还喝血。不过他不怕它们，还有点儿可怜它们，因为这些飞虫一飞到他身边不远的地方就刺啦一声冒一股青烟，把自己烧焦了，掉在地上。他当然不知道，古代的小孩儿住在丛林里，已经不怕蚊虫，因为体内的能量已经进化成一个生命保护层，谁来咬，就会被那层保护层给烧焦或烫死，如果没有这个保护层，上古的所有小孩儿都得让森林和沼泽里的蚊虫给咬死。

二舅文龙扫地的时候，最先发现了罗汉这项特异功能，看见罗汉儿童床周边的几只蚊子忽然吱吱地冒烟往地上掉，很惊讶。后来还发现，那年夏天，院子里的蚊子都一下子聪明了，对环境的反应很快，知道了恐惧，都不再往罗汉那屋飞。后来全家都知道了，罗汉在哪屋，蚊子就不去哪屋，所以平时晚上聊天就改在了罗汉那屋。

罗汉自己不知道，他成了北京最早的、最好使的避蚊器。

文龙当时正在上高中，正在每天惦记着一个别的班新来的女同学，盼望着每年夏天市里法定全城熏蚊子的七月十六号早点儿来。因为那天家家户户晚饭以后就在家点燃政府发放的六六六杀虫药粉，全城同时熏蚊子。那晚大家都跑到街上去乘凉，他就能趁乱去找那个女同学说话。当时文龙对罗汉的特异功能还有点儿抵触，怕传出去，引起北京市取消熏蚊子日，所以闭口不谈这件事。

第三章

西口袋胡同以前是一条平常的胡同，快解放的时候忽然变了。北京城旧时代的达官贵人遗老遗少全往那条胡同里搬。他们不知道新政权会对他们怎么样，想一想还是先躲藏起来比较安全，一是因为那条胡同不起眼，二是因为"口袋"二字听着比较有安全感，躲在口袋里面不出来，不再与世有争，过自己的日子，也许能躲过一劫，所以都往里边挤。

罗汉的姥爷也是他们中间的一个，藏在胡同里，他来得早，住在中间的28号。先来的都尽量往里面钻，离街面远，后来的只好住外排，最后来的，只好买胡同口离街面近的房院。

胡同把口的1号院，是清朝倒台以后带着辫子兵要复辟大清的那位前清旧臣的家。斜对门的4号院，是带着军队平叛、把辫子兵赶走，恢复了共和的大帅的家。这两家的后人已经不打架了，成了熟人，每到星期五，天不亮两人就去东直门外的鬼市去转悠，蹓摸东西，说是去找一个月亮光颜色的蛐蛐，传说中这个蛐蛐是蛐蛐里的皇上。

7号院住的是一家在江南最早开工厂的，是官商，给新军制造枪炮，没想到后来新军成了革命军，把他为之效力的朝廷给推翻了。再往里，住着一户，没有门牌号，里面的人也不出门，听说是明朝三宝太监郑和的后人，从附近的三不老胡同搬过来住着，没人进去过，听说院子里边有个湖，有七个老姑娘整天坐在湖中的亭子里绣花边。

16号院里住着一个老太太，看相貌以前是个大美人，是戊戌变法一个领头儿的士子家里的后代，除了每天早上出来拿牛奶，也不太出门，每到星期四，她就弹一段浪漫主义的外国钢琴曲子，胡同里的年轻人都是听着她的曲子长大的，所以都早熟，青春萌动特别早，爱想入非非，还有点儿不听大人的话。

这些人家，以前都荣耀过，彼此在社会上也多少都有过些瓜葛，早上出门去胡同口买豆浆油条的时候，见面都特别客气，但是从来都不提旧事，不聊以往的功过，彼此心照不宣，就是不声张，踏踏实实地老实过日子，自己的时代已经过去了，都盼望着新社会赶紧把他们忘了。

那天文龙早上去上学，在早点铺就遇上了新来的女同学，她正在喝豆浆。以前没见过。文龙一眼看见，突然像遭了雷劈，觉得好像后面有个手往前推他，停不住脚步，非要上前搭讪不可。由此，他们就有了一段离奇的对话。文龙平时不随便和女生说话，这次是鬼使神差，由不得自己，就说：

"您正喝豆浆哪？"

说完了直后悔，人家不是明摆着正喝豆浆吗？问什么问，这不瞎问嘛！

女孩儿没吱声，点点头。

龙文又问：

"您贵姓？"

问完了自己先害怕了，我这是要干吗呀？

女孩儿回了一句，但是文龙没听懂。

"我没姓，只有名字。"

文龙不知道她是生气了还是没生气，愣柯柯站在那儿不知道该说什么。

女孩儿见他没听懂，很理解，就跟他解释说：

"我本来姓'凵'，后来汉字简化了，把这个字给取消了，就没姓了，老师让换个同音的姓，我爸不让换，他说人要有尊严，即便不让有姓也不能改姓。"

"噢。"文龙听明白了，"那你叫什么？"

"我叫伩伩。"

文龙问她这两个字怎么写。伩伩喝完豆浆了，就站起身，在大槐树下面捡起个树棍，在土地上连名带姓写给文龙看，还跟他说，现在没有这个音，古发音应该是Nv Nv。文龙站在后面弯着腰，一手扶着书包看她写字，是"凵伩伩"三个字，没有一个认识的，不过有些不明白，她的姓不是已经够简单的了吗，怎么还是给取消了，好不容易剩个名儿，还没有发音。

其实文龙的注意力早就不在字上了，因为他看到她的后脖子了。他以前没离这么近看见过女生脖子的背面，还闻见头发里一股清淡的花香，一下子就蒙了，认为那脖子太好看了，瞬间又是晴天霹雳，这回震得一个趔趄差点儿没站住。

伩伩家是新搬进胡同来的，就近上的一个中学。文龙那天没能好好上课，一整天糊里糊涂，一股花香在脑袋里钻进来钻出去，搅和得脑子里乱极了。到哪里去，都觉得有一股茉莉花的味儿跟着他，坐在教室里上课，盼着赶紧下课，好去找一找那股香味儿究竟是从哪里来的，为什么老跟着自己。下课了，他又盼着赶紧响上课铃，因为知道自己根本就不敢去找那股味儿的出处。在篮球场和同学打球，一身的臭汗，以为就不会有香味儿了，但是没想到，那香味儿就在场外等着，好像也嫌他们汗味儿太大。打球的同学好像也闻到了，四处看，还问他："附近好像有什么花开了，闻见了没？"

文龙有点儿害怕了，放学回家基本上是在逃跑，那一缕花香就跟着他，也进了门。文龙一头钻进被子，蒙着头，知道屋里已经香得不像话了。

那几天，文龙自己在那儿瞎折腾，吃不下饭，牙床也肿了，上了大火，老要吃冰棍儿，老想往水里跳，老戴个口罩，还发脾气不讲理说胡话，问他姐能不能去16号跟那家人去说说，让她别老星期四弹浪漫主义钢琴奏鸣曲了，已经太闹心了。大家不明白他正犯什么病，罗汉的姥爷说没关系的，年轻人的事都是乱七八糟的，过几天就不闹腾了。罗汉的姥姥心疼儿子，不住地问寒问暖的，把文龙烦死了，关起门自己待着，谁也不让进。

晚上文龙在床上根本不能睡，气不打一处来，自己跟自己闹别扭，使劲回忆那女孩儿长什么样，怎么也想不起来了，就自问："你连人家正脸到底长什么样都没看清，就看见个后脖梗子，怎么就这副德行了？"

他在床上很有规律地两分钟翻一次身，五分钟把头换一次相反的朝向，希望南北极的磁场能够起一点安眠的作用，没想到闻到了外面夜来香花儿开了，立刻使劲一吸一吸地闻，像条狗，想找出来这股子味儿究竟是从哪里冒出来的，后来发现是从自己脑袋里冒出来的，就觉得快崩溃了。

这时他整个人突然特别精神，卧室里很黑暗，但是视觉变得很清楚。他觉得自己的眼光像刀刃一样，让一块看不见的磨刀石蹭得雪亮，特别锐利，看见青砖地上有一根针在那儿闪闪发亮，知道那是家里人一直在找的一根针，怕掉落在谁的床上，把人扎了。文龙莫名其妙突发的怪病，优化了他的视觉，后来不但一直就没有复原，还不断进化，晚上都能看见很深很远的地方，那时候，眼睛还有点儿微微发绿，像林子里的野兽。

第四章

　　白天上学的路上文龙走到了大槐树边，就不由自主地围着树转，起先不知道为什么转，后来才发现是自己的腿在等伎伎。下午放学也先到那里去转，根本停不下来，气得火冒三丈，但是看见了伎伎走过去，上身不敢上前搭话，下身却像个小偷一样在后面跟着，把自己恨得咬牙切齿，太没出息了！文龙是个有主见的人，觉得再这样下去就活不了了，要有个了断。

　　七月十六号，北京市每年一度的熏蚊子日到了。晚上全城烟雾缭绕，全是六六六杀虫药粉燃烧的硫黄味道，万人空巷，大街上全是人，在街角站着抽烟说话的，在街头下象棋的，围着西瓜摊儿吃西瓜的，马路边坐在藤椅上小凳子上围着喝茶聊天的，领着小孩儿看街景的，到处都是串来串去的闲人。

　　文龙在胡同口的冷饮店买了根红果冰棍儿，转头出店门到了鼓楼大街上，径直往北，四处观瞧，寻找伎伎。

　　他的眼睛很好使，但是万人丛中，没看见要找的人。忽然间有一种超自然的感觉，猛一转身，看见仿仿在身后不远的地方正观看几个老头儿下象棋。仿仿也瞧见了文龙，就走上来打招呼。天气热，文龙手里的冰棍儿已经化了一半，黏黏糊糊地往下流了一手。

文龙上前跟仿仿说，他正在找她有事情要说，一边递给她那根正在流淌的冰棍儿。仿仿接过冰棍儿黏了一手，觉得他很好笑。文龙没管那么多，跟仿仿说，他已经找了她好半天了。这时候他闻见仿仿身上发出的是康乃馨的味儿，比满大街的硫黄味儿冲多了，就问她，为什么她身上的香味儿好像有自己行走的路线，不知道为什么总是跟着他，他是跟着那股味道找到她的，像跟着一条线绳儿。仿仿觉得文龙在说胡话，更想笑，就把脸转到一边，忍住了不笑。此时，文龙的脑子已经不会想了，就干脆有什么说什么，说以后他一定会好好学习，然后上大学，然后好好工作，然后再回来找她。仿仿当然听明白了他是什么意思，却不接他的话茬儿，看着自己黏糊糊的手，跟他建议：

"这冰棍儿已经不行了，咱们去买个好的吧。"

后来文龙和仿仿去胡同口1号院门楼下面的黑影儿里面，靠着门口的石敢当立马桩吃红果冰棍儿，不知道具体还说了什么干了什么，反正文龙的手摸到她身上的时候两人直哆嗦，一面吓得直哆嗦，一面兴奋得直哆嗦，反正到了八月，文龙就带着仿仿到家里来看罗汉怎样消灭蚊子，所以仿仿特别喜欢罗汉，说她特怕蚊子，问能不能借回家也用一用。

那年秋天文龙的高中来了航校的人招生，文龙的身体合格，被选中了，让等候通知。后来接到通知，说他因为出身不好，不能当空军，没去成。文龙一赌气，决定在战火中洗刷耻辱，报名参加了志愿军，后来他的部队去了朝鲜。临走的时候，伩伩赠送他一瓶贵州老家用芥菜、米酒、冰糖和辣椒制作的贵州盐酸菜让他路上下饭吃，告诉他，"我等着"。她说话算话，一直在等，但一直等不回来。

罗汉家的隔壁，住着两个年轻夫妇，刚生下一个小孩儿。那小孩儿不知道为什么，一到天擦黑就开始哭，一哭就是一宿，搅得街坊四邻晚上不得安睡。

那孩子哭得很邪行，一夜分三部曲，有曲折有起伏有错落有韵律有情节，每个乐章的内容和风格都不一样，每天夜里都是夜半哭声，简直就是歌剧。随着黑暗的降临，先是一阵断续的慢板，夹着些胆怯的抽泣，接着猛地升起连绵不断的悲号，持续时间很长，里面有表达五花八门不同类别恐惧的短句、小调和半音，最后是上气不接下气的哀鸣，那时哭者已经力竭声嘶，喘不过气了，一抽一抽地往回捯气，快被自己的哭声噎死了，但仍然还在坚决地哭，不依不饶，坚忍不拔，残酷无情。听得街坊们人心凄惨，魂飞魄散，草木心惊，罗汉家丁香树上的花，一到夜里就被哭得纷纷往下掉落。

邻居们很郁闷，每天晚上七点半，小孩儿还没哭，人们的心跳就都加快了，都竖起耳朵等着，夜哭开始以后，因为内容太丰富，太艺术，还想听下面是什么，在心中分析含义，揣摩内涵，但是又听得心神不安，悲从中来，不忍再继续听，特别闹心，睡觉基本上就不可能了。一个月之后，整个胡同的人都因为失眠变得大眼瞪小眼，很憔悴，很暴躁，出门见面寒暄的套词也变了，不再问：您吃了吗？而是问：真要了命了，睡了吗？最可怕的是，不知道为什么，那哭声好像是在报警，大家从哭声中一致感觉到了凶兆，好像什么事情要来了，快要大难临头了。

不久以后，开始有人在那家门口偷偷放一些纸里包的药片，有的是简单的安眠药或镇静剂，有的是乡间淘换来的偏方和药方，有的是从宽街中医院取的草药。但是这些药都没有用，只是那夜间的哭声里苦味儿更大了。有一天胡同里的人实在受不了了，就不约而同地上街，分头在后海一带环路的电线杆子上贴纸条，上面写着：

天皇皇，地皇皇，

我家有个夜哭郎。

过路神仙显显灵，

从此小儿不神伤。

大家实在没有办法，只好求过路的神仙帮帮忙，治一治那小孩儿的病。

那年冬天，隔壁院里一声巨响，几天后罗汉的姥爷死了。死之前没有任何迹象，在院子里晒太阳，睡着了就没醒。罗汉的姥姥不久也没了，她晚上梦见罗汉姥爷年轻的时候在一片青草地上走，后面有一团黑云在追他，她就跟了过去想送把伞，结果没从那梦里醒过来，也跟着走了。

不过在那以前，家里添了个人。

罗汉的父亲在单位工作很忙，每星期六晚上才回家，礼拜一早上就走，罗汉那时对他没什么印象。母亲每天要去上班，二舅文龙要上学，姥爷姥姥年迈。罗汉就没人管了，所以那时家里急着要找个看小孩儿的保姆。在报纸上登了广告，还托人到处打听有没有合适的。

那年冬天下大雪，下了三天三夜，路上都没有了人。晚上八点多，门口有人敲门，开门一看是个年轻女子，不认识。那女子自报家门，说姓肇，听说这户人家缺个看小孩儿的，就来了，愿意接受这个工作。文眉见这女人话不多，一看就是有规矩的，另外还觉着她虽然冷冰冰的，气定神闲，色若寒霜，看着倒是冰清玉洁，一身清气，为人肯定可靠，很愿意，就给让进了家门。

罗汉当时不到三岁，见了这人就很喜欢，因为觉得她很好玩儿，也很凉快，她一进屋，带进来一股冷气，让他突然想起了第五冰川纪北边刮来的风，她一进门，壁炉里跳跃的火苗突然冻住了，不再跳跃，还看见地上她走过的地方是一串冰霜脚印。她从那天当了罗汉的保姆，当了很多年，后来成了家庭的一员，大家都叫她肇姨。肇姨从来不说自己的身世，倒是提起过自己的家就在附近不远，也在后海一带，只是说家里已经没有别人了。家里比较尊重她的沉默，也不多问。

肇姨来到西口袋胡同的第二天晚上，全胡同都惊了，隔壁的小孩儿没有哭！街坊们感到非常意外，竟然还有些不习惯，纷纷出门相互打听到底发生了什么情况，才知道28号丁香院头天晚上来了一个人，传来传去传成"从雪里头冒出个人"，因为谁也没看见她进胡同。

过了一个多月，小孩儿还是不哭，后来再没有哭过，这时大家自然就把这两件事连在一起，更感到意外和不理解，就瞎猜，难道说，肇姨的存在，有镇定安神止哭的作用？或者说，她是一味药？或者说，她是过路的神仙下界？或者说，她是……

现代社会，不能被科学证实的事情就不应该存在，不存在的事情就不会进入记忆，或容易被很快忘掉，人们虽然心有不甘，时有猜想，但时过境迁，大都愿意克服自己的好奇心，跟着时代的主旋律走，不再去刨根问底地找寻主流意识不允许发生的现象的根源。

第五章

　　肇姨看护罗汉十分尽心，平时哪里都不去，只在他身边守着，晚上睡觉之前，有时候还轻轻吟唱摇篮曲，用的不是汉语。冬天起得早，先把他的衣服放在火炉边烤热了再让他穿，其实罗汉冬天不怕冷，火力太壮，睡觉就踢被子，有时睡着睡着就滚进了肇姨的被子，是被身旁的严寒吸过去的，本能地要降温，肇姨身上整天凉得像块冰，罗汉觉得凉快了，肇姨也觉得暖和了。

　　刚会走路，肇姨就带着他去买菜。第一天出门，胡同里的人看见她一手领着一个小孩儿，一手挎个菜篮子走过，昂首挺胸，旁若无人，跟谁都不打招呼。因为夜哭郎忽然不哭的事，肇姨在胡同里已经是大家注意的对象，算是个新闻人物，但是都没见过她，胡同里的人就留意看。1号院前清老臣家的大公子正在胡同口吃早点，往肇姨脸上一瞧，丢下碗筷，紧走几步出饭铺下意识地给跪下了，心说，这人我见过呀，这不是恭亲王府里最得宠的长孙女珍儿嘛，怎么跑这儿当老妈子来了？想了想，很快就明白了，王府里的郡主也和自己一样，世道变了，家道败了，也都隐姓埋名，自寻出路。肇姨也瞧见了下跪的人，只是瞥了他一眼，眉头一皱，意思是，还不起来？别给我丢人现眼，没跟他说话，拉着罗汉走了。

罗汉被肇姨拉着手，手指的骨头被她的手攥着，冰得生疼，就甩开肇姨的手自己往前跑。他和别的小孩儿不一样，别人是先学走，再学跑，他是一学会走路就会跑了，两个进步同时发生，这是需要，因为史前时期的小孩儿如果光会走，不会跑，一出门就很容易被动物或别的人吃掉。

罗汉在屋子里待了三年，第一次跑，快乐极了，知道这才是自己正常的生存状态。古时候，大地上根本看不见站着没事的人，狩猎时期，整天都在追和逃，不是在追自己的饭，就是被自己的饭在追。肇姨看见他跑了，也不着急，在后面跟着，定睛细细地看，像在观赏一匹马驹。罗汉也不跑远，跑一百多米就往回返，跑到她眼前再磨头儿转身往回跑，永远是加速度冲刺，根本不会停。肇姨在他后面看，看着看着，凝霜含雪、凛若冰山的脸上露出一丝得意，满族人爱马，看见了一匹千里马，当然分外稀罕。

肇姨在湖边荷花市场上跟小摊贩买东西不还价，她也不用还价。不知为什么那些卖菜的见到她那凛冽的眼神和冷森森的瘆人劲儿，顿时觉得腿有点儿软，都要矮一矮身子，不由自主降价一分钱。她买菜不挑，给了钱就走，从不拿找回的零钱，后来市场上的摊贩们对她很是欢迎，都哈着敬着。

罗汉最喜欢夏天跟她出门，再热的天，再毒的太阳，在她旁边走很凉快，蝉热得在树上叫，她身外方圆三米之内温度不变，是二十三摄氏度，一点儿也不热，并且还觉得神气清爽，有一股凉丝丝的快意。

肇姨从来不笑，是个有脾气的人，罗汉不听话，她眼角一立，树上的鸟儿就都飞走了，不过罗汉不怕她，因为她追不上他，她也绝不会放下身份去追人。他最喜欢她手上那个绿色的大戒指，那东西拿在手里多长时间都还是凉的，又冰又润。罗汉有时候会感到体内从肚脐眼儿下面往上冒火，很是燥热，热流周身乱窜，他拿着那玉，热流就找到了出路，从他的手心流进那块玉里面，消解了要把他烧着了的热量，而那块玉自己永远也不变热。肇姨跟他说，那不是戒指，是翡翠扳指，是她们老家的人以前戴在手上射箭用的。

西口袋胡同的日子很平静，邻居们相敬如宾，见了都很客气。中间28号有七棵丁香树的罗汉家的院子里，家里的佣人和东西虽都散去，日子过得却也平稳。那天忽然出事了，隔壁那家来了很多兵和警察，把院门围了，但是不进门。里面半天没动静，忽然轰的一声屋里爆炸了，众人冲了进去。原来里面住着的两夫妇是给旧政府军事统计局工作的人，一见没有了退路，就拉响了手榴弹自尽了。院子的石头桌子上放着一个用被子包着的小孩儿，就是那个晚上老哭的孩子。

孩子的身上用别针别着一张纸条，上面只写了两个字："高兴"。胡同里的人说，他的父母在最后的时刻希望，如果这孩子能活，名字就叫高兴，希望他的一生能够平安快乐。孤儿给送进了香山慈幼院，由政府抚养。

事过之后，胡同里的日子好像还照样过，但是大家出门走路都爱低头溜墙根。

每到星期六上午，罗汉家里开始忙着收拾屋子，打扫院子，在砂锅里炖肉，屋里有了香味儿，罗汉就知道父亲要回来了。

傍晚时分，父亲就会出现。罗汉的父亲平时太忙，只在周六回家。收音机里放出一支古典主义歌曲的时候，他差不多准时到家，一手抱着一篓子橘子，一手拿着点儿别的东西，或是个彩色的风车，或是装着糖块的玻璃汽车模型，橘子是给妈妈的，别的是给他的。

父亲每次回来，都先过来跟他待一会儿，试着跟他说话，罗汉不会说话，但是大概能听得懂他说的是什么，无非是逗他玩儿，罗汉自己说不出来句子，只会说几个音节。一般说到一半，父亲就呱嗒一声突然睡着了。母亲说他太累。

第二天父亲好像换了一个人，自己关在书房里，一关就是一上午，出来吃顿饭，也是心不在焉，在想事。吃了饭到院子里，从这头走到那头，再走回来，走得很急也很有规律，很像动物园笼子里的大老虎凶猛地散步，走着走着，突然想起了什么，刺溜一下就跑回书房。母亲说，他在工作。肇姨不太跟父亲说话，但对他显得很尊重，父亲工作的时候，她走路和收拾东西都很轻，怕吵了他。

罗汉三岁半去了托儿所，要坐三轮车到西城的武定侯旧居改造的幼儿园，是全托。这是一个有规矩的地方，小孩儿的衣服都是一样的，上面绣着自己的名字。早上起床，晚上睡觉，熄灯都定时。中午吃饭要排队进饭厅的门，门口站个阿姨，拿着一大罐黑色的黏稠糖浆鱼肝油，挨个儿往每个小孩儿嘴里塞一勺。罗汉刚来的时候，在院子里来回疯跑，不是追蜻蜓就是追蝴蝶，立刻被禁止了。晚上他看见饭厅屋顶有一只黑猫睁着绿色的眼睛看着他，好像找他有事，他就爬上房顶去跟它说话，被揪着领子拎回来罚站。

这个地方的纪律特别严，上厕所需要先举手请示老师批准，他很不适应。

那天晚上，孩子们在院子里坐在夏日繁星之下，围了一圈，听一个年轻的老师讲故事，讲的是夸父追日：

很久以前，有一个巨人，他看见太阳每天从东边升起，从西边落下，就去追赶太阳，想让太阳留下来不要回家，整天在空中照耀，大地就总有光明和温暖。可是他总是追不到，在半路累死了。巨人身体变成了山河，头发变成了树木，才有了生发的大地。

讲完了故事，老师问大家有什么感想，罗汉不由自主地站起来，不知道为什么跟老师说了一串连他自己也听不懂又不知道从哪里冒出来的话，他说：

"老师，那人是给种地的人看太阳的。太阳没有家。大荒东边有七个山，西边有七个山。太阳一月从东南面的大言山走到西南面的丰温玉门山，每个月它的路往北移一段，到了十二月就从东北面的壑明俊疾山出来，在西北边的大荒之山落下。看见太阳在哪儿就知道月份，知道月份就知道时令，知道时令就会种地。老师说的那个人，在大地上到处走，给种黍和种稷的人讲怎么种地，他画过一个太阳季节地图。"

罗汉漫不经心说出的都是远古的回想。年轻的老师和全体小朋友，包括罗汉自己，全都不知道他说的是什么。罗汉的氏族，研究太阳研究了好几万年，所以，氏族之内，世世代代每个人的集体记忆里，多少都有这个与生俱来的基本常识，所以他记得一些他根本不应该知道的事情。不过时间太久远，新时代根本听不懂这套原始的回忆，并且早就发展出更先进的日历，认为用不着去懂。

那天晚上睡觉的时候，罗汉的脑子里突然恢复了一些远古世界零散断续的画面，看见在同样的夏日星空之下，广阔的荒原之上，很多披头散发的男女趴在地上，对着一堆粪便在膜拜，那上面有一颗没有被消化的种子，雨后偶然长出绿色嫩芽，于是农业开始了；黑暗中，看见一堆篝火下面，烧化的沙土和石灰岩凝结成了一层半透明的硬块，火边一个小孩儿看一看自己手里的石斧，再看一看那一片烧化的土地，两眼发直，正使劲地想，然后试着把那黑色的石斧放在火里烧，炼金术开始了；还看到一条大河，两岸面对面站着一望无际的人，他们列成一个个整齐的方块，每个方块的人拿着不一样的武器，都有一个在竿子上拴着的毛茸茸动物尾巴做成的旗子在飘扬，前面都立着一个披着羽毛织成的披风的人，这人一举手里的骨杖，后面的人就仰天号叫，像野兽一样，有组织的战争开始了。他当然不知道自己看见了什么，却真的是看到了遥远的过去。

他还看见一串明亮的窗户在黑暗中飞翔，自己就坐在其中一个窗户里边，但不知道是什么。

第二天早晨从室外的铁楼梯上排队下楼吃早饭的时候，他清楚地看见了正在升起的太阳。地平线上，那太阳又红又大，清晨大地上湿润的空气在太阳的前方呈现出一缕缕隐约如丝的气息在颤动，太阳颤颤巍巍地升起。昨夜祖先的神话，早晨东方的太阳，在罗汉心中唤醒了原始的记忆。

早饭以后，他发明了一个游戏。他把人组织起来，分成两拨，一拨是小动物，一拨是猎人，开始狩猎，规则是小动物可以咬人，猎人不可以咬，抓到了小动物，小动物就变成马，猎人可以骑。

幼儿园里乱了套。大家非常兴奋，到处疯跑。一开始都按照规矩好好玩儿，玩儿着玩儿着，就忘乎所以，破坏规定。有的小动物被抓到了不认账，跟猎人抱在一起滚在地上打架；有的猎人反嘴去咬小动物；第一天就有十六个人被咬伤了，见了血，来真的了，此时两拨人忽然已经真的分成两派，后来见面就打。

游戏后来发展成动乱，还不到星期六，有人就从墙上往外面的大街上跳，坚决要回家。

幼儿园的园长是"先进生产者"。那几天她正在大会堂开会，做报告，题为"祖国的花朵"。她的报告很精彩，在全国的主要报纸上刊登了。园长回到幼儿园上班的那天，刚下完雨。进了院门就抱住一棵树晕倒了，因为她看见祖国的花朵们正在屠杀蚯蚓。他们有组织，有分工，男孩儿拿着铅笔刀和玻璃片把蚯蚓切断，女孩儿负责从地里挖，用花手绢包着运送。幼儿园里到处是血，老师管不了，一个个已经都吓跑了。

罗汉藏在一棵大树上面偷偷往下看，吓得裤子已经尿湿了。树下还蹲着一个吓坏了的女孩儿。

罗汉不知道自己实际上是罪魁祸首，是他，发明组织起游戏，引发了暴力，发动了这场人类原始本能的大爆炸。下面发生的可怕景象过去以后，他从树上下来，从地上捡起一只被割断的蚯蚓的两截，想把它们再粘回去。女孩儿也走过来，在他背后站在远处看。也许是女孩儿的希望，也许是她吓得看花了眼，也许是罗汉的能量大得发邪，她看见罗汉手里的蚯蚓活了，一下子就钻到地里不见了。

十几年以后，那个她长大了，写了一本童话，叫《春天的眼泪》，里面说春天看见地上的人没饭吃，就落泪，于是天上下了雨。雨滋润了万物，长出粮食，雨点还钻进地里，变成蚯蚓帮着松土。所以蚯蚓不会死，因为它们是雨点。蚯蚓是雨点这件事，序言里说，不是神话，是在幼儿园的时候一个小男孩儿告诉她的，那个男孩儿还说，很久很久以前的人们都知道这个，所以从来不伤害蚯蚓。农耕的历史以出人意料的方式制造神话，她那本书当时很流行。

罗汉无意识地制造了一场屠杀的时候，其实也是那个关于雨点的神话的根源，他把小朋友组织起来以后，就出了这些事。他的作用一直没有被发现。

后来他被开除，是因为他要是闲下来什么也不干，不发明点儿什么以前没有的事，就活不了，体内的能量会积累太多，变成火，燃烧起来。他太不老实，给学校食堂的老王改装了烟斗，里面放了一种失传的远古配方，不用火柴，一吹就能点着烟草，老王正在高兴，烟斗爆炸了，差点儿把鼻子炸掉。他还做了一个现代人谁也看不见的老鼠夹子，结果错把一个老师的脚脖子夹住了。他用的都是野外狩猎时代的技术，但是年代太早，记忆得不清楚，所以有失误。幼儿园实在受不了，就让他回家了。

罗汉被遣送回家以后，有些受打击，知道自己犯了错误，也想改，于是变得很老实，虽然感觉很难受，但决定忍着，忍这个决定险些要了他的命。

第六章

　　罗汉要做一个规规矩矩静止型小孩儿的决定，事实证明是错误的。他按照新的幼儿园的要求，一切听老师的，不跑不闹，自己不去想也不按自己想的去动，完全按照老师想的去动，老实了三个月。

　　那个冬天的晚上，睡觉的时候，他看着窗外院子里的丁香树发呆，脑子里乱七八糟，乱得像那些伸向天空的乌鸦爪子的积雪树梢一样。半夜时分，他母亲觉得有一块烧红的烙铁烫了自己的腿，醒来一看，发现他正发高烧，赶紧喊肇姨。肇姨一摸罗汉的前额，冷热相激，刺啦冒起一股烟，烫掉肇姨一块皮。

　　在阜外儿童医院的夜间急诊室，罗汉一试表，表就爆炸了，没试出来体温是多少度。护士说不用再试了，转身跑去找值班大夫。

　　此时罗汉已经开始冒出一些青烟。大夫一看，没见过发烧到这个程度的，就给主任打电话。主任问过情况，出了一身汗，立即给别的医院的几个主任打电话。几个医院的主任来会诊的时候，看见急诊室里躺着的小孩儿手上的皮肤已经出现了裂缝，裂缝的地方，从里面冒出小火苗，房间里有烤肉的味道。问家长在哪里，被告知孩子的母亲已经晕过去了，也在抢救。还有一个女人站在床边，用手在慌忙扑打灭火，护士们去打来水，不停地往病人身上浇，冒起一阵阵水蒸气。

他们把罗汉放在一个大盆里，堆上碎冰，总算暂时止住了火灾。大夫们谁也没见过这样的症状，也没读过这方面的教科书，所以非常困惑，会诊根本没有结果。北京城有名的老中医"孩子王"和一个留过学的大夫也被请来诊断。老中医看着孩子手直哆嗦，无能为力，只是说："这火上得忒大了。"他们发现罗汉竟然还有知觉，就问他感觉怎么样。罗汉只说了一个字："冷。"

一位留过洋的大夫忽然想起了一个病例，提出了自己的假设："医学史上有记载，人会自动燃烧，称为'人体自燃现象'。十七世纪在荷兰第一次发现有人自己忽然无缘无故燃烧起来，后来这样的事在世界各地时有发生，但是原因至今没有研究出来。"

护士情急之下，按照程序用酒精擦洗罗汉的身体给他降温，没想到皮肤一碰就稀里哗啦往下掉，被医生慌忙禁止。医生们看着在冰里镇着的罗汉，身体上的皮肤已经开裂，有体液流出，混入冰水，还能看见他体内有烧红的电热丝一样的物质在发亮，在水中也能继续燃烧，冰正在融化。

高烧的热量一阵一阵地爆发，一定是有电流通过，引起四肢间歇性地抽搐痉挛。病人的眼睛已经被他自己体内莫名其妙的火焰烧得像两盏电灯，一亮一灭，忽明忽暗。罗汉快死了，但是还在努力喘气，他拼命急速连续倒抽七八口气，然后才能呼出一口长气，眼睛里的光慢慢熄灭，开始蒙上一层死鱼眼上的薄膜。

罗汉体内的能量烧完了以后，高烧退了，奇怪的是他没有死，就住院了。刚刚松了一口气的医生们已经快疯了，因为他们看见罗汉变成一个老年人，每天目睹衰老的各种悲哀细节，因为病人体内每天新生的能量已经失控，经常再次着大火燃烧。在间发性的自燃过程中，罗汉的头发都掉了，牙也掉了，更新出一层比较厚的硬皮，皱皱巴巴的。他的肌肉已经在高温中丧失，骨头也完了，像火灾以后建筑物里面的支架，全是弯的。他只剩下一层皮，包着骨头。背是驼的，眼睛浑浊不清，基本失明。罗汉从一个儿童，过早地变成了老人。医院没有办法，把他放在一个单间隔离，怕传染给别人，而他本人，没救了。

罗汉的父亲在国外出差，正在往回赶。他的母亲早就觉得这孩子与众不同，却没想到是这样的结局，一直不能从悲痛的晕厥中苏醒。是肇姨，做出了最后的决定。

"死要死在家里。"她跟医生们说。

她抱起孩子走出医院，医院的人看见她那副冷森森的眼神和架势，谁也不敢管。

草原上有传说，西晋时代中原地方有起死回生的秘方，但时间太久，汉人自己忘记了，她要试一试。

肇姨用门闩插上大门，把自己和罗汉关在一间屋子里，从里面锁上，七天没有出来。她生起炉火，在一个黑色的煮药用的粗瓦罐里放了一点点米，放了很多水，看着钟表，一到子时，开始煮粥。粥用文火煮了九个时辰，就是十八个小时，这样煮成的粥，是淡绿色黏稠的米汤，表面覆盖着一层已成精华的表皮。她用一个瓷汤勺，倒过来，用勺柄往罗汉的嘴里灌米汤，一天灌九次，一点儿一点儿喂，夜间也喂，所以不能睡觉。她喂饭的时候，嘴里还念着草原游牧民族的古代萨满咒语。

肇姨喂罗汉喝粥，其实是在喂一具内部燃烧的尸体。但是她面对绝望的冷冰冰的心肠是钢铁，她只有冷酷无情的决心，没有理智。草原血统的人，都用混账的态度面对死亡。那几天，在密封的丁香院里，肇姨用冷酷的盲目意志治疗罗汉失控的能量，外面的邻居们都听说了罗汉的病，站在大门口议论纷纷，不知道丁香院里面正发生什么事。

第七天，粥喂完了，肇姨坚持到最后一刻，就瘫倒在地上昏死过去。梦中她听到北方荒原上呼啸的北风。呼啸的声音像是号哭，哭声让她想到，自己民族荣耀的时代已经过去了，而在她新的生活中，不能没有这个孩子，她已经在筋疲力尽的昏乱中，错以为罗汉是她自己的血脉。她醒过来的时候，看见罗汉已经站起来了，正在摸着墙走，想沿着墙走出门，走得很艰难，嗓子里发出患哮喘病的老人咝咝的声音。

肇姨看着罗汉已经复活，正寻找自己的出路，有生以来第一次害怕了，吓得瘫在地上动不了，不敢出声。罗汉自己走到院子里，闭着眼睛，抬头向着太阳，深深地吸了口气，他正在不知悔改地吸收天空中南北极的能量。

　　几天后，下了一场大雪，人们看到罗汉跑出家门到胡同里去堆雪人。一起玩儿的孩子们见到他觉得奇怪，问他："你怎么变样了？"罗汉病好了以后，变成了一个新小孩儿。他的皮肤很细，是新生儿的皮肤，脖子右边原来有一个小黑痣，已经没有了，眼睛发亮，里面好像有星星。大火把他烧成了一个更加光洁的新人，连过路的人也禁不住回头看一眼，心里纳闷，觉得这孩子怎么像他正在堆砌的那个雪人，也是用冰雪做的。

　　不知道是因为他远古血统中强悍的生命，还是因为肇姨女性冰冷的坚定意志，或是两种都发生作用，罗汉像凤凰涅槃一样复活了。也许这就是他那种人的存在方式，在现实和神话的对称和不对称中生灭。他从体内多余能量过热的大病中幸存，被烧成新的生命。和他的父亲一样，在很小的时候就需要死一下。

　　肇姨冷冷地站在大门口观看孩子们快乐地堆雪人，心中有所感悟，更加深了自己的错觉，认为罗汉是她自己的孩子，第一次流下几滴眼泪。她的眼泪是冰滴，掉在门口的白石阶上发出金属落地的声音，从地上弹起，滚到雪地里。

　　胡同里的人，谁也不知道究竟是怎么回事，纷纷出门来看，惊诧得说不出话。他们是见过世面的，但是谁也经受不住这样离奇的现实。很明显，罗汉这孩子被重新做过了，是被谁呢？谁的手能有这种力量？有这种力量的人究竟是什么样？那个瞬间，全胡同的人心如潮涌，望空凝视，都变得非常迷信。大家的眼睛不约而同地朝站在罗汉家门口的那个女人看，肇姨见状立刻厌烦地转身进院子，关上了大门。

祖国是个几万年的祖国，所以总有传说在大地上行走。

第七章

第二年开春的时候，来了一个乡下老头儿，瘸一条腿，来到胡同里挨家挨户敲门，问的是同一句话：

"劳您驾，我想请问一声，药仙在哪个门里住？"

胡同里的人以为他是个疯老头儿，告诉他不知道，就闭上了门。

这只是那年西口袋胡同里发生大迁移的前兆。不久以后，陆陆续续，连绵不断，一串接一串地来了一些进香朝贡的人。到了胡同里就打听"药师佛"住在哪一家，要给她上香。进香的人来自黄河以北所有的省份，都知道转世的药师佛是个女的，住在北京城的西口袋胡同。邻居们这才明白，原来肇姨给罗汉治病的事情，不胫而走，那年已经传遍了北方各省，在乡间传来传去，已经走了样，变成了神话，肇姨也变成了救命的菩萨。

胡同里的人为了本地的安宁，本能地矢口否认有这回事，劝说上香的百姓不要迷信，不要相信谣言，不要劳民伤财地寻找不存在的事情。但是乡下的人民是固执的，是执迷不悟的，他们的心底只相信带给人们希望的传说，不相信使人失望的现实，只知道起死回生的菩萨在西城鼓楼附近这条胡同里住，不知道这对于现代社会是多么不可理喻的不像话的无稽之谈，就是不走。邻居们苦口婆心地劝说，给每一个来上香的人做工作，组织他们听报告，进行无神论宣传，结果他们总是反复地重复同样的话，说得太多了，也真相信了自己说的话，把自己见过的事给忘了。于是邻居们全都没有了撒谎的负罪感和不好意思，一致坚决相信乡亲们的传闻就是愚昧的谣言，坚决地抵制越来越多来求医问药坚决申请朝贡上香的人群。但这没有用。

外来的人群，根本不听邻居们的解释，知道菩萨不会轻易会见群众，于是就在胡同里住下，准备用自己的诚意感动上苍。他们心里都有一个希望：即使神仙不直接给看病，住在她家的附近，就近依偎着灵气，也可以祛病消灾。他们靠着胡同的外墙搭起了窝棚，沿着墙根种上了葱和蒜，在胡同中段的空地上开辟了菜园子，种上了白菜和韭菜，也开始养鸡。沿着南北两面墙，有规划地设立起居民区和经济区，不住人的地方，沿路摆摊儿，沿墙搭架子种丝瓜什么的。夏天的黄瓜长出小黄花的时候，大批的人群来了，他们不上香，不问药仙，直接盖棚子住下。不久，在胡同小副食店旁边，兴起了自由市场，是贸易中心，还出现了专业卖艺的民间艺术人员，就地画圆圈开场子耍猴顶坛子卖艺了。西口袋胡同一时间，变成混乱繁华的居民点，很像原始部族的聚落。胡同等于分成了两层，一层住在墙内，住在院子里，是老住户；一层住在墙外，住在棚子里，是移民。

老住户的日子从此不再好过，个个大惊失色，心惊胆战，因为外面的族群，家里都有病人，五花八门什么病都有，很担心发生瘟疫。胡同里也不再像往日那样清净，连出门上街都有些困难，需要挤着很多人的后背，搭着别人的肩膀，慢慢地蹭出去，一不小心就踩到地上油布上放着的小孩儿，接着就是刺啦一声哭喊。到处都是垃圾堆，地上全是烂菜叶子，炉灰渣滓，小孩子的粪便，鸡屎，卫生纸，盖棚子剩下的破砖烂瓦什么的。排泄物，拜佛燃烧的神香，各种不同味道的汗水混合后发生化学反应生成的以前没闻过的新味道也极其难闻。各省各地，乡下人说话声音大，说话的方言和口音不同，听不懂的声音如果太多、太乱、太杂，就是噪声，所以邻居们每天早上六点以后都开始头疼，整天晕晕乎乎，夜间才开始清醒得眼睛发亮，瞪着眼睛看电灯泡，生物钟全乱了，特别难受。白天胡同里熙熙攘攘，人山人海，附近周边的住户也来买地摊儿上的东西；晚上也不得消停，深夜寂静之中经常被墙外夫妻之间突发的愉悦号叫惊出一身冷汗。

肇姨那年整年根本没有出门，她受不了社会底层这种最丰富的臭味儿和活力。罗汉却真是高兴坏了，整天在胡同里玩儿。他不知道为什么外面的人好像都认识他，看见他都特别兴奋，围着他问这问那，问他吃过什么药。后来肇姨严厉禁止他出门去跟外面人瞎混，他只好站在梯子上趴在墙头上看，睁大了眼睛四处观赏。他喜欢热闹，越热闹越好，越乱越好，墙外那个活在药仙神话中的世道，对他来说更符合他远古的人性。胡同里那些蓬头垢面的人群，很像他很久以前就认识的那些人，虽然乱七八糟，乌烟瘴气，千疮百孔，千奇百怪，但那才有意思。

西口袋胡同昙花一现的氏族社会乱象后来在市政府的干预下取缔了，因为这不符合户籍和市政规定，也是出于公共卫生的考虑，避免传染病的暴发。

那年足不出户的罗汉，忽然看到了墙外即时乍现的世界，好像想起了很多事情，变得特别爱提问题。有一天他问母亲什么是家，母亲简单告诉他，家是自己的亲人；他问什么是族，她说，族是很多亲戚；他问什么是国，她说国是很多族。罗汉明白了，就问："二舅跟哪个部落联盟打架去了？"

第八章

文龙参军以后，被编在60军，在福建进行两栖登陆训练。朝鲜战争爆发，部队被调往东北，准备进入朝鲜半岛参战。因为事变太急，部队没来得及发冬装，文龙是穿着夏天的单衣上的火车。

火车穿越了全国，从南方到北方，到了哈尔滨临时停下来补充装备。站台上全是准备入朝的部队，看见闷罐子车厢里跳下来撒尿的士兵很惊讶。有人朝他们喊："嘿！南蛮子，穿得太凉快，听说过冬天没有？"接着有人把自己的棉衣脱下来跟着已经缓慢开动的火车跑，把棉衣往他们的车厢里扔。

文龙的部队是紧急调到前线去参战的，要在指定的时间到达指定的地点，时间太仓促，要准备的事情太多太杂，可能忘了给他们换冬装。文龙做梦也没想到战争是这副样子，他一直跟着部队走，一直没搞清到底是怎么回事。

过江以后，部队进入大山，藏了几天，突然发动进攻。部队得到的命令是大穿插，一直往南钻，路上遇到小股敌军不用打，只顾往前冲，像楔子一样突入敌方的阵线，然后再回头往后打。命令很清楚：速度第一！他们钻进大山，日夜兼程不睡觉，拼命往南跑，重型的装备都丢在路上不要了。路上没见到多少敌军，只看见路边到处是老百姓的死尸，村子里烧毁的房子，男人好像都死了。山洞里有些已经吓坏了的妇女老幼，有的妇女像疯了一样把他们往洞里拽，差点儿把部队拉散了。在一座山峰上，他看见下面远处有一条江，江上有一座大桥，桥上有很多车和人，忽然桥爆炸了，桥上的人被炸得满天飞。

他们占领了一座城市，其实城市里早没人了，大家到处收集地上乱飞的报纸，揉成团往衣服里塞，因为天气开始变得寒冷。有一天跑着跑着，发现是跑在一条香气扑鼻的黑色道路上，仔细一看，原来是用咖啡铺的路，事后听说，前面有一支突击队，袭击了一个敌军兵站，缴获了很多咖啡豆，但不知道是干什么用的，尝了尝太苦不能吃，就让工兵用来铺路。再往前跑，夜里迎头遇上了一支敌军正往相反的方向赶路，那边以为他们是自己撤退的部队，根本就没理他们，还有人跑过来借火，点上烟就去追自己人。又进入一片大山以后，他们迷失了方向，在山里转了两天，因为山中有矿，指北针乱转，不管用。上面的命令是，部队不许停，所以他们就不停，跑着跑着，回头再看，有的人不见了，不知什么时候已经倒在后面什么地方。到了一处关隘附近，有人忽然倒下了，然后才听见枪响，那时他们还不知道，敌人的军队里有一种兵，叫狙击手，可以离得很远打。

有一天晚上，冲在前面的人忽然都往回跑，告诉后面的人：前方有一些皮肤完全是黑颜色的人，以前从来没见过，太吓人了。再继续向前，进入了朝鲜的寒冬，有的人走着走着就不能动了，瞬间被冻在地上，迈不开腿。部队坚强的意志告诉他们不能停，要一直打到南方的海岸。他们不怕敌人，但是怕朝鲜的天气，这个地方实在太寒冷，还没有正式大打，部队就损失了三分之一的人，倒在前进的路上。他们东转西转，纵横穿插，好几次发现转回到原来的地方。他们俘虏了大批溃败的敌军，部队要赶路，不能留下来看管俘虏，只好就地画大圆圈，让俘虏站在里面，让他们自觉遵守纪律，等着后面的友军去收容。

当时战场上的局面非常乱，已经没有完整的战线，部队到了南部的纵深，四面八方都在交战。有时候部队的侧翼就是赶向反方向增援的敌军，但是各有自己的紧急命令，各有急着要去打的仗，所以请示以后，互不干涉，各自继续往前冲，好像在打两场不同的战争。文龙的团终于到达了命令他们攻占的城市，却发现这个城市已经被友军占领了。

正是在山林日夜长途奔袭的战争中，文龙才发现自己的眼睛特别好用。在黑夜，战友们抱怨前面伸手不见五指，他却能看见林中奔跑的野兔和松鼠，后来发现自己总是跑在部队的最前面，部队在后面跟着。在前面，他不停地回头看，看见后面不断有人无声无息倒在雪地里，很快被大雪掩埋，变成坟。

战争期间，局内的人看不见局外的局势，但有时能感觉到动向。战事好像不断地往相反的方向发展，正在他以为战争已经胜利了的时候，部队忽然被围困了。他们往后打，拼命突围。真正的噩梦开始了，部队用尽力量要冲出包围，但是已经没有力气再移动。此时他们对后勤支援连想都不想，因为从一开始就没看见来。

　　他们退进一座小城坚守，三天以后，全团基本阵亡。文龙凭着自己的视觉，带着团里能走的伤员趁着鹅毛大雪的黑夜偷偷溜出来，终于回到了友军的防线。

　　文龙立了功，他的事迹得到志司的表彰。当天被编在前头另一支部队，坚守丘陵地带的306高地。参战以来，他一直带着一个空玻璃瓶子，以前里面装的是伎伎给的贵州盐酸菜，早就吃完了。这个瓶子揣在怀里，是他的希望，是他战场上临时的家，他希望回家，回家和送给他这个瓶子的女人一起过日子。怀中有这个瓶子，他经受了很多不是人类能够经受的困难，在最困难的时候没有绝望，所以没有倒下去。另外他还可以用这个瓶子取暖，当炉子使，它是一团幻想的火，里面有一个女人的热情在燃烧，能唤起自己身体中的热量。在这个烽火连天、冰天雪地的地方，热情可以维系生命，在他业已昏乱的神志中，只要传来一丝暖意，生命就还可以支撑。

　　文龙坐在战壕里，一边观察对面敌军战线的动向，一边慢慢咀嚼一团干草。他们早就没有饭吃了，最后的一支运输队幸存的三个人几天前从后面摸上来，说其他人都让空袭和炮火拦截炸死了，他们是第七十九队往这个阵地上送弹药和食物的人。文龙根本就没看见前面的七十八支运输队。

在寂静的山岭上，文龙看着冬天的原野和几处升起的浓烟，顿时醒悟到战争对个人来说，其实是在跟自己打仗，试一试一人能够在战争中走多远。他亲眼看见一个战友被重机枪打掉脑袋以后还往前冲了五十多米；看见一个战友冻黑的脚变得很脆，在冲锋的时候掉了下来，还往前飘了几步才倒下；他和战壕里的战友一样，里面穿一个背心，外面穿一件单衣，在零下四十摄氏度的山上吃草，却都还活着。他自己现在抱着一个玻璃瓶子，里面以前是贵州盐酸菜，现在认为自己抱着的是一个火炉，里面有一个人燃烧着的热情，用它在冻出来的幻觉中自得其乐地取暖，居然还计算出自己抱着这个空玻璃瓶子不吃不喝，还能继续活好几个月。他觉得战争太逗了，真他妈太可笑了。文龙开始对着原野哈哈大笑，回想起高中的时候，愤然离家参军，决心在战火中清洗自己家庭的烙印，没想到给清理得真彻底，连正常人的日常知觉都给清理干净了。

文龙越想越觉得可笑，就一阵阵突发性狂笑，他笑得浑身颤抖，晃来晃去，担心被朝鲜离奇的寒风吹出用报纸自制的冬衣，但是停不下来。寒风中他的身体给吹得不住打晃，两排牙齿居然恶意地猛烈相磕，发出有节奏的声音，幸灾乐祸地给上半身邪魔一样的摇摆伴奏舞曲，非常荒唐可气。

他奇怪自己的胃为什么比自己还饿，长出了自己的手，拼命往下抢夺嘴里的野草。于是又觉得一切都很可笑，想起那个到连里来传达上级命令的传令兵，刚张开嘴，下巴就冻坏，关节冻住了，关键的时候张着嘴却说不出命令。他知道，自己在笑，但是听不见自己的笑声，只是在脑子里响起狂笑的回声，那是北风的呼啸。战争，真是不可思议。战壕里的战友们看了他一眼，都把脸掉过去，不再看他。

他认为不能再笑了，因为再笑下去就不想活了。他不敢去看手里抱着的玻璃瓶子，他太愿意把它扔了，不再继续忍受苦难。他希望立刻倒下结束苦难，但是他错乱的神经误以为那玻璃瓶子是一颗人心，所以不敢随便扔，一扔就摔碎了。问题是，抱着这个瓶子，能抗冻抗饿，还老不死心，所以自己老是不死，于是他没有别的选择，只能继续这样活着。

文龙已经掌握了现代战争最基本的规律，其实是个谁先看见谁的问题，当一个人先看见另一个人的时候，还没听见对方的枪声，被看见的人就已经死了。他看得远，所以他很有用，连里让他当远程炮兵观测员，见到敌方集结，就通知开炮。寒冷和饥饿使他的视觉格外敏锐，好几次，对方发动进攻之前都遭到了准确的炮火。他已经懂得，战场上，军人用脑子看，用感觉听，才可以看见远方的危险，他自己具备这些能力，不太担心对方突然袭击，所以在观测的时候有心欣赏风景。他认为前方的一片原野其实是很理想的墓地，南边横着一条河，北边背靠山岭，左右有丘陵环抱，以前还有松树，现在剩下断根，将来也会有树，被大雪覆盖以后，一定非常美丽。

两天后，对方开始轰炸阵地，进攻开始。

文龙数不清有几次他们被敌军赶下山，混乱中很难说阵地在谁手里，被攻占以后，因为上面还有自己人在抵抗。也数不清晚上有几次收复了306，因为敌军也有人坚决不退。仗打到白热化的时候，他们已经忘了任务是什么，跟着敌人往山下追，有人来不及跑回来。大多数时候，什么也看不清，就是乱开枪。最后他发现自己是山上这边剩下的最后一个人，其他的人都是敌军，就呼叫炮火往阵地上炸，对着步话机叫："向我开炮。"一天下午，大批友军的增援部队上来了，在山下进行全面反攻，306终于没有失守。

文龙眼睛里都是硝烟，熏得泪流满面，他扔掉背后的步话机，背起一个肚子被打破的战友跟着友军在后面一瘸一拐地走，才知道腿上早就中弹。透过战火弥漫的烟尘，犬牙交错的战线，他看见远处一个显眼的带红十字的帐篷，就往那里走，没想到是敌军的野战救护站。他在一片铁丝网里穿越，离后面战壕里的美军不远。

美军发现他，很意外，都举枪瞄准，不知道自己看见的是什么。再仔细看才看清，是一个半死的人背着另一个半死的人在往前挪，他走一会儿，爬一会儿，就是不肯停下来死去。他们的长官用望远镜看了一会儿就从战壕里站出来，立在掩体上注视，默默不语，士兵们也都站立起来，静静地看着那个正在救自己战友性命的敌军，他们没开枪。那军官后来给部下发了一道命令：今后自己的部队绝对不允许扔下伤员。

文龙在敌军野战救护所被俘，关进一个岛上的战俘营。几年以后，双方交换战俘，他在东北接受审查，因为没有旁证，说不清楚为什么去了敌人的救护所，后来被送往新疆的一个采石场劳动改造。

那年秋天，大漠中通往采石场的公路上，有人从卡车里扔出一个玻璃瓶子，瓶子滚到路边的杂草里。

一些年以后，北京放映了一部战争英雄的电影，主要人物在阵地上呼叫炮火："向我开炮。"电影主题曲流行的时间很长，一直流行到再往后的经济发展新时代。一个战士的部分战争经历幻化成一部英雄史诗，真实的本人不知所终。

世事总是演成故事，有时候，现实的本身无影无踪，也不知道算是有过还是没有。

第九章

罗汉到了上学的年龄，去小学校参加入学考试。

考试并不难，是对一般常识的测试。可是问起家庭情况的时候，老师们很困惑。罗汉告诉老师们家里都有什么亲人。测试的老师问，为什么他的父亲姓刘，而他姓罗，他不知道。老师又问，为什么罗汉的妈妈姓文，而他的姨妈姓肇，罗汉也不知道。老师们互相看了看，这家人关系比较复杂，不过录取应该没问题。

罗汉父亲的名字叫刘立业，早年的名字叫罗亦之。老家是江南水乡的昭文县。罗亦之有个祖先，在明朝末年做广西的总督。清朝征服南明的时候，他坚守桂林城。开战以后，他站在城头上观望潮水般攻城的清军，发现大都是投降的汉人，心中悲愤，回望身后的山河，明朝已无遗城，国家将要灭亡，这里是最后的立足之处，已经没有退路，决心统军死战。城池被攻破的时候，他点燃了城头上的火药桶和正入城的清朝骑兵一起灰飞烟灭。

清朝立国之初，崇拜英雄，所以没有治他家的罪，家里仍然是地方上的豪族。罗家有一个藏书楼，叫太阳沉渊楼，里面收藏的都是古代的书籍。这些书的版本十分珍贵，都是宋朝和元朝的书，所以是江南士子世代崇拜的地方，但是从不对外开放。罗家的这位祖上战死以后，太阳沉渊楼忽然向社会开放，并且开设了学堂，设馆教书。大家明白，这是在向新朝叫板示威：你们可以征服土地，但征服不了我们过的日子。

罗家有誓言，族中谁也不许给清朝做官，违者天罚。

藏书楼开放以后，各地读书人家纷纷举家迁移到昭文县，昭文县从此繁华起来，顿时出现了很多商铺、酒楼、戏园子、茶馆、客舍、青楼、书场、南纸铺、古旧书店、古玩店等各色新兴的生意。读书是昭文县的风气，由此出现自己的生活方式，有自己的社交礼仪和节日庆典，每年还有法定的全城曝书日期。读书是入仕的根本，很多学子后来进京在朝里当了官。几百年之后，昭文县成了官宦之家的渊薮，城里城外，到处是大户人家的园林。昭文县城西的历代功臣牌坊一直排列到十二里地之外。

罗亦之小的时候，家里出事了。那年一个族内的远亲在京城当了皇帝的师傅，朝廷赏赐了一支舞龙队到县里来庆祝，县里摆宴席接连庆贺三天，商家免费提供饮食娱乐，万人空巷，昼夜欢庆，晚上天空中七彩烟花彻夜不断。全城欢庆的时候，罗亦之的爹走到街上拦住一支华灯队，用手指天申斥：

"我家永不仕清，何以苟且如是！"说完气死在当街。

那天夜里罗亦之得了猩红热。全家吓坏了，想起以前家中的老人说起，祖上曾发过誓，不能给清朝办事，不然会遭天谴。家中怕前代的诅咒在后代应验，立刻去找破山寺的老住持给拿主意，请他想办法破解厄运。

破山寺是隋朝的庙，在城西北之外的虞山之上。从山下往上，有曲径，寺前有九十九级石阶通向山门。这段路构造得十分蹊跷，登山的人迈上一级石阶，头顶上就有一声叮咚的音响，所以庙也叫降音寺。庙里的白胡子老住持听了罗家的请求，微微一笑说："不碍事，不碍事，咒誓之类，不过是言辞，凡言辞，要旨均歧变，皆可通融，不做坏事就没有天罚。"

老和尚是明理的人，既不能得罪祖先和神明，也不能让无辜的后人遭灾，就教给了罗家一个和命运通融的办法。罗家按照老和尚的吩咐行事，需要履行一套息事宁神的仪式。

他们把罗亦之抬到庙里，在庙里注册登记，让他皈依佛门当了和尚，把他的衣服穿在一个纸糊的假人身上，在假人上面写上他的名字，那纸人就是罗亦之了，而罗亦之等于自此消失于尘世。任何天罚和诅咒，如果要来，由纸人去担当。罗亦之入了空门，但不需真的出家，罗家的人到了晚上需要来人，把他从庙里"偷"出去带回家，这样罗家就不会失去这孩子，他也不会失去以后世事中的前程。不过，旧的名字不能再用了，从庙里偷出来以后，路上听到的第一个声音就是他的新名字，如此一倒腾，他就变成了一个新人。厄运之神灵，手里有个花名单，照着名单寻人，名单上没有名字的人他找不着，找不着，就好跟上面交差。老和尚既考虑到神灵的面子和方便，也考虑到罗家的人丁和日子，大家都很佩服和感谢。

半夜罗亦之的哥哥罗剑之和家人翻墙进庙把弟弟"偷"了出来，又翻墙出庙，明知是个仪式，却也心虚，怕人看见，背起来就跌跌撞撞慌慌张张往山下跑，经过树林的时候，鸟儿被惊动，以为天亮了，都鸣叫起来。有一只鸟儿的叫声很出色，很有音乐性，听上去像是没有意义的歌唱：琉璃夜，琉璃夜，琉璃夜……所以罗亦之就变成了刘立业，取的是谐音。

刘立业欺骗神明，伪造在尘世的消亡，戏弄命运，通过盗窃和走私，获得了新生，所以后来他的事情一直搞不清是真是假，很快就被世人遗忘。许多年后，连他这种人是否存在过都成了疑问，中华大地上充满了这类神话，真和假，虚与实，很难分清，皆因他的民族是神话民族。

刘立业的哥哥罗剑之，也就是罗汉的伯父，是一个与众不同的人。他小的时候长得非常好看，像个清秀的女孩儿，老祖母是唯美主义者，喜欢得不得了，把他当女孩儿养，穿女孩儿衣服，戴首饰，把他惯得十分娇气，所以他小时候糊里糊涂，以为自己就是女人，整日里往女人堆里扎。他爹没死的时候对此极为反感，要严加管教，被老太太训斥了一顿，就不敢再言语。老太太对他说："女孩儿就得惯着。" 他爹不敢逆着，摇着头去戏园子看戏去了，从此不敢再管。罗剑之有了靠山，更加肆无忌惮地骄纵自己。

到了十五岁，人出落得俊秀风雅，害得昭文县里很多年轻女子晚上睡不着觉。一日，罗剑之突然觉醒，认为自己不是女人，是诗人，因此经常参加文人学士的雅聚和文会，弄一个酒杯在院子里的溪流里漂荡，漂到谁脚下就要作诗一首。有一回在诗会上他作了一首诗夸奖他自己：

> 性若清风气若兰，
> 自是古代英雄嫡。
> 呼朋引类过街市，
> 千金散尽人不识。
> 少壮雄心出天外，
> 生平书剑不恩仇。
> 但借龙泉安天下，
> 揽得路人相与食。

这诗写得年少轻狂，也很豪放，倒是他自己的写照，平时很慷慨，以战国四公子自诩，高兴了就在大街上散财，很洒脱，又很骄傲。那时昭文城里已经有不少报馆，报纸上有议论诗文的栏目。有个报馆的林编辑认识他，很看不上他那种纨绔子弟、华而不实的样子，就批评他的诗，说他才十五岁，还没开始活呢，就说什么"生平"，从来也不好好念书，整天不务正业，一天到晚娘娘腔，还安什么天下，真是鹦鹉学舌，东施效颦。

罗剑之本来对自己的诗很自得，很自我欣赏，正沾沾自喜，见了那文艺评论，恼羞成怒，就假报火警，骗来家里的救火车把那间报馆用大水冲洗了，结果那天从报馆里流出来的都是当天新闻的汤儿。

罗剑之确实没什么正业。他喜欢书，也看书，但是他看的不是书的内容，是书的版本，他看书不是读书，而是背着手琢磨书的样子，观察装帧的形质，纸页的出处和品类，研究版本的源流，刻本的真伪。他是个聪明人，但不用在正当的地方，却喜欢发明各种不入流的稀奇古怪。他发明了一种吃鱼的技巧，一条小鱼从这边进嘴，从那边出来完整的鱼刺，肉吃得干干净净；他给城里的儿童发明了一种游戏，从城中一处走到另一处再回来，必须要经过城里河上七座桥的每一座，但不许两次走过一座桥，走对了，就发马咏斋的肉点心；他见到女人眼睛发直，有的女人见到他眼睛也发直，所以他发明了一种带弹簧可以自动把人带上房的软梯，以便晚上好进人家楼上绣房的窗户，最不堪的是，居然还送了一些给卖杂货的在地摊儿上贩卖，普及推广。

不过他也有优点，就是特别关护着弟弟罗亦之，小时候给他讲故事，大一点背着他到处逛，再大一点还教他认字，爹死得早，罗亦之的生活和学习他全管。兄弟两人感情很深。

第十章

昭文县做梦也没想到罗剑之变成了司令。那是后来，日本人打进来的时候。一开始，离得不远的上海开战了，国家的军队从四面八方赶去参战。日本人的舰炮特别厉害，覆盖半个上海，国家的军队损失很大，常驻在昭文县的一个师奔赴上海战场不到一个月，军官都死了，昭文县里，小半个城的寡妇。三个月以后，会战失利，日本军队占领了上海，有一个师团朝着昭文县的方向开过来。

上海开战的时候，罗剑之就把太阳沉渊楼的古书运到破山寺的和尚那里藏了起来，那些书是国家的魂魄，不能让日本人抢走。日本人攻占上海的消息突然传来的那天，昭文县很多人家立刻抛家舍业出走逃难，罗家也跑到乡下藏了起来。老祖母慌慌张张带着家里人跑到了乡下才发现罗剑之不见了。叫家人回去找，发现不仅没有人，她埋在花园地里的珠宝银圆也都被人挖走了，留下一个巨大的坑。一个月以后，听说芦苇荡里出现了一个抗日游击队，自称"忠义救国军"，领头的是个女的，自封为司令，再以后，知道领头的不是女的，是个男的，再以后知道是罗剑之。他收罗了一些逃难的学生、败兵、土匪、失业游民和因为战争无家可归流离失所的各色人等，组织起队伍，用从家里偷来的钱买枪。

罗司令和日本占领军的战争持续了很多年。

最开始，日本军队占领了昭文县的时候，他想夺回县城。为了实现这个目的，他计划等日军的野战主力离开去打南京以后，他的游击军就同时袭击县城周边几个水陆要道上的运输站，切断城内日军守备队的补给线，然后全军围困县城，不着急攻城，不是把他们饿死就是打死。如果有增援来，就撤退，那肯定会牵制敌军前线的主力。第一个行动，选在湖口的河道，要伏击日本运粮的汽船，那上面只有五个日本兵，自己队四十人沿河设伏，不怕不胜，这一仗是为了先声夺人，振奋士气。

罗司令没有想到，开枪以后，汽船上的日本兵不怕他们，第一轮机枪扫射就要了他八个人的命。自己的兵，是临时拼凑起来的乌合之众，没打过仗，队伍里虽有几个当兵的教过他们开枪，多数人都是先闭眼，再开枪，还有人把头埋在地上连看都不敢看，竟然打中了对面河岸上的自己人。而日本兵，一枪一个，准确性非常可怕，开战十分钟，伏击的队伍没等命令就扭头往后跑，后来罗司令四下一看，身边已经没人了，只好跟着跑。罗司令回到集合地很生气，看到被打散的队伍陆续回来，灰头土脸没脸见人的样子，刚想说：他娘的怎么都跑了？看见里面还有几个女学生，就不便再说他们。

罗司令当时没想到，自己的民族是软性民族，本质上都是和平主义分子，无论穷富，讲究的是过日子，都希望好好享受生活，整天琢磨怎么精心调理快乐的各种细节，所以觉得活着是很好的事情，很有意思，打仗，那是不得已才干的事，而对面的人是从上小学就开始学使刀、学刺杀的人，有事没事就要拿把专门杀自己的刀把自己开膛破肚，报效国家，打了胜仗也兴奋得想自杀，活着还是不活着并不太要紧，死，对于他们倒像是一种光荣的回归，这是文明发展不同阶段完全不同的两个物种，碰上了，比较难办。不过，这回罗司令领教了日本职业军队的厉害，知道不能硬碰硬，人再多也没有用。他叹了口气，决定暂时取消收复县城的战略。第一阶段的战争历时十分钟，就此结束。

第二阶段的战争，他不准备打县城，却四处扬言要攻打县城，还让人混进城，张贴要大举反攻的告示。这个办法有些效果，城内的守备队警惕地把力量集中在县城周边的要地，准备应战，罗司令趁机偷袭了一处外围的兵站，抢了一些还没运走的粮食回来。他本来就是想到处散布谣言，让占领军不踏实，然后趁乱捞一把。

事实上，罗司令一直都没能收复县城，他的反攻一直停留在口头，是扰乱日军的谎言，即便如此，也要付出代价，打兵站的时候又死了好几个人。小小得手之后，罗司令志得意满，异想天开，装扮成女人混进城，坐在茶馆里下围棋打擂台。他棋下得好，没人能赢。日本驻军的中队长香月池照也是个爱好者，听说一个女人竟如此厉害，就来看下棋。罗司令早有布置，他手下一个和尚从背后走上来一闷棍就把正在用心看棋的香月池照打晕了。罗司令拿出他早先发明的勾搭女人用的弹簧软梯蹿上了房，逃出了县城。回来以后，他跺着脚气急败坏地问那和尚：怎么不用刀哇？和尚淡然地说他不杀生，刀枪都不用，只用棍。暗杀就这样失败了。

这件事立刻招来日军的扫荡。罗司令从此不得已开始第三阶段的战争，带着他的人逃命。这时，他把发明走过城中七座桥游戏的思维使用在战场上，天才地匪夷所思地把游击队的逃跑路线搞成了行踪不定扑朔迷离的幻影。在那里，他时而隐形，时而出现，在这个地方出现的时候，好像同时也出现在那个地方，在不可思议的时间出现在不可思议的方向，以至于日本人产生了错觉，不知道到底有几个游击队。

罗司令真实而飘忽的存在，不仅日本人意识到了，沉默的乡亲们也意识到了。日本人意识到有个抵抗力量，当然不依不饶，派军队剿灭；老百姓知道有个罗司令，事情就闹大了。一时间，乡间城里到处流行他的传说，后来昭文一带关于他的传说版本太多了，分不清哪些是实，哪些是虚，哪些是历史，哪些是编造，哪些是事实，哪些是希望。

所以民间传说中的罗司令没有清晰的形态，有的说罗司令是女的；有的说他是男的；有的说他以前是女的后来变成了男的；有的说他是男的但是会变成女的；说他会隐身术，日本人看不见；说他会分身术，根本抓不到；还说他不仅是隐身的，而且是无处不在的。所以乡下的小孩儿认为想见罗司令，需要站在原地使劲转圈儿，一边念咒语：

> 罗司令，罗司令，
> 来无踪，去无定。
> 东西南北一道跑，
> 人人都生头晕病。

他的事迹更加混乱，当时凡是真正发生过，或想象发生过，或希望发生过的事，都算作是罗司令的传奇。罗司令这件事在当地，现实和神话的边界根本就不存在，正因为当时人们活在他的神话中，就还能怀抱希望活下去。民间的神话中，他战无不胜。

其实罗司令的部队一旦正面遭遇到日军就不堪一击土崩瓦解，交上火，一触即溃，人马旋踵即散，像水银泻地，消失得无踪无迹。但他们的确是一支坚强的队伍，只逃不散，只败不灭，只躲不降，不久又像水银珠一样相互吸引着找到同类，又聚在一起，还是一支队伍。面对这个情况，罗司令心里清楚了，他的人可以，不算尿，只不过没能力硬干。于是他领会了他所进行的战争的性质。他知道，他对抗的，其实不光是日本军，还有恐惧。既然自己没能力消灭日本军，可以试试消灭对日本军的恐惧。打败不要紧，逃跑不要紧，只要队伍在，老百姓就知道还有人在打，就不会死心，这就是他要做的。于是改变战略，制定新战术，简单归纳为：见了就打，打了就跑，跑了再回来，见了再打，没完没了。

使用这类战术，虽然日军的伤亡很小，但在昭文一带，战争一直结束不了，产生的后果很大，越来越多的人参加了，有的是直接投奔，有的是暗中帮忙，有的是假冒罗司令，另立抗日武装，有的趁乱摸出去搞一把破坏，剪电线打闷棍什么的，事后照样摆摊儿卖菜过日子，然后完全忘记自己做过了什么。

老实说，罗司令的目的是活着。抗日武装只要存在，就等于日本还没赢。为了生存，他行事隐秘。自制迫击炮的工厂是七个村子里的秘密作坊，各做各的零件，做的人不知道自己在做什么，装配的地方只用一次，干完活儿人就跑，图纸都是由信鸽送的。所以他的战线没有形，有的人是自愿跟着干，有的人纯属无意被卷入。

罗司令的抵抗是一场带锯齿的精神污染，磨损摧毁着双方的神经，都知道，谁也赢不了。罗司令收复不了昭文县，日本人也不能完全消灭他，两边都忍受着筋疲力尽、毫无希望、无休无止地缠斗。罗司令疲于奔命地在前面逃，日本人绝望地在后面追，日本人要歇一会儿，他就来挑衅，而挑衅要付出代价，双方的神经都快崩溃了。两边的日子过得都很悲惨，罗司令有时很诡异，自己的队伍总要崩溃，却总是不崩溃；日本人有时很迷乱，不知道到底是昭文县沦陷了，还是自己沦陷在昭文县了，但日本人有城，罗司令没有，他住在野外。

后来日本军扫荡，差点儿把他烧死。他从燃烧的芦苇荡里爬出来的时候整个人是黑的，差点儿全军覆灭。此时，战争对他来说，逃跑了就是胜利了。那一年的现实是，游击队的反抗是一连串精心设计的脱身术。那一年的神话是，罗司令是关老爷下世。神话以自己最疯狂的方式参战，那就是已经不着边际，信口胡说，无限夸大自己方面的胜利。当年所有的人都在传布，并且相信，罗司令是永生的，他能死而复生。那一年，歪曲的新闻，走样的战况，捏造的事实，再版的传说，变形的秘闻，在地方上疯狂蔓延，都在支持抵抗。可是罗司令一直到第二年春天还没有露面，大家心里认为他可能真的死了，但就是死不认账不这样说。

翌年春，突然同时出现了五六个罗司令，以县城为中心，每个方向一个，据说还有一个就住在城里，居然还有人说，半空里还有一个。

罗司令像一个疯狂的纵火犯，到处点燃斗志的火焰。战争第五年，出现了各式各样名义上在他指挥之下的武装。罗司令自己也搞不清自己到底有多少人，也不知道他们在哪儿，也不知道哪些人是归自己指挥的，哪些不是。有的人打着他的旗号，但是不听他的命令；有的人不打他的旗号，却听他的命令；有的人有时听他的命令有时不听。

他还震惊地发现，抗日烽火居然还可以在内部燃烧，发生摩擦，互相攻击。还发现，有些人名义上抗日，但从来不出手。再后来，罗司令这个名字变成了一个体系，并且走向专业化，出现了以造谣为业，扰乱敌人视听的地下报纸和谣言散布中心批发站；出现了职业密探耳目情报网——这些情报网有的是他组织的，有的是自发组织起来为他免费服务的，也有的是独立核算单位，是收费向他出卖消息的生意；出现了走私运输线，偷运武器医药等各种物资，包括造成各种器官伤害的整套毒药和解药——这条线，分工很细也很专业；出现了雇佣暗杀组织，提供交钱买人头或买耳朵等各项服务，但一般不管用。再后来，他的名字已经商业化，在附近的大城市出现了以他命名的秘密抵抗行业，提供就业机会，搞专业培训，由一家隐藏在上海平常人家的秘密银行资助，向帮会融资，非法偷偷发行抗日理财产品。

局面变得越来越复杂，关于他的传闻也变得越来越匪夷所思。罗司令民间传说口头汇编里的内容越来越飘忽，经过不断误传，增补，更正，歪曲，修改，更新，夸张，真实的部分沉到了最底层。其实，有些最不可信的事情确实发生过，而有些听上去可信的故事是编造的。

不断重复的故事的本性是自己就能生出更多的故事，所以，神话中他的事迹比他干得多。

第十一章

　　罗司令天生让人迷惑，连自己的老乡都捉摸不透他，日本人更不能理解，认为他就是个邪魔。总而言之，战争在继续，但是谁也不知道他是在怎样继续着。人们只知道：罗司令对日本军开战了，从此一切都说不清了，连他是谁都说不清：他是个男的，能变成女的；或者他本来是个女的，后来变成了男的；他（或她）被日本人杀了，死于一把日本刀；或死于化学毒气；或死于芦苇荡里的大火；但是又活了，所以又开战了，连做个总结都不可能，总结得一塌糊涂，不像个样子。

　　至于当时准确的战况，连罗司令本人也不清楚，不知道哪些地方到底发生了什么，真的发生了没有，如果发生了，是怎样发生的。他发动的这场抗战最终迷惑了他自己。他不明白，为什么有些人打着他的旗号战斗，却去打那些不在他的旗号下战斗却正是为他而战的人；他不明白，为什么有些人在他的名义下作战，却总是向战场相反的方向前进；他不明白，为什么有些人不停地向战场挺进，却永远到不了那里；他不明白，为什么有的人现在有仗不打，却在等着打一场没有发生的仗。

当然，谁也不反对罗司令，他是民族抗战的象征。有一天，芦苇荡里来了客人，要求他换旗帜，要收编他的队伍。以前在文艺评论栏目上讥讽他的诗文的那位报社林编辑，早就成了他的死党，不再认为他是个华而不实、不务正业的娘娘腔，而认为他无愧于那首诗的自诩，是个有抱负有担当的人，因此投奔了他，成了他的幕僚。林副官说："我们专管打日本，什么颜色的旗帜也他妈不要。"罗司令更干脆，下令："连旗子也不要，这样什么颜色也不会有。"

后来，前方长沙武汉那边主战场白热化，江南后方受到四面八方扑朔迷离的袭扰，日本军感到筋疲力尽，有些招架不住。昭文县的日军长官香月池照给罗司令写了一封劝告信。信里的意思大致是：

罗司令阁下钧鉴：你的民族以前让蒙古和满族征服过两回，建立了外族王朝，连你们的正史都承认他们的政权，这不是偶然的，因为你们不行，第三次就是日本的征服。你的民族其实不是很在乎，老百姓有饭吃，有钱花，谁当政都行。我知道你与众不同，是个英雄，你要为大义的幻影奋斗。你也知道你的民族面临两种选择，一是愚蠢而光荣地灭亡，二是勇敢而屈辱地活着，这对我无所谓。但是你要知道，你这样的人，结局好不了，因为你的民族不喜欢你这样的人，他们嘴上说喜欢，其实不喜欢，因为他们不喜欢他们不理解的人。不管你为他们做过什么，他们会选择忘记你，甚至背叛你。他们不值得你这样，因为他们只相信利益，正在退化成渺小的生物。他们现在是这样，将来也会是这样。

罗司令的回复比较简单，就一句话，只说："香月阁下：我们选择光荣地活着。"

从那以后，罗司令心情很不好，总觉着不知什么时候吃了有毒的蘑菇。他经常一个人对着湖水发呆，莫名其妙地感到有些灰心，似乎有预感，最后的时刻快到了，他想回家看看去。几天后，他乔装改扮，去了祖母藏身的小镇。

罗家因为战争爆发已经败家，母亲靠着组织乡间妇女编织花边卖给上海的洋商持家，和祖母住在镇上一个小院子里。那天刘立业正在门口蹲着看一只狗，来了一个戴斗笠挑着书箱出租小人儿书的人，问他想不想看书。刘立业说他没有钱，那人说不要钱。刘立业看完了一本小人儿书，想起来祖母可能有钱，跟租书人说回家去拿钱，觉得这人怎么好像认识又好像不认识，再仔细看，才知道是大哥。见了大哥，不知为什么想哭。他大哥原来不是这样的，现在脸是黑的，皮肤绷得很紧，像铜茶壶的颜色，眉宇间斜横着一道很长的刀疤，下巴不是尖的，成了方的，有硬胡子茬儿，没变的是眼睛还会笑，正朝他咧嘴笑，露出一口白牙。

罗剑之进到家里见到祖母和母亲跪下磕头。老祖母看见他起先不认识，老眼昏花，眯着眼仔细瞧，母亲已是泪流满面。家里唯一剩下的女仆认出他来，赶快跑到院子里去插门。老夫人好歹认出孙子，偷钱拉队伍的事不提，不但没发作，反而很镇定，说："剑儿，扶我起来，咱们吃饭。"

一家人坐在桌边吃饭，说些日常寒暖的言语，唯独不提外面的世事。刘立业默默吃饭，却心潮汹涌，心里盘算着一个稀奇古怪的喜悦，大哥现在是两个人，一个是大哥，一个是一场谁都知道的故事，太有意思了，一个人是两个人。老太太说："我家一门忠烈，不辜负祖宗和一方百姓。只是庙里的东西我有些不放心，别让他们抢了去。"

"庙里的东西"是太阳沉渊楼藏书，"他们"是日本人。罗剑之点头称是。

这以后全家静静吃饭，不再多说话，谁也不提旧事，谁也不说以后。家里的女人有直感，知道罗剑之这次忽然回来，也许是永诀。吃饭成了庄重无声的仪式，送别家中男子出门走向自己的命运。罗司令回家是为了把家的记忆印在脑子里。这以后他不再多想，他知道，自己在老家发动的战争，已经不是自己的战争，已经不可收拾，自己今后无论怎样，战斗仍会继续，而自己，就像那个在广西战死的祖先，保卫过老家。

香月池照是奈良人，知道自己老家的城市是依照唐朝城市的原样建立起来的，所以一直对中国的风土文物很在意，学会了中文，会看中国书，也听说过江南四大私家藏书楼之一的太阳沉渊楼。那天他没事，翻看地方志，才知道昭文县以前还有一个名字叫长清县，因为太富庶，需要两个财税衙门才管得过来，因此有清以来，有一县两称的制度。香月大惊，原来太阳沉渊楼就在本县！他知道这是多大的事情，也料到地方上肯定会把藏书隐藏起来。他没声张，只是向翻译轻描淡写地提起，试探口风。

那翻译去了一趟茶馆，茶馆跑堂的去了一趟乡下亲戚家，这家有人去了一趟昭阳湖，游击队就知道了这件事，所以香月不可以再继续活着了。罗司令最担心的就是日本人知道有这批古书，日本也是佛教国家，一般情况下应该不会去祸害寺庙，但现在危险了。

罗司令最后一战是在城里守备队总部。那天白天，他的人马都进了城。夜间，大东门南段的慰安所忽然起火，全城各处的日本兵正向那里赶，这时从守备队总部三面的墙上已经进来很多人。香月起身正往外走，但是还没出大门口，在院子里迎头遇见了罗司令。罗司令朝他点点头，因为算是认识，一回是在茶馆下棋，还有过书信往来，就自我介绍："我是罗剑之。"说完就一枪把香月崩了，随即杀了总部里所有的人，占领了总部。

那天晚上，罗司令终于光复了一下县城，给他的抗战画了一个句号，有始有终。但是他已经出不来了。日军很快反应过来，快速赶来把他围住。城里的老百姓此时全出来了，在远处，在房上观看了一场战斗。这是罗司令的最后一战。人们看到的是一场攻防战，但不知道这是一场保卫祖先古籍的战斗。

游击队坚守半条街。他的部下已经不是一触即溃的乌合之众，虽然没有经过正规的军事训练，但经过了七年的残酷斗争，全成了死心塌地的亡命徒。日本人从临县调来增援，打不下来，就头缠白布，组成一拨一拨的敢死队冲击。据当时目睹的人说，罗司令的人比日本军队厉害，一个人换好几个。

两天后，罗司令的队伍被消灭，他受伤被俘。枪毙他那天，日本人让乡民集合观看。在小学校的广场，乡亲们努力辨认押出来的七个战俘，以前都见过那个整天在大街上闲逛的花花公子，现在谁也认不出来罗剑之。他瘸着一条腿，穿得破破烂烂，像个要饭的，脸上横着一道伤疤，他的脸棱角分明，青铜颜色，泛起金属的光泽。他在最前面走，四处打量他以前上过学的学校，脸上的表情是，周围发生的事跟他根本没什么关系。跟着的几个人也满不在乎的样子，都是女的。

看来日本人肯定把他们恨透了，用一排机枪枪毙他们，死了以后当场焚烧。烧毁他们的火堆上，风中升起一些死者衣装的破片。有人说，那不是衣服碎片，是燃烧的黑蝴蝶。

第十二章

刘立业的祖母和母亲拒绝逃走，破山寺的和尚就只好把刘立业一人带走了，日本人把她们关进监狱，不久死在里面。

刘立业成了太阳沉渊楼剩下的唯一后代。

当不打诳语的老住持把这个噩耗告诉他的时候，未经世事的刘立业迎头挨了一棒，他的理智当场选择沉睡，拒绝接受现实，灵魂飞出了躯壳，去追赶死去的家里人。他的本能屏蔽了真实的世界，切断了感官和现实的联系，以便维系行将崩断的一丝生命愿望。真实的世界太可怕，他的生命，拒绝与之同流合污。那个刹那，他的脸忽然变成先天愚的面孔，目光呆滞，下颚前伸，嘴角流下一串口水，他的智慧一头栽进死亡的黑暗，去追随灭亡的家族，心里知道的只有一件事，要和家里人在一起，于是他追着他们，走向一个相反的现实。

刘立业突然变成了弱智。他知道自己要走了，看了一眼大雄宝殿中巨大如来的微笑，转身，开始了他在另一个世界的旅程，去追赶他的大哥。

刘立业和这座庙宇有奇妙的缘分，以前，为了欺骗神明，他在这里死过一次；现在，他欺骗了世界，第二次死去，实现了他的希望，像大哥一样，一个人同时又是另一个人。他的身体在庙里浑浑噩噩地转圈儿，心智已经踏上历史的路程，朝着死亡，就是那个什么都没有了的过去走去。他只知道，这个世界要是没有了他依恋的人，那就得到另一个世界去找。

庙里的和尚们看到，他歪歪斜斜地围着寺庙的内墙转，两眼发直，神情焦虑，一串哈喇子从嘴上一直垂到胸前，风也吹不断，脚步踉跄地往前奔，他嘴里念叨着家里人的名字，家人是他前面的一点儿亮光，他被落在后面了，突然发现大人们消失，就昏天黑地地在后面到处乱找。在庙里，刘立业愚昧执着地没黑天没白日地追，也不回自己睡觉的禅房，两只脚都走出了血，越走越害怕，越走越迷茫，有时候小心翼翼地迈腿，像在过河，有时候紧跑慢跑，还往后看，像在逃跑。看见他这般行状的人，不知道他那个世界里究竟都出了些什么事，不过显见，其中幽峻渊深，途远境险。

他走的时间太长了，走得太累了，后来就用双手扳着一条腿往前挪一步，再扳起另一条腿往前挪一步，等于抬着自己一点儿一点儿往前放，连看的和尚们都累坏了，累得直叹气，但他永不停息，愚昧而坚韧地继续自己的旅程。刘立业一边走，一边呼喊他的大哥，但发出的声音听不见，嗓子也累坏了。丢失的小孩儿不停止呼喊，以为只要不停止呼喊自己就还没有完全丢，要寻找的人也没完全丢。

他日日夜夜地走，但是寺庙里大千世界的路太长了，长得只要还在走就永远有路。

和尚们看不下去了，想把他拉住，站在殿前云台上的老住持说："阿修罗逆旅寻踪，痴迷忘返，未必不是他的造化。"

大家听不懂，却也不敢拦了。刘立业是一条被切断的蚯蚓，挣扎着寻找另一半自己，有一天晚上他找到了，转着转着，就转进了秘藏太阳沉渊楼书籍的经阁，进去了就没出来。

后来，他从里面出来的时候，已经是个华彩内敛、目光澄澈的少年。

刘立业在痴迷的路途之上，有神形两个自我，所以因祸得福，完成了世人无法同时完成的"读万卷书，走万里路"的古代最高人生境界。

这些，是和尚们看到的，却不是他看到的，他看到的是一片世界的万象，他从现在走进了以往，走向了时间的起点，遇到自家藏书的时候，那个世界的路就开了门。

他拿起一本线装的绵纸书，立刻感到，这是他和家族的最后联系，就下意识地用手抚摸书脊，在他的抚摸下，那本书在微微地颤抖，像是很兴奋，认识他，知道是家里人来了，想要对他打开门告诉他里面的秘密。从那个时刻，他进了门，上了路，进入书里的世界，开始生活在书中记载的过去。

一开始，他翻开书，想看看里面是什么，在发黄的书页上闻到了死亡的味儿，嗅觉突然变得像狗一样灵敏。白痴刘立业用鼻子贴着书页使劲地闻，根据气味辨别每个字是什么意思，结果两天以后，闻出了一个道理：所有的字都是死的，字一写出来，就死了，可是字和字之间的味道还在，字中间的味儿，有的长，有的短，有的轻，有的重，什么样的都有，表面上一样的味儿，深层的下面，其实闻着不一样，是同一种味儿的不同差异，再往下闻，又有差别，味道的不同是永无止境的，越闻越多，越丰富。

白痴的思想经常十分奇怪和极端，他觉得他闻到了"无限"，字和字中间的意思是无限的，还老在变。

他发现，书里那些字就是过去的生活，是已经死了的事情，是曾经活着的事情的化石，所以很想看见那些生活是什么样，猜测应该很好玩儿。他已经领悟到什么是无限，无限就是什么都可能，于是此时，他的白痴智慧在阴差阳错之中凑巧捡到一把悟性的钥匙，忽然间大千世界就向他开了门，他走进去，就可以参加里边的生活。

他喜欢这些字，就是因为愿意和死了的东西一起待着，自己家的人全死了，一定也都在这个地方，看书，就觉得离他们近了一点儿。

过了一段时候，他发现他看过的书，里面的字他都忘不了，原来，在死亡的领域，什么都不会再死第二遍，记忆也是，不会死，在那里，记忆是永存的，结果，他失去了忘记的能力，他的忘性死亡了。

所以有一天，他发现寂静之中自己嘴里正在嘟嘟囔囔说一串话，那段话是一本宋版《国语》里的《中行穆子伐狄》全篇，他是因为太安静了，自己一个人待着害怕，想弄出点儿声音壮胆，就下意识地随便说些什么驱赶恐惧，没想到看书和不看书，就是不一样，连胡言乱语的品级都有高下。

天下人想不到，那年，一个小白痴蹲在老家一个和尚庙里自己祖上的藏书里是怎样在看书。那时他看书，已经不是一页一页地闻，也不是一页一页地听，也不是一页一页地读，而是翻开一本书纵身往里一跳，就在文字铺成的大路上跑，一下子就活在那本书的事情里头了。所以说，他看书是逛书，东逛逛，西逛逛，看见了很多事，看见了又忘不了，慢慢脑袋里面光辉四射、灵光乱闪，灿烂辉煌的东西多得把眼睛都弄亮了。

他看见的事情越多，越想多看，就天天在各种书里面游荡。

他曾经路过自家明朝的祖先坚守的那座桂林城，看见箭雨像一片片乌云一样飞向城头，攻城的人先是汉人降军，用黄土堆起一条条通向城头的斜坡大道，扔下遍地死尸，然后满族的骑兵再从黄土坡道上直接往城上冲，还从城墙上直接往城里跳，他的祖先点燃了火药，和冲上城墙的骑兵先锋们一起飞上天空；他还看到，明朝的灭亡，不是像大家所说的是因为最后一个皇帝太糟糕，而是因为，任事的精英被言事的庸人消灭光得太早了。

他发现记载历史的书最好玩儿，里面实实在在的全是事，所以喜欢往里面钻。他越往前走，历史越年轻，他从最末王朝甲午年间的中日大海战一路看下去，经历过历代的很多新鲜事，一直到了历史时代开始和神话时代淡出的中间时代。越往那边，就越来越看不清楚了，没有路，也走不过去了，只能远远望见一片无人的森林和原野，那时候地里和树林里长出来的东西太多了，比后来多得多，花树繁茂草色迷离，五颜六色，千姿万态，看得他眼花缭乱，视野深处隐约有人在摘植物上的果子，有个人拿着竿子在看太阳的影子，搞不清在干什么。

对他来说，其实读书就是走路，是在书里的各处逛悠。

他的身心有分工，一边看书，一边在消失的世界里闲逛，发现最末王朝的第三个皇帝根本不是合法的王位继承人，看见了他是怎样耍了一串阴谋，怎样焦头烂额地杀害家里人，怎样像还罗圈债一样劳累不堪地欺骗当世的人，怎样杀了帮过他的人，也看见了他是怎样背着这些负担殚精竭虑地治理朝政，要当个好皇帝，差点儿累死，为的是不辜负如此惨痛的代价，不辜负用家人的血换来的王位。

他看见蒙古人发动的征服战争不是从北方先打进来的，而是从云南那边先打进来的，进来以后惊天动地地要把大片的庄稼地再改回草原，把时代往回拉。

他跟着一支军队进去过一个巨大的城市，进去一看，才知道那实际上是一个大粮仓，攻占这个仓城的将领给饥民分发完粮食，站在城头往下看，看见的是一片美丽的雪原，再仔细看，才知道地上覆盖的不是雪而是白米，都是抢夺粮食的老百姓乱扔在地上的，方圆数十里一望无际的白。

他看见各地众多的巨型宫殿，以及它们的焚毁和建设的全过程回放，每次改朝换代的战争过后，胜利者都要把对方的宫室焚烧干净，不许留下前朝记忆的痕迹，然后造起自己壮丽的新宫，用来显示正统的权威。

他看见倒数第八王朝攻打辽东小国失败了，失败的原因比较可笑，是因为派去的军队太多，供应不上他们吃饭了，不过他们用的武器令人震惊，是一些会自己移动的城池，带有连发强弩、自动报警的铃铛和能自己伸出来抓人的铁手，他自己就没留神，差点儿让突然伸出来的铁手抓了去。

让他不敢相信的是，倒数第七王朝的一个大图书馆竟如此壮丽精巧，人走到前面的白石头路上，窗户上的那些彩绘飞仙造像就一起拉起巨大的窗帘，让阳光照入，等人走了再拉下来。

他还看见倒数第七王朝的山河竟如此美丽，以至于最后的那个皇帝整天什么也不想管，穿件短衣，拿着个手杖，步行草履，只顾游山玩水看风景，还洒脱地问人：不知天下英雄哪一个能有幸拿去自己的头颅。他晚上看不见，就让全国百姓收集萤火虫，一起撒在山谷，让山河一派通明，那萤火虫汇成绿色的银河，在山谷的溪流上，薄云下，飘摇明灭。

要不是亲眼所见，他根本想象不出倒数第六王朝的舰队有多壮丽，一万条船在运河上走，从长安往洛阳开，宏丽浩大，像一溜儿雕刻出来的城市。他上去的那条楼船叫作"篦风"，有十层，每层可以站一千个甲士。

他也看见了当时的花园有多大，方圆五百里，晚上四千个宫女骑马拿着火把陪着皇帝在里面跑，还专门有一支这种时候伴奏的乐曲《清夜游》。

他看见第一王朝的皇帝和老百姓以为自己的国家是一个院子，就在西北边疆一个劲儿地打墙要挡住外边骑马的民族，等发现院子太大了，已经停不下来了，就一直造，一直造到明朝。好多王朝都没了，还没停下来。

没想到骑马的民族一钻进来，就变成了不骑马的民族，跟自己人一样，后来就分不清谁是自己人了。

第十三章

白痴刘立业在消失了的世界疯狂旅行，在鸿门宴上吃过一种美味的后来绝种了的鱼，拉了好几天肚子，因为他的肠胃不是古人的肠胃，没那么结实。

他不喜欢假装上茅房逃脱了性命那位，觉得他当时还是在宴席上就范了比较好，情感上比较倾向楚霸王那样的贵族得天下，他道德上有底线，无赖当国，他心中有些不平；他不小心闯进过十面埋伏的战阵，在里面瞎转悠，没想到后来战阵越收越紧，差点儿钻不出来，费了半天劲儿才逃离升天。

他觉得淮阴侯还可以，虽然心机深了些，险了些，毕竟识大体，所以到他家去喝茶的时候，还少年意气地跟着幕府里的人劝他：干脆反了吧，干吗要引颈就戮呢，让那个阴鸷的老女人得志。看来淮阴侯什么都明白，看着他反问：好不容易不打了，伸一己之志，那不还得打吗？他就没词了。原来战神在本质上是个和平主义者，打仗对他来说，无非是成就自我的游戏，他也是享乐主义者，做天下主就算了，太累。

在泗水河边，他听浣纱女吟唱《清商引》听得发呆，洗衣服的女子看他流着哈喇子听歌着了迷，觉得很好玩儿，就笑着朝他撩水逗他；他在河津县遇见了那个整天到处游历给九州大地画地图的姓徐的人，这人他在小学课堂上听说过，他们结伴走了一段，到了渭水，那人告诉他一个秘密，大河的河面之下有一串石头，连成一条曲里拐弯的路，可以一步一步跳着到达河对岸，谁也不知道，反正他俩闲着也是闲着，还来回试过几趟。

他也看见了第一代王朝的人怎样烧全国的书，怎样把读书的人放在坑里活埋，为的是禁止人想事，但是效果相反，那王朝积蓄了几百年的力量夺取的天下，没到二十年就让还能想事的人给灭了，看来在古代，人想事，是拦不住的。

他赞成那几个举兵的人，要不，以后没有了书，人不会想事，那还得了？还有什么可看的呢？还能像他这样在书里到处闲溜达吗？那还有意思吗？那后人不都傻了吗？傻了，就什么正经事也干不成了。

根据他的所见，他知道以前的人和后来的人是不一样的。以前的人爱学习，街上尽是挎着剑一边走一边捧着书看的人，走着走着，停下来看一会儿再继续走，路人不相识，却似曾相识，可以随便过去问不认识的字。有土地的人家，也是一边耕地一边念书，他们对书的痴迷已经走上了极端，能几个世纪不停地争论一本书里到底说的是什么。

他曾经偷偷跟在尘埃里的一个牛车走，车上的那个姓孔的，在还没有纸的时候就到各国游历讲学，差点儿饿死在路上好几回，听他讲课的人记不全他说的话，就没黑天没白日地凭着记忆把他的话赶快刻在竹子片上，怕忘了，结果还是忘了不少，别的人就半猜半忆地往上补充，最后闹得他们对这本书的真假已经搞不清了，不知道哪个部分是谁说的话，整天在大辩论，一直辩论到刘立业出生的年代还没有停。

研究那个老师的话的书籍很多，其中有一本还提到过自己，说好像有个小孩儿在齐鲁一带偷偷跟在牛车后面的尘埃里一起走，不知道是干吗的。刘立业知道说的是自己，不过提到这件事的那本书被人一致认为是瞎编的今文伪书。

那时候，有的人家，世代读书，后来生出的小孩儿都变了，看书过目不忘，五六岁就敢写作文。

以前的人也能打仗。

他看见在反对秦军的战争中，西楚军有十几个特殊的骑兵。两军对阵，秦军漫山遍野，一色黑服，前面是七层手持一种极长的扁头长矛"鞘"的重甲方阵，后面是一群一群着绯衣的弓箭手，密密麻麻有十三层，身后是一堆堆的羽箭，两侧斜着摆出持盾的队伍护卫。开战之前，秦军开始敲响三千多个大鼓，震天动地，惊得地平线上林子里的鸟儿全飞起来了，在天边形成黑云。鼓声中秦军先抓阄，选出几百个死士，解甲赤膊从后面走出来，走到军阵前，神色自如，漠然如一，一声号令，仰天长啸，拔剑集体自杀，要震慑楚军的魂魄。可是楚军不吃那一套，根本不在乎，理都不理，阵中前排还有冷笑的。

叫楚霸王的那个主帅不在阵后，在最前面。他左右扭几下脖子，就带着十几个骑马的人硬往秦军方阵里冲，越跑越快，秦军用箭云覆盖他们，他们太快，盖不住。那些骑兵会抢秦军的"鞘"，一把搂住就抢过一堆夹在腋下，骑马冲刺的力道能带倒一大片人，他们从阵前冲到阵后，回过头从后面再往前冲，几次穿过来穿过去，就在秦军阵中穿出来十几条忽开忽闭乱七八糟的胡同，秦军就乱了，此时西楚军的主力开始排山倒海往前走，前面尽是拿大锤和狼牙棒的巨型壮汉，进入敌阵一抡就是半个空圆圈儿，楚人的虎贲战车从两边往前赶，从外面切削秦军阵的两翼，有的横着往里插，有的拼命径直往前赶，绕到后面去围着打。秦军的玄武鞘兵阵虽然很结实，最终还是顶不住。那十几个骑兵好像有超自然的灵敏和力量，从来没有伤亡，原来他们就是"万人敌"。

他们的构造一定和一般人不一样。军中有些荣誉感极强的人也想学他们的样子，楚霸王的堂弟就是，结果第一次冲进去再出来，一身的箭，像刺猬，咬牙回马再冲进去，就没有回来。看来，那些骑兵是专为干这种事出生的人，别样的人不行。

越往前走，这类异常的人和事他见到的就越多。在黄土高原上的黄河之滨，他遇上过一个老妇人能看得非常远，不仅指示他去长安的捷径，还看见长安城的树上都挂着迎宾的彩色丝绸，当朝发给街坊间沿街坐地小摊贩的都是龙须草编织的蒲团。老妇人还跟他说，看见有一万名驯鹰人也正从各地往那座城市赶，去参加欢迎正在丝绸之路上向那里行进的西域使团的典礼。

他在中条山里看见过几个怪人，他们在山里到处走，试着吃各种各样的植物，中了毒就昏倒，全身发绿抽搐，不一会儿就醒过来，毒已经消解，又活蹦乱跳地去找植物来尝。当地人说，他们是古代巫医的子孙，发现草药，是他们天生的行当。

还见过一个会玩儿刀的老头儿，给孙子洗脸不用水，用刀削，一趟刀要完，小孩儿的脸就干净光洁了。在前面很远的地方，他还见到一个瞎老太太，用手一摸就知道是什么植物，她想改良培育出一种治疗不育症的野生植物，不小心培育出第一株黍，在这以前，人们七天吃一次饭，那时候人的胃可以消化坚果壳，吸收东风中的养分，后来有了黍，自然就用不着了。可是后来氏族联盟封神的时候不知为什么她不是发明者，钟鼎文的农业技术革命史里也没那瞎老太太什么事。

在一本编年史的最尽头，一切都变得很模糊，似幻似真。再往前走，整个南方是一片沼泽，住在那里的人腿比较长，趾间有蹼，身轻如燕，走路很飘逸，上身晃得比较厉害，蚊虫一旦近身就灰飞烟灭；而西北沙漠地带的人，眼睛里有一层彩虹色的膜，不怕风沙和强光，有的能看穿地貌，告诉他地底下有黑色黏稠的大河；东北密林里的人，有的能在树上滑翔，肩臂带羽。

在一座称为"猗天苏门"的山上，他居然看见山上有个人聚精会神地盯着飞鸟看，看了一会儿，鸟儿就往下掉，因为山上什么吃的都没有，谁没这个本事，谁就饿死，所以那里的人都会这个。之前他在路途上就听说，后来这个种族好像灭绝了，因为鸟儿学会了绕道飞，就把他们坑了。

有时候，他不知道自己看到的是当时的真事，还是后世的文字铸成的折射，这才知道所谓"开始"根本不是一条分界线，而是书能够走到的最远的位置，在"开始"的以前，还有很多事，比"开始"以后的事要多得多，但是在书里逛，能看见的东西只能是文字记下来的那些，文字以外的，影影绰绰，看不太清。尽管如此，他看到远方有一座刻着奇怪文字的类似茶晶的纪念碑，但无路可通，于是开始怀疑：在"开始"以前，可能世上就存在过很高明的世界，后来突然没有了。

这使他想起，在第三个朝代，很多房屋的屋顶是绿莹莹半透明的瓦片，屋里冬暖夏凉，没有蚊蝇毒虫，但是几百年后，人们忘了怎么做这种瓦，可能有时，后面的新东西未必比前面的旧东西好。

刘立业在太阳沉渊楼的史书里纵览光阴，越走越远，不知道过了多长时间，他来到一个地方，一边是海，一边是陆地，陆地上没什么人，也没有房屋。晚上天空中星星太多了，挤不下了，就挤得直往下掉，天边有很多燃烧的陨石往下落。这时他看见了一个女子，正从水里走出来，头上顶着一个陶罐，她眉毛上涂着两道明亮的黄色黏土，嘴里叼着一个野橘子。她看见他，就走过来，把嘴里的橘子吐在他手里。

他明白了，最开始的时候，地上人太少，所以见了面都很客气，陌生人见到，也不必自我介绍，知道是同类，不用废话，不像后来的有一段时期，非要先问你是谁，或者见了就摸家伙准备要了对方的命。

她领他走到北边一个瓦蓝色的湖边，就下了水，他估摸着，她想邀请他一起游个泳，后来才知道，她是在邀请他一起共度良宵。

她看见他横在水里像青蛙一样地游泳，哈哈大笑，觉得他笨得可以，她能在水里走，两条腿一会儿化作人鱼的尾，一会儿变回来，那是她那个时代的特征，可是他自己只会近现代的游法。那天晚上在湖里，他和她一起在水里玩儿，第一次和一个女人有了滚烫的交往，虽然差一点儿被水呛死，还差点儿得了肺气肿，却很是高兴，知道世界又向他开了一扇门，里面的惊艳无与伦比。后来她仰面躺在湖里看月亮，看着看着，睡着了，他爬上岸边坐着琢磨：也许她的家族以前是鱼？

第二天告了别，他就走了。那女子目送他远去，有所领悟，看看天，看看地，又看他渐行渐远的背影，忽然产生了"世界"的想法，觉得"世界"无非就是上面、下面和中间三个最主要的东西：天、地，还有那行色匆匆的男孩儿，于是出现了第一个世界观，天地人。她偶遇了她不可能看见的未来，结果成了东方思维的始祖。

刘立业在历史和神话世界的交界地带，见到过用眼光搬运东西的，用耳朵计算距离的，用手掌预测未来的，用鼻子分辨善恶的，种种匪夷所思的氏族。不同地方的人，按照本地自然环境的要求生存，生长出不同的特征。

他知道，人艰难地活在世界上很久了才能这样，比在书里能看到的久远得多，只是后来吃的东西多了，用的东西多了，日子好过了，方便多了，以前的本领用不着了，人们才变成一样的品种，并且变得很快。他想不明白，都变得一样，人类种族的那些花样奇巧、异秉才具和各自的绝技，都让舒服和方便消磨没了，挺没劲的，这到底是好呢还是不好呢。

他跟一些写了他看过的书的人聊过天，常常是聊过以后觉得很糊涂。

有的作者说，他根本就不是那个意思，他误会了；有的作者说，自己也没想到自己的书里还有他看到的东西，自己怎么不知道？所以有时，他需要再看一遍，可是越看越糊涂，发现有时书里的意思也不是作者想写的意思。他后来到处去问有学问的人，这是为什么，魏晋有个学者跟他解释："那是因为人们看不见他们正在观看的东西。"这个，刘立业是真的听不太懂。

后来，关于发生过的事情的书看完了，他没得干，没处去，就开始看关于器物、变化、文字、音律、医理、药学、礼仪、典章、天文、训诂等等方面的书，起初是看一本，后来是同时看，也是纵身一跳，同时进入不同的世界，在里面乱逛。这样一来坏了事，眼花缭乱，出现精神分裂，把常识摧毁得一干二净，经常是几个世界叠在一起，眼中出现很多莫名其妙自相矛盾的双影儿。他看见一个东西在那里，同时又不在那里；他看见的东西都生出来相反的东西。

古代的文字也把他搅得昏天黑地，每个字都代表很多意思，以至于不知道到底要说什么。有很多种语言和文字已经死了，它们代表的想法也跟着死了，但又好像还没死，活在别的语言和文字里。那段时间他脑子乱极了。

后来他猜测，世事大约都是如此，在很多维度中生灭，不知道这是多年之后量子力学思维的觉醒。

一天，他瞬间领悟：在与不在，活着和死了，其界限，时有时无，中间没有一道线。那个瞬间，刘立业神形飞升，内心明澈，眼前一派光明，超越了认知的底线，获得了不用看就能见到、不用学就能知道、不用走就能到达的能力，他就看见了大哥罗剑之。

罗剑之靠在一棵大树底下正打瞌睡，他走过去把大哥推醒，委屈地问他："你跑哪儿去了？我怎么找也找不着。"

罗剑之看见他，咧着嘴笑，跟他说："亦之，别再追了，啊。追不上，连我都不知道我在哪儿。现在的我，无非是场神话，无在无不在，无所不在。"

刘立业找到了罗剑之，有所领悟，立时从第二次死亡的马拉松中醒来，他走到寺庙的后院里去见老住持，问他："我多大了？"

那句话不小心说的是梵文，因为后来他实在没得看了，就看印度版的佛经。他不知道自己沉睡了多长时间，又像一秒钟，又像很多年。老和尚也说不清他几岁了，却是个洒脱的人，就说："看着像多大就多大吧。"

刘立业在池水中照了照脸，决定自己十五岁，又问老和尚："现在我去哪里？"老和尚无所谓，说："爱去哪里去哪里。"

刘立业走出庙门，下了九十九级石阶，在地上转个圈儿，四下看，不知道自己应该朝哪边走，老家的亲人都没了，跟他的那个明代祖先一样，回首观望，世上已无存身的家园，想起祖母以前曾说过，北方的人们常年住大雪底下，都很年轻，因为他们的年岁冻住了，不会老，就决定到那边去看看。

没有实际年龄的刘立业，穿着和尚的衣服鞋袜，看了一眼太阳的方位，抬脚往北方走。从庙里出来的时候，时代已经变了，日本投降了，但还在打仗。

跨过南方最大的河流，在北方最大的河流之滨，他遇到了一个活着喘气的传奇。

第十四章

一望无际的军队在北京城里经过的时候，万千旗帜飘扬，人民在街上敲锣打鼓跳舞欢迎，人海一片。行进的军队中，一个独臂的人从敞篷汽车上站起来，用手指着一处建筑说：

"这个，是大学。"

像神一样用手指什么就是什么的人，是独臂吴，他的真实名字人们早忘记了，因为他自己也不记得。

他手指的地方是一处中外合璧的建筑群，外面是帝王府第红色的大门，里面是西洋雕琢镂刻的灰色楼房。这地方，以前住过元朝的王公，明朝的公主，清朝的皇子和共和时代的总统，民国的创始者一百多次来这里开会，和北方同时期的统治者商量修铁路和南北统一的办法。

很多年前，独臂吴来过这个地方，那时他是个学建筑的学生。大门内灰色的钟楼是个法国的传教士设计的，这人一定在摩洛哥住过很多年，所以钟楼初看上去像个法国天主教堂，再看，就能看出不完全是欧洲的样子，因为外墙覆盖着北非精细华丽的雕饰，到处是砖花和浮雕，有些像城堡，顶端是方形的箭塔，箭塔的正面，镶嵌着一座很大的钟，时间是罗马字母。这座楼只有两层，却非常高，里面的房间像皇宫里一样高大，每层的外围是宽阔的走廊，走廊有外墙，四周是许多巨大的拱圆。

钟楼是主楼，东侧和后面有十二个同样风格不同样式的楼，有白色的，有青砖的，绿色的屋顶，一看就是族群，象征耶稣和他的十二个门徒，把这个学建筑的学生看得目瞪口呆发傻说不出话，后来只说：

"这、这、这是有信仰的人盖的。"

他自己当年就是有信仰的人。

他去了法国，在法国大学念书的时候，回国给西南老家的爹奔丧，以后没再回去上学，从此不再盖房，而是经常轰炸楼房。

在法国他从来没想家，船到了上海，这才忽然迟到地开始想家，他靠在港口的栏杆上，掏出个小本子刚想写一首怀念故乡的现代诗，江面上一艘正在演习的外国军舰走了火，炮弹误落在码头附近的鱼市，集市里的鱼形成的雨落在他的头上，里面还有一只穿高跟鞋的脚，他顿时没有了诗性，却自此染上了粗口骂街的爱好。

在老家，看见街上很多人要饭吃，还有人沿街叫卖自己，也有不少没办法只好出卖夜晚的妇女，他又很愤怒。

在街上看见一伙天主堂的教民跟几个乡民争斗，他就上去帮乡民跟教民打架，用一本精装的华兹华斯的浪漫主义诗集砸了教民的头，结果闹出了人命，就逃走了，参加了革命党，那时候他们只有二十一个人，却想要推翻朝廷，建立新社会。

他负责制造土炸弹，让一个会员拿着他制造的炸弹去炸摄政王。结果那位同党刺杀未遂，入狱后写了一首"饮刀成一快，不负少年头"的诗，害得全国识字的女人整天潸然落泪闹情绪。

在早期的破坏活动中，独臂吴参加过刺杀川陕总督的悲剧性阴谋。川陕总督是他父亲的好友，他只好在友谊和信仰之间选择了信仰，把川陕总督的轿子炸上了天，那个死者的相好悲痛之余也悬梁自尽了。他的信仰太坚定，亲手用砍刀结果了自家老仆人的性命，因为那人不小心泄了密，杀完人以后他精神紊乱，坚决不肯离开现场，同伙只好抬着他逃跑，自此他脸色肃杀，目光阴鸷，一副愤世嫉俗的气色，连自己人见了他都想离他远点儿。

他把家业全部变卖，在珠江三角洲一带走私武器，骑匹白马，不知道的以为是个到处游荡的公子哥，其实他在阴谋串通，准备武装起义。

他策划在广州动手，阴错阳差起义提前了，他到达的时候城门已经关闭，里面已经开打，城市像一口扣着盖子的大锅，里面枪炮呼啸，像刮龙卷风。他进不去，气得要用头把城门撞开，让副官们按在护城河里，差点儿淹死。

北伐战争中，他是先头部队，沿着东南海岸线向北，一路扫平所有抵抗的城镇。他总是在第一拨突击的敢死队里头，带头迎着炮火上，那时，他获得了金刚不坏的名号，因为打不死他，子弹好像都长了眼睛，绕着他走。每占领一个地方，身后战场上会留下很多死人，乌鸦在上面飞，房屋在燃烧，树上挂着人的碎肉。内战中，他不停地胜利，越来越出名，成了战无不胜的神话，自己却越来越愤怒。

那天，独臂吴一屁股跌坐到战地指挥所的帆布椅子里，陷入沉思。他问他自己："你他娘的想干什么？"

自己原来的意思，是解救老百姓，建立好社会，结果杀了这么多人，好的愿望能解释坏的做法吗？可问题是，如果没有理想，自己活着还有什么意义？而为了这个理想，死了那么多人，说得过去吗？自己有必要再活下去吗？

这个进退两难的逻辑，好像确实也不太好颠覆，从此，每逢战事，他就出现在战斗最激烈的地方拼命，其实他是在找死，但就是死不了，也不受伤，他觉得实在没什么太大意思，就重操旧业，玩儿炸弹，成了业余爱好，反而让隐秘的希望差点儿实现，做炸弹的时候一不小心，炸弹爆炸了，崩掉了自己一只胳膊。

他过了黄河才遇到共和军李家骧李大帅的军队，自己的军队被打得抱头鼠窜，吓得往后跑了一千八百里，以前的仗基本上算白打了，自己也被俘了。

李大帅是前朝的举人出身，接见了这位天下皆知的名将，跟他聊了一会儿，就把他放了。李大帅没跟他谈什么正事，俩人早上一起喝粥，吃咸菜，只是闲聊。

李大帅说，说来可笑，有一回他去打曹将军，曹将军是他父亲的把兄弟，所以见了面还得叫四叔，包围曹将军之前，给他送去了老家自制的几坛子咸菜，因为他老人家爱吃这个。"天下是天下，世谊是世谊，没办法。"李大帅说。

独臂吴说，以前在法国待过好些年，听说那边古代的骑士也有这样的，打归打，礼敬归礼敬。

李大帅说，朝廷没了，国家没有了政治中心，天下就乱了，都想得天下，谁也不让谁，那就打呗，结果日本人高兴了，咱们一乱，他就有机会了。其实国人谁打下来都行，就可以赶紧开始建设。

独臂吴后来建起一所学校，自此都叫他吴校长，他要培养有新思想的"新人"。当时眼中闪耀不同理想主义光芒的青年都去他的学校学习，希望建立自己所想的新社会，在以后的年代里，学生们分成两派，还开了战，在战场上拼得你死我活，拼命想消灭对方。两边的人都管他叫"校长"，路过的时候也来看他。那时他已经忘了自己有多少学生，也搞不清谁是哪边的，只能凭卫士的军装去辨别他们的思想倾向。后来他闭门谢客，不再看报纸，开始酗酒，拒绝见任何一方的任何人，最后，有意识地要把他们都忘掉，包括自己以前的事情。

他非常努力去使劲忘记，坚决不承认自己和他自己以前那段历史有任何关系，为了这个，大量喝酒，过了一段时间，他的记性果然如愿以偿，变得非常坏，昨天的事情记不住，但是早期的事情都能想起来，忽然想起他从前是造房子的，于是开始画画，重操久远的旧业，画建筑设计图，但最不爱用红色，认为像血，这时的他，已经有些痴呆。

抗战时期，日本飞机把他的学校炸平了，他从浑噩中苏醒，去了陪都。当时的政府为他举行了盛大的欢迎仪式。

抗战末期，中日双方都耗尽了最后的财力，他代表政府到美国去买黄金，以便应付席卷全国的经济危机，付了钱，黄金运来了一些，剩下的就不再来，少了十分之九。他去美国问为什么，美国说，这就是交易的全额。一开始他以为自己的记忆力不好，弄错了，一查谈判记录与合同，根本没有错，原来是美方在起运黄金吨位的数字上少写了一个零，是办事人员的疏忽。财政部和外交部的人羞得脸通红，无地自容，说要不你们把太平洋战争用过的装备先收回去，算抵付，但是这没有用，也办不到，已经晚了，国内的通货膨胀开始爆发，老百姓很愤怒。后来内战爆发了。

他两手空空回国，汽车行走在被战火摧毁的城市道路上，背靠座椅，看着街道两旁站在米店排长队的人群，想到了自己那个一生为之奋斗的美好愿望，非常悲哀。他和他的同志们现在都坐在汽车里，着洋服，抽雪茄，而大街上什么也没有改变，该要饭的要饭，该卖淫的卖淫，太荒唐了！他想笑，笑出来的声音是一阵嗤嗤作响的抽泣。大街上的景象太可笑了，人们背着装满钞票的麻袋买米，但是没有米，街上行走的全都是笑话，嘲笑他一生拼命在做的事。

这时，他突然觉得自己忘了一件重要的事，就拍着司机的肩膀问道："嘿，我叫什么来着？"

人们再见到他的时候是在山里一所学校的课堂上，他在那儿当学生，学习一些外国的思想理论。后来这个地方的最高领导知道自己以前的老师在课堂上当学生，就赶紧过来找他，诚惶诚恐地向他道歉："哎呀校长，真是对不起，对不起。不知道是您来了。"

独臂吴成了自己学生的学生，他的命运很古怪，总是奔向与起点相反的方向。

第十五章

内战时期一个冬天，北方战场的难民中间出现了一个神话传说：有个游方僧，沿着铁路干线走过来了。

他从南方来，往北方去，渡过大河，走进大山之中的无人之境三百里"蕲弥雾谷"，居然从这个进得去出不来的绝地走了出来，出来的时候还带出一罐子战国时期上面有文字的紫金镏子。

他经过的一路，沿途发生了很多怪事。山村里有人看见他给人治大脖子病，就地取材，找来一些不知名的花草配制成药，服罢即愈。他说话是南方口音，奇怪的是，到一个地方就会说当地的方言。他也认识荒山蔓草之中、古道关隘路旁石碑上谁也看不懂的古代文字，曾经按照石碑上面说的话，为缺水的当地找到过水源。据说有一回，找到的水源不是水，而是一条黑色的地下河流，河里黏稠的黑水遇见火可以燃烧，乡民就用盆盆罐罐舀回家当柴烧。

起先，他还给人们指路，给他们指点地底下哪些地方埋藏着什么东西，但是后来因为人们总为这个打架，还出过人命，他就不再告诉了。

还有人说，那人不是游方僧，是个穿着和尚衣服的小孩儿，不是凡人，曾经看见他渡过宽阔的渭河，他渡河，是踩着河面直接走过去的，还两条胳膊平伸掌握平衡。人们说，他每到一个地方，不用看地图，也没有地图，就知道四面八方是什么样，有什么，比当地的老人还熟悉，他爱和老年人说话，问这问那，老辈的人却发现，其实他什么都知道，给他们讲当地各个时代是什么样，出过什么事，出过什么物产，出过什么人。

中原大地自古是神话的渊薮，没事也要编出一些故事，游方僧的事情一时传遍整个黄河流域，给被战争蹂躏坏了的老百姓带来了一点儿活着的兴趣。

他的故事比他本人走得快，走得远，所以他还没到达，就有很多人在等他来相助。但是大家的难处是，谁也不认识他，当时还有人穿上和尚的衣服到处走来走去骗吃骗喝，搞得老百姓灰心丧气。于是就有人跟整天对着村口大路上张望的人说："别傻等了，他不是'来'，而是从天上面一下子往下掉。"

攸阳地区，那时双方几百万军队正在打仗，无数逃难的群众在大地上四下乱窜，有的从东往西跑，有的从西往东跑，谁也不知道该往哪里跑，跑得晕头转向，四面八方都是打仗的传闻，战争像一场无边无际的暴雨从天上覆盖下来，人总是跑不出去。有的难民跑着跑着，就跑进了远程炮火预射地带，被炸得七零八落，有的人群跑进伏击战场，被流弹消灭得一个不剩。

那天傍晚，有一支难民队伍藏在葭昱山道两侧半山坡的密林中，以为中间的路和太高的地方都不安全。有个衣衫褴褛的少年从此处路过，问他们这是什么地方，听说了地名以后，告诉他们赶快走，这里很快要打仗，果然到了半夜，双方的炮弹都落在山坡上，后来发生激战。大家问那少年他是如何知道的，少年说，这里自古是兵争之地，仗打到这个局面的时候，这两天这个地方最重要，以前发生过几千次，差不多都一样。

难民的头领们开了个会，向他提供了一份工作，请他担任逃难专职向导，不发薪水，光管吃饭。

这种职业以前没有，那少年是这个行当的第一人。这种职业虽然穷，在那几年，却是最受人尊敬的职业，后来在黄河两岸的几个省风行一时，只有最机警最有能耐的人才能干这项工作。

少年带领的难民群从此安全了，很多次奇迹般地钻过战争暴雨的雨点，凭着他那门怪异的新艺术，出乎意料地七拐八拐，九死一生地逃脱劫难。随着这种新职业的产生，难民群中出现了权威和领袖，出现了分工，成为有严密组织的机构，后来因为有些土匪绿林也来报名参加，就有了武装。再后来，不知道他们怎么会知道埋藏着古代千年珍宝的地点，挖出来购买军火。他们此时已经不太像难民，做得也有些过分，竟然乘乱袭击村落，抢掠城镇，于是一切变得更加混乱。

造成这个结果的少年没想到是这样，尽管受到所有人的崇拜，也不想再继续从业，就辞职不干了。他的人见过他怎样和天上的鹞子对话，打听战争的动向；见过他怎样从地里挖出银块儿给大家买粮食；见过他怎样把难民组织成纪律严明的古代骠骑体制，让大家干净利落地来去无踪；见过他怎样发明会走的木牛流马，装载大家的粮食和行李，所以都劝他别走。但是没有用，少年说："你们已经不是难民，是强梁，所以我不是向导了。"就辞职走了。后来，内战的结束又推迟了一年，就是因为莫名其妙地出现了这类身份不明的武装，局势变得太复杂，他们来去无踪，见谁打谁。

　　夏天，并州城被围困，里面的军队出不来，外面的军队也不打。城里的百姓快饿死了，忍不住就往外跑。一跑出来就被围城的军队赶回去。

　　城里的指挥官进退两难，只好准备投降。一天忽然听说，城里有地道，可以通到几十里以外的临县，这件事是街上一个要饭的十来岁的小孩儿说的，就找来小孩儿问话。小孩儿看了一会儿军用地图，回忆起，很久以前这座城在东边五里之外，叫别的名字，那个地道是汉代屯兵用的，能放进很多人，可以潜行出来从后面袭击进犯的匈奴。地道很长，出口在包围圈的外边。按照那小孩儿脑子里的地图，城市西移以后，地道口已经不在城市的中央，现在应该在城东门一带。

　　围城的军队围了两个月，奇怪怎么还没动静，就赶紧动手，可是晚了，城里已经没人了。

独臂吴参加了反对自己建立政权的战争，在中原战役中指挥对敌方的包围。那天中午他坐在指挥所的折叠椅子上，一边吃午饭一边看书，外面进来一个参谋报告：并州被围敌军凭空消失，罪魁祸首抓到了。

旁边的参谋长情绪激动，说："毙了吧。"

罪犯已经押进帐篷，是个小要饭的。独臂吴冲参谋长摇摇手，问犯人话："叫什么名字？"

"刘立业。"

"几岁了？"

"不知道，可能十六。"

参谋长气得要掏手枪，被独臂吴制止住，接着问话。

"你还有对抗情绪？"

刘立业没听懂，就没说话。

"你帮助敌人，就是对抗，知道吗？"

刘立业还是不明白，就问独臂吴："他们又不是日本，怎么是敌人？"他只跟日本军队有仇，和别人没仇，所以不明白。

独臂吴在椅子上向后仰着问话，椅子的前腿离开地面，闻听这话，差点儿背仰过去摔在地上，一时不知道说什么。事情太复杂，跟小孩子没法解释。

听这孩子的口音，是南方人，他跑这里干什么来了？又想到，全国战火连天，到处饥荒，从南方来，千山万水，要穿越高山大河和战场，他怎么还活着？真是奇迹，很好奇。他仔细地打量刘立业，不再问话。

这孩子身上的衣服是两层破棉布片，用一条绳子系在腰上，所以没掉下来，鞋是和尚穿的芒鞋，也用绳子绑住已经分离的鞋底，可以想象他走了多少路。头发直着，好像被感觉不到的风吹得竖立起来，眼睛里有和年龄不相称的成熟，少年的脸，皮肤紧绷在颧骨上，有饱经风雨的沧桑。这孩子不爱说话，沉默中是桀骜不驯的固执，是经历过磨难之后才有的野性，一声不吭地看着自己，眼神像个被抓到的野兽盯着人看，也在琢磨自己的底细。在军中，没人敢这样肆无忌惮地看自己。

刘立业见独臂吴不再问话，便不再管他，看见木箱子上有一听吃剩了一半的牛肉罐头，就盯着看。

独臂吴觉得好笑，这孩子倒是知道什么最重要，就问他："你识字吗？"

"识。"

"会看书吗？"

"会。"

独臂吴拿起一本书对刘立业说："你要是能念一段这本书，就可以吃饭。"

刘立业接过书看了看封面，不懂，是《国家与革命》。

打开来翻动书页，他不是读，像是将扑克牌，从头捋了一遍，低头往里瞧，皱起了眉头，他认识字，但是不认识标点符号是什么，以前看的都是古书，没标点符号。他也管不了太多，有饭吃怎样都行，就合上书，垂下手，开始告诉他们书里说的都是什么字。

他从书里第一个字往下说，一字不差，滔滔不绝，实际上是在背书，因为省略了标点符号，一口气只往下说字，所以奔腾流畅，无休无止，却没有意群，没有意义，成了不间断的梦呓，像一条汹涌澎湃的大河在奔流。他毫无意义的背诵像是庙里念经的吟诵，连绵不断，没有停顿，无休无止，浩浩荡荡。这背诵的洪流是魔法，当时帐篷里的人谁也动不了，不会想，不会发出声音，没法阻止他，看得出来，这孩子不知道他正在说什么，但是谁都相信，他能不停地这样说下去，一字不错，一直说到最后一个字，包括出版社和印行年月。

看着他背书的样子，大家发生了幻觉，觉得冥冥中，在另一个世界里，有什么人在借用这个孩子对他们发号施令，用的是一种谁也听不懂的语言，不许插嘴，不许违抗，不许呼吸。那声音的河流，在空气中正在积累沉重的压力，越来越紧张，越来越激越，越来越压得人喘不过气，激烈地冲刷他们的头脑，搜刮走了脑子里的一切，把什么都卷得一干二净，把他们引入一个可怕的、美丽的、绝对的、什么都没有的境界。

帐篷里的人惊讶得有点儿发蒙，幸亏独臂吴意志坚强，他还能动弹，慢慢站起身来，悄悄走过去，勇敢地从刘立业手里抽走那本书，转身赶紧跑了回来，手里的书一没，像拔了电源线，小孩儿知道可以不说了，看上去，却像那书和那孩子是通着电的。

见众人不言语，都看着他，刘立业就问独臂吴："能吃了吗？"

帐篷里的人一致点头，还是说不出话。

大家看着刘立业用手指头掏罐头肉吃，不知道应该想什么。过了好半天，独臂吴心神稍缓，转头问参谋长："还毙不毙？"参谋长连连摇头，就是说不出话。

刘立业吃完肉，抹抹嘴，问独臂吴："那书里说的是什么呀？"

于是帐篷里面哄堂大笑。

那天晚上大河上下，在独臂吴全军传开了："总司令今天会笑啦！"这消息在黄河南北的部队里议论了好几天。

刘立业在中原大地上是一个传奇，他遇到的独臂吴是另一个传奇，所以后来又有了别的事情。

第十六章

独臂吴坐在折叠椅上看着刘立业穷凶极恶地吃他的剩饭。

他手抚额头，虚罩着眼睛默然不语，感到了各种各样的愤慨。他娘的，这样一个孩子念不了书，流离山野，在战场上要饭，骨立形销地命悬一线，怕是明天就要死了。

一个声音从心头升起，可是没有发出音，化成一个想法。

"要建个好学校！"

他问刘立业到北方去干什么，刘立业说："去那边看大雪。"

此时，独臂吴想起了自己也有年轻的昨天，心地也是明洁通透，干净无瑕，想要盖美丽的房子，在河畔作抒情诗，那是个太遥远的自己，已经忘了有过那个人。

他也是南方人，也喜欢看漫天大雪，就说他也去北边，要是愿意，可以一起走，路上可以结个伴。

所以刘立业成了独臂吴的马童。

在挺进北方的道路上，独臂吴越来越觉得自己正在丢失一部分生活，晚上经常睡不着觉，用手捂着眼睛，用手心里的一小片温热抚慰沮丧的心情。

他忘了淮北那场迷离复杂的战役是怎么打的，想不起他发布过什么命令；他忘了在河南是谁打赢了；他怎样也记不起在中部平原，都有谁和谁在打，一开始是交战双方的主力，可后来为什么出现了一些以前没听说过的武装，以后就乱了，谁和谁都在打，好像自己的敌人也在和他们另外的敌人打。

前些时候，独臂吴决定，要教刘立业认字，他忘了刘立业认识字。他每天教他一个字，第二天觉得好奇怪，发现这孩子认识不止一个字，好像还认识自己没教过的字，就以为自己记错了，肯定是前一天教了不止一个字。

每天一个字的教学进行了一个星期，周末进行小测验，一计算这个学生认识的字不是七，比七多得多，再后来，误认为自己已经教了刘立业很多个星期，问题是，不记得教了他那么多时间。

独臂吴认为刘立业认识的字都是他教的，但是怎么也记不起来是在什么时候教的，这样一来，就把时间概念搅乱了，觉得奇怪，明明发生过的事情，怎么都丢了？

所以，时间在他的记忆里已经错乱。

从此，他经常神经质地问身边的人是几月几日。他产生了幻觉，夜里拿手电筒偷偷查看月份牌，发现每天的日子都挨着，但是不知道为什么，日子的内容没有了！

有时他还有另一种更荒谬的错觉：自己无所不能，不用教也能教会刘立业认字。丧失自信和狂妄自大同时发生，交织在一起，破坏着他的神智和心情，那段时间他很爱生气。

像水落石出，眼前的事，他忘得很快，早年的事却浮现出来。

他甚至想起很久以前的细节，能记得：在巴黎，他去看望老师，街头咖啡馆里放的音乐是《尚蓬小姐》；走到老师家正要敲门，忽然想起自己没戴帽子，又下楼去买帽子，因为在法国见到人不摘一下帽子很不礼貌；他还想起，那时候同学们嘲笑他比热爱女人还热爱建筑物。他觉得很好笑，这帮小兔崽子，要是知道我破坏过的建筑多得连自己都记不住了会怎么说？

直到一个秋天的下午，他看见刘立业在红叶枫林中阅读沂水河边一座石碑上的古代铭文，念上面自己听不懂的语言，才恍然大悟。既然自己看不懂那种古代的语言文字，而那孩子能看懂，所以不可能是自己教会刘立业的，这才想起，他的马童本来就识字，会背书，自己真是老糊涂了，老得比时间跑的还快，感到很惶恐。一照镜子，看到自己长出很多胡子，就慌了，其实那胡子他早就留了，是旧时军中的时尚，他给忘了。

他经历过太多，好像时间过了很久，跟他的年龄很不相称，所以他很害怕，害怕自己已经未老先衰了，要不是刘立业，他就会因为对老年痴呆的恐惧掉进疯狂的深渊。

过生日的时候，刘立业送给他一个生日礼物，是一个本子，里面记着他每天说的话和干的事，是帮他写的日记。看了才知道，原来他什么时间也没丢，根本没有太快地变老，除了自己有点儿好忘事，一切都还算正常。现在明白了，就是因为非要教那孩子学文化，自己的感觉才乱了套。

那个日记本子很脏，有一股子马粪味儿，但是他很喜欢。那天，他任命刘立业担任自己的"找回日子秘书"，还说以后也会送给他一个礼物。

大军进入北京城那天，独臂吴从敞篷汽车上站起来，用手一指，创造了一所大学，回头跟坐在后面的刘立业说："给你吧。"

上帝说：要有光，于是有了光；独臂吴说：这个是大学，于是有了那大学。

大学建立初期，刘立业在里面先当学生后当老师，住在灰色钟楼里的一个房间，平时上课、看书，每周六下午，都去后海一带横七竖八的环湖老街上的古旧书店转悠，在那里，日落时分，他能看到北海的白塔在燃烧的晚霞中孤独地梦回逝水流年。

他爱沿着湖慢慢走，出没于偏街小巷，心中无所念。天一擦黑，一些店铺门口的立柱上，会升起一串串点亮的灯笼。入夜，街巷中逐渐灯火明亮，湖那边传来缠绵的古乐，被晚风吹成断续的浅吟低唱。那时候他会想家，想起老祖母讲北方冬天的古老传说，北方的冬天太长了，下大雪，住在大雪下面的人们，生命岁月被封冻，所以都很年轻。他俯在栏杆上看湖里的水，水里有白色月亮和红色灯笼的倒影，被水波涟漪打碎，成为万花筒里的红白碎片，那时他有意半睡半醒，沉入懒洋洋的蒙眬，能听到泗水河边浣纱女久远的歌声。

老街上有很多古老的小饭馆，他经常去一家馄饨店。一天晚上，他坐在桌前纳闷，怀疑古希腊哲学家赫拉克利特的理论是不是说错了，那人说："人不能两次踏进同一条河流。"意思是，第二脚踏下去的时候，前面那片水已经流走了，每秒钟都和原来不一样。可是这跟自己最近见到的事情不相符合。

每个星期六他都来这个店，这个店里面的每件事总是一模一样，第二个星期六他走进的还是第一个星期六的店，后来也这样，好像这个时刻永久地静止着。

那两个老人每次都在紧里边西南角的桌子上喝二锅头；炉子上的铜茶壶，他一进门正好水就开了，冒出白汽；街对面旧书铺的那个小伙计，每回都对着一碗太烫的馄饨正吹气；他坐下以后，那个由两条电线和一根麻绳拧在一起挂在屋顶的电灯泡就开始出问题，一亮一灭地持续一会儿才恢复正常，每次都这样。

每次，他都看见一个女子几乎和他同时进门，进门以后就坐在靠窗的同一张桌子边，落座之前都习惯性地用左手第四指下意识地描画一下自己的左眉。

以前发生过的事，他不可能忘记掉，但是那些天，刘立业有些烦躁，因为他有忘了什么的感觉，自己忘记的功能不是早就死了吗?

他知道自己一定在哪里见过她,何时何地,在什么情况下,却定不了位。他尝试沿着那次走向人类历史时间起点的旅程一点儿一点儿往前摸,甚至摸到了书本没有触及的更远,还是想不起来。就是在那个时候,刘立业久已丧失的好奇心又复活了,他做梦一样地看着她,像一只老虎寻找从自己的利爪下逃脱的小动物,弄丢了,不甘心。他的忘却已经死了,从来不会忘记什么,这回怎么了?

他在自己的意识里到处翻腾,非要把她从里面拽出来不可,他搜寻的目光太过于猛烈,人家就能感受到。

她抬头看见了他的眼睛,看见里面是一场磁暴,那背后是被龙卷风掀起的海洋,巨浪滔天,掀起了整个大海,俩人目光碰撞的刹那,刘立业记忆的海洋已经直立了起来,露出荒凉的海底,立刻找到了她埋藏的位置,想起来了。他想起被陨石的火光照亮的夜晚,想起在久远的起点的另一边,有个蓝色的湖,想起脸上涂着发亮的明黄黏土的女子,也想起她成心跟他逗着玩儿,抓起一把湿润的黏土往他脸上揉,要给他添个记号,好日后见了面还能认得。

那天晚上,湖面上的晚风从窗户吹进小馄饨店,还是上个星期六的那阵风,刘立业站起身来离去。

下一个星期六,他到得比平时早一些,不坐在自己原来的座位上,而坐在那个女人座位对面的凳子上。命运把他的星期六晚上安排得什么都一样，把他搞毛了。他很困惑，也很生气，他要试试能不能变一变，他换了座位，坐在她常坐的位置对面等着，改变了馄饨店里位置的格局，要看看这无端降临的时间静止咒语是怎么回事，会不会给打破，以后会发生点儿什么。

她进来的时候，看见他坐在靠窗的凳子上，月光下的侧脸像个剪影，她开始觉得有点儿低血糖，身上发软，心里劝说自己赶紧回家吧，可不知道为什么还要往里走，还在原处坐，坐在他的对面。

两个人，头对着头，默默吃馄饨，谁也不吭气儿。

这种沉默让她想起小孩子玩儿的游戏，两个人装哑巴，坚持不说话，忍受荒唐的寂静，憋着，不说话也不笑，这恶作剧有些像魔法，会弄得人心里发痒反而特别想说话，但是谁先出声，谁就输了。

她放下碗，正想问问这人是怎么回事，他已经吃完了，抹抹嘴，冲她点下头，算是问候，拿起茶壶给她的茶杯里续水，再看看窗外的湖水，说："不会下雨吧？" 这次，他的眼睛里是平静，没有暴风雨。

她挺起身子，看着他，觉得这人胆儿不小，不认识就说话，还自来熟好像以前认识。

他说："我知道你不认识我，要是不想说话，我能理解。"

她说："没关系。"

他漫不经心地说："以前只听说这个城市很冷，但是不知道怎么个冷法，来了才知道，不是自己想的那种冷，是很有意思的冷。"

她问："您是说冷得有意思？"

他给她解释：在南方，"冷"看不见，在这里，"冷"看得见，能看见冬天沿街的屋檐下挂着冰凌，像一排排水晶做的牙；霜冻的树木都没有树叶，冰雪树枝处处伸向天空开放，像白色的烟花；家家的窗户上有冬天的雪花图案；外面的这座湖，也成了一大块半透明的茶色玻璃；所以北方的冬天比南方有的看。

他跟她说话就像对自己家的人，信口就说，像是很熟，跟他外表冷漠的气度截然两样，跟他说话，一点儿也不费劲，还觉得挺好玩儿。

后来，她知道他是南方人，家里人都没了，就告诉他，北京不光是冬天有意思，还有很多别的也挺有意思。

他想了想，说对，他也看见过"热"，比如，人冬天喘气的时候嘴里冒出一团白汽就是"热"。

她大笑，说："不对不对，其实那还是'冷'。"

他想了想，说："对了，那还是'冷'。"

两个陌生人在一起闲扯，她觉得跟这个人确实很熟。

二人互通姓名以后，他跟她山南海北闲聊，说上古的女子喜欢随手拿能用的东西化妆，比如，用黏土把眉毛染上个颜色，认为那样很好看，她的名字文眉听起来恰巧就是这个"文眉"的举动。

她觉得很有意思，他也觉得很有意思，因为她当时正习惯性地用手擦一下自己的眉毛。

下一个星期六，他们又在小吃店巧遇，就接着聊，其实那次可能不是巧遇，是都想再去。再后来，绝对不是巧遇，虽然没有约定，但是一到晚上六点，就都到了。

天热的时候，就搬到外面湖边去吃饭。她发现刘立业好像没怎么出过门，北京城该去的地方都没去过，结果再往后，他们搬到城里各处去吃饭，顺便到处逛，星期日也不闲着。

她带他去王府井的大市场。那地方是一大片平房和街巷，像个独立王国平房小镇，里面卖的都是小东西、小玩意儿，刘立业分不清那都是些什么，因为很多都没什么用，就跟着走，跟着看。文眉到了那里，就分外欢快欣喜，看什么都好，经常走不动。开始，他不明白人们制造这些东西是为什么，后来也很欣赏，感叹这些精巧的小东西里面凝结的古意和匠人们的心思和功夫。

她带他去看电影，他以前没看过，觉得在黑暗中藏着，偷看用声音和光线伪造的生活很无聊，也很为这种幼稚尴尬。

忽然看见文眉在旁边感动得直哭，于是看完电影以后不便发表真实意见，附和着她的意思说真好真好。他真认为，一个人能够哭出来真好，自己就不会哭。他跟文眉说，一个人能够为假造的悲剧哭，是福气。文眉用眼瞪他，觉得很可气，问他是不是一个刚从庙里跑出来的和尚，干脆是什么感觉也没有，她无意中说对了。五花八门的真事看得太多了，就不能老去感觉，那样会受刺激，所以他只是笑，不说话。

她带他去逛庙会，那时他已经学会了不多说，不评论，只顾看，就管吃，给什么吃什么。在那里，他还认出了一些杂技班的传人，他们一定是从前见过的那些奇人的后裔，也会在半空飞，在马上站立，刀枪不入，凭空消失。

她带他站在晚上的小雨里看街景，什么也不干，她就能很兴奋。湿淋淋的黑色柏油马路反射出街市五颜六色的灯光，打着伞的人像蘑菇一样在溅起的雨点中疾走，践踏起五彩缤纷的小亮点儿，她看着那没有意义的画面很欣赏，很自得其乐，很陶醉。他莫名其妙，茫然四顾，不明白街上除了她，还有什么好看的。

他们在夜间偏僻的小巷里面闲逛，待到很晚，在胡同的黑犄角里，脸对脸相对站立，希望时间停止，会意地倾听寂寞空巷深处卖小金鱼儿的小贩孤独的吆喝，在寂静的黑暗中细细地听，知道那祖传的曲调已经被编织进儿童的梦乡，将成为他们长大之后遥远思乡回忆的韵律。

后来他们有了罗汉。

第十七章

　　罗汉故事听多了，就认为，神话，是把不知道说出来让人知道，大人们讲的那些古代，跟他所知道的不一样。

　　尽管如此，他还是特别爱听故事，因为讲故事的人都很聪明，他猜测，可能就是因为会讲故事，他们才越来越聪明，越来越有趣。

　　不过，老师说的现代，他有点儿不明白。

　　老师说，几千年以来一直黑暗，现在光明了，现在最光明，以后更光明。

　　罗汉模糊地觉得，好像说得有点儿不太对，另外，既然"最"，怎么还能"更"。

　　他上了小学，就糊涂了，自己生活的现代，怎么也成了神话。

　　据说社会发展很成功，大家认为可以穿越出时间了，人们认为，再干快一点儿，人类民族一直盼着的天堂就到了，好像全国的人都把自己装进自编自演的神话里面，一致认为，人想干什么就能干什么。

这是罗汉在学校看到自己身处的世界。

一开始他在学校很好，语文算术都不难，家庭作业也不多，还参加了足球队。但是过了一些天，精力集中不起来，在课堂上，眼睛看着老师，却看不见老师，想着窗户外面的两个麻雀，自己要是只鸿鹄就好了，能飞来飞去。

第一年顺利度过，主要是因为足球。在足球场，他的奔跑终于有了目的。飞起的球有自己巧诈的思路，一旦离开地面，就不好预测，要求很会跑才能追上，不能太慢，不能太快，还要知道它什么时候落在什么地方，这种跑法比追蜻蜓要高级得多。不久，他就知道球要落在哪个点，而他总是提前一点点跑到那个位置上，早了不行，晚了不行。场上的争斗，复杂的战术，结局的悬念，激烈运动对体内不安分躁动热量的平复，高速运动的舒适感，球场规则允许范围之内的狂野行为，都能给他带来乐趣。

对于他，足球是一种药，不然每天手背后坐在课堂里闲着，早病了，后来他还是病了，传染上现代疾病肺结核。医生说，这个病绝对要卧床静养千万不能动！他本能地没有听话，继续疯狂踢足球。第二年医生发现他已经好了，连个钙化点都没有，就有些颠覆性的惶恐，一开始甚至怀疑，这小孩儿他到底病过没有。后来经过看片子，和他谈话和调查，加上后来几年的研究，这个医生以后发表了新理论书籍《生命在于运动》，轰动一时。

罗汉在学习上后来出现了障碍，天生的缺陷是听不懂抽象的现代词句。他的原始意识太落后于时代，只能理解看得见的东西，不能理解抽象的东西。他数学不错，能在脑子里反射出数字，只要能让他看见，一般都能懂，比如12×34，都是实实在在的数，就能立即在头脑的底版上打印出他能看得见的计算结果，知道是408。上古时期，种子很贵重，规定粒数，播种的人，瞄一眼一堆种子，就知道有多少粒，那种能力他不是很强，因为他的始祖不是干这个的。

语文课上，诸如"家""学校"这类词，他见过，当然没有问题，但是一遇到像"国家""世界"这类词，虽然不是很抽象，他就开始犯迷糊，因为看不见。至于遇到"主流思想""超前意识"这类，顿时眼前一片漆黑，人就傻了。有一段时间他一直跟"国家"和"世界"纠缠，最后也没弄明白。

对他来说，"国"和"世界"既简单又复杂，看一下"国"字，能看得很清楚，四面墙里坐着一个王，挎把剑，是国，很多国就是世界。可是再一想，思想就乱了，就得问老师。

根据老师对他一连串反问不厌其烦的回答，他终于听懂了：国，是住在一片土地的同样的人，而这些人不完全一样；他们有同样的根源，而那些根源不一样；有共同的祖先，而那些祖先不一样；说共同的语言，而那些语言不一样；有共同的文化，而那些文化不一样……他在恍然大悟的刹那，眼前同时一片黑暗，脑子里一片哀鸣，不知道从哪儿发出来那么多声音在抗议：那么世界是什么？和国有什么不一样？所以他还是没明白。

知道自己不懂这些词，他就尽量避开。躲也躲不过去，有一回老师让他站起来念课文，念道："我们是全世界最伟大的国家。"罗汉念的是"我们是全国最伟大的世界"，不知所云，课堂里就哄堂大笑。

虽然他远古的落后思想根本赶不上先进的现代思想，然而具有原始人的敏感。上地理课，他虽然听不懂"意识形态阵营"和"冷战"是怎么回事，他能回答世界地图上哪些是新国家哪些是老国家这个问题。他告诉老师，边界线乱七八糟被打得跟破旗子一样的，是老国家；边界线整整齐齐，像新旗子的，是新国家；等它们的边界线也打仗打破了，就变成老国家。

至于"大众认知"这个词，不管老师怎样费尽心机给他解释，他的原始智力努力伸张了老半天，最多也只能达到一个简单、愚昧、落后和很没出息的认识水平——"总觉得饿"，老师连连摇头，不知道从何说起去反驳他，听起来太不像话。

历史老师对他们说，火，是史前时期一个伟大的、充满爱心的人为人类发明的，于是有了文明。

罗汉认为不是。

他说，天上着火的石头掉下来，烧着了森林，林中烧死的短面袋鼠、蜈蚣和人都变得很好吃，部落里的人想学习天上的石头撞出火，就用头去撞地，有人还从树上往下跳着撞，结果撞死了很多，还是没有火，这才想起工具，也许用石头更好。部落组织群众进行大规模天石仿效祝祷仪式，祭司念咒语，命令地上长出火，大家一起跟着唱，趴在地上用石头敲地，过了几万年，还是不行，敲不出火，就试着用石头敲石头。过了几千年，一个人恰好用燧石敲燧石，敲出火星儿，但火星儿不是火。后来有个人学他，还架起干树枝假装森林，才弄出了火。庆祝的时候，大家把那个发明火的人烤熟了分着吃，相信这样一来谁身体里都会有造火的力量。后来人们用头碰地，是为了纪念第一批用头去撞地球造火的人……

罗汉是班里最差、最烦人的学生，不光因为脑子乱，净胡说八道，还因为时常把老师的脑子也搞乱，明明知道他不对，荒唐可笑，荒诞无稽，却不知道怎样纠正他。

他自己，为了不给全班拖后腿，也想进步。为了学习一些概念，他查字典，很快又放弃了，很多概念像俄罗斯套娃，一个套一个，最后那个，还是概念，所以还是不懂。

那天他不高兴地问老师，为什么把以前挺好的字都给简化了？老师说，笔画少，当然是为了学习起来更方便。他说，不对吧，原来的字里面有图，能看见，才好学，现在的字里什么也看不见，不好学。

过了一段时间，罗汉学会了不提问，不说话，因为知道自己总是错，毫无希望。

原始人的脑子在当今的学校里落后得一点儿办法都没有，根本不可救药。

野蛮冲动的史前动力后来光靠踢足球已经压不住了，因为他的冲动不只是体力能量的问题，更是一种盲目的、直眉瞪眼、走火入魔、挖空心思、非要摆弄出以前不存在的东西的劲头。

罗汉应该生活在的那个时代，人类连走路的方式都不一样。他们那种人类，出门不直着往前走，而是一边走一边转圈儿，在四周到处转悠，四下看，在各处踅摸，东找西找，看见自己不知道的东西就跑过去拿在手里摆弄，琢磨，捏一捏，咬一咬，对着太阳照一照，放在手心仔细看，用手指按一按，研究有什么用，然后带回家用石头砸，用火烧，用水泡，用土埋，过几天再往外刨，再接着试。

他们折腾物件的方式花样翻新，与其说他们是在研究发明东西，不如说他们是在研究使用东西的新方法，那股邪行劲儿，后来称为"技术"，以前叫作"想"，字形的结构意思很明显，就是"心在看"，也就是发明。

他们还给新东西起名字，发明称谓，所以他们每个人都知道两千多种植物的名字。他们喜欢用能找到的东西做出新的东西，有时候根本不是为了需要，经常是做出来了，不知道能干什么用，然后再拿着到处去试，试试能干什么用，以后才发现，一种捣碎的草浆能治伤，或者一种榨干了的植物能当绳子，或者几根弯成圆弧的木头能做轮子……

他们就是爱瞎折腾，折腾出一件东西，再拿着它找它的用途。有个人，有一天晚上看见篝火里燃烧的木头爆裂出来小火花儿，就目瞪口呆着了魔，使劲地想呀想，他的氏族跟着他想了几千年，试了几千年，才发明出爆裂，就是火药，但是根本不知道能拿它干什么用，后来做成鞭炮当玩具听响玩儿。

上古祖先的发明癖，罗汉遗传的这股闹腾劲儿，到了三年级开始发作。

第十八章

学校有个老师有绝技。他在黑板上写字，下面谁要小声说话，他回身手指一弹，粉笔头就会落在那个学生的鼻尖上。

罗汉没见过，根据传闻，有了想法，发明了一把手枪。

枪用不粗不细的铁丝窝成形，枪口是个微型弹弓，后面夹子弹的地方立着两个平行的圈儿，箭头形状的子弹是纸叠的，放在皮筋上拉到后面的圆圈儿中间夹住，扳机是一段带弯儿的铁丝，用皮筋勒在横梁上，尾端放在圆圈中间，一勾，就把上面的纸弹抬起来发射出去，其实是个手枪形状的弩。

这是一项成功的发明，轻易可以打出十米，而且很准。一个月以后，西城区的男孩儿每人都有一把这样的枪。一个半月以后，街头开始爆发弹弓枪战争，纸弹战。武器使战争突然像野火一样燃烧起来，战场遍布全城，包括剧场和各大电影院。暑假的时候，探亲和度假的学生沿着各大铁路干线到北京来，回去的时候把这项新发明引进到各地，开始向全国普及。

后来全国十分之一的人口卷入由这项发明引发的疯狂战争游戏。到了秋天，已经出现很多戴着风镜或面具在街上走的学生，他们认为自己是职业军人，所以不上学了。

第二年，祖国大地的城市里全是纸叠的子弹，造纸业相关的行业兴旺起来，街面上买不到纸，而一些行业出现全国性的灾难。

因为子弹总是不够用，很多学生把教科书和作业本都撕了。随着游戏的性质发生变化，从散兵对射，转向有组织的正规战，城里街上的秩序大乱，地上到处是烂纸，街道派出所维持秩序特别忙，环卫部门根本扫不干净也特别忙。以后有人根据这项发明的原型，制作出更先进的枪，力度大，准度高，能连发，就出现了伤员。医院，尤其是眼科，开始忙得不可开交。

一些金属相关企业发现他们的仓库里的铁丝铜丝被盗窃用于新发明，出现严重的亏损。教育行业受灾最严重，学生的学习成绩下降，有的干脆不去上学了。纸弹战成为社会瘟疫在各处蔓延，那年春天放映了一部战争英雄的电影，激发起很多比较乖的学生也放下书本，投笔从戎，也拿起纸弹枪走上了街头。再后来，纸弹变成了铁飞镖，开始流血了。

在全社会的强烈抗议下，法律出面干涉，纸弹枪被禁止，全部强行没收，才平息了动乱。后来，《初等教育史纲》称那年为"纸暴力年代"。

没人知道罪魁祸首是谁。真正的第一人，总是被人忽略，这是发明家的历史悲剧。罗汉自己也没好好想想事情的起因是怎么回事，因为那时候他正在关心别的，他需要发明一个永远吃不完的馒头。

经过几年的课堂学习，他已经跟窗外的两只麻雀混熟了。刚入学的那天，他就看见它们在窗外不远的葡萄架上站着。他向它们展示各种人类的表情，眯缝眼、张大嘴、笑一下、皱眉头，等等，一来二去相互就认识了，两只麻雀后来对他有回应，拍翅膀、叫几声、互相看看、假装生气飞走了又飞回来接着聊，等等。

那年春天他等了好几天，它们不来，很反常。

收音机里的天气预报也很反常，预报完了今明两天的天气，开始播报去年的洪水，或者前年的大旱；或者今年南方省份的大水，北方省份的大旱；或者南方省份的大旱，北方省份的大水。这种播报的方式里面隐藏着不吉之兆，似乎在说，这不关我的事，全是因为天气。敏感多疑的人开始不安，这般躲躲闪闪的，到底发生了什么事？而罗汉对天气预报喋喋不休的咒语产生的是原始而蒙昧的反感，他认为，以前都是颂神念咒，祈求好年景，哪里有整天死乞白赖祈祷恳求荒年的？

后来大饥荒开始了。

罗汉看到的大饥荒的第一幅可怕景象是天上看不到一只飞鸟。那年的候鸟群在往北飞的路上都饿死了，没有到达迁徙地就挂了。后来街上的榆树的树皮一夜之间没有了，人们在树下收集叫作榆钱的榆树花，他们把榆树皮黏滑的里层刮出来揉进一点儿面粉当粮食吃，把榆钱和在面里蒸窝头。后来听说，有些地方的人开始吃一种能吃的土壤。有一天，他看见同班一个女同学听了一个笑话，笑着晕倒了。校医问大家她做了什么，同学们说她没做什么，就是刚才笑了一下。校医这才明白是什么病，营养都用在笑上，耗尽了。

大饥荒呈现在罗汉眼前的尽是荒唐至极的怪事：班主任正拿着粉笔在黑板上写字，忽然僵硬静止，变成雕像，她的能量用完了；大街上到处是排着长队的人，问正卖什么，都摇头不知道，排就是了，有什么买什么呗，但是前面什么也没卖呀，排就是了，也许一会儿就卖了，所以街上尽是一溜一溜横七竖八的队伍，忽聚忽散；城里的人开始登上卡车开往内蒙古，由平原定居民族变成草原游牧民族；春节菜市场里设立急救站，把排队累坏了或因绝望而昏倒的人送进医院；有个同学说：他家的亲戚搬到他家一起住了，根据计算和经验统计学，人越多，吃得越少！

饥荒对于罗汉来说并不陌生，虽然没经历过，却记得古时候常有，但是他所记忆的人类，从来不召唤饥荒，当时他误会地认为天气预报故意念咒招来了饥荒，所以对这件事很不满。

肇姨那段时间也很生气，那天她出去买菜，在后海一带的菜站转了一圈，又在西城区转了一圈，市场上什么也没有，只有姜，就把篮子一扔回了家。中午罗汉回家吃饭，没有菜，只有一种蒸出来的黑乎乎的长条。罗汉问是什么。"栗子羹。" 她说。

罗汉吃了一口，像用万能胶粘起来的沙子，根本不是栗子味儿，他放下黑长条不想吃，说："这个不是栗子羹。"

"就是栗子羹！吃！"肇姨嘴里，跋扈惯了的格格珍儿说了话。

罗汉吓得缩头，赶紧用力吃黑长条，差点儿噎出眼泪。罗汉的祖先是发现农作物种植的季节时令、发明太阳历、帮助兴盛农业的人，所以那天他吃黑长条突然对大饥荒从血液里冒出一种天生的职业愤慨，灵光一现，决定发明一个永远吃不完的馒头。

以后的一个月，罗汉把肇姨吓坏了，看见他回家就坐在床上想。如果是别人，也没什么，但是罗汉这样坐着，老老实实瞪着墙壁默默地看，太反常了，甚至有些可怕，说明要出大事。

罗汉在琢磨他的发明，正在考虑用什么做基本材料：土地能生长出各种吃的，土必然也能吃，听说不是已经有人开始吃土了吗，土很多，不怕吃完，可以永远吃，对，应该用土……

罗汉把自己封闭在人类早期发明强迫症里异想天开。

胡思乱想带他离开了地面，忽然感到思想能像鸿鹄一样开始飞翔，进入另一个空间，在那里，燃烧的思想可以转化成有用的东西。学过的一点儿数学和化学绝对不够用，需要到它们的外面去找找看，他起身到父亲的书房去找各种书看。

后来肇姨发现他的行为越来越奇怪，偷偷吃墙皮，晚上不睡觉，津津有味地玩儿生活垃圾，偷厨房里的发酵粉，收集蚂蚁和各种小虫子，攒各种药片，收集各种泥土。她不知道，此时，罗汉上古人类的思维已经激活，开始工作，正在干很多事：偷看未知的深处；在法则的迷宫中寻路；在理性的沙漠里迷了路走不出来；穿行可能性的森林；在神秘主义玄学的悬崖上摸索；飞入想象力的云层；卷入灵感的旋风；沐浴顿悟的光明，然后在空中翻滚几下摔在现实结实的土地上头脑发昏，打个滚起来再重来。

一天，他靠着墙根发愣，忽然跟自己商量："那咱们把二次极限再往前放一放，因为往前就是往后。"

罗汉肯定是疯了。

几天以后，他从后院自己建造的实验室里出来，拿着一个黑乎乎的东西，放在餐桌上，跟肇姨说：

"它能吃。"

肇姨看见放在桌上的东西是一个褐色的面包，被人咬过一口，刚想问哪儿来的，只见那面包自己从桌子这头慢慢往桌子那头走，好像有腿，被咬过的缺口就慢慢没有了，它是活的，长得还挺快！虽然她知道最近罗汉喜欢摆弄稀奇古怪的玩意儿，可这次太过分了。

"快埋了，遭天谴，饿死也不能吃妖怪！"

罗汉很不情愿，还想解释："它要是不能走，就不能长。"

"快去呀！"

到了后院挖坑埋，16号院弹钢琴的老太太养的波斯猫早就等在那里，蹿下房顶一下子就把罗汉伟大的发明抢走了，发明成了猫粮。

罗汉在深不可测的疯狂中制造的馒头其实不仅是永久性食物，也是永久性青春，吃了可以每天往回长一点儿，是反方向生长素，所以吃了不会老。

吃不完的饭和用不完的青春，这两样东西都是人类从开始就在寻找的东西，一直没找着，似乎因为某种理由，老天不让这种东西在人世存在。那天这件事，人类历史上没有记载，跟很多古代的发明一样，偶然失去，就堕入虚无。

罗汉很快把这事放在脑后，因为星期日家里来了新人。

第十九章

星期日父母都在家。他们平时在单位工作，父亲在学校里有个宿舍，母亲离得近，有时也在那边住，周末都回来。

上午有人敲门，开门看见一个女孩儿，手里拿着一张字条，是来寻亲的。来的是小九，是姥爷的一个哥哥的孙女，罗汉得叫她表姐。

听说表姐家以前有很多土地，后来地没了，妈也死了。她爹带着她去要饭，从东海边的老家往西走，去过很多地方，走到了西北。大饥荒一来，她爹饿死了，临死前给了小九一个北京的地址，她就找来了。

小九说她想找个工作，罗汉的父母不让，非让她上学。小九不认字，所以在罗汉的学校先上一年级。小九不光不认字，有的颜色也不认识，没见过绿，说乡下的原野中没有那个颜色。她唯一会写的字是自己的名字，还写成阿拉伯数字的9，写得很小，到了学校才改成九。她妈以前说过：小九名字不能改，九大，有福气，在学校就还叫小九。

她老家的古音还没变，说九字的时候需要卷舌头，舌尖舔一下上颚，带儿音，声音又像"旧儿"又不像，罗汉怀疑，以前她可能叫小俊儿，现在是小九。小九圆脸，脸庞上有两块红晕，是西北的大风吹的。

她学习还不如罗汉，老师讲十句她忘九句，老师曾明确指出过这个问题，所以她在学校的外号跟正名一样，还是小九，同学们见了她就想笑。其实她在课堂上非常用心，盯着老师仔细听，也最守纪律，不动，从早上一直坐到下午也不累。只是她的脑子根本不接受知识，已经被西北荒原同化得空空如也，大风仍然在脑子里猛吹，把里面刮得一干二净。

上课的时候她跟头脑里的荒原斗争，拼命想抓住一点儿东西，但是很快就被大风吹走了，那时她的感觉，就像以前一样，走啊走啊，还是看不见高粱地，真是累极了。觉得头脑里是一片硬邦邦的盐碱壳，老师想播种的知识种子就是长不出来，还没生根就烂了，或者被大戈壁的风刮跑了。已经被大风刮走的，还有应该流动的思维，但脑子里面渍住了，根本弄不通。她自己都害怕了，怎么往课堂里一坐，记性立刻变成了以前用来捞鱼的那块铁丝网，什么也捞不上来，就像那些在沙漠里的人，想喝水喝不着，只能看着海市蜃楼里的大河绝望。每天她小心翼翼地记着剩下的知识回家，不敢跑，怕掉出来，可一到家，还是忘了。

正闲得发慌的罗汉找到了事干，他要教小九学习。他教她课文的时候，看见她一边听，一边在凳子上扭，她在学校可不这样，就说别扭了行不行，头都晕了，小九说这样她容易听懂，也好记。罗汉说，人又不是用身体想，是用脑子想。小九说，她想的时候就用身体帮着想。

罗汉思想开放，改变教学方式，用蜂窝煤教小九学习乘法口诀。送煤的来了，他让小九在墙根码蜂窝煤，一边摆，一边念口诀，看着蜂窝煤的数目，摆一些，理解一句，当然，要经常拆了重摆，最后摆成了一个整齐的金字塔，活儿也干了，乘法也学会了。当然，学习完了都需要洗澡。很久以前，都是这样，很多事情坐那儿干想，是想不出来的，是干活儿累出来的。所以后来有时候罗汉跟在她后面教她学习，她在前面干手里的活儿，他就在她前后转悠，告诉她手里干的是什么字。她最先学会的是一些蔬菜名，大饥荒以后，后院里有个菜园子。她学的字跟着季节走，春天种葱，就学会了葱，到了夏天，才学会西红柿。然而，食物的名字学会得不多，因为很多一直都没见着。她在削萝卜的时候学到地球是圆的，有一阵子不敢再跳绳儿，怕掉出地球。小九干活儿劳动不会累，所以学习有进步。

罗汉见小九做完作业就不停地干活儿，认为没必要。有一回小九把外面晾的衣服往回收。他说，还没干呢别收了。小九说一会儿要下雨了，一会儿果然下雨了。原来小九虽然脑子慢，身体却真的能想，想的比雨来得要快，本能超强。有一天她忽然打开书房的门，开始大扫除，第二天，父亲就回家了。

在这一个月之前，报纸上发表重要新闻，发明了一种非常厉害的东西，可以发生大爆炸，也可以把全国领土用一种无形的盖子盖住，敌人的飞机和导弹都不敢来打，有了它，就谁也不敢随便打仗。刘立业是发明小组的临时成员，去帮忙，因为长年熬夜，工作太累，得了失眠症，回家休养。

罗汉的班主任饿病了以后，来了一个代课老师。老师姓李，很年轻，宽脑门，连鬓胡子都刮得很干净，下巴是青的。来的那天穿一件洗得干干净净的蓝衣服，每天都穿这件，越洗越发白，最后变成浅灰色。这老师只有那一件衣服，奇怪的是，总是洗得整洁干净，不知道他换什么。他一来，全班立刻喜欢他，爱听他讲课。他说德国最伟大的音乐家是聋子；说有个人在海洋上航行寻找印度，发现了印度，后来发现那不是印度；还说有一回欧洲拼命要保持和平，结果引起了战争。

教学大纲上规定的课他不怎么讲，一上来就教他们怎样才能"看见"。他说有时候人们以为看见了，其实根本没有看见，那是因为他们不想看见，而他们不想看见的原因是，他们不喜欢所看见的，或者是看见本身很麻烦，或者是因为看见了就会很麻烦。然后他说，如果大家看不见，就没法学习了，怎么办呢？所以需要先学"看见"。

"你们也许认为，看见了就知道了，那就试试看。"

他给全班描绘了一个图画。几个人坐在船上，有的戴黄帽子，有的戴红帽子，一个戴黄帽子的人看见红帽子跟黄帽子一样多，一个戴红帽子的人看见黄帽子是红帽子的两倍，完了他问："船上有几个人，几个戴黄帽子，几个戴红帽子？"大家好像看见了他说的场面，但是看不清楚究竟。李老师说，有的时候，我们看见了一幅复杂一点儿的图画，就看不清了。

罗汉虽然遇到看不到的东西就犯糊涂，但只要描绘得准确他就能看见，他回答说："船上有七个人，四个戴黄帽子，三个戴红帽子。"

上古农耕文明管理种子的人，看一眼，就知道一堆种子是多少粒，罗汉家族虽然不是干这个专业的，血统里也留有一点儿遗传下来的远古视觉计算能力。李老师看了他一眼，很惊讶。

一个同学说，这不是画面，是数学。李老师的解释的确让全班晕晕乎乎，以前从来没听说过。

老师说，史前时期，有个想仔细看看世界的第一人，看见了很多东西，眼睛里很乱，所以认为世界是一片混乱，后来看见有三样东西最明显，上面有个东西最大，下面有个东西最大，有个人在中间，所以看到的是：天，地，人。为了看得更清楚，就画图，后来图变成了字，字变成了文字语言，都是为了看到更多，看得更清楚。数学也跟语言一样，帮助我们看到很难看到的东西，将会有一天，数学能帮助我们看见宇宙是怎么回事。

李老师也不管他是在和一群小学生们说话，还往下说。他说："语文和数学都是表达方式，有了表达方式就能看得更清楚，所以也是认识工具。听说古代有人一看就知道眼前的生活中的数学答案，那是因为他们一直在使用这种看的方式，已经习惯了，以前自己不信，今天看到有个同学居然还会，我相信了。"

老师还告诉大家，其实数学不比语文难学，只是因为我们总不使用，脑子一懒，就不会了。他说他准备帮助大家修理修理脑子："你们学会了，就掌握了看得见的本领。"

那天课堂上，全班的脑子里都爆炸了。

李老师的课，说不好是语文课还是算术课，或者简直就是聊天课。他告诉他们，人是他自己想要成为的人，也就是说，一个人干什么事，就会是自己想当的人，没什么不可能。

他还说，正确并不重要，课堂作业和家庭作业，他不需要正确答案，但是需要认真想。

同学们觉得李老师的话有些听不懂，不过很喜欢听。过了一个学期，他治好了全班的数学过敏智力低下症，学习成绩进步很快。他教的课，很容易学，没有难题，但是大家都学会了做难题。

李老师是好老师。他不好的地方是经常没收同学们的连环画小人儿书。他不但在课堂上没收，他还让大家写作文自己假装打盹儿，等有人把书拿出来偷偷看，他就没收，还设下其他各种圈套引诱他们带着小人儿书来学校，然后随便编一个罪名，把书拿走，有的时候看见好的，干脆直接动手抢。大家知道，他喜欢收集连环画小人儿书，罗汉的三百多本，被他连骗带抢拿走了不少。

全班学习进步太快，年度计划课程很快学完了，没的学了，李老师就带他们去外边参观。在自然科学博物馆，罗汉看见了恐龙，大吃一惊，他看见了远古时期部落里流传的神话。在天文馆、植物园、动物园这些地方，罗汉看到了世界，终于明白了世界这个词的意义，但是找不出词形容它。

天文馆里人造星空里的流星，在他脑子里划了一道很深的印儿，当时他领悟到，宇宙里有很多世界，不光是一个世界。

在动物园，他记起了那些在久远的年代里和他交谈的非洲瞪羚，它们变老了一些，耳朵短了些。他开始对着《天文爱好者》杂志的星图看星座，预测风起雨落，为此他用装羽毛球的纸筒和眼镜片做了一个长筒望远镜看星星，在大学的钟楼上，能看到远处火车站上的字。他看天看了几万年，太熟了，居然在金星和御夫座之间看见一个不应该在那里的星星，以为发现了新星，不知道那是一个人造卫星。

当他知道星星是石头，他就收集各种矿石，当他知道矿石是各种元素，巫师和炼金术士的念头开始复活，出于原始的狂乱思维，他也同意，石头和人一样，也可以结婚，也可以生小孩儿。他把两种矿石放在锅里一起熬，后来看了《化学家》杂志，才知道矿石们都已经结过婚了，不能再结了。

他听说了元素周期表以后，疯狂真正开始。

丁香院整天发生眼花缭乱的试验。他用自然铜把废灯泡的上面切掉当烧瓶用，用零花钱买来各种曲颈瓶，转圈儿的玻璃管、酒精灯和化学药品，改装了实验室，没事就在里面研究化学元素无限的搭配公式，掉进了做出以前不曾存在的东西的欲望深渊，越往下掉越深，越深越糊涂，越糊涂越兴奋。

整整一年，他被实验室里发生的各种怪现象和错误结果迷住了。那年夏天大雨把铁路冲坏，南北交通断绝，他研究彩虹的配方，要让雨停下，制造以前称为"霁"的雨后晴天。他用粗水晶石、蓝砂岩、二氧化硅、闪锌矿粉、硫酸铜等等东西配制想象中的虹，结果只做出一瓶鸡尾酒一样的七彩迷雾，打开瓶盖，那团雾气飞出来烫伤了他的脸，把衣服烧出很多洞，还像马蜂一样叮人，然后盘旋着飞出窗外消散了。

他想做一个液体星星，放进北冰洋汽水瓶里当手电筒用，永远不灭，也失败了，无意间撞进了流星雨的秘密，结果那个长颈烧瓶在地上乱转，喷射出奔涌不息的烟花，最后瓶子里只剩下了一团有呼吸的一起一伏的黏稠物发着暗光，好像很累。他的错误，主要是因为把提炼的复杂流程弄错了顺序，水银、氧化锂、硝酸银、氧化镁、氯化氢等等各种物质之间错综复杂的结合搭配次序出了差错。

他要为父亲发明一种特效安眠药，在发明的时候，出现了副产品，是一种带着哨音冒气泡的汽水，很好喝，后来成了北京民间家制的夏日冷饮，流行了一阵子，差点儿把北冰洋汽水公司挤垮了，而安眠药的最终成品却是个失败的作品，是发明意图的反面。

他喂了一些提炼出来的白色晶体给院子里养的金丝鸟，想让它睡觉，金丝鸟却开始激情四射，连续不断唱了整整一个星期欢快的流行歌曲，坚决不肯停，结果累死了。他这种新发明的效果跟睡觉截然相反，是提精神的。试验失败以后，一气之下，他随便把化学配方公式夹在了一本小人儿书里，把它忘了。

那段时间，他养成了自言自语的习惯，不是疯了，是怕忘记头脑里那些太快太复杂的思路，它们来得太快，走得也太快，飞得太远，需要说出声音来才能抓住那些出乎意外的想法，他那些不自觉的嘟嘟囔囔是抓住高飞的风筝的线绳。这种时候，他在成长，成长的同时，又回到了蒙昧时代，觉得不懂的事情太多了。

罗汉的发明多数是失败，有时无意间会发生意想之外的效果，有时做出来的，和想做的东西全然正相反。

这是神话民族血统中的宿命，那段时间的罗汉，脸上出现过古代炼金术士的神秘忧郁。

第二十章

李老师的名字叫李玉麟。他的祖父李家骧是晚清新军，后来是共和时期北方出名的军事领袖。李玉麟一直找不到正式工作，以前在南城廊房头条一家副食店当临时清洁工，后来在罗汉的小学找到代课老师的工作。

李玉麟喜欢当老师，所以工作很努力，希望能干好，学校继续留用他。夏日一天，他到罗汉家来，向他家里的人汇报罗汉的学习情况。正在跟刘立业谈话，肇姨进来送茶，李玉麟大热天不由得打了一个初冬的喷嚏。他俩以前见过。

有一回祖父带着他到恭王府串门，里面有个女孩儿，被叫出来见客，见了面行完了礼，站在前清王爷身后，冷若冰霜，傲然相对。大人说话，两个小孩儿自然互相观望，李玉麟被她看得脊梁骨发冷浑身不自在。回家问他祖父那女孩儿是谁呀。祖父说是格格。李玉麟问："她怎么看我跟看着一匹马似的？"祖父哈哈大笑，问他："当你媳妇行不？"李玉麟说："我才不要呢。"

那次去拜访，其实是两家有意结个亲，将来让李玉麟把珍儿格格娶了。祖父跟他解释，塞外民族女子相亲，就这么看人，要看看以后生下了孩子大致是个什么身量模样，这是人家的习惯，不是有意菲薄轻慢。李玉麟做了好几天噩梦，梦见长大了以后结婚，第二天早上就死了，全身僵硬，脸上挂着霜，是冻死的。以后世事变化，结亲的事情不了了之。肇姨早把前事遗忘，重新生活，没认出他是谁。

境遇一变想法就变。李玉麟家世零落，现在孤身一人，生活清苦，工作是个临时的，不知道哪天就没了，日子没个着落，很希望有个稳定的工作，有个家，过平常的生活。

那天见到了肇姨，回学校的路上在想，珍儿八成跟自己差不多，也是个没去处的，寄人篱下，两个人是一样的境遇，她现在自食其力，模样长得也挺好，要是再续前缘，未必不是个好事。再说，自己现在也不怕冷了，在半间破房里过冬，冷惯了。于是就生出了一点儿念想。

其实李玉麟这么想，就是为了个念想，这样活着还能往下走，连个念想都没有，那就太惨了。李玉麟是个聪明人，知道，念想就是念想，未必成真，但有，就比没有好，所以也是一种自欺，他活得实在是有点儿难。他的家，是地安门菜站后面胡同大杂院里靠墙的一间棚子，里面是一张床，没别的家具。那床他整天给立起来当黑板用，在上面写很多化学公式。晚上才是床。

那时他正在研究一种配方，吃了能特别高兴，起了名儿，叫

"人工幸福散"。根据当时运算所知，那应该是一种结晶体。要是做出来了，他先要买一瓶北冰洋汽水冲着喝，北冰洋汽水他没喝过。

李玉麟在和自己生活的不如意做斗争，很有成绩。当了小学老师以后，班上的学生高兴多了，于是他也跟着高兴，忘了自己回家连口热饭都没有。李老师后来到罗汉家去家访，去过好几回，越家访越觉得心里好过，感到肇姨极端沉静的冰冷存在就是"自在"，能让人心里特别踏实，百虑皆空，有她在，情绪又好，头脑又清楚，心里很爽快。肇姨不多说话，不提旧事，态度已经好多了，或者说已经有态度了，以前好像有点儿烦他，罗汉脑子乌七八糟的念头，八成都是这个老师教的，后来给他沏茶了，沏一杯茉莉花茶。

看见有人给沏茉莉花茶，李玉麟感动了好几天，想起自己要是有个家该多好。肇姨见这位老师还不错，一是罗汉跟他混得熟，还一起看小人儿书，二是说话举止都还规矩得体，人还可以，就不再反感。

怕什么来什么，学期末，李老师被开除了。他犯的错误很多：不按照教学大纲讲课，整天在课堂上瞎白话，不理学校的学习进度计划；上课时间，带着学生逛大街；在学校灌输不正确的思想，甚至破坏教学，说什么正确答案没什么用；抢同学的书；家庭成分也不好；还扬言要给学生修理修理脑袋等等，就除名不用了。同学们丢了李老师很失落，在课堂里大闹了一个月，谁的话也不听。

刘立业在家休养期间没事就带着罗汉看电影，看京戏，在胡同里跟街坊下棋聊天。那时街坊们有时候来院子里，在丁香树下谈古论今，他们爱听刘立业聊。他说起以前的事情就好像他都见过，很细，很生动，很出人意料。给他们讲为什么战国六国合起来都打不过秦国，为什么隋炀帝其实是个好皇帝，被唐朝故意冤枉了等等。

他说的事情，有的书里有，有的书里没有，讲得很深。邻居们听了很感叹，说要是以前知道是这样，家业也不会败。刘立业给大家讲事情讲得细，就连刺杀宋朝皇帝赵匡胤用的那把斧子上的花纹图案是什么样的都讲，听得大家吸凉气，怎么？他看见过？有些事，完了还给解释，解说隋炀帝放在山谷里照明的萤火虫之所以能像一条发光的大河一样飘动凝聚不散的生物学、气象学和空气动力学原理。他聊天，从人类种族到食品生物，说到哪里，都知道。他说的，大家当然并不是都懂，不过都爱听。

吃完晚饭，胡同里的人没事就去胡同中间的空场，在从前来寻找药师佛上香的群众建起的自由市场那块地方聚众聊天下棋，后来也在那里偷偷拿粮票布票跟郊区来的人换鸡蛋小米什么的，胡同口整天寻找月光颜色蛐蛐的那两位遗少，也把从东直门外鬼市淘换回来的东西拿去给人看。

仸仸的爷爷也常去那里，他家以前是给宫里收集东西的，所以特别喜欢旧东西。年轻的时候在隆福寺花了七十文钱买过一方砚台，看着好，但不知道有没有出处。后来刘立业一看，告诉他是草圣张旭在南方当县尉时用的东西，那个洗砚的池子还在。

从此，他找着什么，都得让刘立业看看，把他当作职业上的知己。人家说，仗仗的爷爷是北方最大的古物鉴定家。但是，也有他看不出来的东西，那年仲夏一个晚上，他拿着一个南北朝时期梁国产的瓷碟子到胡同空场去找刘立业，他觉得那碟子品相特别怪，一三五看着是真的，二四六看着是假的，总觉得有些地方不完全对。

刘立业一开始也没看明白，后来才恍然大悟，年代、工匠和制作思想都没问题，问题出在成分上。那座瓷窑，前面烧出来的东西里面都有从波斯买来的黏土，后来波斯打仗，这种黏土进不来，再烧出来的东西就不一样了。烧瓷的老师傅姓荻，是个较真儿的人，一看成色不对，认为不尽善尽美，是次品，一气之下，就把一窑都给扔了，从此也不干了。也正是因为如此，这种瓷，世上只有这一窑，所以特别珍贵，也不好认。后来，世人都不知道有这种东西。其实，那碟子五代时期还有个名称，叫"荻绘衔冰盏"，因为碟子的边缘有一片特别剔透的白牙儿。

刘立业跟仗仗的爷爷说：

"是不是好东西，全看您怎么掂量，我看它就是真的，它里面含着事。"

仗仗也收集旧物，她收集旧东西不是为了爱好，纯粹是为了置气。文龙走了以后，一去不复返，杳无音信，后来说是在朝鲜阵亡了，她不信。她不愿意旧日的好轻易消散，就帮着她爷爷修复古物，有空闲，就在家学干活儿，复原破碎的瓶子，钜破陶罐，给古旧家具重新镶银丝，给青铜镜子补嵌石，完了看着还像旧的，固执地证明丢失的好还能再回来。后来她也会作假，爷爷生日，给他做一个玛瑙鼻烟壶，她爷爷吓一跳，以为是纳兰性德那个。

后来发展到不仅修复东西，还修复别的，比如修理声音。有段时间她收集京戏里用的旧乐器，回家摆弄调理过后，发出来的声音就清亮多了，京剧团都爱用经过她手调理的京胡和响板。她过手以后，响得就是不一样，更清亮有韵。她什么都会补，就是补不上她藏在一个贵州盐酸菜空瓶子里没有着落的旧情。

她干这些，无非是固执地对抗绝望的怀念。

第二十一章

　　大饥荒以后，还是没什么可吃的东西，不过胡同里的日子过得还算太平。是小九，第一个感觉出来要出事。那天她跟家里人说她不想走。大家说，这叫什么话，谁也没说叫你走，问她怎么回事，她说：不知道，不过就是知道。家里听着不合逻辑，没在意。

　　罗汉早年的记忆，看见过山自己慢慢走进了海，见过大陆沉了，山从平地冒出来，见过地形在眼前走动换位重新安排，那时候天下大乱，那是很久以前的事，世界很久没有发生这么大的动静了。没想到现在人类突然歇斯底里，不知为什么自己要乱。

　　那天他晚上坐在屋顶上看北京，大家都在北方夏日天空中显眼的御夫星座下面睡觉，第二天早上起来接着过太平日子，市场上刚开始有了西红柿和黄瓜，不是挺好的吗，怎么一下子都疯了。

　　广播电台一开始宣布：有三个人是坏人，他们是一个村的。

后来又说，有四个人也是坏人，后来又说，还有两个人也是坏人，后来又说，管事的整个都是坏人。新闻让所有人开战，用炮打。古时候不这样，打就打，但那是对别的部落联盟，自己如果还没种出来足够的粮食，就得先种好粮食，等粮食多了再打，要是里边自己人跟自己人打，那也是为了抢多余的粮食。都还没吃上饭，有什么可打的？那不是穷打吗？他落后了一万年的思想根本就不懂现代的事情。

不久，学校都关门了，不让人上学了，以前这种事从来没有过。他们是真不知道还是假不知道，不让学习，过不了几千年，人就会变成昆虫。学校没有了，自己也没事干了，他倒是不在意，可是不久以后自己的爹也成了坏人，他就很忿儿，自己的爹整天干活儿工作，累得睡不着觉了都，怎么好端端就成坏人了？胳膊上挂着红布的人来胡同里，在各家院子里抢东西，已经打死了好几个邻居，都是老头儿老太太，就连没门牌号那家的七个阿姨，多少年没出门，也给抓走了送到西北沙漠里去种树。

所有的事情都变了。

父亲最先给带走了。他有很多事情说不清，名字有两个，哪个是真的？早年有一段历史是空白，档案里没有，干什么去了？藏哪儿了？年龄也说不清，到底几岁？他是不是他自己本人都是问题，需要查；他的家里是地主，他的哥哥是汉奸，抗日战争消极抗战，光逃跑不打，假抗日真投降，跟日本人有书信往来，他的队伍"忠义救国军"去掉"忠义救"就是"国军"，虽然没旗子，明摆着就是；刘立业进城以后，一会儿在这个单位，一会儿到那个单位，干的都是搞不清的事情，都是互不相关的事情，哪里有这样的职业？认识的都是坏人，他要是没问题就没有人有问题，所以刘立业最先被带走了。母亲文眉既是夫妻关系，当然脱不了干系，也带走了。

后来小九也带走了，恶霸地主家的，送到火车站，遣送回老家。

秋天，胡同里来了穿军装的女中学生，把邻居们召集在中间空地。她们先对着太阳跳舞，跳完就开始训话，训完话就挨个问什么出身，问完就打人。胡同里的人出身都不好，就都打。本来不准备打肇姨，她是个保姆。肇姨平时不太理胡同里的人，也不管闲事，那天却跟中学生说："白日行凶，没王法吗？"女学生的本意是当场把她打死，先问她是什么出身。1号门的大公子当时又是在地上跪着，冲她们摇头，意思是不知道，又指指自己的头，意思是她神经不正常。肇姨站在那儿一身的寒气，眼神冷森森的很瘆人，女学生们不知为什么手有些发软，可能是打累了，举不起来。等罗汉从外面回来，肇姨不在家了。胡同里的人跟他说，中学生们命令警察把肇姨送进了安定门精神病医院。

罗汉跟他明朝的祖先一样，跟他的父亲从庙里出来一样，回头一看，家又没有了。

那天罗汉不在家，是去找以前的老师李玉麟。李老师被学校开除以后，他在后海见过一次。李老师在什刹海游泳池门口站着，正在卖冰棍儿。老师问他，学校现在学些什么呀，他回话说，学校里正学写大字报批判坏人。李老师小声说："那有什么好学的，还是得看书，闲着没事多看点儿书，啊。"后来有人来买冰棍儿，罗汉一看老师在上班正忙，就走了。

学校关门以后，他在地安门一带转悠的时候，偶然看见李老师唯一的那件衣服在菜站后面一个杂院里的晾衣绳儿上挂着，就知道他住在哪里了。那天他实在闲得没事干，想去看看李老师。李老师的家在大杂院里，是用半块砖靠西墙搭的半间房，房顶是波浪形水泥板，透风，里面没人，门开着，也没锁，也不用锁，里面基本上什么都没有。有一张光板单人床，不知为什么立着，上面有几行粉笔写的公式，是李老师的字。其中有一行他开始没看懂，是：

$C_6H_5CH_2CH（CH_5）NHCH_3+C_{10}H_{15}N \cdot H_2O +? +? =$ 快乐？

罗汉看着眼熟，记起来了，床板上写出来的，是自己以前发明的喂过金丝鸟的安眠药公式里的一部分，问号的意思，大概是李老师还没算出来的化学成分。等号后面的快乐是什么意思呢？忽然想起李老师以前在课堂上说过：

"所有的感觉都是生物化学。"

莫非他是想做吃了就让人高兴的药吗？他等了李老师一会儿，想告诉李老师不用想了，他会做，有了。

李老师没回来。院子里的人说，那个人几天以前就走了，光着膀子挑着一个担子走了，不知道去了哪里。还指着绳儿上晾的衣服说："这不，就这一件衣裳，也没穿。"

李老师离家出走了。

那天罗汉回家，发现家里最后一个人也不在了，自己也没家了。晚上他爬到房顶上，看天上的星座，看地上的城市，想不明白人们要干什么。

几天前，李玉麟认为在北京不能住了。他忽然发现，经过很多年的劳动，他洗不掉自己身上的家世。他在煤铺工作，给居民送煤；在副食批发站工作，装车卸车；在房管局当临时工，修理下水道；当清洁工；当代课老师；卖冰棍儿。最后，军阀的后代还是军阀的后代，这出身，原来谁都没忘，每回上街，都差点儿被打死。他是北京唯一梳背头的临时工，所以也很危险，中学生见了这样的发型解下皮带就打，说是流氓。那天晚上，他躺在满是化学公式的床上想：我好歹也是自食其力，招谁惹谁了，现在混得连命都快没了，走吧！ 李玉麟决定，离开北京，决定走出旧的自己，换个样子再回来。李玉麟决定，原来的自己就算死了，那件衣服老穿，已经快成为自己的一部分了，所以坚决不能要。李玉麟离开北京往南走，挑个担子，里面有一些吃的、用的东西和一些小人儿书。

第二十二章

罗汉在刘立业工作过的大学门口等了父母好几天。灰色钟楼的表已经停了。

大门口两边的石头狮子还是那样，张着大嘴很生气地看着大街。大街上糊满了大字报，到处都是纸做的街市。街上的人都穿蓝。学校门口有几个老师在打扫汉白玉石的斜阶，有个老师头上还有蜘蛛网，平时可能是在小黑屋里关着。

他等不到父母，越来越焦虑，问也没人知道，猛然间非常愤怒，就恶狠狠地往四下看，才知道这是一个没有颜色的世界，没有光，没有希望，一点儿意思也没有，到处是灰尘。眼前所有的人和景物都变成了黑白照片。那一刻，恶气攻心，罗汉的眼睛看不见颜色了。

罗汉的视力丧失了颜色以后，就回到很低级的物种阶段，开始像野狗一样生活。他整天不回家，在外面找吃的，菜站，副食店，稻香村，东西拿了就走，谁也追不上。吃饱了就和别的也像野狗的那些人打架。有时候也蹲在黑旮旯里待着，想着以前和妈妈坐在三轮车里上街，街上满是大雪，两边商店里的灯光都亮着，里面有很多吃的东西，坐在妈妈腿上，很安全；想着夏天晚上在胡同里，听他父亲跟人聊天，就能去以前有趣的世界看看。

再一想，自己现在开始在这个城市里猎食，其实也不错，无非是看谁力气大，跑得快，现在自己想做什么就做什么。

罗汉终日在外面跑，有时候不由自主也回小学校看看。明知道那里什么也没有，也去。一些失学的孩子因为习惯或惯性，有时候也去。见到了，就一起玩儿一会儿。他们像非洲鬣狗一样，没人管，活得自在。

有个同学会画画儿，什么都画，说他的爸爸就是画画儿的，只画虾米。他跟着一起去家里看虾米，画上的虾米半透明，看着都在水里动，想跳。

同学的父亲跟他们说："画画儿不画线，画光线的阴影。"他才知道他画的为什么这么像。

罗汉心领神会，学着画，画了一个眼睛，那只画出的眼睛竟熠熠发光，有彩虹的颜色。世代研究太阳的氏族，把光线琢磨得太透了，是天生的行家，经人一指点，就能出类拔萃。

他也去大学，看见父亲的宿舍贴着封条，他就在后面十二座旧楼里转。那年夏天下了一个月大雨，街上的大字报变成了黑乎乎的纸浆，满城都是黑水，弄得没人愿意上街。他干脆住在空荡荡的楼里面。夜里听见有女人在哭，循着声音摸过去看，发现是从一个门上带半圆形玻璃窗的教室里传出来的。爬上去往里看，看见一个披头散发的女人在里面，用牙膏往墙上写字，四周的墙皮，下面的一圈儿都没有了。

第二天他赶紧把这件事情告诉看大门的。后来才知道，那个女人不知道是什么时候关在里面的，关她的人后来太忙，把她忘记了，她靠吃墙皮活着。

罗汉在北京城转来转去，见到的尽是这类讨厌的糟心事。有个星期四，他忽然心中一动，若有所失，心血来潮，想要回家看一眼。到了西口袋胡同，才知道16号门里弹钢琴的老太太死了。

她咽气的时候，正是罗汉在街上走着走着忽然停下来的时候，那时他觉得身上丢了什么东西。老太太的琴声他以前没留意，却是他一出生就听，跟着长大的，已经是他的一部分，那优美的声音，有了，不觉得，没有了，才知道失落。那天罗汉知道自己长大了，跟远古的森林里一样，所有温暖、美丽、柔软的东西到了时候就断，人就开始自己活自己的。人，鸟，动物，向来都是这样，时间一到就独立。他不缅怀，出了胡同，走向自由。

他不知道，这个生活方式，现在不允许，中学老师们正在附近区域每天转悠，在街上像收集野狗一样收集从小学四散的人，学校又开门了。全国满世界乱跑的学生像水银一样给收回了碗里。

中学里学两门课，一个是一本书，解释学习知识为什么没有用，一个是每天的报纸。不过罗汉也顺便学了一些知识，从报纸上学了一些字，课堂上跟人打牌赌钱，学了些数学，但是由于中学的学科太少了，还不如小学，盖不住他史前青春期旺盛的求知欲望，就自己开了一门课，学习浪漫主义罗曼斯化学。

课程的开始，是他忽然记起来班里有一位女生是他小学的同学，她有一回放学回家路上跟他赛跑，差点儿赢了他，后来事情一多就把她忘记了。他想起了她的原因，是这个女同学有早熟的身材，不然他也记不起她来。女同学叫杨丽丽，腿长，比别的男生高，每回都是第一个来学校，最后一个走，坐在自己的课桌旁看书。罗汉问她为什么不回家，她说她的爹妈都不在家，反正家里也没人等，在哪儿都一样。

她看的书是一个哲学家写的关于家庭、私有制和国家的起源。罗汉看了看，没看懂，就问她，这么难的书能看懂吗？她说她也看不懂，但是家里能看懂的书都是小说，可是都被人家没收了，剩下的都是看不懂的，所以随便拿了一本看。罗汉觉得这人太没意思了，立刻转身走了。

罗汉虽然不喜欢看她的书，但是喜欢看她，因为远古时候的人缺吃少穿，习惯性地认为什么都是大的好，崇拜颗粒最大的种子，赞赏大片的田野，喜欢大块的肉，喜欢最大的果子，所以罗汉很喜欢她身材的比例，喜欢的是她那种该大的地方就大的优点。有一个下午，他在后海环路上遇见她，给她吃了几个山里红，还带她去景山打了一会儿克朗棋，就把她带回了西口袋胡同，见到街坊邻居们都一一给介绍：

"这是我老婆。"

胡同里的街坊四邻虽然都是见过世面的人，一时也没反应过来，眼前直发黑，心中甚为怜悯，心说这孩子生不逢时，历遭劫难，从小又是着大火，又挨肇姨的冻，又是大饥荒挨饿，饥寒交迫，现在又没了家，疯了吧。

伬伬那天晚上把他叫过去，郑重其事地给上了半宿课，给他讲人和人之间的关系，不能一下子就这样，他那样做，对人也很不尊重，很无礼，很没教养，甚至很粗暴。她找不出合适跟他说的话，反正大致是这个意思，就是人和人交好，需要有一个中间的过程，要相互了解。罗汉这才明白，原来不是像从前那样。以前是，好就是自己的呗，看见好的女人就直接扛起来搬到一个洞里一起过日子生小孩儿了，不记得中间还有什么别的事呀。

第二天在学校，先给杨丽丽道歉，道歉没费什么事就被接受了，不过也被她教育了一会儿。杨丽丽跟他说，人，不能像荒山野地里的野人似的，见了个女的抢了就走，然后到处去跟人家宣布是老婆，那跟狗撒尿占地盘儿没什么太大区别。她还说：

"需要先有罗曼斯才行。"

于是罗汉上完了第一课，有了基本常识。

那时候，中学里没有太多向社会公开的罗曼斯，他没见过，不知道是什么，就问杨丽丽罗曼斯是什么。杨丽丽模模糊糊给他上了第二课，说她也不是很清楚，是以前在外国小说上看的，好像是见了就打，打了就散，散了就哭，哭了又见，见了再打，反正老也不算完那种。罗汉说，这也太麻烦了！就有些犹豫，有点儿不想学了。

杨丽丽说，虽然书都让人拿走了，听说以前的电影里也有罗曼斯，就是没看过。他们猜测罗曼斯属于艺术，就去电影院找，找原型。那时候电影院里也没什么电影，所以有什么看什么，但是都是挖地道、埋地雷的事，里面当然没有。后来有个电影是一群女的跟着一个男的打仗的事，罗汉本能地觉得里面应该有了，但还是没有，有些失望。再后来有个电影里面有个开茶馆的女的和两个男的，但她总是骗那两个男的，就更感到失望。

罗曼斯在银幕上没有，他们找不着。但是罗汉在电影院跟杨丽丽坐得那么近，虽然银幕上没有罗曼斯，却隐约觉得黑暗里有，因为那种黑暗有点儿醉醺醺的意思，弄得他血液沸腾，老想把手往她那边伸。看完电影，他跟她说了这个发现，杨丽丽说，不对，肯定不是，因为按照罗曼斯的定义，它应该又闹腾，又神秘，又自我牺牲，又不饶人，又暴烈，又有回味，电影院的黑暗里死气沉沉的，能有什么呀。

当时他们看了四个电影和八个戏，是全国所有的艺术，于是知道罗曼斯不在艺术里边。罗汉对艺术失望得太深刻，以至于很多年后，当电影院艺术里边充满了罗曼斯的时候，他都不信。

他只相信，在中学时代，电影院的一个黑夜里，自身的火力突然一下子变得太壮，里面着了大火，太激荡，岩浆爆发，是火山喷涌复活，自己的头没了，上了天，腾云驾雾，手立刻不听话，变成翼龙的爪子伸向邻座的那个女生，于是又闹腾又神秘，又舍命又停不下来，又暴烈又忘不了，那个，可能就是罗曼斯吧。不过那次只是罗汉自己瞎领会出来的第三课。

当时，两个人共同学习罗曼斯的努力失败以后，就决定先停，杨丽丽还有点儿失落，不甘心，抱怨说：

"以前哪儿都有呀，现在怎么没了。"

他们没有了理由，就不应该在一起太近乎。那个时候，没有充分理由的事不能做，什么都需要有理论根据，所以必须消停一段时间，好好想一想。他们未成年，不知道过分偏执的理性就是疯狂，而那时的人，大人小孩儿，多少都有一点儿未成年，那时大家也都不懂这个，反而经常把不像他们那样理性的人送进安定门精神病医院。

可是罗汉和杨丽丽两个正在青春期的人必须见面才行，但是又没有见面的合法逻辑，所以无缘无故地都很愤怒。寻找罗曼斯的斗争半路夭折，没有不行，有了又不合理，只好中场休息。一方面，他们是原始的动物，想吃肉，一方面，他们是当代的人类，不能随便张嘴，真不知道该怎么办。

过了一个月，杨丽丽想了一个办法，根据童年时代看外国电影的记忆，花朵、阴影、环境和气氛很重要，就跟罗汉说了。罗汉回家给她扫了一麻袋从丁香树上掉下来的死花儿，她看了直皱眉头，说不行，根本不灵。后来他俩去了大学，撕了刘立业宿舍的封条，撬开了门进了屋，在桌子上摆了一饭盒咸带鱼和两个空杯子，假装葡萄酒，关了灯，点上蜡烛，坐在那儿等着，等了半天罗曼斯也不来。后来杨丽丽跟罗汉说，你干脆写情书吧。罗汉想啊想，想了又想，想了半天写不出来，他见过的情书倒是很多，但都是街上墙上贴的那些不知写给谁的，照抄不合适。没办法，就按照自己的想象画了一幅她的双眼，下面还有个嘴唇的画，当情书使。其实那时，他觉得她的嘴唇太可怕了，是黑的，像巫婆，那个时期，北京在他眼睛里没颜色。

杨丽丽拿着凝视着她的情书，看到了自己的眼睛在对面游移地看自己，觉得是一对没有脸的眼睛在一面镜子里盯着人看，是活的，吓了一大跳，一下子就没情绪了。她建议，一起去旧货商店偷个留声机吧，试试音乐行不行。

这时候，罗汉已经实在不耐烦了，站起来就冲她嚷嚷，无意中说出了自己内部自燃的生理学问题：

"别瞎找了行不行？我这里边的火可越来越大啦，快烧死啦！"杨丽丽误会了罗汉这句话的字面意思，直接卷入一场昏乱的狂喜，认为这是她听到过最浪漫的话，那天她整个让那句话烧着，一想就浑身发烫，晚上睡觉的时候想了一夜，认为这句话理论上都符合罗曼斯的基本定义：声儿极大，又神秘，又优雅，又可怖，既暴烈，又有味道，豁得出去，又很自私。才知道，原来如此，罗曼斯就是歇斯底里犯病。

罗汉以为罗曼斯是快乐，没想到是筋疲力尽，是他娘的走投无路，他实在没了主意，把杨丽丽领到大学空荡荡的钟楼最上面，在大钟背后的亭子间，在人工假设的史前洞穴里，索性朝天号叫一声，任凭原始的能量充分爆炸，即兴发明，对杨丽丽发动了一场惊天动地、漫天灰尘、鬼神掩面的罗曼斯。

第二十三章

冬天，北京中学生分成了两个阵营武装斗争。

一派是按照四月三号文件的话组成的队伍，一派是按照文件四月四号的话组成的队伍，几百名学生围困第五中学，几百名学生在里面防守。他们忘了三号和四号说的是什么，但是知道跟打的人肯定是势不两立。后来，大学生也开始在大学打。

罗汉在街上见得多，见到全国的"坏人"已经消灭光了，杀的杀，关的关，流放的流放，所以好人开始自己跟自己打。远古之前的远古，传说中有条蛇自己吃自己，从尾巴往头上吃，一边吃一边生长，吃不完。他们跟它一样，好人吃坏人，好人吃变坏的人，然后变成坏人被人吃，吃的不断变成被吃的，周而复始地吞噬。

虽然有些晚，那时他也明白了中学那个课本上教的知识是什么意思：要打，要斗，好的要解放不好的。罗汉不记得以前有过类似的部落联盟，反正没见过这样的。以前要是想解救别人，先拼死拼活种庄稼，把多余的攒起来，给别的联盟，换他们来参加，等人多了，一起冲过去解救。不过那是往外打，不是自己先打自己。

然而他也看到了似曾相识的史前时代行为，一个或一群年轻的男性在路上走，遇上另一个或一群年轻的男性，会互相盯着仔细看，看很长时间，突然冲过去厮打，他们后面跟着女的，女的跟着打赢的男的走。择偶方式，跟从前沼泽地里的赤尾单眼蜥一样，不过，这种爬虫更新纪以后就没了，奇怪的是，同学们是跟谁学的呢？

他还看到人们在清除老的东西。人就不用说了，老头儿老太太就有看见当街就打死的。凡是老的都不行。庙，拆；书，烧；佛像，砸；规矩，破；从旧社会长大的小孩儿，换新脑袋。以他看来，人们正在动员起来集体消灭"以前"，于是很担忧，为大家捏把汗，把老的都宰了，谁来讲述以前的事和预测以后的事，再说你们老了以后，就是"以前"呀，到时候怎么办，杀还是不杀，怎么不明白？又觉得他们可笑，把以前剩的东西全都砸了，结果四下一看，直转圈儿，什么也找不着了。转圈儿也没用，连能玩儿的东西都没了，没戏看，没电影看，没歌儿听，没书看，连聊天都没个像样的话题，这种日子，怎么过？还能过吗？不是要憋出人命嘛。

大家确实非常憋得慌，所以新芭蕾舞剧快上演的那年冬天，全城的年轻人都去买票。

罗汉看到，事情虽然很糟糕，也有好的一面。老的东西没人要了，伎伎就合适了，北京城的好东西，都让她给收了。二舅走了没回来，她不甘心，对过去死不认账，整天鼓捣旧物，非要个个都给修补好，给拾掇出个模样不可，靠这个，她修理她缺了一块的心，觉得日子能好过一些，现在又往家里带旧东西，好像这些东西是在外面受了欺负的小孩儿。上星期六，她在崇文门委托商店转了一圈，捡回来几件，都是中学生抄家拿出来堆在仓库里的东西。伎伎买回家的那个旧小提琴，是菲利斯·古达尼尼用的。那个水晶头骨是安第斯山印加帝国预见未来的旧物。还有一幅法国画，伎伎说是叫 La Surprise，就是"吓一跳"的意思，全世界一直以为丢了，没想到在崇文门委托店里藏着。那幅画下面还藏着一幅画，所以特别有名，据伎伎说，外面一直在疯找。

罗汉没家了，饿了有时候就在伎伎家吃饭，下雨天也在她家住两天。伎伎对罗汉很好，说他有点儿像二舅。罗汉认为吃人家的饭不能白吃，总想给干点儿什么作为交换。

那天在西单，他看见伎伎站在街头看墙上的大字报，想吓唬她一下，悄悄走过去，才知道看的不是大字报，是通知新芭蕾舞剧将要上演的海报。罗汉知道这件事，看过那个电影，是一些女人跟着一个男人打仗的，跟杨丽丽看了八遍都没翻出要找的东西，不用再看了。他看见伎伎站在风里一直瞧墙上那张纸，就猜想到那张海报可能有颜色。伎伎看海报，目不转睛，舍不得走，罗汉知道她是想看那场戏，又知道自己买不着票，看不上，只好眼巴巴看海报上的画儿。 这么大的风，她嘴唇是青的，不冷呀，再感冒了。

排队买芭蕾舞戏票的人太多，从南城虹桥剧场的售票处一直排到大栅栏。城里的年轻人像沙漠里的人看见了水，能去的和敢去的全去了。都知道水不多，需要抢，所以带着家伙。城里在街上斗殴的一些名人也都去了，想看戏又想制造一场武戏的人也去了，舞剧和斗殴两场戏都想看的人也去了，不必看戏只看斗殴的人也去了，基本上全城的恐怖分子和潜在恐怖分子以及恐怖爱好者都去了。仇仇这样的，想一想都害怕，根本不敢去买票。排队的人们，从前一天的下午排到了第二天早上八点。夜间大风降温，票房那边的情绪更不稳定，已经有人开始动手了，夜间救护车响，有几家医院接到了伤员。第二天，售票处准时开门售票，已经非常生气的队形顿时散了，涌上去抢，按照力气重新决定排队次序，前面有几个挨了刀，已经倒下。

队伍里后面有人看见一个十来岁的学生跨在一辆自行车上，穿件破黑呢子大衣，一只脚放在马路牙子上看着他们买票。第一个买到票的人是个大个儿，从人群里挤出来往外走。骑在车上的那孩子看见他就下了车，走过去挡住他的路，从大衣里拿出一把红颜色的消防斧放在自己肩上，伸手把那人的票拿过去，取了一张，剩下的退还，转身骑上车就走了。不知道那个被抢的人是怎么回事，刚才是端着三棱刮刀虎着脸进去买的票，出来的时候还骂骂咧咧，现在嘴张着一动不动，可能在抢劫的那位脸上看见了史前黑暗时代的什么凶相，给惊着了，竟让人任意施暴打劫。

罗汉给了伎伎一张戏票，挨了她爷爷一顿教育。伎伎抬手要搂他一巴掌，但是手却落不下来。

"抢东西！像话吗？"

必须要说再厉害一些的话，但想了想，不会说，气得转身走了。罗汉一想，也是，抢也白抢，有了票，她也不敢去。

伎伎的爷爷年轻的时候满世界跑，给宫里搜罗世上的奇珍，在爪哇海上的连阴雨里得了痛风，知道伎伎不容易，活得不舒心，走了的回不来了，没有了又不能活，爷俩一个是腿病一个是心病，相依为命。等罗汉交代了事情发生的来龙去脉，知道罗汉是心疼伎伎，但是那也不能这么干，就跟他讲了一些道理，最后说：

"和尚，爷爷是过来人，见过东西。东西不是事，没分量，该是你的是你的，不该是，皇上都不敢要。人不一样，有分量，想当多少分量的人，全看自己。"

罗汉听了，想起李老师在课堂上好像也说过意思差不多的话：人将是自己想当的人。

想当老师的李老师在奔向南方寻找幸福的道路上差点儿倒在铁路旁饿死。他走过渭河大铁桥上的时候，身后来了一辆火车，伸出好几只手把他拽了上去。

上了车才知道，根本不用票。

第二十四章

　　从那以后，李玉麟有饭吃，有地方睡觉，还给发了一件大衣，都是沿途的接待站提供的。车上都是中学生，他们是到全国各地去串联的，看见他光膀子穿大衣，肯定是贫农，没问他什么出身，没打他。李玉麟暗自庆幸，他是因为没有衣服才决定往南走，这个决定显然没错。学生们看见他带着不少连环画，很好奇。

　　他们不知道，李玉麟一路之上就是靠着出租小人儿书交换吃的才活到现在，沿途还留下些名气，有个乡下老人记错了年代，认为他是九十年前到村里去过的那个挑担流浪租书人。李玉麟一开始也不知道他是和一个龙卷风在旅行，那些学生到了一个地方，就把牌楼、亭子、寺庙、古塔拆了。

　　一天晚上，火车到了一个工业港口城市。站上有很多戴柳条帽背着枪的工人。他们把下车的学生围起来盘问，问他们是来支持哪个部分的，一边是城里"先进主义"的，一边是城里"先进思想"的，两边正在打仗，他们来，到底是支持哪边的。学生们刚下火车，不知道，被问蒙了，不知道这些工人是哪部分的，所以不知道这种情况下应该支持谁，只好随便说。没说对的给带走了，后来没听说他们的下落，说对了的也带走了，上了卡车，拉到冶金学院，安置在大教室里住。李玉麟急得没办法，夯着胆子说，他是支持"先进主义思想"的，工人们想了想，找不出错，就算说对了。又问他什么职业，本想说是老师，没敢说，想了想，卖过冰棍儿，就说是"冰器制造工业的"，心想，他们要是听错了，不算说谎。工人是兵工厂的，一听是同行，手一挥，上车，冶金学院。

睡觉的大教室，窗户用钢板封着。第二天一早，迫击炮弹打进了校园，横着飞的金属雨哗啦啦打在钢板上。李玉麟跑到楼顶上去看到底出了什么事，才知道外面正在进攻，街口开进了坦克，大街上，附近的居民拿着小锅小盆正在早点铺排队买豆浆和油饼，不理会身边的内战，看上去全都习惯了。李老师不禁赞叹本民族的淡漠和适应能力。一会儿，有人到楼里来征募敢死队，给他一支步枪，他不要。人家也没勉强。

李玉麟本能地知道，他离城市越远越好，就一直向南走。

走到铁路尽头的时候忽然感到轻松，不那么怕了，压在身上多年的诅咒也消失了，四下一看，才知道出了国界，到了东南亚。火车上的一些学生也走到了这个地方，他们想拿一把发令枪抢劫一个甘蔗园，让一群冲出来的寨民用砍刀追散了。从此他开始独自赶路。赶路是赶路，不知道去哪里，就一直往前走。越往前走，他越清楚地想念起以前在小学教书的日子，一边想一边走一边微笑，抬头一看，已经走进了一片云霭浮动的绿色海市蜃楼。到了这个时候，他还在想，要是遇见竹楼盖的村子，就可以安顿下来栖身当小学老师。他沿着一条绿色的河流往上走，走入迷雾进了深山，河里都是发绿的巨石，所以水才映衬得那么绿，那些石头是翡翠，染得空气都是绿的。他看到了那么多翡翠并没有高兴，反而有点儿害怕了，这地方没人！

这一带以前走过马帮，往外面运茶叶和铜器，回来的时候运鸦片。现在路已经没有了。一路上走得并不辛苦，树上有果子，河里有干净的水，下雨也是温暖的。忽然意识到，他不是在上坡，是在下坡，因为前面的树木越来越高大，看着像是往上走。南方的原始密林迷幻人，以前听说过。李玉麟越往前走，越深地迷失在梦幻的自由之中，直到发现他已经走出了文明。不过李玉麟不在乎，他是在寻找幸福，不是文明，现在，他有点儿怕文明。

他终于在绿色的深处看见了一些人。一说话，言语不通，只能用手比画。他知道，东南亚的民族很早以前住在长江南边，中原民族强大以后，把他们往南边挤压，他们又把别的民族往南挤，挤到印度尼西亚那边去了，所以他们说的语言其实是古代大陆的语言，居然在这里听到了，就有世事沧桑之感。

他起初计划在聚落里头就地设立一个小学校，传播文化，但是因为后来出了点儿事，就不想了。太阳落山，人们生起火，说说笑笑，有时候还跳舞，大家处得不错。有一天，他以为他们是在做游戏，心血来潮不小心参加了进去。

游戏开始的时候，男人先到山谷里的一大片绿色磷火里踩踏跳舞，悲壮地吟唱，然后迅速四散奔逃，跑进密林里不见了，四面八方，留下一串串发绿光的逃亡脚印。年轻的女人们号叫一声，开始在后面追。

李老师在前面跑，觉得很好玩儿，回头一看，没想到她们是拿着弓箭和投枪在追，才想起这不是游戏，是来真的，顿时魂飞魄散，陡然变色。这是部落里进行自然淘汰的重大历史事件，被追上，就地射杀，男人太没用就不用活了；没被追到的，几天以后回来，有权利选择追踪者进行交配。

李老师恍然大悟，顿时魂飞魄散，吓得慌忙逃窜。身后追赶他的，是个脸上有刺青持弓的，她在密林中奔跑，纵跳蹿跃，比麋鹿还快。

此时他才知道，自然进化的镰刀不光是砍伐老弱病残的野草，有一个算一个，也追杀误入歧途的傻瓜。他实在跑不动了，停下来喘气，那脸上有刺青的逗他玩儿，手拉弓箭却不发，跟在后面还冲他冷笑，也不急追。他吓得扭头又跑，后面那个是寸步不离，若即若离，大约是刚来了兴致还没跑够。

李玉麟想，让人家追上给宰了固然不好，万一追不上，自己还得回来履行交配义务也不像话，活着或者死了，都很糟心，太不公平了！所以越跑越生气。

李老师平时没脾气，但有了脾气就会有灵气，想起一本连环画里有个临时救急的办法，正好前几天在这一带闲逛，看见树上有个野蜂窝，抬头辨别方向，离得不远，就脱下裤子蒙着头往那边扎了下去。一会儿，果然见到那蜂窝在树上嗡嗡作响，他一石子撩过去，正好击中，就听见后面炸了窝，李老师一溜烟已经走了。

刺青女子在后面蹿纵尾随，却十分机敏，没有上当，一眼看清了面前的全景，已经知道他想干什么，不再追，转身回去了。

林子里转悠了几天后，李玉麟回去拿自己的东西和书，小学不能办了，准备告辞，却没来由地被部落给扣留了。

几个长老商议如何处置他。原来是，他们不知道应该怎么办，以前没有人干过这种缺德事，恶意招引野蜂蜇人，但似乎也没有违禁，因为氏族历史上也没有不许这样干的规定，此事纯属文明世界的道德问题，不是原生世界的法规禁忌，长老们跟那位追踪者商量了一会儿，就把他放了。

那天晚上，李玉麟躺在草地上看着天上的星星，正暗自庆幸躲过了一劫，出乎意外地被一个落下来的身体猛然扣在下面，经历了一场缠绕的焚烧和炎热的压榨，把他体内多年以来住在破棚子里让阴冷、湿气、秋雨沤出来的风湿和关节炎全祛除榨尽，干干净净治好了。黎明醒来，看见脸上刺青的那位正在身边睡觉，仍能感到她的体温像篝火的余烬。

李玉麟是个读过私塾的人，讲的是礼，当时五内俱焚，悲痛欲绝，这还让不让人活了？怎么平白无故让人给强暴了！想起以前还做过噩梦，新婚之夜让人给冻死了，这回好了，差点儿烫死，真是岂有此理，荒诞不经！

他站起来走到山崖边，大声对天问话：

"你大爷的，想当个小学老师就是不行是不是？"

李玉麟，李老师，命里出现的两个女人一个太凉，一个太烫，现在要继续走向天涯，去追求简单生活的幸福。

告别部落以后，他走到半山坡上，回头摆手道别。脸上刺青的那位冲他一乐，抬手弯弓一箭，射穿他的裤裆，准得居然没伤到要害。他赶快疾走几步，内心骤然明白，这个地方，没有情殇，没有离恨，只有为氏族健康繁衍的坦然，忽然有些怀念起那个离火缠身的荒诞黑夜。

他在长距离跋涉引起的昏乱中继续行走，好几次越过各国的国境线，有时在这边，有时在那边，有时又在这边，在有蓝色河床的清澈溪流里喝水，迷失在绿色的远方寂寞，发现了一个真理：世界没有方向。

遇到过拿枪的人被拿刀的人追着跑，被反政府游击队错认为是秘密派来协助的军事顾问，参加过听见枪声双方立即同时转身逃跑的看不见人的战争，旱季跟着游击队，雨季跟着政府军，后来不知被哪边抓起来关在树顶上的竹笼子监牢里，遭了夏季暴雨的一记雷劈，掉到地上，摔得一团漆黑，对现实和梦想都丧失了意识。

他醒来看见有很多人正围着他看，在说话，他一时忘记了，他们说的语言就是自己的母语。

"大帅回来啦！"他们回头喊。

那些人在大声喊叫往后传话，不断由后面的人再向后面传递，声音震荡山谷，泛起回声。有个人从后面跑上来，扒开众人挤进来往他脸上看，吓得连连后退，大叫起来。

"老天爷真把您送回来啦？！"

他们是李玉麟的祖父李家骧的一支队伍，当年被国内错综复杂转得太快的战争车轮甩出了国界，沦落在异国自生自灭。李玉麟相貌酷似他爷爷，前额宽，络腮胡子，超然世外的眼神，这些残余的部下错以为他是李大帅再世。他们也没说错，他从树上掉下来，确实也算是从天而降，来负责他们将来的命运。

李玉麟站起身，听他们说了半天才知道是怎么回事，自问：怎么觉得像走进了一本小人儿书？他伸伸腰，定定神，放松一下差点儿被摔散了的骨头，看看天，心里说，既然如此，只好逮住什么工作干什么工作吧，从此脱胎换骨，重新做人。

此时的他，心中一动，眼中出现的是他祖父凛然的眼神，看着周围面黄肌瘦的人群，冲他们问话，而他们听到的是李家骧的声音：

"怎么回事？都拿着枪，还他娘的混成这副样子，啊？！"

李玉麟带着这支在山谷密林深处偶然拾起的武装，在三不管的地区横行圈地，建立起自己的地盘。

那一日，他坐在河中一块翡翠原石上看一本连环画，从书里飘出一片纸，他捡起来，闻了闻，自得其乐地闻到了一个北京小学校的味儿。他微笑着，细看纸条上的字，是一套化学计算公式，立刻惊得变色，弹身起来站到石头上，站不稳差点儿掉进河里。

"这不是人工幸福散的完整配方吗！"

那是罗汉以前为了治疗父亲的失眠症，阴错阳差发明的"金丝鸟牌安眠药"配方。

很多年后，李老师在世界上有了一个看不见边界的无形疆域，也不知道哪里是自己权力的边际，变得无法无天。

起初，支撑这个天下的是枪，翡翠和一种晶体药剂，以后，世界上有了他各种合法的生意。在他的城市里，开设了大型娱乐业连锁俱乐部，那里有"人工幸福电影院"，每个人都可以从那里进入理想人生，从头至尾亲身经历由化学制剂量体裁衣定制的另外一场生活，一场自己希望的生活，当一个自己想当的人，从拯救世界的英雄到小学代课老师，什么都行。那里的生活有不可想象的精彩和快乐，产品优化以后，成立了"人生故事进出口公司"，在全球出售幸福，行销各类成套的幻觉系列。

再后来，干脆从一开始就把预制的生活史芯片直接植入人体，原来的那个生活不要了。

李玉麟用迷幻人的化学建立起的帝国，建筑物上有他金色的雕像，到处有宣扬幸福的教堂。后来有一天，他的电视台用小人儿书的语言宣布："人欺负人的时代结束了，谁也不用动手去抢的幸福时代到来了。"

正当李老师走进南方的绿色迷雾，让原来的自我在世上蒸发的时候，罗汉去了洁白的北方。

学校里，从北方边界来了两个人。边界线将要开战，需要年轻人。全校的学生基本上都必须去。罗汉临行，到安定门精神病医院探望肇姨。

他问肇姨："那个地方是你的家乡吧？"

肇姨说："不是。太遥远。没有路。没听说过。"

后来是沉默。

她的沉默中有大风呼啸，眼睛里有一片荒凉，当时她那双眼睛像一扇窗户，这寒冷的消息一来顿时蒙上一层绉纱状的冰霜。

九月艳阳天，美丽的早晨，罗汉上火车。站台上送行的人海里，到处情感失控，哭闹得一塌糊涂。他往车窗外看，看见杨丽丽在一个柱子后面也看着他，车上车下没法说话，他们用眼睛告别。

火车开动的时候，罗汉记起，以前做过一个梦，和现在很像。

第二十五章

肇姨知道，罗汉此去，前程险恶。前朝发配犯官，最远不过也就是宁古塔，那里有人烟，不会把人送到没有人烟只有魔障的地方去任其自灭。

罗汉要去的地方，从前在家中也听到过一些萨满教的传闻。那边，是"大北"，天在转，地上没有方向，在起伏喘气，往上冒烟。冬天上冻得紧，冰雪坚，天气凝，活人进去，鼻子耳朵往下掉，夏天忽明忽灭，是一片片飞舞的黑暗，人也进不去，进去血被吸干。虽是虚无缥缈的传说，是自古以来的禁地，跟罗汉说这些没有用，何必徒然丧人心志，而肇姨心中悲凉，眼中降下了寒霜。

肇姨在安定门精神病医院接受治疗。刚来的时候，医生就有点儿怕她。警车和女学生把她送来的第一天，要按照业内的程序走，大夫要向病人问话，进行第一次诊断。一个戴着特别厚的眼镜的大夫问她的第一句话就是：

"你有精神病吗？"

这话问得巧妙，其实是个逃不掉的圈套，是个万能的问题。病人要回答：是，就不用诊断了，病人自己都说是，下面就没问题了，直接吃药；病人回答不是，下面也没问题了，病人一定病得不轻，连自己有精神病都不知道，也不用诊断了，可以开始治疗给药。那时候，这个环节比较省事，被送进来本身就是确诊。以后的事，不过是类型的区分。但是也有麻烦，那个时期送进来的人太多，装不下了，所以当时，别处都不建设，唯独精神病院需要建设，多多盖房。

肇姨听见大夫的问话，没听明白，没回话，没反应。不过她看着大夫的那神态似乎她自己是大夫。

大夫又大声问："问你有没有精神方面的障碍。"

肇姨不知道，这是病院的规矩。她不满意了，也很纳闷，细细端详大夫眼镜的后面，嘴里冒出一句话，不知道是在跟自己说，还是在跟大夫说："行医问病之人，癫狂无理如是。"

说话间，眼中射出一道寒意，屋里凉气弥漫，墙壁冒霜，那大夫立时觉得眼睛里灌满了冰碴子，冻得生疼，里面叽里嘎啦的乱响，眼前一片模糊。大夫急起身，抓起病历就走，快步往外撞，推开门就跑了。

精神病诊断没问题！肯定是了，只是她那种，伤害类型太可怕，以前没见过。

过了一会儿，那医生的眼睛不疼了，没有瞎，心中倒有些清楚。他在医院工作时间久了，多少会受到病人一些影响，心中经常也有些恍惚，分不清什么是明白，什么是疯，心里还经常觉着发堵，奇怪的是，被那人双眼一刺，怎么觉得很受用。

肇姨生气的时候看人，人会很不自在，很不好受，但是不会受伤，疼痛也是良性的疼痛，所以那大夫的眼睛疼了一阵就没事了，心里反而不堵了，头脑很清爽，竟然还觉得内心清明，气脉通顺，平日的郁闷正在消融，竟然舒服了许多。

肇姨的意思很明了，她自己没病，是大夫有病，结果吓跑了医生。医生们听说了发生的事情，都不敢来问了，都来到门外探着头看，在外头小声议论。院里只好把肇姨先放在轻度神经错乱的病房住院观察，男女护士们也不敢管她，绕着她走路，因为病人到底是什么病，造成伤害的性质与程度还没弄清楚，怕发生危险。加上院里每天不断接收送进来的新病人，顾不上管她。

被冰碴儿迷住眼睛的那位医生姓马，北京第二医学院的研究生毕业，研究课题的论文是《精神行为与生理变异的因果关系》。

他跑到楼道里，那几个押送肇姨入院的女中学生还没走。有个女学生把他拉到楼梯口低声问他话，是个医疗卫生问题。

女学生告诉马大夫，最近她睡觉不好，夜里总觉得尾骨的末端发热发痒，并且总梦见自己要从树上掉下来。医生一边揉眼睛，一边听，一边听一边觉得她的问题是可以得到医学解释的，并且越揉眼睛，自己的思路越清楚，于是跟她说了一番话，自己也没想到，让肇姨瞪了一眼以后，自己的思维突然这么清楚，说话也这么顺溜。

马大夫有些书生气，还有点儿好为人师，跟她这个中学生说话，还以为自己是在教学。

他说："人类大脑里的荷尔蒙组合结构，会随着思想和行为发生变化，在某个生活阶段，如果出现不健康的思维方式或行为方式，就会造成生物化学平衡的破坏，造成生理变异，因为人的一切，都是生物化学的平衡，健康、情绪、身材、相貌等等，都是。"

马大夫进一步解释："比如，总是暴力和欺骗的人，皮肤会随着进化，变得很厚，向盔甲发展；爱打架的，面容会扭曲变形，下颚会伸出来，牙会变长，甚至身体上会长出多余的东西，因为凶恶的面容可以吓人，尾巴可以控制打斗时需要的平稳。这就是为什么，常做坏事的人和总想做坏事的人，外表能看出来，英国苏格兰十九世纪就有个骨相学侦探乔治·库姆，就根据人长相抓坏人，很灵，所以不是没有道理，这叫骨相学侦缉，人想什么，做什么，看着就像什么。"

马大夫是个蛀书虫类型的医生，老爱说大道理，说起医学理论会大张旗鼓，信口开河，过于兴奋，有时候会忘记时间、场合和对象。已经很长时间没人向他请教过问题，所以那天他有点儿忘乎所以，也不看看人家什么脸色，接着往下说：

"不正当的行为造成的生理变化，不仅在群体中有精神传染性，还有遗传性。比如常作恶的人，常想做坏事的人，下一代的基因受影响，弄不好也会变成前代的翻版。这种由思维和行为造成的变化，实际上不是进化，是退化，是从人变成比较低级的动物。您感觉到的那种脊椎尾部瘙痒，是有医学名称的，叫作'尾臀骨异化焦虑'，是一种向低级动物转化的前兆，是像猿猴一样长出尾巴的感觉。因此您才做猴子们晚上在树上睡觉常做的梦，这是一种逆向的进化。如此看来，古人的说法，恶有恶报，似乎不是迷信，而有潜在科学根据的。当然，我的研究还不成熟，需要进一步证实，但一般来说，愚昧和偏执的人容易得这种病……"

马大夫还没说完，就被女同学们当场痛揍了一顿，滚下了楼梯，被关进了病房，立刻从医生变成病人。

她们前几天刚把自己学校的女校长打死，对他这种论调极为反感。

肇姨上午入院接受马大夫的诊断，下午就看见他在病人活动室里面用头撞墙，好像成了病人，就更想不明白他在医院里，到底是个什么身份，医生还是病人？

肇姨住的病区有个铁栅栏门，里面的病人比较自由，能自由活动。病区里的人很多，各自做着自己戏剧性的事情：有个人一边睡眠一边在走廊里散步；有个人坐在椅子里上身跟着没有声音的音乐跳舞；有个女人年龄看不出来，好像很年轻又好像很沧桑，用蜡笔在水泥地上画雨中的太阳，一些人站在旁边看，用力跺脚鼓掌表示同意；有个人在门口把守，很有礼貌，但是他强烈要求穿白大褂的医护人员出示意大利护照，没有就坚决不让进，他认为医生护士是球，自己是意大利守门员。

有个前一天送进来的病人正在进行绝食抗议，说他根本没精神病。医院无权关押他。

起初，他确实不像有精神病，头脑很清楚，说话有道理有分寸，强迫灌了几天药，不对劲了。那天，护士让他吃饭，他说他自己带着呢，用不着他们管，说完，用手蘸着杯子里的水在桌面上画了几只虾米，用舌头舔了，再画几只，又舔。虾米画得像是活的，想要在桌子上蹦。他不停地这样吃活虾，把护士看得腻味死了，就转身走了，他就冲他们的后背哈哈大笑。他吃完了那顿河鲜，打个嗝，闭上眼睛身体向后仰，回味虾米的味道，好像吃饱了，还睡了一会儿，他大概有午饭以后睡午觉的习惯。

这位吃自制活虾的画家后来跟一个头上老挂着蜘蛛网的人有共同语言，他们对话，谁也听不懂，尽讨论真实或本质这类问题。

画家的观点是：他发现世界只有两个基本颜色，黑和白。所有其他的颜色都是人们想法的色调，不能算真的，是装饰色，要是没这些颜色，人的想法就太暴露了，很多想法不怎么样，所以不能暴露。问题在于黑白的世界虽然真实，但是太没意思，太乏味，也不好，没人喜欢，所以人们就添加颜色，就把世界的真实掩盖了。他想找个法子让世界既真实又有趣，所以他只用黑白两种颜色画透明的虾米，既真实又活分，既普通又有生趣，这就是艺术的本质，干吗给他送进了精神病医院里边，他不过就是在课堂上给学生说了这个。

头上有蜘蛛网的那位一边听一边点头，像玩具小鸡吃米，好像很赞同画家的思想。

后来才知道那是客气，等画家说完，立即指出人家理论上的谬误，他说：如果是这样，那么他画的黑白水墨透明虾米也不完全真实，因为那里面也有画家思想的色调。另外还指出：透明，也是思想的一种色调，有着各种想法的人看见他画的透明虾米，能看见不同的色调，有变幻，所以他的虾米看上去才是活的。所以，绝对的真实达不到，只有接近真实的相近真实。

他问画家他在课堂上还说过什么。画家说，当然说了，他跟学生说，他的虾米这么真，又这么不真，那是因为它们既是活的，又是死的，不敢跳出画家伪造的水，争取进化，以为画家就是他们的神，光知道在自己那一片水草里瞎折腾，哪儿也不敢去，搞艺术可不能这样，要和别人不一样，但一般人做不到，不是不敢就是不能。

结果那个头挂蜘蛛网的人使劲跟画虾米吃的画家握手，祝贺他说的对，还说很荣幸能认识，幸亏有精神病医院才能遇见。刚从医生转成病人的马大夫还没适应，站在角落里听着他们的对话，不住厌烦地摇头，用手捂住了耳朵。

谁也听不懂他们那种话，可是他们就是爱整天这么疯聊。

肇姨连看都懒得看他们，嗤之以鼻，对身边发生的事没有任何兴趣，看见了也是冷眼看，觉得无聊至极。

　　这些病人也没注意到肇姨的存在，但是所有的人，在她走进病区的瞬间都打了一个激灵，都被一把冷冰冰的冰锥刺穿了，比打针疼得多。当时在玻璃窗户后面观察的医生看见病人们无论正在做什么，忽然都变成了慢动作，病区里一惊一乍的气氛在空中冻结了片刻，才恢复原样：那个用蜡笔在地上瞎画的女人停了下来，陷入沉思，在回忆什么事；一个在旁边观看的男人好像从睡梦里醒了，很害怕的样子，好像看见了自己从中醒来的梦魇的外形。

　　在走廊里活动的病人居然知道互相让路了。

第二十六章

后来精神病医院里发生的事情谁也说不清。

最开始发现奇迹的地方，大概是厨房。夏天，医院总务处好几天没见到食品批发站的车来送货，问厨房，厨房告诉说，不用每天送了，现在肉和青菜能放很长时间不坏，所以每次都一个星期才订货，不用每天订了。

冷藏室的东西是没问题，坏不了，问题是外面日常食用的，又没有冰箱，大热天，不可能呀。到食品储藏室去检查，鱼和肉果然新鲜，西红柿不发蔫，黄瓜不变软，绿叶菜鲜绿，豆腐放了几天不酸，就连剩饭也没长绿毛，怎么回事？

盛夏天气热，他们试验，故意把鲜鱼放在外面，居然也没有腐烂。这时候，他们才意识到，厨房里没有苍蝇，那些讨厌的、灭不干净的蟑螂不知道什么时候已经停止繁殖，角落里只剩下几只死的。很快，全医院的员工都知道了。

那年夏天，全体医生同时暗自产生自卑感，认为自己的思想开始不正常，因为他们一致怀疑附近有一种反腐烂、反污秽、反瘟疫、反变质的冷性肃杀力的存在，然后一致立刻认为自己这样想就是疯子。

这时，他们已经无法把看到的和能想到的捏在一起，于是精神上都受了打击，颠覆了一切自己信仰的，知道的和听说过的。学说解释不了医院里发生的事，于是他们从早到晚目瞪口呆地工作和生活，也开始更加注意周围发生的事情。

首先是轻度精神错乱病区的病人一个个开始恢复正常，这是以前从来没有的事情，一般都是一个个往重病区转。

医生们看到了变化，病人的物理行为紧张性放松了，见到医护人员的精神紧张也消失了，有的人见了大夫，还礼貌地点点头。有位一听新闻就用指甲切手腕的老头儿停止了自杀，那位看守大门的意大利足球队假想狂也不让例行查房的大夫出示外国护照了。

有的病人开始向医生护士打听外面的情况，好像已经从自己精神的牢笼里走了出来。不久，这个病区的病人组成了病友权利保障委员会，质问院方为什么没有图书室，也不开办科技文化讲座，并且谴责活动室的那几本书太不像样子，看着像是糊弄疯子和傻子摆上去的。

此时院方已经开过很多次会议进行医学分析，查找原因。

最后，搜索的目光落在了那个唯一行为上没有发生任何变化的病人，那个人仍然是座遗世独立的冰山，对周围的乱象漠然远离，寒气把人逼得几丈开外不敢靠近，唯独她没有变。

医生们开始意识到他们以前从来没意识到的一种可能性。也许她根本就没有病，自然也就没什么可变的，也许这个冷冰冰的人跟院内发生的奇迹有关系？

医院把肇姨转到了重症精神分裂症病区观察她存在的效果。喜欢跟自己在镜子里的影子玩儿捉迷藏的病人就放弃了这种游戏，有个人总爱跟自己说："咱们别闹了，好好过日子行不行？"他先是把复数称谓改成单数"你"，后来改成了"我"，后来发现再说那句话，就多余了。医院后来终于怀疑，肇姨是一种药。

他们把她放在不同的病房实验，尝试过对强迫症、妄想狂、热情狂、偏执狂等等的"肇姨自在冰镇疗法"。三个月以后，院方正式聘请她从病人转为医生。

肇姨也正式对他们说："你们烦死了。"

但是掌握了大量临床实验数据的医院方面坚定地认为，肇姨不仅是镇静剂，也是各类精神疾病的万能肃杀剂。

什么事都有另一面，医院的病房发生重大恐慌。越来越多的病人痊愈了，治愈的病人坚决拒绝出院，有人甚至假装旧病复发，在墙上乱画太阳，到处宣传外面是大沙漠，出去就烤死，院内还举行过反出院示威游行，慷慨悲壮。新病人从外面的世界不断地送进来，可是医院新盖的楼也快没地方住了。

医院也疯了，又找肇姨谈话，婉转地问她行医治病的速度能不能稍微放慢一些，别一下子都给治了，没病的比有病的还让人头疼。她不屑一顾，认为这更不可理喻。

肇姨在医院里随便走动，所过之处，那些看见白大褂就开始装病瞎闹腾的病人，会偷偷投去敬畏的一瞥，相互交换会意的眼神，在背后小声议论。一部分疯得太厉害的患者太过分了，秘密发明了一个宗教，传递一个荒诞得匪夷所思的悖论信条：医院墙内有一个会散步的冬天，它的冰霜寒气，比墙外被阳光烧焦的春天温暖。他们把这个反向对比的思想概念叫作"辩证接神论哲学意识"，拿这个新发明的主义跟恳求他们出院的医生辩论，他们人多，医生说不过他们。

肇姨有时候，会路过一个病房，站在玻璃窗后面看一眼一个独臂的病人。谁也不知道他是什么时候来的，不知道为什么整个病区会腾出来只留给他一个人住，为什么每天都有人来轮班守在那里看着他。整个医院，他来得晚，也是病情不发生变化的患者。

大饥荒时期，独臂吴到自己创立的大学去视察。饥饿给大学留下了印记。教员的公寓前面都是种着韭菜和大葱的菜园子，校园西侧主路旁，沿着汉白玉的护墙，种的是丝瓜，东侧和小花园后面的前朝旧楼凡是拐角的地方都是鸡窝，西侧几座公寓楼的平顶上是物理系和工程系家属的联合空中菜地，黄瓜和豆科植物的小花儿像公寓五颜六色的头发一样在风中飘摇。负责接待巡视的校领导在他身旁，热情洋溢地详细介绍学校如何自力更生战胜困难，跟随的人一边听一边称赞，知识分子就是有创造性。

独臂吴礼貌地听完了汇报，问他们：

"同志们，可我的大学呢？学校在哪儿？"

有一年国庆节，晚上大会堂举行联欢会，看完电影散了场，独臂吴见到刘立业全家，他看见刘立业拉着一个小孩儿，就过去跟他们说话。他问那孩子喜欢不喜欢那个电影，电影是朝鲜战争中一位战斗英雄的故事。那孩子说不喜欢。独臂吴很惊讶，就问为什么，那孩子说："最后全死了，不好看。"大家哈哈大笑，独臂吴回头对跟在后面的导演和演员说："听到了吧，这位虽小，但也是群众。"

那天晚上刘立业单独向独臂吴说了一些事，情况不太好，经济发展不行，这谁都知道，问题是上来的数字太矛盾，北方和南方的数据都是相反的，分析报告，上面不接受，整天派人来主持修改。他们还说了谁也不应该知道的事，最后说了要点：要小心了。独臂吴点点头，沉默片刻，说："全民已经委托一人去想，不会想了，你也少想。"

后来他们说的什么，没人知道。

全国的行政系统行将崩溃那年，独臂吴忽然失去理智，他向上面递了一份申请，要求归还他丢失的一只胳膊。上面派人来问病，门口的人不让进，说首长现在怕光，白天不行。晚上又来，但屋里不许开灯，说首长认为灯泡里有鬼，会借着光线溜下来，偷走记忆。他们摸黑进行交谈。独臂吴对来人说："回去说一声，我要走了，去看大雪，把脑子洗一洗。"

几天后，他进了安定医院。

肇姨路过病房的时候见到了独臂吴，她虽然不知道自己的存在对周围发生作用，但如果这种作用在谁身上失效，她会有感知，会觉得心里有块冰疙瘩，不舒服。

独臂吴患的病是健忘症。这病很固执，拒绝被医治，因此引起了一向不注意任何人的肇姨的注意。

多年来，在客厅，独臂吴想给自己倒杯开水，但是却一直行进在倒开水的道路上，却喝不到水。每天早上，他从椅子上站起来，拿着一个空杯子走向屋子对面桌子上放的暖壶，等走到了，就忘了自己要干什么，再往回走，走到椅子那儿，坐下来，于是立刻想了起来，又站起来往暖壶那边走，走到暖壶前，又忘了，只好又往回走，再坐回椅子。

他只有坐在那把椅子上，才能想起来他要倒开水，可是一到暖壶前，就遇到了自己的健忘症，只好回到椅子上去取留在那里的记忆，可是离开椅子一上路，记忆又掉进椅子，没一起去。

这种恶性循环，持续的时间太长了，那个倒水的记忆，变得越来越苍老和不新鲜，所以后来他需要在椅子上多坐一会儿，才能想起他想干什么，才能想起他忘了什么。他无休无止地这样干，快把自己累死了，每天都在走进自己的疲劳，每天晚上都是护士们把他抬进卧室放在床上。

这种可怕的，决绝的奋斗，连每天轮换在玻璃窗外盯着他看的人都受不了，他们看得口干舌燥，不停地跟护士要水喝，回家以后一夜一夜睡不着觉，发现自己也在盯着暖水瓶看，梦到的都是四面八方走不完的路，后来全都病了，就需要换新人。

护士们意识到，屋里的桌子和椅子，是独臂吴的南北极，对他来说太远，这么走，走不到，就把桌子和暖壶搬到他的椅子旁边。没有用。

独臂吴开始从房间的另一头继续自己循环往复的绝望路程，这回，连椅子都没得坐。他绝不停止，坚决要行走，不知道他记忆里面还有没有倒水这件事，还是因为惯性，他就是要去倒水。所以只好又把放暖壶的桌子抬回原地。护士们给他倒水喝，他不喝，用疑惧的眼光打量她们，让立刻倒掉。他只喝一个亲随倒的水。他的病一直不见好转，在椅子和桌子的两极之间，进行悲壮的长征，他的大脑忽明忽暗，记忆时有时无，身体倒是结实了许多。

病房的几个护士受不了精神上的刺激，有一位，已经出现早期精神紊乱的征兆，都纷纷要求调换工作岗位。

肇姨站在玻璃窗外看着他，脸上挂着一丝冷笑。只有她，看到了独臂人破坏人类神经的旅程其实是暴怒。

她一来，他也能感到，像被一记飞镖击中，打个冷战，一道犀利的眼光射向她，又立即熄灭，低下头继续走路。两个人都看见了对方洞穿人心的智慧。她知道他是谁，正干什么，以前见过，都差不多，有的比这邪乎，在宫里。

他也知道她是谁，以前见过，在刘立业家。

第二十七章

火车往北方开。

刚开到建国门高大的灰色箭楼看不见的时候，车厢里准备开始进行冒险的愉悦兴奋已经变成瞬间发作的想家病，好多人忽然大哭起来，也有人哭丧着脸把香烟掏出来了，开始享受没人管的自由。哭的人，哭的调门不一样，纷呈各种品类的感伤。抽烟的不吭声儿，弄得烟雾缭绕。这时候他们一下子长大了。年轻的过去留在身后，回不去了，用哭声和青烟祭奠刚刚死亡的，留在站台上的青春。

罗汉看着窗户外边，没有现代人的伤感。他发现铁路旁边的树往后走；远方的地平线却向前转，他在世界截然相反的运动中穿越。

他看见小学里认识的两只麻雀回来了，跟着火车飞，给他送行；看见姥爷的烟圈儿在天上飘，有点儿像被放大了的春节厂甸庙会里卖的蓬松的棉花糖，祖先在佑护；等看见星星出来了，就记起在武定侯幼儿园的那天晚上听完了故事以后做的梦，梦里有以前的事情，也有不知道是什么的事情，在梦里他看见黑暗的远处有一串会飞的亮窗户，有个窗户里面坐着个长大了的自己，那串发光的窗户发出像波浪一样的呼啸。

这时候现实的火车汽笛发出长鸣，声音和他头脑里那个声音合在了一起，梦中原来就是这辆火车。那时的他，看到了将来的自己。

火车经过了肇姨的祖先骑马的原野，经过了刘立业在第二次死亡神游中泅渡过的大河，经过了李老师的祖父要统一全国征战的战场。火车开了三天，他们穿上厚衣服，开始坐汽车往北走。汽车走了两天，又沿着一条唯一的土路往北开，在这条路上，他们知道了什么是距离和空间，什么是空间和时间，知道在一条特别长的路上，时间会在距离中消失，因为不管什么时候往回看，都一样，除了家的幻影，什么都没有，北京城里发生的巨大神话也烟消云散，只剩晚霞照射的金色天空。

天和地，不是城里那样。这里，世界是一个长满荒草的椭圆，微微倾斜挂在天空。雨不湿，是远方灰色的巨大圆柱，支撑着天，但是能闻到它们的湿味儿，原来这就是神话里所说的擎天柱子。车里的人都不说话，可能正在调整和放大以前对世界过于狭窄的认知。

忽然有一天，车队经过路边三个绿帆布帐篷，路沟旁有个稻草人，用破布扎成人形。有个人正在问，这是干什么用的，地里都是荒草，没有庄稼呀，那稻草人向他们友好地挥手，露出一口白牙微笑，才知道是个人。

司机说，那是半年前从上海来的，跟你们一样，把几个男生逗得哈哈大笑。有个女生过了一会儿开始偷偷抽泣，那几位傻笑的人戛然停住笑声，顿时明白了，第一次有了"前途"的意识。

汽车开进了夜晚。天光忽然一下就灭了，汽车里的人像装进了盒子，忽然强烈感觉到身边的，是自己的同类。从来没有这么黑，这么静，开始有对地底下的棺材里的感觉的想象，外面的世界没有气息。突然间空气开始响，像风，这风钻进车里来咬人，是蚊子。

他们到达的地点，地理位置在地图上没有名字，离边境八十一公里。他们是这里的第一代人类，所以有命名的权利，后来称这里为"八十一公里"。

那天晚上他们到达营地，一片黑，什么也看不见。带队的下了车，打开手电筒喊一声："跑！"就往路的西边奔逃，大家也发一声喊，跟着逃窜，蚊虫在追，脸上脖子上似有无数钢针在刺。

罗汉跑在人群中，这一次跑，直接为了生活的最基本需要，活命。

他看见周围的黑夜在嗡嗡震颤，像凝住的肉冻，才知道蚊子的密度基本上就是空气的密度，鼻子里吸入的也是这种活的空气。他一边跑一边感到奇怪，怎么任何民间传说都没提到过还有这种现实？更奇怪的是，怎么自己也被蚊子咬。这里的蚊虫太多太厉害。罗汉在城里长大，他避蚊虫的本领在这里不太管用。另外，他也在进化，进化得丧失了古代的功能，在这方面，比以前，越进化越差劲，他正在奇怪，就掉进了泥坑。

全体男生终于被收容进到一座巨大的军用帆布帐篷里。帐篷里左右各有一长溜通铺，每个铺上挂着二十几个蚊帐，每个蚊帐里睡着一个人。大家都看着那些蚊帐，奇怪为什么都是黑颜色的，立刻就明白了，蚊帐上覆盖着一层层蚊虫，见到有人进了门，全飞过来，于是蚊帐又都变回白色。

带队的人说，行李明天才能到，今天两个人合伙睡。罗汉被分配到一个蚊帐里，跟那个铺位的所有者合睡他的被子。罗汉很小心地往那人的被窝里钻，没想到刺溜一下，是掉进去的，那条被子太滑，能往里拉人。

被窝的所有者说：

"欢迎你进来，要把蚊帐的边都压在褥子底下，压好，不然咱们明天就是两把骨头。"

黑暗中，罗汉看不见他的脸，觉得出是个胖子，一股人油味儿，那人和被子都很黏滑。

不过胖子也觉得他滑溜，说了一句："嘿，好，你身上滑溜得像个女人。"就睡着了。

以前曾经是被子的那个东西已经不再是，退化为一块油毡。罗汉还没见到这个地方什么样，就已经觉得样样都不对，他用手撑着被子睡觉，梦里，自己被一条鱼吃了，在鱼肚子里住，鱼也死了，味儿特大。突然间被一个声音惊醒。

"哭什么哭，老子明天还要干活儿，再哭，绑起来！"

原来是有个刚来的在哭，一个老住户睡不成觉，很生气，就断喝斩断了哭声。

全班同学第二天起得最早，天不亮就往帐篷外走，站在外面等天亮，等待他们新生活的第一个黎明。

他们站的地方是一片林中空地，树林里有很多绿色眼睛在看着他们。他们懵然不知是狼，盯着回看，跑过去追，那些林中的眼睛就熄灭了。

大地是一片黑色，有发亮的斑块，反射微光，地面下的热量拂晓前开始升发，从冰冷的地表冒起绿色雾霭，在不高的半空形成迷雾的绉纱在他们眼前飘荡，好像有生命，慢慢飘过来，又很快躲远，像是在诱惑人。半个月亮挂在树梢后，放射青灰色的光，逐渐，能看见月光下的大地，是很多向天空张开的嘴，遍地是水坑，坑里的绿水黎明前开始冒泡，吹破了苔藓，发出咝咝的声音。

罗汉看着这片蛮荒，心中有所触动，觉得以前来过，是在梦里，还是幻觉？

他闭起眼睛用鼻子深吸那个光明即将到来的早晨的原始气味，空气很新鲜。他看看周围的同学，有男生在哭，女生却没有哭的，她们警觉地紧盯着这个新世界，已经开始认真掂量以后怎么办。

罗汉觉得很有意思，女人比男人强，怎么一夜之间回到了母系氏族时代。

早饭喝汤，装在脸盆里，上面浮着一层黑色的蚊子，大家就省去了早饭这道程序。然后集合在空地上听连长介绍连队环境。连长说话简明扼要：

"欢迎。我们是十连。这里什么也没有，自己看吧。看完干活儿。"大家转身看了看周围。十连三面环树林，东边靠着来的路，路的那边是一望无际一人多高的连天荒草，在风里像海一样摇动，看一会儿头就晕，天旋地转。连里有四个绿帐篷和一个用整圆木摞起来的食堂，有三台红色的拖拉机和两个铝制的油罐。地上没有地面，都是泥坑和水坑，上面架块木板，连接成路。

前一天晚上跟大家睡在一个被窝里的人们穿得破破烂烂，排着队，扛着工具去干活儿。

有个同学狐疑地问大家："这是什么地方？"他以为是劳改农场。

到学校招募他们的人曾说过，参加的是军队，到边境去打仗保卫国家。

这时，有个外号叫猴子的同学模仿恺撒大帝的语式"我来了，我看到了，我征服"，却换了台词，说："我来了，我看到了，怎么不太像？"但是谁也没笑，有人给他屁股一脚，他就知趣地闭了嘴。

罗汉他们来到的地方，是三条大河流域中的一片沼泽，海拔比大河最低的河底低一米。去年，边境武装冲突，可能要打仗，修了一条战备公路。罗汉的连队在距离边境线八十一公里的公路旁边建立居民部落，名义上是军队建制，实际是开荒。先到的那几十个人，是本省农场的中年农工和上海的高中学生。这里从远古至今，人类没有来，或者来过，没法活，又走了。

　　北京新来的居民们面对新世界的自由天地呆若木鸡。现在，不管是为什么来，应不应该来，已经来了。事情变得很简单，脚下是个起点，起点就是什么都没有，需要从头开始，想开始搞文明，就需要先变成原始社会的野人。当时他们不明白，很多年后才明白，在这里，脑子不能想，想了就没法干了，因为想到任何一处，都是不可能。

　　第一天干活儿，罗汉在营地北面的料场抬木头，要把在林中砍伐运回来卸在地上散乱的大树堆放整齐，码放成三角形的木棱。大树砍掉树头之后，一般长八米到十二米，粗的那头直径大约一米，没有晒干，是带水分的湿木头，约莫三四千斤，木头因自重在泥地里自己往下陷。

　　带队的班长说："抬。"

　　他就不想，根本不想，能不能抬得动。

　　七个老职工走上前，扛着四根叫作"蘑菇头"中间粗两头细的杠子和四副卡钩，那是抬木头用的工具。他们七个也不想，不想"四八三十二"乘法口诀。一棵树，三千多斤，八个人，每人身上的重量平均是四百来斤。

新来的几个学生在一边看，他们也不想，他们不用想，这不可能。七个站在大树旁的人冲他们冷眼瞧，意思是，还缺一位，谁来？

谁也不来。剩下的全是新来的北京学生，他们认为，人，虽然到了这个份儿上，也应该继续活下去。

罗汉觉得很不好意思。久远以前的初民们，眼睛看人不分个儿，以族群为单位，一个人不行，全族都不行，现在他和同学们是一伙儿的，要是不去，认了怂，以后就完了，他就走上前去填补空位。

八个人在横木两侧站好，一边四个。"蘑菇头"木杠上肩，哈腰，用挂在麻绳上的卡钩卡住了大树，运足气，最前头左边带头的一声喊："起。"八个人吸气咬住牙，挺身。

木头离地，没起来。罗汉的腰伸不直，腿猛烈颤抖，站不起来也走不掉了，如果扔下木杠一走，那七个人，腰就断了。此时半蹲着的罗汉，无路可走，只有往上。

在北京，他能量太多，太足，燃烧过于旺盛，但与众不同的身体构造还用不着发生任何作用，城里，怎么都能活。到了此时，基因组织的天线第一次接收到神经系统发出需求的信号，一直休眠的几个早期基因就脱掉了蛋白质的外套，打开了连接的接口，接受了细胞传感系统的插头，开始接受进化信息，把周身激活，发生了适应环境的生理变化。大自然给人类初民的权利是活着，于是身体按照这个原则工作，为了应急，就要进化，进化可以是突然的，这就是远古生物考古学家所说的"突变进化"的现实演示。

那七个人也半蹲，脑筋暴露，要吐血了。罗汉又试了一次往起站。此时，体内的各个细胞都感到了重力，知道他得站起来，还得往前走。罗汉听到身体里在城市中汲取的那些营养一股脑儿地哗哗往血液里奔，冲得他头直晕，肺呼呼地变大，撑起胸，但是不吸气，气是从肚脐眼那块儿嗞嗞地往里进，成为第二呼吸道，在体内凝成支撑的力道。肌肉纤维像绳子正嘎嘎响，一边叫唤一边变粗，骨髓突突跳，在骨头里膨胀，变得很烫，全身应急临时赶制的胶原蛋白都钻进膝盖和髋关节，不管别的地方了，在里面心甘情愿地被迅速吸收掉，肩变宽，膝盖关节液在充盈。还听到心脏被逼无奈，气得上下乱蹦，已经跳到脖子里，落在嗓子眼儿，它歇斯底里地紧急喊话：老……天……爷！

所以罗汉站起来了。大家起身，往前走。一步一步，踩着抬木头的号子向前挪步，一句一步，都跟着喊，一步一个同声："哎嗨！"带头的喊号子，都是即兴发挥，临时乱编，瞎喊着唱。这回起身迈步，唱的是：

　　我的娘啊，哎嗨！

　　不能活啦，哎嗨！

　　千斤树呀，哎嗨！

压出屎啦，哎嗨！

小罗汉呀，哎嗨！

整死人哪，哎嗨！

屋里的呀，哎嗨！

要改嫁啦！哎嗨！

…………

那是吃苦卖力的初民们被压出来的诗意，后来《诗经》，先秦汉唐魏晋的四言五言骈体，就是这么从原生态里发展出来的，虽然文雅华丽多了，但基本情致大致也差不离。

他们越喊"哎嗨"罗汉越生气，气得上火，火顶着气，气顶着力，不仅走了三十来米，还走上了木棱上的跳板，还站在料堆顶上，和另外七个超自然的蚂蚁把巨木撩在上面。

这群野蛮的人类，到处干没法干的活儿，脑子根本不想，里面全都是乱七八糟比这还糙得多的歌词，调动起荒唐的一缕缕兴致，像钢筋一样横七竖八，愚昧地支撑着。

可是罗汉那天莫名其妙地觉得回来了，回到了久远的，差点儿被忘了的老家。

第二十八章

罗汉和他的同学们知道，他们什么都不是。

不是军人，不是农民，也不是工人，但他们什么都是，一开战就是兵，不开战就是工人和农民，当时这个职业跟这个地方一样，也没有名儿。他们不是学生了，但是帐篷里的人管他们叫"学生"，后来，别的城市的学生陆续到齐了，"学生"前面加个城市的前缀，就是他们的名字。他们管帐篷里的人叫"老人"。他们三十出头、四十上下的年纪，在居民点里最大。"学生"和"老人"组成的部落，已从现代迁徙到远古，过远古的日子，用模糊的称谓。

十月，大北的秋天下雨了。沼泽里的青苔水面上，野草的烂根下面，水泡子里和树林中沤烂的腐叶里的几代蚊虫知道湿地上来了新物种，闻到新鲜血液的味儿，就飞起来形成第二层天空、第三层天空和很多天空，他们这才知道古代神话中为什么是九重天。这些会飞的天过来盖住了居民点，开始吃前所未有的血。有些这样的乌云吃得太多，变得太重，飞不动了，就被雨水打落在地面，这时的居民点是狼烟四起的战场。看到公路沿线远近各处都升起缕缕浓烟，延伸到了天际，居民们才想起那边也有人了。

大家到处往干草上喷水，点起火沤烟，在烟柱旁边干活儿，挖土方，和泥盖房子，脱坯，锯木头，打井，劈烧柴，不时地钻进烟柱里待一会儿再泪流满面地跑出来继续干。一只蚊子叮咬是刺痛一下，但是满身蚊子叮咬，就是经久不断的触电，全身剧烈痉挛。所以有时候需要跳进水坑，需要用泥糊在脸上身上。这时候他们领悟了，为什么早期的人类喜欢用泥涂脸，为什么动物愿意在泥地里打滚。他们就也这么干，大雨冲刷掉泥做的盔甲，就再在身上做一个，太阳晒干了变成壳，有人就倒下了，原来汗出不来，血液会中毒。

当秋风刮起，吹得九道天空七零八落的时候，他们理解了，风为什么是神，立刻感动得遥拜，瞬间集体皈依初民意识形态，望着天空跪下，盼着公路上有呼风唤雨的祭司路过。他们也开始崇拜图腾。狼对地球的经验好像比较丰富，它们知道站在高地上迎风站着，皮毛上的蚊虫在过往的气流中站不住，还号叫着音调转折的咒语，让风别停。所以他们收工以后都不回帐篷，无意识地排列在新盖起的泥土房的木板屋顶上，对着远方用鼻子嗅闻风的来路，随时改变朝向。

他们也明白了本地现代宗教的原意，"工作就是战斗"，一点儿都不错，但说得太温柔，其实已经都了解得更透彻，"活着就是玩儿命"。

后来他们还懂得，咬了不能挠，行路要跑，跑一会儿在泥里打个滚，再跑，不要张嘴，不能停止出汗，猜测蚊子也怕臭。罗汉一点儿也不奇怪为什么自己遗传的蚊虫免疫能力消失了，这里太费了，能量保护罩几天就用没了。他还发现，女同学们的青春也用没了，已经从姑娘变成了女人，她们不再注意形象，她们注意不起了。一个个用衣服包着头，面涂黑烟，眼中露出狠巴巴的煞气。她们负责到草甸子里去割草，背回来，让力工们把草铡成寸段，用来和泥盖房。走之前点过名，回来的时候都让蚊子叮透了，肿着脸，长成了一模一样，遮盖着不让人看。又挨个点名，各自上报割草捆数，点名的排长没法把人名和脸对上号，割草人必须站起来举手，通知排长自己是谁。入冬之前，部落已经不存在姑娘，都提前从姑娘的外壳儿里面跳了出来，只剩下一个个女性结实的本体。

生活和劳动以疯狂的方式继续。深秋，居民部落里开始了太阳崇拜，因为连着下雨，身上没有干过，被子湿湿的，狗皮褥子下面凝着水珠。在营地里走路变成了戏法。从帐篷走到食堂着了魔的怪异，需要事先花五分钟看好路，计算先走哪个坑避过哪个坑，从哪块木板走到哪块木板，在哪里跳，在哪里绕，要小心翼翼地确定路线，可是不管怎么仔细筹划盘算，不管用多长时间琢磨过，一上路，一定会掉进泥坑。营地里的泥坑是一张自己变幻的地图，根本记不住，今天这个坑来了，明天那个坑走了，大地是起伏的，把人快气死了。

　　居民们身上湿得发痒，意识到太阳再不出来一照，立刻长毛，一方面理解了动物皮毛生长的基本原理，一方面期盼太阳再不出来结束湿季。

　　罗汉和以前的同学做梦，男生一律梦见北京干爽的懒汉鞋，据说女生一律梦见西非民间传说里的撒哈拉大沙漠，还梦到过从未见过的鹰嘴豆，她们比男生梦得大气的多，更有历史感，更有人类学遗传本能的依据。她们被雨天逼出来的潜意识眼睛，都在梦中看到了撒哈拉沙漠南边阳光普照，果实丰盈的萨赫勒。那里，是几百万年前人类先祖站起来往世界上迈进的一个起点。

　　传说中的大地母亲，美丽的名字，不过她现在老是张着很多嘴往上吐湿乎乎的雾。他们一吸进她的气息，肚子里面就发霉，膝盖骨沤得酥软，不由自主想跪，所以开始崇拜大地，是为了恐惧，同时崇拜太阳，是为了舒服。他们每天晚上都走进太阳神的希望殿堂，晚间的政治学习，坐在食堂的长板凳上，闭目心中默念各自发明的祷词。大食堂是教堂，原生地开始出现初始宗教文明。

　　肇姨的萨满教传说：大北地方，天在转，地在喘气，夏天飞舞一片片黑暗，人进不去，进去血就被吸干。这传说中的超现实大自然，原来是现实。

　　也有了历史和传说。他们依稀记得，很久以前，地面是平的，是硬的，是干的，空气好像看不见，不凝成瘴，不会飞，不咬人。天上有太阳，衣服一会儿就干。历史在模糊的记忆中变成一个神话，从前有个伊甸园，在南边。

同学们现代人的思维回归原始的同时，罗汉却揪着现代科技不放，递交了申请书，要求开始研制一种生物炸弹，断绝蚊虫的繁殖能力，可以借用雨季，跟人造生物雨配合使用。

连长看了申请，用鼻子闻了闻林子里透进来的北风，说："明年再说吧，冬天要来了。"

营帐外，秋风里，已经响起了女声同声歌颂冬天的圣歌。

第二十九章

　　两年以后，八十一公里十八岁的居民得到了长辈的身份：他们已经成长为自己这一代的上一代，从城市来了新学生，他们下了汽车就管他们叫大叔大婶。

　　他们成了男人和女人。大家相互看了看，果然外形差不多，一律都是来时在路边见过的那个破稻草人，虽然有些不好意思，仍欣然接受了后来者新人类的敬意。

　　初民部族，看重的是辈分，才两岁半年龄的居民点，童年时代有了墓地，因此"年龄"这个概念在这儿没什么用，老人，三四十岁；学生，十八岁，是大叔和大婶；刚来的，十八岁，是新生代。

　　年龄有弹性，可大可小，这里讲的是，天和地把人炼得有多老，不是一共活了几年，此地的人和此地一样，又老又年轻，全是乱的。

　　两年前，深秋的雨停住，冬日里天气晴朗，一片片蚊子飞去，被冻在大泽和树林中的半空里不能动了。人们的眼睛看见了太阳，都直勾勾看着天，一时反应不过来。

地是硬的，太好了。大家都出来在地上用千奇百怪的走法行路，先用脚仔细踩踏地面，用心感觉地的平和硬，震惊地互相看，难以置信，仍然不敢不平伸出胳臂掌握平衡，脚立踏实了，人倒感觉像喝醉了，全都有些站不稳，有人故意用手捅人，人就倒了。

会走路了以后，太舒服了，太不习惯了，太好了，一定要崇拜大自然！整天是魔法。

有个人太高兴，光着上身围着营地跑，手里抢着长满了小蘑菇和苔藓的外衣，飞快地跳过堆在地上的窗框堆和门框堆，围着营地转圈儿，停不下来，他的身体突然进化了。没想到这通疯跑具有了历史意义，无意间为八十一公里居留地同时发明了两样东西，体育和艺术。

此举使他成为朝拜神奇自然的"北方运动会"的发起人，兴奋程度相当于紧西边的奥林匹克运动会。他身上被蚊虫叮咬出蛇形缠绕的黑斑，是有形的缠腰龙，人们看见了，醍醐灌顶，才悟出原来九纹龙史进、花和尚鲁智深和浪子燕青他们身上的刺青艺术是原始社会伤痕的灵感激发。

于是有些男女用煤油灯冒出的黑烟和红药水儿在脸上和脖子上涂上黑红花纹图案，原始的美学开始了。巴布亚新几内亚高地食人族，他们不仅看着像，他们就是眼睛里也闪着血红的想吃肉的心念。

初冬的营地，是五颜六色鲜花盛开的春天，满世界都是晾衣绳上湿润的丝绸花被面。有几个爱思考的男的，思想可能像他们的帐篷一样，已经漏进了连阴秋雨的水，他们站在空地上围着抽烟说话，扶着特别长的小树干子晾晒高挑在上面的褥子，认为这样可以更经济有效地使用太阳的光线，不会太浪费。有的人认为他们有点儿傻，他们聪明，直接把湿被子蒙在头上迎风跑，这样才能同时有效地使用太阳和风。

新房屋的屋脊上坐着一排排女人。她们已经发展好了动物的思想感情，面向北风，闭着眼睛晒太阳，梦想着阳光下即将发生的感觉四射的奇遇。坐着坐着，突然愉悦地欢叫，跟狼群揪心的嗥叫一样。该是春天里发生的春情，初冬发生了，这里，生理季节的生物钟也是乱的。

"老人"们坐在帐篷的门前，修补被镰刀割破的胶鞋，磨利手里的铁锹，时不时怀疑地看一看西北的天空。罗汉有时跟他们一起混，他们蹲在地上，不讲故事，他们给他卷根儿烟，说能解乏。他们在一起，策划来年需要干什么活儿，说要种一点儿蒜和辣椒，找点儿黑豆放在地里当肥料，烟叶就长得好，长得香。

他们对部落将来的规划想法不一样，就站起来大声说，说不妥，就相互掐着脖子暴力争论。后来不打了，一致同意按所有人说的办。再一想，好像不对，就用树棍在地上画个他们脑子里计划的综合思想图，一看才知道，要是都按他们说的办，猪圈就在十字路上，炭窑在水塘里面，老鞠家的房子摞在老宫家的上面，这个思想混乱，错觉纷呈的原生聚落民主议会地图，经过了多年的雨水冲刷，不知道为什么一百年以后居然还在，被他们祖先崇拜的后裔鉴定为史前时期最神圣的早期民主政治文化遗迹。

第一座泥屋落成以后，标志着八十一公里聚落文明的诞生。

八十一公里编年史的第一个冬天，大雪覆盖了一切。北方的风把白雪堆积到房屋的背后，在后山墙堆成斜坡，形成滑雪跑道，所以北墙上不能有窗户。人从屋里出来要穿得很厚，要用力推开门清扫积雪，到户外，就陷入深雪，移动很费力，远处看穿的厚厚的臃肿的人，就是熊。于是食堂的墙上出现一幅用刀刻的画，是一个闹暗恋的人画的，脸是女人，身体是熊。

图腾出现了。

罗汉第一天进树林伐木，黎明前起身，走到中午十一点半到，到达树木高大的密林，以后每天走，就踩出一条道路。茫茫雪原，积雪到膝盖以上，真是"拔腿走"。

第一线曙光出现，雪原一望无际，异常美丽。看到黎明开始，雪原东边银白色的地平线被染出一道粉红色的镶边，那光芒逐渐扩展过来，东边的雪地是红的，西边的还是雪白。

大地反射出粉色的阳光，在空中像云的影子一样变幻着色调，四面八方的几处白桦树林也变成发光的粉色，树林顶上积压的冰雪开始变成一个个巨大的水晶吊灯，太阳一照，发射出闪烁的光芒，突然星光四溅。

大地在清晨睡醒了，开始呼吸，湿润的气息在空气中上升，是一丝丝抖动的透明细线，往上走。呼吸着这种透明空气，罗汉的血液就跟着喘气的频率更新，再生，涌动，进入头脑以后，就能出现血液里面留存的对以前的回忆，不知道是在哪年哪月，在什么时候，什么地方，他曾经非常非常自由，觉得自己巨大而明净，也是这样的空气，也是这样的呼吸，也是这样在什么都没有只有高兴的地方拿着一根竿子走路。那时和现在一样，呼吸着掺和着太阳透明光线的空气，体内一片澄澈，总能让人回到更年轻一点儿的前一天。

他看了看前后拉开距离走路的同伴，受不了这个地方的引诱，就干脆跌倒进了柔软的雪里滚着走，大呼小叫，一路压过接连不断的幸福，弄得半条队伍见了以后都学着在雪地里往前滚着走。

中午到了橡木林。在林外，带头的老人说，先别进。过了一会儿，风吹动树梢，从树头上落下几个枯树干。带头的老人说，这片林子自古没来过人，人的动静太大，我们自己不知道，树可知道，落下的枯枝叫"吊死鬼"，树不能白砍，要索命，砸上就是脑袋。

原来极北之地，万物有知，于是大家噤声，慢慢走进密林。

伐木是玩儿命。两人扯一把大锯，锯叫"快马子"，先看风向和树头的重心，测定自然倒向，然后从另一边离树根一尺左右开锯。先慢慢切入。这时候，树会使劲夹紧，压着不让锯。所以要有技巧，要慢慢地，偷偷地，一点儿一点儿地，试着往里走锯齿，像坏蛋进人家偷东西一样。再往里锯，树就夹不住了，锯到差不多一半，再换位，从另一面低于锯缝的地方开锯，再锯，大树就因树头的重心和风开始倾斜，树身内部的筋脉和纤维发出断裂的声音，要倒了。

大树倒下有悲鸣，会做最后一击。大树倒下之前的刹那，伐木人必须敏捷跳开，不然会被弹起的树根撞上。林中的树巨大，三个人抱不过来，都是千年古木，有魂魄。伐木人弯腰干活儿时间极长，能感觉到一报还一报的天责，腰疼痛，浑身筋肉断裂，觉得同时也在锯自己。

罗汉他们在林中干活儿，树林不肯善罢甘休，有人被弹起的树枝打瞎眼睛，有人被冲撞的树底砸断腿。所以来的时候好走，回去不好走，身上要背着人。

罗汉回程背着伤者行路，抬头看前面，大雪原永远不变，不过它的光影色调永远在变幻。回到营地，天色就黑了，他们先到老人的营帐中坐着抽一会儿烟，不敢说话。那片密林有灵，营帐中缭绕的烟雾都往外走，在空中不散，顺风远去。他们没文化，但冥冥中觉得不对劲儿。这个世外的世界，是土地和大树的地盘，它们应该是主人，人非要挤进来，多少有些害怕。

居留地的伙食跟不上消耗的体力，每天都是一模一样的冻菜汤，大家那时已经认可了那层漂浮在汤上的蚊子是汤的一部分，含有蛋白质，是生活的必需品，所以跟汤一起喝，不是很介意。

罗汉已经习惯于从风中吸取营养。

他依稀记得久远的一些生存知识，可以用现代的思维去领会：北方吹来的风，叫"役风"，含铁，含北极光的清辉，能增补血液，健壮骨骼，能明目，不过比较硬，不能大口喝，要用鼻子慢慢吸入，是在后脑进行消化；南方吹来的是"凯风"，含有农耕地带空气中粮食和水果的精华，需要深深用鼻子吸入品尝，可以滋补五脏和强健肌肉，浸润胃肠；东面来的，是"协风"，含健脑的锌和海洋生物挥发凝聚的蛋白质分子团和胶质；西风吹，年纪摧，一般人不爱吃，那风是"彝风"，史前普遍认为对神经系统不利，易中邪魔，但那是无知，是愚昧，是不懂装懂的少数祭司的伪科学，他们只知其一，不知其二。秋天，搜刮了很多生命力，没用完的养分凝聚在西风里，秋收的时候也掺和进来不少好东西，西风里，最含肾脏需要的露水之华。深秋季节，配合着吃一点儿清晨的雨水，口中含一枚橡实，可以转化为干活儿需要的力气，含一片榉树叶，就着西风喝，对心脏也好。

罗汉喝风的品位随着生态条件的需要高度发展，后来竟像有人喝茶一样，特挑剔，时令不足的风不喝，成色不纯的风不喝，所经之处不洁之风，也觉得味儿不对，喝了就呛嗓子眼儿。再后来，不用口鼻也行，用周身的毛孔纳入天地之间的精华，就可以一边干活儿一边吃饭了，吸收营养和创造物质文明一起来，很省事。

人进化到了这个发展阶段，罗汉差一点儿就回归了他应该出生的那个时代，远古先民的身体都比较随和，也比较洒脱大气，没有饭吃就不吃饭，吃大自然。

罗汉照样成长。肩宽大，胸背厚，因为重体力活儿和终日喘粗气而膨胀，整天梗着脖子抬木头，脖子也粗，累得咬牙，牙就硬。一开始，扛木头时间一长就累，需要张大嘴，不停地大口吸收空气里多汁的自然养分，自从到了八十一公里，到了这地方，没有一天不是累个半死。忽然有一天，他不累了，干活儿不累，跑着扛麻袋上跳板还不累。下了工，手痒痒得发慌，老想抓把铁锨挖土，走路，总觉着要是不扛点儿什么重东西压着，会从地上浮起来飘荡，身上觉得需要有东西压着。骨头夜里嘎嘎响，想要抬东西。

所以两年后，罗汉终于回归到他应该装在里面的久远本真。

所以，在新学生来到的那天晚上，睡觉的时候，有个当天刚到的学生在抽泣，一个熟悉的，久远的声音从他嘴里不小心冒了出来：

"哭什么哭，再哭绑起来！"

他被自己这样的粗暴吓了一跳。

这是青年时代的一个声音在回响，好像那是很久很久以前的事了，这才意识到，自己的被窝里也躺着一位很滑溜的人，用手撑着被子在睡觉。一直也没注意，自己那被子怎么也成了一块油渍麻花的油毡？大概身边那位，也正在做关于鱼的梦，身边那人，真像是自己已经死去了的青春。

此刻罗汉才想起：不知道我现在变得多老了。

第二天，他第一次想照照镜子，看看自己什么样，问来问去，知道男的都没镜子，再看看他们的脸，想笑，难怪不用镜子，这些人全不讲卫生，都是污渍麻花的花脸。

罗汉到女宿舍去借镜子。新来的学生正在收拾刚到的行李，她们是从著名的北方最大城市来的，不过在这里，哪儿都是南方城市。

她们就问他，借镜子干什么呀？罗汉说，最近没见过自己，想看一看。她们就笑了。

那些人对他很友好，像小孩儿看见了马戏团里来了一个人，新来的一个女生递给他一个带把儿的镜子，手放在嘴上，说：

"大叔，您看吧。"

罗汉看了镜子里面，不说话。借给他镜子用的那人就说：

"大叔，看不见，别着急，其实我们也看不见您。"

这时候屋里又开始笑。罗汉的脸上，是两年来帐篷里的煤油灯每天冒出的黑烟熏制成的一副面具，早上不洗就好了，颜色还不乱，胡乱一洗，就全乱了，一道深一道浅。人家明白他的心情，很同情地给他提建议：

"大叔，其实用热水和肥皂是能去掉的，机务排不是还有铁刷子吗？"

罗汉赶快走出门，出了门就跑，后面屋里笑开了花，有个女的还跟出来，喊着做补充：

"没铁刷子用牙刷也行啊。有牙刷吗？"

罗汉赶紧往回走，自己用不着让别人告诉怎么洗脸，以前肇姨给他洗脸就用热水和肥皂，这两年不就是忙了点儿嘛。罗汉回去，用心好好地洗脸，但白洗了，他当天就死了。

第三十章

那天天气清明，一点儿征兆都没有。罗汉洗了脸，就去西北的柞木林去砍伐烧柴。

那天刮起了暴雪烟炮儿。下午两点多，天光变了，周围一下子变暗。天往下压了一层，变成半透明的深灰色真空，空气变厚，聚落空地上的干草、树棍，都离开地面往上飘，在半空一边打转一边被往上吸，那上面有磁场。东方变成黑色，西北天边陡然立起一道通天的白色雪幕。

有个老人在营地里跑着喊："进屋！！！"

极北之地的暴雪烟炮儿是一股强风卷起的雪，形成铺天盖地的雪幕。风抬起雪的海洋带着走，漫天发生冰雪的爆炸。

天变得一半黑一半白的时候，罗汉正在树林子里捡枯树枝当烧柴。来的时候睡过一床被子的老王第一个看见天变了，大喊一声，往公路方向跑，这时西北天地之间是一道白墙，正往这边走，跑已经来不及了。大家对看一眼，都明白了，这是野外聚落的规矩：各自凭本能选定生路。

两年前围着聚落跑，创造体育运动会的那个人决定回营地，就奔了东南；还有三个留在柞木林里，腿叉开，把脚往雪地里深插站好，把腰上系棉衣的麻绳接长，把人和树捆在一起，抱着树等，听天由命了；罗汉跟着老王，他跑得快，瞬时超过。

罗汉跑到公路边，一头扎进路沟，无边的雪墙已经到了。雪墙看不见顶，漫天横着走，里面好像有一支旋风，四面八方上下蹿，给雪墙上钻出窟窿又立时平复，好像在张开很多嘴又合上。

罗汉看了一眼，已经到了，他被雪墙推着，在沟底的冰上滑行。他刚才情急，忘了手里还拿着一棵干枯的小树，他躺在沟底，正好斜端着小树撑住两边的沟壁随风走，抵消狂风的速度，所以没被吹上天，很快被大雪掩埋，他在深雪下，想靠在沟壁上，结果发现是头朝下脚朝上，就摇晃肩膀调整位置，翻转过来，再把小树立起来左右晃，希望留个气孔好喘气，他异想天开，想顺着雪中的小树爬上树再拱出来，没有成功，很快昏迷了。

两天以后，搜索队看到柞木林中一棵大树上捆着三套衣装，里面没有人，衣服在，人不知怎么被旋风从衣服里揪出来刮走了。老王跑慢了一点儿，也跟着雪暴走了。体育创始人也没有找到，直到很多年以后的一个春天，在连云港的早市上，天上掉下来他一只里面有毡袜的棉胶鞋，已经被树枝刮得稀烂。

搜索队发现雪地里有一棵孤零零的小树，才把罗汉挖出来，罗汉已经冻僵了。

以前是学生后来在聚落营地当卫生员的人不知道该怎么办，往他身上浇热水，希望能化冻，也化不开。连长用胳膊肘把她挤开，用雪擦身体，还是不行。再看，硬邦邦，没有气息，知道是死了。

罗汉是睁着眼睛死的，死的时候拿着树干子，回到了久远族群的本真。

大家用木板把他抬到居民点落成的第一座具有历史意义的泥房子里，以前死人都往那里放，纪念牺牲的同类，所以后来就自动被全体居民当作殡仪馆。他们把罗汉的被子盖在他的身上，聚落没有自己的旗帜，所以每个人的被子就是他的旗帜，这一点，也是那年初冬，大家在太阳下面晒被子的神圣时刻公认的。他们都在这间房子的屋顶上听到过边境线上的炮声，在遗体告别的时候就不用再出声了，大家在记忆里，能听到告别族人的礼炮。

连长致悼词，告别和初见的时候一样简单，他说：罗汉干活儿好，大家不会忘，土太硬，挖坑的时候用炸药，别再出事。

屋外刮大风，天气严寒，罗汉赤条条躺在一块橡木板上，被子盖到脖子，他很想对连长的悼词评论一下，太不全面了！我吃得也少，成本很低，怎么不说？我团结，人缘好，每次都背着在林子里砸断腿的捅瞎眼的往回走，怎么不说？另外我思想也很进步，从来不伤害小动物和小鸟，怎么不说？但他哪儿都冻住了，张不开嘴，不能发表意见和评论。

他很不满，人有自己的思想和感情，不知道吗？死人说不了话，活人也不会说吗？他越想越生气，再说，天寒地冻，就给盖个破棉花片，身上没得穿，怎么就不能给穿一件？又不是原始社会，对人有没有起码的尊重？自己虽然死了，也不能让再冻死一回吧，什么？用炸药挖坑……啊！我有坟了？！

他觉得委屈，流出一滴眼泪在脸上爬。

想虽是这样想，心中也明白，以前都是这样，死了就埋，没那么多事，后来才弄得很麻烦，谁也没有错，事情其实很简单，罗汉，就是你自己，十八岁，死了。

他很想说话，想告诉大家，人死了也可以知道周围发生的事，听得见，看得见。

他听见大家在议论，猜测他在暴雪中的经历。罗汉死得很别致，他抱着一棵锯断的小树悬空在路沟里，反戴着皮帽子，为什么？

大家各说各的，各有各的版本。他想告诉他们，帽子反戴着，是保护一下眼睛，悬空，是手和小树冻在一起了。

他看见，借给他镜子的那个女学生盯着他看，不会眨眼了，一脸的惊奇，大概发现了他不是个大叔，也发现了美丽的大雪不光是好看，还冻死人。

在一切都没有的地方，什么都可能发生。那天夜里，罗汉已经准备回归了，体内爆裂出一颗小火星把里面点燃，人自身内部应该也是一个天地，里面下了一场没来由的陨石流星火雨，光亮中，脑子里看见快速放电影，自己在跑，自己在看星座，自己发明乱七八糟的东西，自己和一个爱看书的女生在找什么东西……

小火星儿来自体内渴望生活的深渊，要冲破被所有人信奉的黑暗宇宙法则，以亿万分之一的概率，奔着一个飘忽不定的可能性撞击过去，万一撞到，就会有生命。结果，像单性繁殖的植物物种一样，小火星撞到了，于是从罗汉的身体里拾起了一个生命的颗粒。

罗汉有傻瓜的幸运，因为不懂得也不管生与死的规律，所以细胞的行为就没有思想的限制，无法无天，不可理喻。他醒了，他坐起来，立刻跳下停尸板，抓起被子围在身上就往帐篷里跑。

他跑进帐篷，一头倒在铺位上睡着了，他一来，帐篷里的人都跳起来往外跑，跑得远远的，有的人刹不住，直接进了林子。

聚落里的人早就见怪不怪了，因为八十一公里的一年等于一百年，事太多。

他们都见过深更半夜，房后空地上根本没人，却平白无故自己朝天上发射出五颜六色的烟火；见过三面环绕的林子里，满是绿色的狼眼往聚落里盯着瞧，人一去，一点儿踪迹都没有；见过拖拉机底下的狗熊怎么三百六十度转圈儿也碾不死，一生气把拖拉机举起来扔进了沼泽；还见过那只熊后来还专程去了一趟公共厕所的门口，想跟那个正在里面方便的拖拉机手谈谈；他们见过夏天夜晚大地上的野火从东往南烧到西，再往北转回去烧到东，做了一个火焰的圆环把地球套在里面烧，形成"地全食"，热浪从四面八方围过来，点着了他们的衣裳，所以需要都趴在地上闭住气，把脸放在水坑里冷却；他们见过大河里成群的大马哈鱼穿过那个地球火环，从下游逆水而上，结果到了上游，都被两岸的大火烟熏火燎做成了熏鱼；他们见过一行狍子跟着进山伐树迷路的爬犁跑，把人们带出了道路能够自动关闭的密林深宫；他们见过一只三条腿的狐狸跑得比四条腿的快；他们见过北方最低的星空，就去房顶上举起手跳着摸，后来不再跳，有人被星星的尖儿划破了手；他们见过北极光清冷的光谱，里面闪动着古代文字的神秘预言。

大家习惯了，知道八十一公里没有超自然现象，都是一本正经的日常生活。

但这回不行，太不像话了，太离谱，太逆天。

任何民族的宽容都是有限度的，哪怕是什么都不论的八十一公里这群极端迷信的原生态疯狂半人，也不能这么连吓唬带调戏，人不能说复活就复活。

夜里从帐篷里跑出来的人聚在空场议论，后来一致同意，他们集体做了一场怪梦，同时梦到的那个人是罗汉，可能是因为大家都有点儿想他了吧，好歹一起干过活儿，受过罪。

早上罗汉一觉醒来出门去吃早饭，冬天不用策划行走路线，就直接进了食堂。

有几个人已经吃过饭，出来准备上工去干活儿，见到他，往木墙上一靠，让开路，都闭上眼睛不看，聚落里的法则是：见了不该看见的，一闭眼，就等于没有这回事了，事也不会来找你。不过这次他们靠墙站了一会儿，没挺住，就都慢慢倒下去，失去了知觉。

食堂四面都是用巨型圆木擩起来的墙，非常雄壮的建筑。罗汉一进门，对面的墙就塌了，里面的男男女女都是有力气的人，发一声喊，本能地往外冲，也是平时横行惯了，看不见墙，加上人多，就把墙掀翻在地上，上面一溜固定房顶和墙的生铁螺栓都开了铆，全崩了，人顿时走得一干二净，屋顶倾斜下来一大片，在半边挂着，从窗户里往外跳的人没有从墙里走出去的快。

罗汉进了食堂，看见长木板条拼成的饭桌子上有很多碗汤，看见厨房里面发汤的人、干活儿的人也都跑了，他就进了厨房，木架子上有两脸盆猪油渣，端下一盆，放到外面的饭桌上，坐下来用手抓着往嘴里放。两盆猪油渣，是厨房去年春节炼猪油剩下的，舍不得吃，是当年供着的圣物，等最需要的时候才用，主要的作用是纪念性的，让人们记得生活值得留恋。

此时，抱着脸盆，罗汉心中特别感动，本以为自己死了，却并没有死，天地之间有万物，周围全是汤，今天不限量，早上空气那么好，吃着香喷喷入口即化的这么好的东西，这就是幸福，生活对他太好了，他复活以后，兴致很高。

跑了的人们又回来了，墙塌的那一面，外面是几层人，远远地站着看，拿着家伙，有的端着猎枪，对面门口和窗户外面是人群，有墙隔着，胆子比较大的，扒着往里看。见到罗汉抱着个脸盆从里面一把一把抓东西吃，兴致勃勃，谁也不理，就很不理解。后面的，看不见，急着问前面："什么？什么？"

前面有人回头说："是！" 后面的问："是？是什么呀就是？"

是什么，还没看清楚，就再仔细看，是活的，但不知道是什么，拿不定主意，是人，是罗汉，认识呀，不是死了吗？追悼会都开了，都去了，都看见了，要是死了，现在这个吃早饭的应该是个鬼，可是鬼白天不来呀，吃法也不对，没听说过鬼抱着盆吃饭，再看那副吃相分明是咱们自己的人，完了还旁若无人地舔脸盆，没这样的鬼吧？再者说，鬼也没饿得那么狠的，风格也没那么日常生活化呀。

大家游移不定。

罗汉吃完，放下脸盆，嘴上都是猪油，更加感动，情不自禁，仰天对着屋顶，由衷地大声感叹：

"生活太美好了！"

他意识到，全聚落的人都在看他，知道这件事没法子解释，就冲着倒了一片墙那边的几层人点点头，举手敬个礼，意思是：对不起，受惊了，但我觉得我好像不是鬼，信不信由你们。

发生这种事，罗汉也没办法，现实已经无从澄清，就卷了根烟抽，转身靠住墙，把一只脚放在长条板凳上坐舒服，不管了，爱怎么样就怎么样吧。

大家的印象里，没有会点头客气、行现代举手礼、平时又很熟、又那么饿的鬼，不说生活美好，鬼的生活也不美好，人的生活才美好，另外，鬼根本就没生活，到处飘荡不叫生活。有些人这样慢慢地想，想来想去，逻辑上就通了，就不那么害怕了。还有的，尤其是罗汉北京那帮同学，反倒想开了，天下事，谁也别说自己都明白，干脆不想了，接受现实，就算开了一回眼。

连长没有让罗汉赔偿猪油渣，他也赔不起，这孩子挺不容易，好不容易死了，不再受罪了，怎么又活了，跟自己差不多，朝鲜战场肚子被炸开，死也就死了，连里那个文龙，非要把他往下背，还背错了地方，背到了敌人的野战救护所，后来还……还不如当时死了，这孩子一样命苦。

罗汉不死，一度对聚落造成一些不好的影响，有些爱钻牛角尖的人想啊想，想了好几个月，想不明白，最后决定，可能自己疯了。他们遇到罗汉都正对着他往他身上走，不让道，认为幻觉没有形体，可以穿过去，如果穿过了，那自己是真疯了，那就请病假。

罗汉开始还给让路，后来知道这反而对他们不好，就横着膀子对撞，对面的人一溜滚从地上站起来，跑过来握着他的手激动得热泪盈眶，知道自己没疯。没的说，大恩不言谢，欢天喜地干活儿去了，疑心病就好了。

一段时间，也有人一直绕着他走路，敬而远之。他所经之处，背后会有人议论。

这些对罗汉当时另类人生行为的背后议论，就是后来八十一公里文学的开始，一直发展和变化，丰富和充实，派生和分支，变形为地方主义的永生世界观，那里的人们一致认为，人是永生的，直到很久以后，亚洲主大陆上文学这种东西被连根拔掉，当地的精神才跟着消亡，神话，因为人类而存在，只为人类而存在。

不过，"生活太美好了"这句话，作为大北方地区的座右铭流行了一阵子。

第三十一章

八十一公里儿童时代的第三编年，墓地里有了十二座坟茔，里面包括头年被大风吹走的人们。

在没有人的空穴里，大家放进他们的枕头，那是他们生前最亲近的东西，里面有他们的梦想和眼泪。

那儿的人类，从生活的损失当中学会了小心，学会了在密林中小心翼翼、静静走路，不惊动树头上的"吊死鬼"，那些枯干有智慧，埋伏在上面，见机就砸。

不能在树林中跑，因为两边有树枝会弹回来打瞎眼睛。小心谨慎能进化为预感，所以他们走着走着会突然停下，落下来的"吊死鬼"正好就掉在脚前。

他们学会了遇见熊就顺风跑，这样，后面追赶的狗熊眼睛两边的两撮毛会被风吹得挡住它的视线，跑不快。

冬天，他们一到户外，就拼命地干活儿，不是因为热爱劳动，是因为太冷，让血液加速流动体内的热量就会上升，不得感冒；下了工，赶紧往屋里跑，里面汗水湿透的衬衫就来不及结成冰。

此时，人类的户外日常姿态就是跑、跳和动，明摆着是体育运动和舞蹈的起源。

他们还知道，冬天，天再冷也不能戴口罩，那样哈出来的气会从两边冒出来，在脸上结成冰壳冻得像苹果，很鲜艳，好看是好看，可一进屋，脸就裂开，流出黄汤；他们知道，冬天，不能不戴手套就去提水桶，因为一拿，手就和提梁粘在一起，硬要放下，就会撕下一块皮，所以部落里有时会看到有人手里总拎着一桶冰。

他们知道得多，日常行为就变得有些古怪了，他们一边睡觉一边往伐木的树林走，既节省体力也不迷失方向，梦游的队伍，到了地方准睁眼，从白日梦中准时睡醒，就立刻动手干活儿了。

他们眯眼看世界，因为习惯了在熏蚊子沤出来的烟里头站着；他们跳跃走路，已经习惯了春夏秋三季和地面斗智的走法；在外面，他们当然蹲着吃饭，到处都是水和泥，没地方坐，结果，后来天上没有蚊虫，地上没有泥水，也这样了，休息都蹲着。

他们下了工，在外面一起蹲着，没什么话说。整天在一起已经没什么可说的，"没的说"就是理解，对人对天，都发展出快速的心灵感应，一个人刚想卷根烟，那边已经卷好了扔过来一支；一要下冰雹，登时呼啦就散，全提前往自己睡觉的地方逃窜，三分钟之后，冰雹准时砸下来。

他们给狼鞠躬，其实不是太懂礼貌，是因为狼看见人一弯腰，以为要捡石头，怕了就跑了；聚落里的人从来不从背后走上去拍别人肩膀，因为只有狼才这么干，从后面悄悄上来，爪子一搭肩膀，等人一回头，嘴直接奔嗓子，它们可能研究过人的行为。而人，已经学会了，不吃那一套了，看都不看，回手就一刀。

就此，人们也改变了表达友好的方式，那边要是远远扔过来半包烟，这边就学狼的样子，手往空中一搭，意思是：收到了。后来，狼也不搭肩膀了，它们学会了几只一起来，在前后左右慢慢耗，把人耗得不行了再上来掏肠子。

人和动物在生活中相互适应，相互学习。

一开始，连长禁止行猎，却让一两个老人拿着猎枪进林子去转悠，偶尔可以打回一只狍子野兔什么的，大家不知道为什么，后来才知道，这样有道理，需要给动物时间，进化出恐惧。

中秋节的时候，大家团坐，喝一瓶白干酒闲聊。那次，罗汉好不容易有酒喝，没把持住，脑子开始自己说话，嘴不管了，随便放行。

他说：地球上，是动物先来人后来，一开始，动物没见过人，不知道害怕，见了不跑，所以很容易被灭绝，一灭绝，人类就惨了。

很久以前，有个叫伊耆石年的，他就不让打猎，他吓唬动物，等它们知道害怕了，才围猎捕捉动物。

因为这位姓伊耆的听老一辈说过，比那时还早四千年的时候，有一帮人发明了针，学会了缝衣服，就不再怕寒冷，走进了离这儿不远的寒冷北方，应该是西伯利亚那边，渡过一个特别窄的海峡，是现在的白令海峡，就到了美洲，他们是后来的印第安人。

他们在美洲突然出现，美洲的动物还没准备好，还没进化出来恐惧，见了他们不跑，他们那时已经有了武器，结果大型的动物基本都被杀光了。他们当时合适了，有的吃呀，去的时候不到一千人，一千年以后，遍布北美和南美，繁殖极快，再后来，就遭了报应。等安第斯山里头有了印加帝国，有人发明了轮子，却是白发明了，因为没有驯化过动物，没有合适的大型食草动物能够驯化，居然没有能拉车的牲口。没动力，所以就没能发明出来车。没有车，文明和技术离开八十一公里，就传布不了，于是，连带着很多事情都没发展起来，好多事就这样给耽误了，一耽误就耽误一大片，到最后，连文字也还没有。

罗汉后面讲的那段，是爱看书的杨丽丽跟他说的，他给自己酒后的史前记忆，加上了现代的领会。他说：一个叫皮萨罗的西班牙疯子，有一回带着二百来人，就把安第斯山上印加帝国的八万军队给灭了，把国王也抓了。印加帝国太落后，武器不行，所以就没了。远古和近代的两件事对上了号，说明美洲灭绝了大型动物，就不行了，没发展出来，就让欧洲占了。

那个姓伊耆的厉害就厉害在这儿，他不多杀，先让动物害怕，动物逃得快，人就不能想怎么样就怎么样，然后再打猎，再捕来驯养。一开始，他们想驯化剑齿虎和袋豹一类的猛兽，发现没那么多肉给它们吃，根本养不起，才改成大个儿的吃草的动物，所以就有了牛，羊，猪和狗什么的，再后来，有人从西边引进了马，再后来，有了中华，伊耆就成了炎帝。看来，建立文明、粮食、文字、动物、差一个都不行。

大家虽然知道罗汉说话不着边，没想到酒后醉话的想象力也太扯了，不过，这里的人为了生活上的安全，早都学会了思想要开放，有没有的事，先礼敬着再说，这样比较保险，从此对动物多了一些对神明的敬畏。春节杀猪，厨房还发大伙儿茅草，让大家在门口烧一烧，摇一摇。年夜饭，一排排地坐好了默哀似的，对着饭碗先点头，客气一下，意思是："肉，对不住了。"再开吃。

于是初民的部落开始出现了礼仪。

第三十二章

八十一公里的人类行为，随着生活变。

生活发展到一个阶段，有的女人看有的男人，不从正面看，站在后面看，以目送的形式看，表示"这个"和别的不一样，可能是我的，你们先别想，带点儿宣布所有权的意思。

被看的男人不知为什么，能感到背后的目光，会扭两下脖子把腰身挺直了再走，气度不一样了，忽然像匹种马。那时，俩人身上本来就有的牲口气息可能已经串通好了，但这种事，跟干活儿一样，不能想，一想就会往下想，再想下去，就全完了，没法开始。主要的问题是，这里，小孩儿可能活不了。

所以在八十一公里，不能想了再做，更不能三思而后行，因此大家的行为都多少有些莽撞和浑不吝。

男人看女人，当然都特别喜欢，"特别喜欢"，就是喜欢得比较特别，那种喜欢不是电影院里和言情小说里人造的假喜欢，而是一种天然的喜欢，看见了皮就想到了肉，异想天开，开始琢磨：哎哟，好哇，这么好的皮，下面大概会是什么样的肉呢？不知道会嫩成了什么样，汁液会很多，要是弄点儿盐和辣椒面，多加孜然，用炭火慢慢……想到这里，就不能再想了，会想得太远，会想到新疆那边，所以那种喜欢，是一种很低级的，原始的，带有食物链最上端居高临下什么都想吃的乱喜欢，很庸俗，很没出息，太实用主义了，拿不上桌面。

所以无论是工作还是生活，想，一点儿好处都没有，什么都不能想，想，被生活所禁止，绝对不能想。

有一回罗汉在林子里，以为四下没人，就想了一下，不小心对着一棵树发泄私愤，咬牙切齿地大声说："我太想吃肉啦！！！"

他这样一想，就出事了。

八十一公里的春天是初冬，春夏秋三季，空气里除了蚊子什么气氛也没有，立冬以后，这才三阳开泰，阳气上升，空气里才有万物肇始、生灵孕育的气息。那时，地一平，"北方运动会"就召开了。

八十一公里第三年的运动会有了旗帜，纪念去年被大风刮走的体育运动发起人，旗帜上画个带翅膀的蘑菇，象征他衣服上生长的菌类极端旺盛的生命力，他随风而去的死，也有乐观正面的象征意义：人通过体育运动，会长出翅膀，可以在天上飞翔。

最早期的运动会就是简单的劳动比赛，连长让挖土方，看谁挖得多；脱土坯，看谁脱得多，脱完了看谁腰还能直；抬木头，看哪个队扛的最沉，所以一般都是在工地现场比。

后来有人提意见说，这是变相加班，再说，一点儿娱乐性都没有，跟干活儿一样，没意思，就改良。改良以后，还是很落后，无非是比力量和速度，没什么花样，都见过，没新鲜感。

为了丰富运动会的内容，就把生活类的活动也纳入了比赛。运动会那天，连长让厨房设法改善生活，所以那天吃的是狍子肉包子，轰动了聚落周围的全世界，周围的狼、狐狸和熊全知道了，也都来了，在外围转悠，很热闹。

结果吃饭也临时决定改成体育项目，大家非跟连长说，是用身体吃和消化包子，当然应该算体育运动，连长就同意了，大家很高兴。连长也知道是阴谋，这样包子就不限量，他睁一眼闭一眼，同意了。

食堂是赛场，第一名吃了三十六个狍子肉冻菜馅包子，第二名吃了二十八个，第一名站不起来了，需要先把食堂的长木条板凳从土地里拔出来之后连人一起抬进屋，冠军就没去主席台领奖。

主席台在空场上，那里是真正的体育比赛。

罗汉在一个队里比赛足球，这项运动他以前干过，跑，是长项，也有基本技术，所以在场上显示了小学校队专业运动员的水平，加上原始人狼奔豕突的跑相，两种风采，围观的特别多，看得很高兴。

男队比完了女队比，大家也看得很高兴。男队比的时候，女观众主要看男运动员，女队比的时候，男观众主要看女运动员，都不怎么看球，他们整天干活儿和跑，所以身材都不错，有的可看。

运动会，光使劲不出活儿，就是浪费，所以时间不能长，只开一天。

第二天星期日，是洗衣服。八十一公里那年的洗衣服是个进步，因为有了象征性。女居民开始关心男居民，来帮助他们洗衣服。帮是帮，不都帮，帮一个自己认为应该帮的，别人的全不给洗。

那天，聚落文明得到了进一步发展，有了仪式，来帮助洗衣服的不约而同，一起来，衣装整齐，神情郑重，同时做一件事，进行对未来有意义的活动，这就是仪式，虽然跟集体去菜市场买菜挑西红柿和黄瓜是一个性质，却是郑重、隐喻、意味深长、得到进化的原始交往礼仪，各选各的，不乱抢了。

星期日，罗汉正用大洋铁盆洗棉袄，借给他镜子看的那个人来了，站在旁边看他洗衣服，皱起眉问："洗什么呢？"

"棉袄。"

"应该拆开洗外面，棉花不洗。"

路过的人看到，也都这么说，他们自己不会拆洗棉袄，拆了就缝不上了，有自知之明，所以根本不洗。罗汉当然知道棉衣怎么洗，他不会，但他并不太怕冷，遮体用的，还是干净一点儿好，趁天好，就洗了。

借他镜子用的人不是来帮他干活儿洗衣服的，是来给他派活儿的。北边靠树林，新盖的马架子里面刚砌完湿炕，需要三天才能烧干，今天晚上轮到她值夜烧炕，她不会干，一个人还有点儿怕，让他去帮一下。

她叫奕巧，是从北方最大的城市新来的学生。

她刚到三天，罗汉已经吓了她四跳，第一次，是借镜子，罗汉的脸，谁也看不见；第二次，当天就死了；第三次，死了以后看见脸了，不是大叔自己，是另一个年轻人；第四次，死了以后，又从停尸房出来回去睡觉，还去食堂吃早饭。

有这四件事，奕巧对罗汉就有了印象。奕巧心眼儿好，印象里就夹带着一些同情，他才十八，看样子好像已经活了很长时间，弄得像个老叫花子，还突然死了，还是像猴子一样抱着一棵小枯树悬空冻死的，开追悼会还为自己流了一滴眼泪，后来还诈尸，诈完了，又没事人似的，还没心没肺地赛足球，挺值得同情。

不过同情不是主要的，印象里面还有别的，是什么，自己就想不好了。她来的时间虽然不长，这些事往起一堆，就觉得跟他比跟别的原住民更熟一些。那天她在树林子里正拾柴，听见那边有人说话，喊着要吃肉，看见罗汉是在跟一棵树闹，就想，跟它说有什么用，还不如跟我说呢。

那天晚上罗汉借了件棉衣穿上，去北边树林边的马架子里帮奕巧烧炕。

马架子，是地上挖坑，中间竖梁，两边搭上泥墙的三角形大窝棚。那间马架子的半边墙没盖好，敞着，因为冬天土地冻得太硬，不能挖土打墙，就停了工。天色已晚，头顶上是月亮，罗汉点火烧炕。奕巧来了，手里拿着一盒牛肉罐头，罐头是从城里带来留着慢慢吃的。结果，罗汉跟他爹刘立业以前一样，被一盒牛肉罐头收买了，后来死心塌地跟着给的人。

奕巧在运动会上也踢足球，上场之前观看男队比赛，见到罗汉在场上，也会踢，又增加了一层熟悉。她刚来八十一公里，不知道什么事都不能想，于是那天晚上就想了一下。

她先想了一会儿有罗汉的那场比赛，又具体到场上的运动员，因为有熟悉感，就聚焦到一个挺快的左前卫，再一想，左前卫是罗汉。从那儿开始，她有了个焦点，接着想，先想腿，往上走，想到腰，后背，脖子，脸，再往下走，再往上走，像用刷子，上上下下再描画清楚一点儿，越想越细，越想越透彻。

她这样一想，就陷入了自己的思想里面，不知不觉，想了进去，加上八十一公里空气中弥漫的原生时代那股生番味儿，还有初冬春眠不觉晓、处处撩情扰的季节错乱激情，全掺和进来，结果形象就不再那么客观了，变成了各种扭曲的意象，变成了有些过分的臆想。

最后，她又被吓了一跳，这次是她自己把自己吓的，想得太离谱了。

奕巧让罗汉去帮助干活儿，是她真的需要，因为这里，一般都是不教就让干，干就是了，没人教，属于自生自灭的自学，所以她需要罗汉帮助，也想顺便给他带点儿肉吃。

奕巧一进来，罗汉先看见的是罐头，后看见的是人，已经开始感动了，于是对人的印象自然特别好，等看见了人，一个劲儿地不住地道谢，把北京所有的客气话全说了，还奉承她长得特别好看。

等罗汉道完了谢，奕巧说："没说是给你的呀。"

这次，是她把他吓了一跳，差点儿出人命。算是两下扯平了，罗汉说好话，奕巧好说话，所以以前罗汉吓了她四跳的债，就算一次还清了。

两人用斧子把罐头撬开，坐下吃肉，干草上面，月光下面，就是天堂。估计原始的男女古人猿会笑，是从有了熟肉开始的，但是没有历史记载，只有洞里的火焰照见过人脸上那种春光泛滥的洋溢。

不知道当时罗汉在想什么，有肉在，奕巧的心中也是春天，满目清辉的月亮地里，她看见那片白桦树林边上的蘑菇全都长出来了，听见林子里的风在拉手风琴，林中敏感的绿色眼睛们，闻见了，忽然很兴奋，都开始跳舞，就感觉活着特别好。

罗汉吃完肉，心中感激，开始道歉，说："对不起啊，我上次死了，吓你一跳。"

说出以后，觉得不对，任何历史时期都没这样的，没有人会因为自己死了给别人道歉，两人关系也没那么近，所以他就改口说："我是说，对不起，我没死，吓你一跳。"

一想，也不对，不会有人因为自己没死感到遗憾，这既不诚恳，又好像是她盼着他早些死，很不得体，就用心继续想词。奕巧不出声，耐心等着听，看他下面是什么胡话。

奕巧的祖先，也许是那种感觉同时变成行动的北方塞外民族。过了一会儿罗汉的嘴忽然被她的嘴堵住，不能再继续想了，说不出话，出不来气，没法道歉了。

第三十三章

冬天道路上冻，没有泥泞，城市的信就到了。

信，像探险的船，很多失踪了，幸存的，都破了，而信到来的十月，女居民都穿上城里带来的五颜六色的新衣服，像节日。

拿着这些消息，居民欣喜若狂之外，心中懵懵懂懂，这里和信里面的，不知道哪边是新世界。

罗汉也有信，是胡同里伋伋和她爷爷捎过来的，但是不多，没有迷失了能收到的，信封上全是图章，辗转曲折，转了很多地方，有的在路上走了一年。它们太不容易了，一个没有地名的地方，怎么找到的？

罗汉也给他们写信，告诉他们这里很好，风景好，生活好，肉吃不完，到处有果树，有牧场。他们两年后就说要多喝牛奶，长身体需要，还寄来包裹。

八十一公里没农业，农业生产很艰难。地有，第一年，拖拉机早上五点，从公路的西边开始犁地，中午十一点再从东边往回开，一天犁地两垄，但小麦下种后颗粒无收。

第二年有收成，可收上来的比种下去的少。按照科学的说法，是白浆土，不能种粮；按照老人的说法，是人气盖不住地气，这两种说法，八十一公里都习惯性地不考虑，接着种。

那天有人从公路上背回两个麻袋，过路的卡车上掉下来的。一袋是冰糖，一袋是稻种，不知道稻种怎么会阴差阳错运到了这里。晚上帐篷里，南铺和北铺的人趴着，排成一溜，脸对脸嚼冰糖看烟花。

冰糖是褐色的大粗晶体块，一嚼，嘴里就冒出蓝色的火星，所以是烟花。有人就问，这是冰糖吗，谁也搞不清，却是很甜，那就是呗。

看着对面的人嘴里吃冰糖蹦出一溜溜的火星，罗汉想起了一件事。一万六千年以前，南边有个玉蟾河谷，那里有人试种稻谷，土里放沤烂的骨头什么的，是磷。嘴里嚼的可能是一种磷肥。

第二天，他跟连长说，要种稻子，连长想都不想，说："种吧，先开格田。"

连长说得轻巧，他们在那个地方种稻米，就是逆天，于是就瞎种，连晒种、浸种都不会，也不知道是籼米还是粳米，整地，育苗，插秧，灌溉，全不知道，罗汉就写信跟伢伢要书。

到了第四年，八十一公里疯狂的人们在疯狂的土地上种出疯狂的稻秧，那秧苗每天从早到晚变换颜色，变精气神儿，一会儿绿，一会儿黄，一会儿水灵，一会儿枯萎，最后还是得死。看得出，秧苗是好秧苗，很有骨气，硬要生长，但地里有什么东西，硬是闹别扭，一会儿让长，一会儿不让。

于是，罗汉的眼神不对了，行为跟稻秧一样，也反常了。

那天晚上吃的像冰糖的不知道是什么的东西里边的火星儿在他的眼睛里开始往外冒蓝光。那磷肥也很要强，没稻子种，就在他的脑子里深深种下稻子的念头，弄得罗汉着了魔，整天戴个破草帽，背着手弯着腰看地，抓起一把闻，还舔。他疑神疑鬼，开始不相信那土地，认为可怕的地面想忽然间张开嘴把他的宝贝秧苗吞下去，像个老农民，拿根棍子坐那儿看着它们，动不动就敲地警告。

冬天，他搬到北边林子边的那个跟奕巧一起烧炕的马架子里自己住，也不怕冷，一夜一夜地看伋伋寄来的书。那火炕上面，被他挖个大洞，架个铁锅，成了炉子，旁边放着跟大家硬抢来的脸盆饭盒和很多玻璃瓶子罐子，还有从食堂偷的缸。

夜里煤油灯里冒出来的黑油烟太多了，快把眼睛糊住了，早上来不及被吹散，就凝冻在空气里，在马架子周围的半空里挂着，是一缕一缕的黑烟线条，一碰就散落，蹭得头上身上都是黑灰，他也不理会，去找人跟他用炸药炸冻土，要炸出灌溉水渠系统。

夏日，他整天无影无踪，晚上从林子里回来，背着毒蘑菇、腐烂树叶、死蛇皮、各种昆虫和各种动物的粪便，还有装着树胶树脂的瓶子罐子，都在脖子上挂着，里面是沼地里绿色的泡沫和苔藓这类东西。马架子周边摆着各种野生植物的标本，他一边摆弄，一边跟它们神神道道轻声细语说悄悄话。

此时，他又不怕蚊子了，蚊虫在他四周嗞啦嗞啦起火冒烟往下掉，愤怒地前赴后继，往他身上扑，但根本近不了身。"啊！什么？不怕我们？太嚣张了！"它们没见过这样的，这人太蛮横不讲理，实在气不忿儿，就视死如归地组织密集冲锋围攻，结果在周围半空里变成一团一团燃烧的火焰，那一带，空气着大火，连绵不断，热得要命，林子里的动物全走了。

罗汉后来干脆躲在森林里，偷偷摆弄那些乱七八糟跟死亡有关的东西，浑然不觉周围一丈开外已经堆起了一圈一圈的蚊山，所到之处，弄得地面像月球的表面，罗汉脸上出现了吓人的微笑，因为发现蚊子灰是他配方里的一种有机成分。

后来蚊子们也进步了，来的时候没有嗡嗡的声音，是突然袭击，噤声潜行、偷偷摸摸、曲里拐弯穿过密林，然后发动密集总攻，像一道一道突然喷射的黑烟，结果还是不行，各路集群瞬间化作燃烧的火龙稀里哗啦掉在地上，它们吓坏了，知道坏了，物种快灭绝了，就远远地，在四周渴望而惊惧地聚成一团一团，仓皇而愤怒地观望，不敢再过来。可是罗汉正需要它们，需要它们尸体的灰烬，他刚一想，刚一动念头，人还没过去，蚊子就知道，它们就不见了，无影无踪，把罗汉气得够呛。

他已经走火入魔，心中只有部落祭司的信念：为了氏族，从无限的深渊中提取生命的元素。

他上了大火，生了大气，正愤怒地和绝望斗争。他那件洗过的棉袄，后来太阳晒干以后，在晾衣服绳子上迎风摆，像一张巨大的癞蛤蟆皮，他穿在身上，加上走路直勾勾的眼神，里面全是飘忽飞舞的幻觉，一看就是疯了。

他正在研究单季水稻专用的生物肥料和办法。

那阵子，大家都不理他，他也不理大家，他根本不认识他们，连长他也不认识了，但是认识奕巧。

那天在井台上看见了她，就走过来，问她头上有没有虱子或虮子什么的，能不能借一点儿用。

奕巧虽然心善，但也受不了总这么吓唬，就不理他，由他去。她跟罗汉交往，对他有些了解，虽然不明就里，不知道血统基因是怎么回事，却知道他和别人有些不一样，总一阵一阵地发烧，脑子里全是乱草一样的想法。可能过一段就好了。

一天半夜，罗汉跌跌撞撞走进了帐篷，手里拿着一瓶绿色的药水。

大家见了他泛滥蓝色疯狂的眼睛，有些慌，预感要出事，被他身上的恶臭熏得刚想往外跑，被他挡住了门，谁也走不了。

他举起瓶子向大家宣布：

"这个，是植物世界全体生命的精华。"

罗汉的发明由两名武装人员运送到北方最大城市的实验室进行科学实验。

三个月后，开始建厂。

六个月后，沿公路的聚落都建起仓库，改装过的油罐车队运送来一种浓缩的绿色液体，准备来年耕种使用。

第二年，试验田里嫁接了一种罗汉指定的野稗。

极北大地吐出一种淡绿色椭圆状珍珠色泽的稻米，是以前没有见过的品种，连绵无际，是北方冬天的稻子。

此后，大量拖拉机播种机进入了三江流域，内地各省的农业技术人员也来学习，全面进行推广种植。

八十一公里，真正进入了农耕文明编年史的第一年，再以后，也有了地图上的名字，有了农耕时代的地名"珍珠泽"，有了用文字标属的名称。

八十一公里这个史前的名称和事情，很快被后人遗忘，因为人们没有时间，也没有心思记载和传颂平常的日子。当时，那里还没有被时间酿成神话。

三月十七日那天晚上，远方的聚落都看到了八十一公里的大火。夜里，先是地平线上升起一个耀眼的太阳，一会儿，雷声滚过。那天晚上，在八十一公里，那个神秘的烟花又平白无故从无人的空地上升起，落下的火花点燃了库房，木桶里新发明的肥料发生爆炸，引起大火。有两个居民救火丧生，奕巧进宿舍救人，她们没有出来。

罗汉躺在墓地上，他知道自己在北方的日子结束了。

算起来，他在八十一公里生活的时间是四年，他的生活年龄应该是六十岁，这四年是四十年生活的分量。对于他，这里其实没有年份，他所经历的，是一场生命季节的错乱：秋季他来到，开始童年；冬季他成长，长大了；夏季，生长为成人；又在今年春天，随着奕巧的死亡老去。

他已经在大雨的以外看见过什么是雨；在白桦树林冰雪吊灯四射喷溅的火花中看见大雪原反射出奇幻光影的海市蜃楼；品味过空气中各种养分的品质，成长为不知疲倦的巨人；梦想过一个只有一半墙壁的家；遇到过这个家里的女人，后来他老了，自己在老年痴呆的昏乱中玩弄有毒的腐烂东西，要制造奇迹，引起了爆炸，葬送了奕巧。

他参加了她的葬礼，也埋葬了自己。生命的四季都已经过去了，现在躺在坟墓里的，是自己的过去，对他来说，这里的一切，没了。罗汉站起来，在奕巧的坟茔上放了一粒稻种，转身往南方走。

被抛弃的北方，目送他的背影，早上派出迷人的金羊毛彩霞请他回去，让微风在后面触碰他，为了挽留，夜晚放射出诱人的北极光，预言他可以成神，求他，"回来吧"，他也不回头。

他心想：爹，大雪我也看见过了。

第三十四章

三个月以后，罗汉回到北京城。

像一个亲历新石器时代的人，退回第五冰川纪，旧地一切都没变，看着却都不一样了。

他夜里在丰台跳下拉货的火车，清晨五点走进北京城。

北京真美丽，细腻，干净，纤弱。他眼中有了曾经在那里丢失的颜色，看见街面上的一切都很精致细巧，电线杆子是根小细棍儿，人也小，已经有人骑着自行车去上班，像骑个闪亮的玩具。

街道和房子的线条笔直而简单，不太像真的，人们的脸上不像以前那样激动，淡漠了很多。

罗汉走的时候，忘了想家，四年以后的此时，人都回来了，倒开始有点儿想，他往遥远的北方看，再往西城区北海那边看，不知道哪边是家，就一边走路，一边看北京。

上午他在后海西边的老街里闲逛，趴在店铺的窗户上往里张望，在那个他的父母相遇的馄饨铺里坐了一会儿，看了一会儿馄饨。那个有毛病的电灯泡还是有毛病，他一进门，也闪灭几下。

路过了那个和杨丽丽去过的电影院，他曾经觉得里面的黑暗太可爱了，比电影好。他在街上迎着风用力深呼吸，但还是觉得饿，城里的空气和风没有那边好吃。

记得小九说：饿，有三个阶段，开始是身上软，眼睛里有星星晃悠；后来就生气；最后是身上冷，心里不好过，想哭。罗汉认为，自己处于第二阶段，他一直很愤怒。

从北方往北京走，一路上生气，但是罗汉认为自己是文明社会的人了，所以光抢吃的，不伤人，人可以跑，不能像以前有些氏族的人，相信杀人越多，祖先保佑得越周到。

他在街上往西口袋胡同溜达，看见湖边正在盖房，手发痒，也不问人家让不让，就去帮忙干活儿，人家见这孩子干活儿不惜力，搬砖跟玩儿命似的，就给他一块钱。

罗汉转头，过银锭桥，去了地安门合义斋，吃了八碗炒肝儿，二斤包子，就不饿了，但是还很生气，他不能想任何事情，一想就什么也看不见，眼前一片漆黑，只能看见奕巧在黑暗中燃烧，所以就非常生气。不想，就不回忆，不回忆，就看不见以前，虽然看不见，还是非常生气。

他站在湖边上看风景，看着看着，忽然仰天发出一声长啸，声音从湖面传开，激起波纹往四处扩散，湖边散步的退休人员顿时也都往四处散，全跑了，他就被附近值勤的工人民兵带走了。

西城工人民兵分部里的人问他是干什么的，罗汉想了想，说不太清，就告诉他们是开荒农民。他们问他怎么流窜到北京城来的，他说是回家。又问他，农民，家怎么能在北京，他说以前在北京，后来当了农民就不在北京了。又问，回北京是怎么回的，有没有证明文件，等等。

大概罗汉的样子很不像农民，他穿的棉袄还是那件癞蛤蟆皮式样的干棉衣，显得很野蛮，能看出衣服以前是统一发放的服装，又是北京口音，没介绍信，肯定是个在逃的劳改犯。

他们让他站在一块砖头上，脸对着墙，有两个人在身后左右一站，抡起棒球棍打他的腿，让他说实话。罗汉说，都是实话，所以两个人就用力打，他们越打，罗汉越恼怒。

奕巧死了，带走了感觉，罗汉人活着，对什么都失去了知觉，奕巧死后，他什么感觉都没有了，钉子扎了手，不疼，头撞了门框，不疼。他想，要是身体外面疼就好了，里面可能就不疼了，所以很怀念疼的感觉。

越怀念越珍惜，越珍惜越没有，越没有越生气，一直生气到进了北京城，还在气，多么希望自己是条狼，不舒服，嗥叫一声就好了，当个人类，实在是太憋得慌，所以那天就在湖边狼叫了一下，可是没起作用，正来气，就给抓了。

原始的情绪最盲目，最愚昧，不讲道理，乱发泄，不可理喻，明明是自己失去的，偏偏要嫁祸于人，他忽然无端地对身后的两人很不满。

两个人在后面打他，越打越不疼，罗汉认为是他们剥夺了疼痛的权利，认为他们的罪过跟切除了他的一个内脏一样，所以变得十分恼怒，一开始，他还跟后面商量："他娘的怎么不疼啊？好好打，使点儿劲，没吃饭呀！"

后面两位很意外，愣柯柯眼对眼犯傻，没见过还有这样的，行，好哇，那就好好打呗，所以再下手，就更用力。

还是不管用，罗汉就丧失了理智。

他下了砖头，走到墙边，把一个放文件的书架端起来，往墙上一磕，连掰带劈，把人家的家具给拆了，然后愤然离去。

里面的人没有思考的时间，没拦他，都在琢磨，这人是怎么啦？

罗汉回到胡同，家里锁着门，伙伙家没人，胡同里冷冷清清，很久以前进京给药师佛上香的那些人中唯一留下的一家人开的早点铺也关着门。

他看见16号院弹钢琴的老太太出来拿奶瓶，再一看，才知道是幻觉，看到的，是她那只波斯猫，那猫一点儿都没有老，罗汉认识，是她抢走了自己做的永久馒头，于是它青春永驻。他和那只猫对看了一会儿，看来那猫还认识他，冲他喵的招呼一声，意思是：哎哟，你怎么回来了？

罗汉因为她抢东西的事，不是特别爱理她，就从胡同出来，走到街上，去安定医院。

到了医院一问，说肇姨出差了，借调到别的城市一段时间，现在不在，三个月以后才回。

医院里连医生带病人，都知道他是来找肇姨的，就对他特别客气，有人给他削苹果，很多人来看他，留他吃晚饭，医院里的人很有礼貌，但是不多说，只是说，肇姨很好，等她回来会立刻通知他，罗汉不明白，肇姨作为医院的精神病人怎么还出差了。

罗汉吃了晚饭回家，打扫了一下院子，给丁香树浇了水，看了看后院，把井盖儿盖上，别往里掉树叶儿，坐壶开水，喝了一杯茉莉花茶，躺在自己屋里，想了一会儿姥爷姥姥，想了一会儿爹妈，想了一会儿二舅，想了一会儿小九，想起李老师，不知道他们现在都怎么样了。自己现在是一个人，明天出去找工作，当临时工。

晚上没事，去什刹海冰场看一看，那里，自己从小就滑冰玩儿，在那儿，人没有翅膀就可以有飞的感觉。

冰场晚上开放，一派灯火，罗汉不在的时候，已经变成了每天晚上城市青少年的娱乐中心。四周圈着席棚，湖周边，立起高架探照灯，把冰面照射得一片通明，在冰面上幻化出一个透明精致的乐园。

发亮的冰面上，比较专业的人们穿得绚丽多彩，在他们每天晚上的春天里无忧无虑，在外围优雅地速滑，时不时左手触地，像是树林中滑翔的快乐精灵。他们要是突然挺身急停斜立，就喜欢铲起一道晶莹耀眼喷射的冰花。

罗汉喜欢看这个，喜欢看不用动就能走的漫步，能一直看下去，也喜欢看冰球，人们围着一个会飞的目标迅疾穿插，在冰上竞争的强劲风貌很好看。

冰场上有很多穿黄制服和蓝制服的青年，他们跟他走的时候一模一样，时隔多年，一点儿都没变，还是成群结伙，嬉笑怒骂，喜欢用眼睛仔细打量生人挑衅，以幼稚浮浅为荣。罗汉想，这是离普大梦故事的翻版，山中一世纪，地上只一天，北京没变样。

他看了一会儿，就下场跟大伙儿一起滑冰，没钱租冰鞋，所以光打出溜，他在冰场上比较显眼，是一个衣服破烂、腰间系条绳子的稻草人，双臂平伸在冰上梦游，就有侧目冷眼看他的。

他正在旧日的迷梦中滑行，听见有人叫他："和尚！"

睁眼看，原来是杨丽丽急停在面前站定了，万般惊喜、难以置信的样子，还指着他问：

"你是罗汉？！"

第三十五章

见到杨丽丽，罗汉非常高兴，多年没见，她没怎么变。

两人出了冰场，走到13路汽车站，在那儿说话。各自打量了对方一秒钟就相视而笑，杨丽丽笑，还捂嘴，一秒钟里，脑子里同时冒出来一堆往事，杨丽丽说：

"嘿，电影院里，你的手，知道像什么吗？"

罗汉说："不知道。"

"狼爪子，可怕极了。"

罗汉问："钟楼上你的嘴像什么，知道吗？"

她也不知道。

"是黑的，像巫婆，也不怎么样。"

杨丽丽说："咱们那时候怎么那么傻呀，寻找罗曼斯。"

她的态度刚想转为严肃，好好说话，用手一拍罗汉的胳臂，棉花渣儿掉一地，跟着风慢慢走，有的掉进了阴沟。

她实在忍不住，弯腰大笑，罗汉就等着她，等她笑完了，问她这些年过得怎么样。

她打量着罗汉，认真地说："大概比你好点儿。"

说完了又笑，她根本忍不住。

当年，罗汉他们走后，杨丽丽参了军，在部队工作。她让罗汉给她好好讲讲这几年的情况，罗汉只是淡淡地说："那边不太一样。"

杨丽丽见他脸色有变，不再追问，后来就说起以前在学校里的一些记忆。

两人说着话，罗汉一回头，看见几个人正站在旁边认真听，都穿着黄大衣，拎着冰刀，有的背着冰球杆，就不再说下去，拉着杨丽丽往一条胡同里走，那些人横过来挡住他们的路，一个人跟罗汉说："给根儿烟抽吧。"要烟。罗汉跟他说身上没有烟，对方听了口音，知道是北京人，就问了："哪儿的？"罗汉说，在附近住。

"怎么没见过，穿得够花哨的，流氓吧？"

看明白了，是不是流氓并不重要，他们实在是没事干，要取乐。那些人跟罗汉说话，眼睛看着杨丽丽，看来北京街上的老规矩还在，男的揍一顿，女的带走。

罗汉一想，明天要找工作，不知道能不能很快找到，一时没有钱，在城里不好生活，需要解决，就问面前那个问话的人身上有钱没有。

那人正点烟，就把烟给扔了，很惊讶，脸伸过来，睁大眼睛对他仔细瞧，目不转睛看罗汉的脸，很不解，又很生气，嘴里往外冒烟。

罗汉估计他不会给，就把那人揪过去，一只手在他兜儿里掏，那人脚离开地，挣不过他。他从那人的大衣兜儿里摸到几毛钱，再从领口伸进手，在里面掏，从里面衣服兜儿里找到一块多，把那人一扔，又走过去找他的朋友们要。

那些人正从包儿里往外掏冰刀，他们里面有个女的就往后闪了。后来，就是简单的街头暴力，男的倒下以后，剩下的那个女的已经往胡同里跑，没见过这么坏的流氓，一个人抢那么多人的钱，很害怕。

罗汉在后面追。

他在黑胡同里追人，返祖的力量也在追赶他，往他身上扑，他越跑越兴奋，越跑内心越凶狠，就越过了史前时期，进入了史前时期以前的蛮荒，在那片从土地中升起来的黑暗里，人什么都干。

他抓到她，把手伸进她的怀里掏，也拿到了几毛钱。那时候，他的心思在跟着环境演化，回归到很早以前人和物都缺的那个时期，追上了，就是吃和用。

他手撑着墙，眼睛看着面前靠在墙上的女人，觉得下面应该还有什么该干的事，就开始想，一时没想起来，杨丽丽已经追上来了，赶紧把他拉走。她害怕了，刚才眼中看见的这个人，根本不是和她一起跟罗曼斯玩儿捉迷藏的那个罗汉。

杨丽丽问他："你怎么了？这么野蛮，疯啦？"

罗汉黑暗的意识还没有来得及从远古赶回来，认为这没什么野蛮的。抢，是进步和文明的表现，在这以前，人和人见了面，不认识的就宰了，后来才知道见面不要杀，但也不能白见面，所以才抢，让人活，这已经是很进步的见面方式了。那是又过了很长时间以后，才省略了打的那段儿，见面直接抱拳，假装已经打过了。

罗汉没有说什么，他不知道自己犯的是什么病。后来，两人没再多说话，杨丽丽有直感，瞧得出来，他以前肯定遇见了什么事，现在不太高兴。

仵仵头一眼见到罗汉的时候，以为是文龙回来了，因为两人有些相像，她身上立刻冒出来很强烈的桂花香味儿，自己都觉得有点儿头晕。

罗汉在永定门火车站找到一份工作。每天一早去，跟力工们等活儿。有人来问，卸火车皮去不去，去；来人问，扛大包，去不去，也去；卸煤，去，有什么干什么。

一般到了十一点多钟，活儿就能干完，拿了钱就走，在南横街陈家摆的小摊儿上吃卤煮，然后回家。

后来，索性在仵仵家入伙，交伙食费，回来的路上带点儿熟肉、蒜肠什么的，捧着荷叶包回家，就过起平常的日子。仵仵给做了一身新棉袄新棉裤，晚上没事跟她爷爷聊一会儿，爷俩有时也喝两盅。

有一回老爷子喝得有点儿多了，话就说得多，他喝了一瓶二锅头，忽然很生气，放下酒杯说：

"和尚，你这么过，不行。我看着别扭。"

罗汉没来由挨了说，不明白。

"你是读书人家出身，整天这么晃悠，不是个长久之计。"

罗汉像平常一样，笑着问：

"老爷子，那您说我应该怎么晃悠哇？"

老头儿没跟他开玩笑。

"你是整天不读书呀。知道吗，不念书，人倒是还在，可神形就全散了，看看你，现在都会抢钱了。"

罗汉一看他是真生气了，不敢再说什么话。

后来罗汉回家开始看书了。

最先看的一本，是跟门口小孩儿借的《榆木生的故事》，主人公是个抵制看书成了名的时代英雄，让伎伎她爷爷一把从手里薅出来给扔了，给他一本《古文观止》上册叫他看。

伎伎的爷爷教罗汉看书，跟他说：先看平易的好文章，往下慢慢来，以后就能看先秦的书，该知道的，都在那些书里头，别的，看不看不打紧。你爹不一样，什么都不看他也全知道，不知道他是打哪儿来的，那叫生而知之，咱不跟他比，啊。你，得学。

常去伎伎家吃饭，听她爷爷讲书，罗汉心中就有些明白事理，知道，书里，不光是知识和道理，还有味道，看多了，就能品尝出平常日子里的味道。

比如喝茶吧，自己只记得，很早以前自己的族人把茶叶当菜吃，却不知道茶能喝，更不知道喝茶里面很有讲究，很有学问，很有意思。糊里糊涂地喝也是喝，看过杜育、陆羽、宋徽宗他们写的茶，那就不一样，嘴里的味道能变化得极为热闹，什么都是这样，当然也包括工作和活着，工作会越干越精，越干越有起色，吃的喝的用的玩儿的，都是一样，就精致，就有趣，做事能做得更好，能做出心思，做出意境，做到极致，活的品级不同，在高处，人，就贵重。

仗仗家里收藏的那些东西，都不是一般人制造，里面有"神韵"，大约就是"味道"。人、物，皆分品，有凡品有神品。人活的是品，不就是味道吗？不然干巴巴的，多没意思。

这都是仗仗的爷爷教的。

罗汉懂了这个，就把家中书房里的书拿出来几本，给老爷子看，问该看哪本了。

仗仗的爷爷见了，眼就直了，有两本是海内孤本，惊问这是怎么回事，哪儿来的？ 罗汉告诉他，以前听父亲说，这些不算什么，老家寺庙里的才是好的，也说了藏书的名称。

仗仗的爷爷听了，仰看天，倒吸气，手直哆嗦，差点儿背过气去，咳嗽了半天，喘了半晌才说：他此生没别的，就是想看上一眼太阳沉渊楼的藏书，让他跟那些书打个照面，当场可以抹脖子。

罗汉在北京一边工作，一边看书，觉得日子过得好。

屋里吃饭的三口人里边，有两个人心里装着放不下的过去，都丢了想有的人，想有的家，所以觉得能像一家人那样吃饭很好，他们吃饭时，聊天没有边际。

伇伇的爷爷说，以前出土的东西里面，有古代最早的文字，一般人看不懂，有几个金文，据懂的人猜，讲的是一段事，大意是：有个女子在东海边看上了一个过路的少年，第二天这个男人走了，她才知道，世上最重要的是三个根本：天、地和走进天地间的那个行旅仓促的人，后来，从古至今，大家也都这么看，同在天地中，人就没有散。

他跟罗汉说这个，是说给伇伇听的，要让她想得宽一些。当时当刻，罗汉不敢说话，不敢提二舅，知道伇伇和二舅以前有一段事情。

后来，罗汉不能在北京住了，没有合法的身份证明，连出生证都没有，逢年过节就往外赶。

可是罗汉无处可去。

伇伇的爷爷在山西有个旧交，就跟人家联系，看能不能让罗汉去那边，当个合法的居民。

第三十六章

罗汉早年在梦中，看见黑暗中飞翔一串明亮的窗户，自己就坐在一个窗户里面，那时他看到的是一辆夜行的火车。

也许是宿命，三月，他坐火车去山西。

知道自己有个家，也有有家的感觉，却不知家实际上在哪里，所以就无所谓了，去哪儿都行。

这次，他去黄土高原的高阳县，怀里揣着一封信，给仗仗的爷爷在县里做事的熟人，请人家帮个忙，给安排个吃饭的地方。

临行前，在后海边上跟杨丽丽道个别。杨丽丽在小学就见过他疯跑停不下来的架势，还跟他比过谁跑得快，她叹口气，看着他说："看来，你也就是跑路的命。"

上了火车，一路上看窗外的风景，才知道看了些书，目中所见就全都是故事。

他见到高士抚琴送别死士的易水；见到史册提到的那个年少家贫的景差家里的土院墙，他发现土院墙里全是金砖，可是他妈不让拿，说不拿就是拿，后来他就当了宰相；看见数千个女人抗击数万匈奴骑兵的娘子关；看见给一个痴迷不悟的人在河边立的坟墓，那人太守信用，等人等了十来年，还没见她来，就等死在了原地；还看见那个整天在山川中奔走跋涉给九州大地画地图的徐霞客躺过的清凉大石头……

读过书，窗外的风景全是活的，实在很好看。

对面坐着个人，一直在看着他，觉得很好奇。这条大汉从上了车没干别的，就是专门往窗户外面看，看得津津有味，自得其乐，还冲外边乐，各种表情，一会儿发傻，一会儿吃惊，饭不吃，水也不喝，有什么好看的，一定是没坐过火车。

火车里坐在一起的人相互自然都很客气，她把一个绿洋铁茶缸往前一推，跟罗汉说："看累了就喝口水吧。"

罗汉连声道谢，才觉得是有些渴了，没客气，喝人家的水。

其实这两个人以前认识，但是他们自己不知道。

罗汉对面坐的，是个女作家，写过一本书叫《春天的眼泪》，写雨点和蚯蚓的事，中小学生都看过，名盛一时。他们俩，在幼儿园见过，虽然认不出，却也很是投缘，又都是自来熟的性情，就说上了话。

她问罗汉，是不是第一回坐火车。罗汉说，以前也坐过。又问罗汉，看外面看不够，有什么好看的呀？罗汉说，外面全是电影，它们直往脸上撞，挺好玩儿的，才老看。

女作家不信，说："行，外面全是电影，哈，你就编吧。"

罗汉说："没编，真的。"就给她说了一两件刚见过的故事。

女作家认为他很幼稚，也很好玩儿，淡淡一笑，忽然手一指窗外，问："那是什么？"

罗汉往外看了看，就看见了，回头告诉她：

外面远山之下，云雾之中那座城镇，隋朝的时候，叫栖止镇，里面有个士子，叫刘兰亭，平时老实巴交，少言寡语，对人谦让，受了欺负，也忍气吞声，不敢说半句话。天下乱的时候，隋朝快不行了，到处是称王的诸侯和强盗，有个朱粲，他的军队吃人，最爱吃人手指头，说有嚼劲儿。朱粲带着四万人围了栖止镇，全城吓得不得了，没了活路。平时蔫不出溜的刘兰亭走出来，选了两百个少年，全是读书人家子弟，黑夜里叼着刀爬出城，突然冲入贼营，连杀带喊，吓跑了朱粲四万军，人家跑就跑了呗，不行，他不算完，在后面穷追，把群贼吓得如鸟兽散，没了踪影，迎头又碰上了朱粲后队的八万主力，光天化日之下，他带了二十个人，装扮成担簝送菜的脚夫，混进人家的大营，直奔主帅中军帐杀人放火，顺手把全军也给打散了。

女作家轻轻鼓掌，说："好英雄！真能编。"

罗汉说："不是我编的，是史书里说的。"

作家轻声笑，跟罗汉说：她就是吃这碗饭的，编故事，自己是个小骗子，今天遇上了大骗子，不过，要是世上没有了这种骗，也没什么太大意思了。

一天早上，罗汉下了火车，坐长途汽车去高阳县。

已经到了古代的中土。中午到达县城，见过要找的人，递上信件，又去给他安排好的招待所去登记，放行李，办完事，下午就去城里城外四处观望。

高阳县，西北两面是古代的城墙，东南临汾水，隔河远眺，可见远方云雾深远之中的稷王山，传说，是发明种植稷的那位神明之所在。城楼之上，北望群山，由近入远，高低有叠嶂，一峰山体之内，雕刻出一座巨佛，在云中隐现，是北魏的遗迹，山下有个寺院，汾水将一县分为南北两地。

县城是个简陋的小土城，一条十字土路，东西两面尽是简易的民居，细密的土巷，北面是县政府的两层楼，城中一座元代宝塔很显眼，质朴少雕饰，却是全城最好看的建筑。

那天，城关外河边的关帝庙门前有集市，罗汉在里面转悠，才知道此处别有天地。

老乡们都穿黑，无一例外，是自家织的棉布染成，谁都没有补丁，比北京强，估计这地方盛产棉花。

他们讲话，一个字儿也听不懂。

罗汉站在摊贩前，听人买卖论价，不知在说什么，云山雾罩，有奇怪的发现，他们的语言，字少含义多，几个字的话，好像说出了一大堆事。

听卖祖传眼药水的那位说了半天，猜测，"水"在这里念"斧"，"眼"念作"碾"。

买卖大牲口的都是农民，一谈起交易，都成了天生异禀的奇人。买卖双方，两人对面站，神色庄重，各自把左右手伸进对方的袖口里，手拉手，用手指商量价钱，不说话，两双手商量好了钱数，定了价，都同意，一拍手，成交。

这是古时候做生意的法子，一个人一个价，行情只在买卖二人之间，全看认识不认识牲口，谈不上什么欺瞒。大庭广众二人议价，别人就是听不见他们说什么，再上来的买主，不知道前面成交的价钱，就不能故意压价纠缠，卖主合适，买家也不吃亏，两下公平。

他们的手指头，不仅会表达和计算数字，还需要能说会道，讲评牲口的优劣短长。

罗汉在集市上转了一会儿，就躺在河边一片桑林阴凉下的长石条凳上睡觉，晒着那古老的太阳，浑身自在，眯着眼睛养神，梦回远古的家乡。

那天晚上，罗汉在招待所里躺着，忽然心血来潮想看夜景，出门直奔西，钻进土巷的迷宫，子夜月光明亮，路人断绝，他东拐西拐，就进了尽里面的深处。地方上的人，睡得早，城中早已没有了人声，街巷里也没有路灯，一片清冷寂然。

土巷深处往里走，罗汉一拐弯，拐角处有一个紧闭的黑门，门前站着一个小孩儿，顶多三岁，穿一身红，月光照在脸上，青白颜色，一双大眼睛正盯着他瞧，看神情，好像很意外，没什么头发，看不出是男是女，手里拿着一个年深日久变黑了的土陶罐。

罗汉诧异，就问："你丢啦？是丢了吗？"

问完想起，他听不懂北京话。

小孩儿不说话，眼神变了，好像很反感，眼中似有成人的心思和敌意，觉得这孩子眼里的意思是："深更半夜，此时此地，你来做什么？"

两人对视了一会儿，谁都不吭声，那小孩儿脸色越来越阴沉，眼神已经不像小孩子的眼神，罗汉想了想，决定不管了，既然人家排斥，别管闲事，由他去，就走了。

他一路走一路想：深更夜半黑暗，小巷深处遭遇，孤零零一个三岁小孩儿，衣衫整齐，脸白胖，不哭不怕，不惊不惧，沉冷森然，还挺厉害，黑门里要是他的家，半夜站在外面干吗，大人呢？

想来想去，跟什么可能性都对不上号，索性不去想它。

罗汉在没人的城里闲溜达，他很想跑一会儿。可是越走越觉得不妥，意识到这半夜的深沉寂静已经有几千年了，最好还是不要打破，人家都在睡觉，是日出而作、日入而息的老百姓，自己刚来，跟个贼似的，深夜探访城中的底细，很不礼貌，小城的黑暗，自有它深不可测的宁静，我还是回家睡觉去吧，别折腾了，忍一忍。

他就回了招待所。

他知道，古代的中土，里面应该藏着许多事，嘿嘿，来日方长。

第二天，又是阳光普照，罗汉去了汾河南边的门家庄，他被安排在那里落户当农民了。

卓然不群的汾水，反对全国大河自西向东流的规定，非要反着走，在高阳县拐个弯，绕过龙门河津西入黄河。

一万年前，两岸氏族纷争，你去我来，历经征战，你死我活，融汇的，消亡的，后来结成氏族部落联盟。氏族联盟时代，黄帝轩辕家的老二昌意的儿子颛顼驰骋纵横了天下，北边到了幽州，南边到了交趾，成了高阳帝。

中土的地名千年不变，高阳县还是高阳县。

罗汉在这里，能感到太阳光线中亲族血脉的温暖，北至大荒，南到汾水，他一来就觉得挺对路，原来他一直都没有远离故土。

进村的那天正是中秋节。

村里的人接到过通知，村口就有人在等他。见了面，各说各的寒暄话，两下谁也没听懂。

罗汉说："有劳了，让您久等了。"

那位，是个青年后生，年岁差不多，经过后来验证，他说的大约是："大哥一路风尘，辛苦。书记在公社开会，派我在这里等着，给带个路，指个道，地方都安排好了。"

可罗汉怎么只数出他就说了八个字？

进了村，带到一处青砖门楼前面，往里指，意思是到了，提着行李进门，屋里没人，话不通，没法聊，就点头再见后会有期了。

在村口的时候，罗汉打量村庄，自然想到了西口袋胡同，心说，这回到了新家。

进门是个小院子，屋里正中是堂屋，东西两侧有偏房，西屋的炕上有铺盖，看来里面有人住，门边有个水缸，喝了口水，就出门去观看村子。

村庄和在小学课本里学到的农村不一样，民居都是两层的青砖瓦房，上面那层比较低，是存粮食和农具的仓房，以后知道，不叫阁楼，叫"苤"。

各家的青砖门楼有砖花雕饰，有的还有砖雕的对联和横额，字写得都很好看，有的房子，院儿里的房檐周围有铁网裙边，四周罩住院内，挂铃铛，定是早年防盗用的，飞贼站立不稳，一碰就响，屋檐都有瓦当，房子一看就是老房子，墙却都是土墙，黏土夯成，多是斑驳半倾圮，是旧新两个时代捏合在一起的住处。

村里一条土街东西走向，中央有个合作社，门前隔着土路是个篮球场。村里没什么人，都下地了，一户人家门前有个老太太，也在干活儿，往笸箩里搓玉米豆。

村西头有片松林，路边有个小学校，门口有个壮汉，双手平端一辆满载麻袋的独轮车，车轮离地，脚步生风，哼着山西迷糊戏的调门儿往村外走，吓了罗汉一大跳，他追上去，跟着走了一程，想说话，又怕端车行走的人分神岔了气，罗汉没看懂，怎么中土的人还有这种？

支书从公社开会回村，晚上请罗汉到家里去，一起过中秋。

支书瘸一条腿，戴一副茶晶眼镜，还吊根绳儿，是旧时代的打扮，不像个支书的模样，像票号里管账的先生，他念过两年书，去过城市，见过世面，会说有口音的普通话，伎伎的爷爷县里的熟人跟他有私交，所以把罗汉托付给了他。

中秋佳节，家里因为有客，晚饭就分着吃。支书和罗汉在炕桌上吃，家人们在堂屋里摆桌子。饭前，先给祖宗上香磕头，罗汉站在后面门边，也鞠躬。炕桌上有一小盆炖野兔肉，摆了一个不知哪年留下的锡酒壶和两个瓷酒盅，二人上炕对饮。

支书告诉罗汉，门家庄是个大村，七百余户人家三千多人口，村东有娘娘庙，村西有关帝庙，历代香火有盛名。关帝庙现在是小学校。此处位居古道要冲，以前是个繁华所在，晋南有歌谣："门家庄，一炷香，东西车马乱八方。"晋、陕、豫的行旅，朝拜的香客，南来北往的行商贩贾，络绎不绝，如过江之鲫。关帝庙门前，松林外的路边，有繁华的集市，因此，家家户户日子过得还算宽裕，也有读书人，不过，那是过去。黄土高原上的这块地方好，土好，是黏粒老黄土，真长粮食，就是缺水，生产，要看雨水年景的好坏。

罗汉猛然想起，早年间，这里曾是大片的森林和溪谷，里面好东西多，靠采集和打猎为生的人群到了这里，每人一天摘采的果实十几陶罐，吃不完。吃不完就要存，一储存东西，人就走不了，要看守，所以就定居了，一定居，就种地，成了生产粮食的中心，农业，就从这种地方开始了，于是就有了现在。

那时候，吃黍，就是糜子面，也吃谷，就是小米，这里又有人发明了种植稷米的办法。稷米是不发黏的黍米，是一种新粮食，极受欢迎，后来奉他为五谷之神，受帝王祭拜，南边那座山上的稷王庙就是为他修的。

他和支书一边喝，一边说话，支书兴致好，看见罗汉能喝酒，很高兴。

罗汉吃饭喝酒都不见外，不知道客气，所以两个人越喝越多，越多越较劲儿，越较劲儿，越痛快，中秋佳节，二人好不快活。

罗汉正在高兴，支书的酒在脑子里到达一定标高以后，感觉就在悲喜两极上游走了，忽然乐极生悲，放下酒杯，没话了。

罗汉奇怪，问："支书，您喝多啦？"

支书叹一口气，说："唉，过节，过节，怎么平白无故想起了这桩事？"

罗汉紧着打听，支书就说了。

支书说："村子东边有一块紫色的碣石，前几天，不知道让谁给掀翻了，那石头不能翻，石头一翻个儿，东边小半个村的妇女，风气全变坏了，居然有的人偷汉子，还给两盒云岗烟雇人看守院门，现在正为这个事情发愁，虽然不是国家政府问题，不管不好，管，又不会。"

罗汉心想，这位是门家庄的支书，迷信得也真够乱七八糟的。

但酒后的人，思想跟着酒劲儿走，他就帮着支书想辙，建议说：这还不简单，派人把那块石头再翻过来不就行了嘛。

支书摇手不同意，耐心跟罗汉解释：

"北京学生，你有所不知，这块石头不知是从哪里来的，跟此处别的石头都不一样，不是谁都能动，除非轩辕大帝的血脉，谁也不能动，动了有天谴。"

"啊？！"

罗汉真觉得这位支书喝得也实在太多了。

罗汉和支书喝过酒，回到自己的住处睡觉。

进了院门，看见有一个人坐在磨盘上，也在喝酒，那人跟自己差不多的岁数，二十上下，一手拿个酒瓶子，一手拿本书，看一看书，喝一口酒，再举头看天上的圆月，大过节的，看上去不怎么高兴，月光之下，脸上有一行清泪。

那人见了罗汉进门，就放下书和酒从磨盘上下来，过来招呼，和他握手，说："是罗汉吧？知道你要来，屋子收拾了，灶上有热水。"

北京口音，再一看，穿一件当地农民的黑棉布衣，脚下穿双破旧的塑料底北京布鞋。

罗汉说："哟，没想到在这儿遇上同乡了。"

"是呀，我也很高兴。"

"你家住哪个区呀？"

"西城。"

罗汉说："我也是西城。西城什么地方？"

那人说："西城，就是后海松树街那边，鼓楼附近，西口袋胡同里边。"

罗汉抬头看天，天上月光明亮，知道人酒后思想太活跃，经常想入非非，怀疑月亮光在眼前照出的是自己的双影，再细细分辨，看那人不是罗汉，分明是另一个人，就很诧异，他以前没见过这人，就问：

"您家住几号？"

"26号。"

"我住28号，怎么没见过你呀？"

那人听闻，非常惊讶，倒退一步，眼里又要冒泪，忍住了，说：

"您是没见过我，我没在那儿住，是在那儿出生的。"

那人见罗汉不解，就给他讲了自己的情况，告诉罗汉，他在西口袋胡同26号院出生，后来爹妈没了，就不在那里住，所以罗汉没见过他。出生的地方，就是自己的家，人不管走到哪里，总要有个原籍住址才行，所以西口袋胡同的出生地，就是他的家。

罗汉恍然大悟，才想起还没问名姓，问他贵姓。

那人说："不敢，免贵，我姓高，我叫高兴。"

罗汉说："我叫罗汉，没见过您，但是小的时候，听过您哭。"

第三十七章

罗汉和高兴二人有同感的诧异，黄土高原之上，天上掉下来北京胡同里的街坊，现在住一个院儿。

高兴告诉罗汉，爹妈死的那天他开始记事，身上爹妈命名的纸条没看见，耳中一声巨响，记得看见的是隔壁墙头摇晃的花树。

罗汉告诉高兴，那天他已经记事，耳中一声巨响，看见自家的花树在摇晃。

他们人不认识，儿时记忆的声音和树木倒是一样，高兴看见的是隔壁罗汉家的丁香树，人不亲丁香亲，那就算以前间接的认识，应该算熟人。

于是，老乡见老乡，应该两眼泪汪汪，可是罗汉因为没有感觉能力，没觉得怎么样，高兴眼里却真是眼泪汪汪了，罗汉一看开始发慌，想起小时候的那位夜哭郎，他的哭，在胡同里已经成了传奇，邻居说了很多年，要是再犯病，那以后就没法睡觉了。

但是高兴还没完事，非要证实一些事情，就问：

"这么说，我爹妈真的是炸死的？"

罗汉点点头，又摊开手，表示邻居们是这么说的，自己也不清楚。他不愿在中秋节讨论这件事，就低下头，默然不语。

当了孤儿的高兴因为没有家，每到中秋，习惯于找个没人的地方拿本书自己看，拿一瓶酒喝，人酒书，三者共组一个临时的赏月家庭，庆祝佳节，这回入选家庭成员的是本《唐诗三百首》，书酒伴中秋，只是每次喝多了容易旧病复发。

高兴见到罗汉的表情，就看明白了，父母是何许人，怎么死的，传言已经证实。

他闭上眼睛，在地上站立一会儿，走到院中，抱住一棵小树，头顶着树埋在两臂当中，待了片刻，然后直腰仰身，对天放声大哭，中秋之月顿时有浮云遮盖。

罗汉一看，坏了，往下一蹲，双手一抄，低下头，一点儿办法也没有。

罗汉依稀记得高兴的哭法，索性给他时间让他去哭，等着他的哭声逐渐成形，转化成有阶段、有层次的组合性艺术表达。

不出所料，高兴的哭，经过几个音部峰回路转的曲折变化，渐入化境，物化了各种韵味的悲哀，使人能够想象到伤感的色调、深浅、悲哀的缘由和沉沦的性质，越来越有感染力，已经带有流行性传染病的危险，进入让人想立刻拔腿逃跑又迈不开腿的境界。

高兴的哭，戏剧性突然到达了顶点，音乐性骤然消失，变成野兽的夜嚎，把邻居家的小孩子全吓醒了，跟着一起哭。

罗汉站起身，走过去，对高兴说："行了行了，夜深了，差不多了，今天就到这儿，好不好，今天这段儿，比以前的都好。"

罗汉不懂怎么劝人，这是他说的宽心话，所以高兴也没高兴起来。罗汉实在无可奈何，就说：

"别忘了，你的名字叫高兴。"

高兴闻听此言，手抱着树，仰头想了想，忽然扭头看着罗汉说：

"对呀！起这名字不就这意思吗？"

罗汉手背打手心，赶紧迎合："可不是嘛！"

于是那年中秋，高兴领悟了爹妈的用心，他手一拉罗汉的胳膊，说："走，他娘的，进屋喝酒！"

中秋之夜，罗汉又喝了一顿酒，没菜，轮流对着瓶子喝。

高兴十九岁，罗汉二十一岁，他比罗汉早来两年，在香山慈幼院上的中学，也是没毕业，来到农村插队，同来的几个同学，先后离去，去了县里的工厂或学校工作，他一人独自留在村里。

高兴还没缓过刚才的劲儿，自己解心宽，说："其实呀，知道亲爹娘是谁，就比不知道的好……"还要往下说，眼中又有泪。

罗汉立刻转换话题，问他每天都干什么。

高兴白天下地干农活，晚上回来看看书，很简单。带来的几本书早看完了，没书看了，最近正在看一本《新华字典》，说字典不容易看完，耐看。

罗汉又问他，对这个地方的印象如何。

高兴想了一下，说："嗯，说不好，反正有点儿不一样，觉得还没完。"

罗汉不解，问："什么还没完？"

"过去，过去还没完，虽然不应该在，却似乎还在。"

罗汉听不懂，问高兴，能不能举个例子。

"比如咱住的这个院子吧，几年前不是我住，是个孤老头儿住，后来因为跟谁怄气，就倒栽进水缸里把自己淹死了，你睡的那座炕，偶尔晚上睡着睡着觉，下面会有人小声嘟囔，说：'我不喝了。'"

说完，他有些不好意思，抱歉地说："所以我就没敢睡那屋，要不，咱俩再换回来？"

罗汉不知道，这里，是酒有问题，还是人有问题，怎么一喝酒，支书和高兴，老少全都一个样。

天刚亮，门外空地大树上吊挂的大钟就敲响了，老乡们扛着农具来上工，生产队长蹲在树下的石头碾子上开始派活儿，有的下地，有的担肥，有的铡草，有的修墙，罗汉听不懂方言，听见队长跟一个人说了几个字的一句话，大家哈哈一笑，那人也笑着回家了。

经过高兴翻译，才知道大意是：

"瓦帽昨日中秋，新婚之夜，今日继续在家，多下下苦力，跟婆姨一起，干欢喜好合的活计。"

罗汉感叹：简练精彩！ 这么丰富生动的内容，怎么好像就说了六个字。

能感到黄土高原上的太阳确实离地面比较近，头顶上秋天的日头仍然很烈，大地像镜子，反射起光和热。夹在中间的人，在蒸腾的田野里耪地。

自古以来，农民每天都在进行这种天、地、人之间的艰难交涉，罗汉看见八十岁的老人也在地里干活儿。

他以前在北方干的都是扛木头，挖土方，脱坯，盖房子上梁一类的力工，不会干农活，用的不是一个劲儿，就干不过农民。不过队长还是比较满意，见到这位北京来的学生满头大汗紧忙活儿，在地里拼命，认为他还可以。农业社会看人，有个深藏的法规，勤就是好，不惜出力就是道德，别的，不论。

晌午歇工，吃馍，大家掏出布袋子里的饭食，是一种黑方块儿。这东西罗汉认识，想起了肇姨的黑长条。噢！恍然大悟，时隔多年，才知道那是高粱面蒸糕。

高粱，本地叫"菊皁"，农民在发糕中间挖个孔，里面放进辣椒面，就是他们吃的饭，人人吃的都一样，知道这是本地的主食，辣椒或韭菜花是菜，主食同时也是装菜的饭碗，实在是过于简易。

对比地里的活儿，再看吃的东西，计算不出干活儿用的劲儿从哪里来，而人，小孩子都瘦骨嶙峋，大了，到地里一见风，一干活儿，个个都是精壮的汉子，觉得很稀奇，暗想，莫非他们……也会喝风？

晚上收工，大家从劳动的地方回来，又在大树铜钟下面聚集，这回是会计蹲在石碾子上，宣布每个人当天应得的工分。会计跟支书一样，也戴个茶晶眼镜，大概是当地文化阶层的时尚，他不用纸笔，不用账本，随口说，而大家都没有异议，完了事，各自回家。

罗汉问高兴，这会计怎么回事？随心评定每人的劳动所得，也不用账本记账，年终，他怎么算账？

高兴告诉罗汉说：这会计不姓门，姓东方，祖辈都是算账的，都是用心记，不用纸笔，也不用算盘，据说在东汉以前没纸的年代，他们家就干这个。到了年终，他也不用账本，都已经在心里算好了，上面干部，下面社员，没人怀疑他会错，他也不会错。

晚上吃了饭，罗汉进村那天在村口迎接的后生来拜访，带了两个山梨，小伙子的名字叫拽虎，人长得精神，眼睛有神，眉宇间带英气。人家带着礼物来，两位屋主不由都很客气，给沏了一大粗瓷碗茶水，坐下说话，高兴当翻译。

拽虎喝一口茶，没喝过，两眼登时发呆，看着碗里，问是什么，告诉是北京带来的茉莉花茶。自喝了那口茶，拽虎对北京的事情就一直很好奇，非常的上心。

　　拽虎问：茉莉花茶是自家院子种的吧？ 告诉不是，茶是茶，茉莉是茉莉，不一起种，是买的。又问北京吃什么。告诉说：大米白面，也有棒子面，就是玉米面。 拽虎说：白面吃过，玉米面叫"玉菱面"，这里也有，大米没吃过。又问北京城还种什么粮食。回答说，北京城里不种粮食，地都是柏油马路，柏油不是土，不能种庄稼。

　　拽虎听不明白，死活不理解，地，为什么不是土？怎么也说不清，听不明白，他也就不再问，问他们：那北京人吃饭的粮食是从哪里来的？告诉说：是从粮店买的，粮店的粮食是从农村运来的。又引出拽虎的问题：北京人不种地，白天都干什么？……

　　上半夜，问到了居民楼，到了下半夜，已经问到了飞机。两下双方，有问有答，就有些开记者招待会的意思。

　　门家庄的记者，什么都没见过的，有时问得太离谱，一时还不太好回复。等他问道："飞机在天上飞，用的鸡油需要杀多少鸡？"罗汉才意识到，记者招待会可能今天开不完，需要先从头说，普及城里的知识。

　　拽虎那场询问，是门家庄第一次对城市文明的全面关注和了解。

　　天快亮的时候，拽虎已经对北京有了认识，印象很深。

　　北京城是一个高高矮矮的大村子，地上没土。 村民都不认识村长，村长也不认识村民。满街横七竖八，都是铁井，穿墙入户，铁井的一头有开关，一开就流水，所以家里都没有水缸。村民不是每年分粮，而是按月分现钱，再拿钱买粮，分的钱很多，比他十年挣的工分多，每天都能吃饱饭，还是白面。

拽虎听说，每天都能吃饱饭，就不会说话了。从那以后眼神一直有些恍惚，他不能想象那是什么感觉，认为不可能。

罗汉想起了一件事，就问拽虎：村东头的紫碭石是怎么回事？

拽虎和书记说的一样，也说不能动，谁动，天雷劈。

罗汉问他俩，要不要去一趟再给翻过来，给支书帮个忙，一次性解决村东头妇女的生活作风问题。

一开始，拽虎很犹豫，他娘说过，那石头不是凡人能动的。高兴人虽然老实，胆子却不小，他要破除迷信，既会做群众工作，也很会矫情，他跟拽虎说：动了，不就不是凡人了嘛。

拽虎心眼儿直，一想也对，就跟着去了。

后来有一天，罗汉在供销社门口遇见支书，支书先是横竖打量罗汉一阵，看看他身上有没有什么地方坏了，然后过来握着他的手不说话，摇摇头，天机不可泄露的样子，又点点头，又很是赞成的样子，然后就走了，看来，村东头的妇女又学好了。过了两天，村里通知罗汉，白天别下地干活儿了，晚上到场院里看守棉花吧，其实就是白天不干活儿，晚上换个地方睡觉。

村东头妇女们的动向，后来没人再提，她们确实改邪归正了。

拽虎跟着他们翻转了紫碣石，天雷没有打，自此直接转变成北京意识形态，跟罗汉和高兴三人形成门家庄的唯物主义少数派，什么都无条件向着北京这边，即使见到异象，也说不是。

第三十八章

时日流转，罗汉在门家庄生活劳动平顺无忧虑。

白天没活儿干，晚上看守场院睡觉，对常人来说很好，他可不行。一日深秋，夜晚子时，觉得周身燥热，急火仓皇，丹田处有个电炉子，开关坏了停不住，一阵阵闪电，体内电流激荡，在经络里乱窜，找不着出去的路，于是血脉贲张，在里边发动地震，开始是抖搂五脏六腑，然后，上下冲撞，把平躺的人抬起来离地面两三尺，再忽然掉下来，好像非常愤怒，再后来，干脆不让掉下来，你在半空里待一会儿吧，像在警告督促：快点儿呀！别闲着，赶紧，干活儿！

拂晓时分，眼睛里掉出两粒火星，落入身下的麦秸，差点儿点着了窑洞。

上古太阳天官玄嚣氏族遗传的发明创造妄想狂生理强迫症，到此时又积累到了极限，不爆发，就复燃，可是罗汉面临的问题是，自从奕巧葬身于文明之火，就不能再干这种事了，再好的东西做出来，也怕殃及无辜，这可怎么办？

结果他光着膀子站在井台上，从此占据了水井，见到有人来打水，就给人绞水，没法子，只好干活儿出力散热！

井，在大钟对面一座石台上，有间古亭覆盖，亭内有石碑，记载打井的时间、捐银者名姓和各人捐款银两的数目，是清同治十三年的井。

黄土高原之上，水线太低，打桶水不容易，井深三十六丈，井口有辘轳，粗麻绳系住一个柳条编制的水罐，摇动辘轳汲水一罐，需要十几分钟，是个力气活儿，只能是强壮的男人干。

罗汉叉着腰站在井台，远远见到有挑着水桶来的，不管是谁，认识不认识，就开始绞水，飞快，绞上来，人到了，就给人家倒进桶里。

自此，罗汉自封为村中的水官，垄断了那口井的事权，以后，一直把持着打水的权力，别人客气，要自己干，他不让，非要自己来，要是没人来，就慌，站在当街，冲着各家门内大声吆喝："绞'斧'了啊，别忘了！"俨然一派领导下通知令的严正，也难怪，他家以前在这片是个王。

乡民这才知道这孩子有点儿傻，乡人喜欢心眼实的，妇女们喜欢能干活儿的壮汉，后来就承认了他的水井独裁和霸道，男人忙，就让妇女来挑水，这个给他两个枣，那个给他一块馍，不白用他。

罗汉，人比较随和，见人叫大叔大婶，很快就跟门家庄混熟了。他记性不错，满村三千多人基本上知道谁叫什么，住在哪里，脾气秉性，日前做了什么，都记得。脑子里的人和事突然一多，就产生了错觉，以为自己来到门家庄的时间已经很长了。

可是他感觉，住的时间越长，这个村子越陌生。

罗汉土炕底下，那位喝水喝多了的老者倒是没有来找他，却也有怪事发生。

一天，吃过晚饭，高兴跟罗汉讲他学习字典的心得，他发现，现代国语，可能是从此地的方言里发展出来的，例如，"它"这个字，现在的含义是"除我之外的别的"，这个字，可能是从古代的"蛇"字变化而来，字形有同根，字意有"异类、危险、要留神"的意思，而这座村庄里的人们，见面打招呼说的话，就是："没遇到蛇吧？"那应该是古语的问候方式，那时候一片蛮荒，荒山野岭，肯定常被蛇咬，是很常见很重要的事情，像吃饭，所以才这么问，就演变成礼貌问言，后来城里蛇少了，饭多了，才问："吃了没有。"

罗汉点头，说："哎哟，有道理呀！"

高兴说："你还不明白？ 我们整天听的是千年以前的声音！"

话音未落，大门口就传来了声音，听着不对劲儿，有点儿瘆人，好像是《西江月》的曲牌点儿，已是深夜，有人在磕叩门环。出门一看，门外一片空荡荡月亮地，上下左右看，不见有人，房上也没有，也没有风，天上云不动，可再看门环，却还在晃动。

他们觉得蹊跷，就假装回屋，再跑出来看，还是没人。

分析了半天，也没个所以然。二人都是北京学校教育出身，虽然听到了千年之外意义不明的声音，感觉不太对，却已经习惯了不理解的事情，不必细问，就睡觉了，高兴有些不放心，拿一把厨刀塞在枕下。

拽虎自从听说了北京的情况，天天来，后来索性拿个馍，晚饭也来一起吃，他以前不敢进到这院子，因为是凶宅，自从崇尚北京追求现代文明，就扽着胆子往里进。 拽虎为了理想，可以别的什么也不管，后来习惯了，就也不再怕。

一到来春，乡民断粮。罗汉他们不会断，政府规定，每年有五百二十八斤毛粮，够，从生产队的粮食里划拨，言谈中知道，拽虎基本上没吃过饱饭。罗汉不明白，怎么自己的氏族开创了农业的地方吃不饱饭了，不理解。高兴每次多做一些饭给拽虎，慢慢地拽虎就更有回家的感觉，还学会了几句北京话。

一个黑夜没月亮，深更又有人来敲响门环，出门观看，没有人，罗汉和高兴这回有点儿感到心惊，对看一眼，心领神会，一个搬梯子上墙，一个回屋去拿手电筒，高兴架上梯子，趴在院墙上头往外头偷偷观瞧，罗汉拿手电筒躲在门内，取下门闩，要打鬼。

一会儿，从树后转出了一条黑影，脸看不清楚，分不出眉目，两只眼睛却炯炯有神，很亮，露一口白牙，自己对自己笑，摸到门前来又要拍打门环，高兴一声喝喊："来啦！"

罗汉早已取下了门闩，开门扑出去就打，没想到，觉得自己的袖口一动，就没了重心，一个马趴摔到了门外地上，翻身坐起，定睛看那个鬼，一边在地上摸手电筒，想看看鬼长得什么样。

那鬼竟走过来搀扶他，嘴里还在问："摔着没有？" 说话还是北京口音。

高兴从梯子上也下来了，跑出院门外，刚想从后面抱那个鬼的腰解救同伙儿，那鬼一转身，举手拦住，说："别打，别打，是我，我是拽虎。"

原来，拽虎心血来潮，用草灰涂了脸，夜半敲门想逗他们玩儿，是个误会。

高兴用手电照看拽虎的脸，仔细认人，随手弹他一个脑崩儿，问他："上次半夜敲门的，是不是你？"

经过盘问，不是。

这次，拽虎是队长派来的，通知他俩晚上出趟工。

晚上出工，是去邻村盗水。没有水庄稼不抽穗，队长心急出此下策。

从前，四周河道干枯以后，剩下黄土沟壑，村与村之间为了抢水常聚众械斗，村中的人家，还有旧时的兵器，后来都进步了，不打了，实在不行，偷一点儿，解燃眉之急，夜间摸过去扒开公共水渠，改变水的流向，引到本村的田地。

罗汉知道，从惊蛰到小满，是农耕社会抢水的白热化季节，也有事情越闹越大，演化成部落战争的，水，是农人的命。

那天月黑风高，野外伸手不见五指，队长带着偷水的小队在黑夜中走成一行，后面的人，一手搭住前头人的肩膀，一起迈步，深一脚浅一脚，小心翼翼，怕掉进塌陷的墓穴，还悄声用方言协调步调，相互不磕绊，说，左、右、左。

他们到了渠上就开挖，把水引进了自己村庄的田里。

那次夜行出更，让他们发现，外村也有个盗水沟，在玉米秸的覆盖隐藏之下，正悄悄把本村的水引走。大家很愤慨，认为不像话，行为太苟且，很气人，正要堵住，从不远处土坡的后面，就立起一个人，是一个披头散发的女的，她不出声，在原地跳三跳，歪一下头，又跳三跳，歪一下头，摆动长发，然后弯腰捡起土坷垃往他们这边扔。

此时大家同时想起当地百年乡间传说中的一位年轻女子，这人天生丽质，是州府县三级名花，可惜还没出嫁就夭亡了，此恨不已，所以夜间不忙的时候，喜欢在田间漫游散步，健美健身，顺便寻找如意的新郎，找到了，就拉进棺材一起搭伙过日子了。

众人头发齐竖，脊柱骨冰凉，后背、脖子阵阵发麻，登时全上身硬，下身软，一眼发黑，一眼发白，都要往上翻。队长发一声喊，大伙儿扔下铁锹，一起抹头儿顺风往村里跑，居然能看见路了。

罗汉以超自然的速度，脑子里发出打转儿的苫苫儿哨音，唯恐被那位荒野漫步的罗曼斯相中，第一个跑回了村庄，一头撞进自家的院子。

邻村有高人，素质比他们高，心眼儿比他们活分，趣味又比较广泛，行事也比较高雅别致，只派了一个人装扮女鬼看守隐渠，利用神话传说，维护了本村的非法权益，避免了争斗，并且产生了深远的历史影响。

此事，从此在门家庄掀起了两派思想激烈的斗争。

第三十九章

年终一算账，东方会计告诉罗汉，他一年收入的总额，是负，欠队里十四块钱。

用一万年用过的各种算学逻辑比对，也不可能有的事！罗汉不相信，跟人家掰扯，说不管怎么说，苦累干了一年，挣得再少也不会欠。会计说，可是问题在于你吃饭了，就给他细算，工分合成现钱，减去五百二十八斤毛粮应交的粮食款，欠十四块钱。

算来算去，一点儿毛病没有。

罗汉问："大家都这样吗？"

会计说："都欠，不过村民好一点儿，分三百斤毛粮，虽然吃不饱，却欠钱少。"

罗汉一听就翻了："那他娘的还种什么地呀？"

东方会计听他这样说，感到新鲜，也很惊奇，心里说，这孩子是有些傻，就反问罗汉：

"不种地，地里能长粮食吗？"

罗汉想了想，转不过弯儿，觉得人家说得在理，是呀，不种地怎么长粮食呀，就不知如何争辩，但心里仍然堵得慌，为自己，也为农民。没理可讲，人生下来要吃饭，吃饭就欠债，他们一辈子干活儿跟拼命一样，八十了还下地挣工分还债，怎么会这样？

可是他没钱。会计说，没钱不要紧的，大家一起赊账过日子，一直都这样。

罗汉才知道，这东方会计的脑子是真够好使的，不用纸笔算盘，除了日常的会计工作，还帮着全生产队这么多人记着陈年的旧债，有本事。

又不禁感叹，干得越猛，吃得越多，吃得越多，欠得越多，一加一等于负一，越加越少，没有出头之日，就想起了李老师以前在课堂上说的话：生活中，有时数学的正确性是相对的。此时才明白，怪不得李老师说他不需要正确答案。

罗汉虽是原始的本质，但对待生活，运用的是学校的知识，思想虽然落后于时代太遥远，却也在随着时代进步。他的血统在本质上，他的意识在形态上，属于古代巫师祭司类别，这些人的专业，是异想天开，无中生有，变化出有用的技术和东西，他们是现代科学家的前身，跟先知和预言家那些宗教先驱不一样，所以罗汉倾向于相信科学，反对迷信。

收棉花季节的秋天，夜里他在生产队场院的窑洞里看守棉花，根本就没闲着，他在研究沼气发电，还要利用太阳能，正和高兴、拽虎他们商量城市现代文明入侵门家庄的方案。

尽管如此，他对于村里那些不好解释的事情也很好奇。

他问拽虎，偷水那天他装鬼敲门，自己拿个门闩刚要动手打，没打着，觉得袖口被什么碰了一下，没了重心，摔个大马趴，这是怎么回事？

拽虎解释说：那是自己身上的"沾衣十八跌"，当时罗汉来得突然，自己一时来不及想，它自己就冒出来了，很对不住。

罗汉和高兴问他怎么学的武功，拽虎说，他没学过武功，聊了一阵，才明白了，其实也没完全明白。

拽虎家往上论，祖上是军中的战士，"沾衣十八跌"是古代北魏高欢军中练的把式，野战的手段，就是一碰衣裳，那边就倒一群，后来才退化变异成了民间武术，到了拽虎他爹那辈儿，家里就不练了，练这个吃得多，可是粮食要用在下地干农活儿的力气上，所以不能浪费在这上面。

大概七岁的时候，拽虎做了一个梦，来了一个黑胡子老头儿，先给他吃了块白面的馍，然后在月亮地里教他走了一趟说不上来是什么的路数，像是使用力道和呼吸的步法和身架。梦里头，还以为是教他干农活儿呢，醒了以后就会了，不用练，后来也没练过，干活儿的时候倒也用得上力，后来，拽虎把这件事跟家里一说，才知道是以前用来破阵的"沾衣十八跌"。

据说，过去有练得好的，一进敌军阵，周围倒一片，但最多的，一碰也只是翻滚出去十八个，不会再多了，故得此名。

罗汉和高兴面面相觑，想不好这到底是算迷信，还是算科学，还是什么都不算。

天气好，吃晚饭，邻里的男人都把饭拿到门外蹲着吃，饭就是碗，不麻烦。结果罗汉家院子南边的空场上，井台上，大树下，石头碾子上，都蹲了人，那一片就成了一个聚会，人们一边吃饭一边说话，是一个吃饭俱乐部。

偷水那天撞见了女鬼，参加"盗水遇佳人"夜间民间活动的人基本也都是吃饭俱乐部里的，队长，拽虎，瓦帽等众。第二天傍晚时分吃饭时候还惊魂未定，那个叫瓦帽的人拿着个馍走过来往地上一蹲，说："我的娘，子匝了，跑死我。""子匝了"就是：吓得我头发都立起来了。

东方会计问队长，态度郑重，很担忧："头年，不是给那棺材加了好几个一尺长的钉子吗，怎么她还出来？"

队长说："那边必是也有学堂，学了本事。"

瓦帽说："以前出来扔的是绣球，这回扔的是土坷垃。"

有个黑头发老头儿不乐意了，捋着胡子愤然不平，很不满："不成体统！诸神退位三十八年，刻下，啥事就都没了规矩！招亲的事，绣球也敢省！"

瓦帽心眼儿好，提出建议："要不，去给她烧点儿纸吧，那边过得也不容易，也穷了，绣球别是给当了。"

队长说："让拽虎娘定个日子再去，再画道符，别让她老找咱村的入赘。"

几个人，评论女鬼招亲的细节，跟商量生产队的工作似的，旁边北京的听众就很反感，怎么阴阳两界还有通融？

高兴实在听不下去了，这也愚昧得太不像话了，就站起来说："嘿嘿嘿，那根本就不是鬼啊，世界上没有鬼。"

"不是鬼是个啥？你又不是没看见，跑得比谁都不慢。"

高兴说："世界是物质的，不是精神的，北京城里，从来就没有。"

"那是北京城灯太多，人家不爱去呗。"

高兴说："虽然我不知道那天是什么，但肯定不是鬼，也许是人装的，来吓唬咱们的。各位，天下没有鬼，这是科学常识。"

队长问他："那你跑什么呀？"

高兴一时语塞，有理又说不清，气得一跺脚又蹲下了。

拽虎自打喝了北京茉莉花茶，永远无原则向着北京这边，并且很坚定、很激进，见高兴说不过，愤然站起来帮他辩论，振振有词地对队长说：

"当然没鬼，就是没！我娘说了，诸神退位之后，这世上，鬼都不来了，剩下的，都是狐仙黄鼠狼蛤蟆精什么的！"

罗汉蹲在地上，一脸的迷茫，观瞧拽虎，心想：他到底是哪头儿的？思想也太乱了吧，不会说，尽瞎掺和什么呀。

那天，因"盗水遇佳人"而起的争论，后来一直没有平息，一方，是北京和北京的拥护者，持现代科学理论；一方，是门家庄传统观念，持历史实证经验，展开了村庄内部的思想斗争。

这场争论最终没能改变乡民的信仰，却在旁听的流鼻涕小孩儿们的心里产生了深刻的影响，不过当时谁也没理会。

门家庄的东方历史神秘主义者，用很多具体的事情，摆事实，讲道理，有大量的事件、事实和说明性的诠释，可以证明神鬼的存在；北京的西方现代主义者，一律用科学加以否定，后来干脆就是一句话：

"就是没有神鬼！你拿一个来给我看看！"

结果有一天，拿来了。

拽虎他三叔翻盖家里四面土院墙，把原来朝东的院门改为朝南，不知为什么，东面新夯起的土墙每天一到晚上子时，准时坍塌，起了就倒，三次。派人盯着看守，也不成，眼看着倒。

问了村里的老人，才知道，灶王爷习惯了走东门，事先没和他老人家商量，堵了人家走惯的路，失礼了，人家就置气不让了。

解决的办法倒也简单，就是一个"敬"字，在东墙下面挖个小孔，上面盖个瓦片，做个象征性的小门，纯属礼节性，意思到了，打了招呼，留了出路，您老人家请，还是按原路走，灶王爷就不再见怪。

果然，东墙再起来就没塌。

罗汉和高兴都帮着去打墙了，夜里参加站岗看守，自然见到。这件事，吃饭俱乐部的人问他们怎么看，高兴梗着脖子回复说：

"科学还不能解释的事情很多，再发展就能，至于神鬼，告你们三个字：没！没！没！"

但因为"没"本身不能证明"没"，结论不是结论的依据，理论上有先天的谬误，有理的反倒显得很不讲理，显得很霸道，也很无能。面对人家冷静而结实的愚昧，自己倒显得很没有教养，正确的思想反倒成了错误的态度，实在可气。

高兴每天都把自己气得火冒三丈。

那些日子，高兴不看《新华词典》了，整夜埋头写发言稿，准备第二天在吃饭俱乐部接着辩论，但是，一回来就撕。

其实，高兴实在不必生气，俱乐部里有些小孩儿，也在旁边听着，他们虽然没有发言权，心里却向着他，他们希望一个没有神鬼的世界，那样，夏日天黑在地里拾麦穗就不用害怕。一些年后，他们都是村里主事的，也有县里的大领导，都支持当年崇拜的天外来客罗汉和高兴，他们的崇拜起源于吃饭俱乐部，根深蒂固，是盲目的，永久的，无条件的，拥护两个外来户异想天开、胡思乱想、倒行逆施、疯狂逆天，那是后话。

拽虎一贯积极参加辩论，有一天跟他三叔较劲，对着他三叔大叫："就是没鬼，就是没鬼，就是没鬼！这是北京科学常识！"

拽虎他三叔，就是唱着小调平端独轮车离地行走那位，忍无可忍，指着他跟俱乐部说：

"看看，看看，这厼娃，每日天不亮，就拿个小棍子插在嘴里从东街晃到西街，再往回走，在嘴里来回瞎捅咕，冒出白花花的沫子往下流，男女夜间做的事情，光天化日之下，他就敢这么张扬，女子见了他就四散跑，这是什么北京科学常识，啊？"

吃饭俱乐部看着拽虎，表示同情，可不是嘛，这孩子岁数也不小了，还没成个家。

拽虎气得脸通红，说："三大大，那叫刷牙！口腔卫生！懂不懂？你的思想也太落后了！"

铜钟树下，站个小寡妇，每回拽虎在，她就来，拽虎不在，她不来。她靠着树纳鞋底听两边辩论，颇有兴味，爱听，时不时拿针在头发上蹭一下，偶尔，瞟一眼拽虎，眼神忽悠悠飘过去，拽虎的发言就会莫名其妙地增加一两个标点符号，停一下，弄得他说话有点儿不成句，那种一点儿意义也没有的支持只会瞎捣乱，破坏意义。

她听到此处，早笑弯了腰。

第四十章

　　小寡妇是妙香，人生得好看，喜欢比较猛的男人，可惜命不好，几年前，男人外出，在黄河里淹死了。

　　那人水性好，能迎着河里的大船从船头潜到船底下，再从船尾浮上来，后来逞强跟人打赌，不钻船头了，钻船尾，从船尾潜下去，在船底下跟着船走，然后从船头前面冒上来。可惜他没上来。

　　拽虎看着不彪，但眉目、身形都好，是古代宫廷禁军羽林郎遗传的底子，妙香看拽虎，怎么看怎么顺眼，所以他一来，她就来。

　　拽虎被他三叔抢白，对他们不理解北京文明的日常生活生了大气，乡人愚昧不相与谋，转身就走，妙香也扭身走了，她往南去，拽虎往北去，回家，可是走了几步就东南西北不分，掉脸旋踵，也往南走，在空场上磕磕绊绊兜个圈儿，脚步跟跄，狼狈扬长跟着去了，众人看着好笑。

拽虎对妙香的印象也很好，时不时，她递给他一块馍，或者一个香瓜，在吃上面多多少少总有些接济，拽虎见她家里没个男人，就帮她担水背柴火，每次送到家门口，不敢进屋。

妙香会出门来递给他些吃的，就转身回屋，半掩门，意思是，可以进，拽虎老实人，哪里敢进。

这事情，也跟罗汉和高兴开过生活会，问应该怎么办。

罗汉的意见是：先进门看看再说，多给多吃，少给少吃，不给回来吃。高兴说：不行不行，没那么简单，门不能轻易进，要进去，就回不来，需要自己先有个定夺，敢不敢娶寡妇进家门。

拽虎怕他娘不让，委决不下，所以一直也没个真章，就这么不死不活地吊着。

罗汉他们不是当事人，就没当回事。

拽虎可不行，妙香眼神一不对劲儿，他就不对劲儿，身上就有把钩子往南边拽他。妙香的眼神也是比较厉害，当年她男人在集市上见过一回，被她看了一眼，就把家产一扔，投奔了门家庄入赘，死心塌地，后来抢水打架，都翻脸不认识自己村里的人了。

拽虎气得稀里糊涂往南走，再往东拐，过了娘娘庙，再往南拐，就明白了，原来自己是在跟着妙香走，拽虎跟别人不一样，从来没有说气得吃不下饭，气是气，吃是吃，两不耽误。

他一边啃馍，一边猜想，这回大概有什么。

到了妙香家，妙香正在门口等，一把拿走他手里的馍，说：

"不吃这个，家有酸饭。"

酸饭是好东西，白面擀的面条，浇上淡蓝色的柿子醋，平时没有，拽虎闻听，就没留神进了屋，头一次进人家的屋，见到里面干干净净，给舀了碗水喝，让等着。

妙香做好了面条，自己不吃，看着他吃，吃完面，问吃饱了没，拽虎从来没饱过，也说饱了，妙香笑着说，你没饱，可今日我也没有了，拽虎笑笑，没啥话说。

妙香又问："你以下，做什么？"

拽虎没反应过来，正起身要去挑水，那位就帮他说了，挺身直问："吃了饭，不是该做口腔卫生了吗？"

"啊！"

一看脸色，不是玩笑。

女子邀请，男子不可以不懂礼数，他们就爬上了楼上的苤。其实家里没别人，但既然是偷，就得像偷，此地是中土，干什么，就有什么样的规矩和讲究，偷人，地方也要对。

那天妙香神魂颠倒，非要倾家荡产，豁出去了，不过了。她说："下回来，咱吃炒饭，好不？"

炒饭，是白面条儿浇上滚热棉花籽油炝的葱花，不得了啦，天大的事情！于是，拽虎是一点儿后路也没了。

第二天晚上，拽虎来到罗汉他们的院子，手里拿着本书，跟高兴说："你不是没书看了吗，我瞧见一本，你看看吧。"

一问才知道，拽虎在妙香家的苤上见到了这本书，就替高兴借过来了。

高兴心中高兴，接过来书一看封面，看不懂，是"The Three Musketeers"，书是老书，法国人写的，英国人转写成了英文。

他们看着那本硬皮封面的外文旧书发愣，觉得奇怪。

黄土高原上的门家庄，为什么会有外国书？他们在老乡的家里看见过古兵器，像单刀、护手钩什么的，也看见过一部《康熙字典》和一套《义门读书记》，已然很是惊讶，外国的书，没想到。

拽虎说，问过妙香了，这本书是从前一个过路的传教洋和尚的。妙香家以前人很多，很殷实，有客自远方来，就接待了一番，洋和尚住了两天就走了，这本书忘了拿走，家里也没扔，说万一他回来，就还有，已经放在苙上等了好几代。

晚上，高兴拿着书借着堂屋灶膛的火光反复看。

有书有字，就是不知道里面说的是什么，很好奇，干着急，看了一会儿，就放下，回屋转了一圈儿，又出来借着火光再看，觉得很馋，嘴里面口水充盈，直咽吐沫，像猫见了鱼缸里的鱼，放下时舍不得，还有些生气，心不甘。

后来高兴没事就翻那本书，发现里面最多的字是"the"，就很高兴，以为看出了天机，找到了破解的钥匙，再跟辞典一打听，知道那个字好像什么意思都没有，高兴又很不高兴。

高兴好不容易发现了解码的可能性，正要钻研，白忙活儿了，很丧气，问罗汉，你在中学里学过英文吗？罗汉说，学过，学了一句，好像是"活得长"，没学过别的。他太让人失望了！

后来，高兴就赌气走了，出了村没回来，后来回来了，带回一本《简明汉英辞典》。他在县里张贴告示，用他的书换字典，有个人见了，就成了交。

高兴开始自学英文，办法很简单，从封面开始，一个字一个字查字典，封面看懂了，是《三个火枪手》，到了第一页，看了一个星期，看到了页尾，前面的字已经忘了，需要回头重看。有的字看着熟，忘了什么意思，总需要查字典，结果光顾了字，里面说的是什么就没顾上，很想知道内容，第一页字全查明白了，差不多记住了，还是不知道说的是什么，字连不上。不懂语法。

高兴对付那本书，忙活儿了两个星期。

罗汉问他，里面说的什么呀？他说不上来，脑子里一团乱，看到第二页，记得最清楚的，还是"the"，没有含义，但是知道了一些人的名字。

他越看越想知道它们是怎么回事，但是里面的事就是不出来，能看见字儿，看不见事，趣味性全给糟蹋了，又像欠了勾肠债，心里老是个事。那些英文词，昨天还记得，今天就忘了，总也记不住，实在是太疲劳了，晚上做梦也是，前面一座橡皮墙，他用力推呀推，它往后退呀退，一松手，又弹回来，睡觉累得半死。

高兴那时候太忙了，一边干活儿，一边要和那本书较劲，一边还要在吃饭俱乐部辩论，破除迷信。

此时，北京派和门家庄派，都已经知道谁也说服不了谁，但在农村，晚饭吃了，没有什么娱乐，天一黑，人就睡了，吃饭俱乐部毕竟是个俱乐部，乡人并没有人太看重是非问题，对于他们，严肃的争论，堕落为闲着没事磨牙解闷的消遣。

高兴和拽虎那种现代激进分子，心情很郁闷，最不能容忍的就是，自己明明在场，他们议论起神仙妖怪，还像是在说韭菜长出来了那样，是正常的自然现象。

那天大队的电工急忙路过，大家问他，慌慌张张跑什么跑？电工说，媳妇梦见她早年逃荒路上失散的娘了，昨夜托梦告诉，这些年一直住在相邻五里的吴壁乡，媳妇一早就去了，他也去瞅瞅，说完就走了，有人在背后叮嘱带话：见了面，说大侄子给老太太问个安。

高兴就很不乐意，觉得怎么议论这种事，跟议论报纸上的寻人启事似的。

他们总这样，北京城来的人就受了影响。

拽虎他三叔给他们讲过一些传统礼仪：晚间黑影儿里走道，到了拐角处，先不要拐，先咳嗽一声，站一站，等一下再走，因为鬼跟人一样，阴阳两界，谁也不想见谁，出其不意打了照面，两边都很难堪，所以要先咳嗽一声知会那边，这是规矩，意思是，"我可来了啊"，那边如果正巧有走路的，人家会往墙上一靠，让你过去，互不相见，也就互不相伤，这是礼让，有时候，能听到咳嗽以后，那边墙头上往下掉土的声音，那就是人家靠在墙上给你让道。

罗汉和高兴经这么一说，才注意到，门家村上点儿岁数的人，晚上都这么走路，也确实听到过墙头掉土，后来，他们不知不觉，也这么走夜道了。

这种神鬼世道的说明性解释一多，弄得两个城里人虽然嘴上还很硬，举动就有些古怪鬼祟，一惊一乍，外出夜行，没事乱咳嗽，见到了人，先在人家身后跟着走，战战兢兢，一左一右，伸头偷偷观看人家的嘴唇，看一会儿，才敢打招呼寒暄，因为当地神话鉴定：鬼都没有长下巴颏，可总也寒暄不上，人家一般是撒腿抱头往家跑，以为见到了鬼。

罗汉和高兴，不知不觉之间，不仅自己归化古典文化行为方式，并且不负责任地在当地制造了大量恐怖主义夜间行路题材神话传说。

所以在门家庄，古代和现代之间，不光有争论，也有互动。

他们在家里，偷偷问拽虎，信不信有鬼，拽虎立即回答说，坚决不信！又问他，可曾见过，他想了想，说没见过，不过有件事他也不甚了然。

拽虎想当兵，村里每年来招兵，都没去成，前年他问他娘，这回行不行？ 拽虎娘以前是跳大神的，跟儿子说，你一手拿一根筷子，筷头对筷头，离三寸，我这里画道符烧了，两根筷子碰了头，就是去不成。

拽虎想，这还不容易，两只筷子还能自己往一起走？即便如此，它们再厉害哪里有我力气大，不碰头，我就当兵了，就使上了劲。没想到，烧过了符，筷子非要碰头，拉不住，就碰了头，腕子差点儿扭了，那年当兵还是没去成。

拽虎说完了，就问他们："那两根筷子是属于精神的还是物质的？"

罗汉和高兴木然，崇敬地仰望拽虎，对他很敬佩，明明不是"北京科学"这边的，但每次捍卫北京，都挺身站在最前沿，最坚定，最积极，坚决支持自己不属的信仰。

拽虎走不出本土的神话，但是，立场高于信仰，真行！

第四十一章

罗汉和高兴虽然是北京城来的，在门家庄日子一长，看着就不太像了。

身上的衣服还是城里的服装，早已经破旧。因为要换洗，所以有时上面是当地的中式黑棉布衣，下面是城里的西式裤子，脚下北京布鞋，上下打扮不搭配，属于多元文化风格，罗汉腰上还老爱系根绳子，学老汉背手走路，他哪边的都不像。

俩人都学会了当地方言，特别喜欢说地方话，和北京乡音夹在一起即兴混编，自由使用，形成二人少数民族语言，不伦不类。

拽虎相反，向北京方向进化，干活儿的时候，该是农民还是农民，不干活儿的时候在村里走，就不同了，披着罗汉的军大衣，兜儿里插支钢笔，有时借一副茶晶眼镜戴着，俨然一个视察农村工作的县委干部，已是一口北京话。

那天傍晚，拽虎进院门，看见罗汉蹲在磨盘上吃馍，就说：

"咱能不能别这么土哇？"

罗汉蹲在磨盘上，正在想事情。他觉得借着有关的实物，更能看清楚正在想的问题。

见了拽虎，就问他："吃过豆腐没有？"

拽虎说："吃过。"

罗汉问："有没有想到过有件事情很奇怪，豆腐是怎么发明的。"

拽虎想，这件事以前没走心，但回答应该很简单，说：

"是劳动人民的智慧发明的。"

"没问你是谁的智慧，问的是，这个智慧是怎么想起来发明豆腐的。"

"想吃豆腐，就发明了呗。"

罗汉没吭声，瞅着他。

拽虎一想，不对不对，豆腐本来就没有，怎么会有人想到去吃？显然不对，于是不再作声。

拽虎靠着磨盘，仰头看天，帮着罗汉想。

他也在问：做豆腐是把盐卤放进豆浆，凝成豆腐，是谁，想起了什么，非要这么干？豆浆是用磨盘磨出来的，是谁发明的磨盘呢？发明磨盘是为了磨豆浆吗？既然以前没豆浆，怎么会想到要磨出豆浆？以前的人究竟用盐卤做什么，是用来做豆腐吗？不会，因为还不知道有豆腐这种东西，那盐卤是怎么进的豆浆呢？没有磨盘就没有豆浆，没有豆浆和盐卤就没有豆腐，磨盘、豆浆、盐卤是怎么出来的？即便是有了豆浆，怎么会知道要用盐卤做豆腐？没有盐卤、没有豆浆、没有豆腐之前，他们是"无"，怎么会想到发明呢？怎么会凑到一起了……

越想问题越多，越不明白，拽虎也上了磨盘，和罗汉一起蹲着想。

那天晚上，高兴趴在地上对着灶火的亮光看英文书，一边出汗，一边琢磨，一边骂，骂英国人造字造得太多，罗汉和拽虎在磨盘上绞尽脑汁分析豆腐发明的起因和过程，屋里屋外，全昏昏然。

里面读书的和外面分析事的都晕头转向，其实，这就是人类文明，当时当刻，人在想。

门家庄第一个沼气发电的电灯安装在拽虎家的西厢房，罗汉安好了电灯，屋里一片光明，拽虎的娘没见过这么亮的晚上，睁不开眼，吓得挡着脸往外跑，又惊又喜，一个劲儿念佛，还要给道教的张天师和佛教的光明阿修罗同时烧香。

此时，拽虎的北京话已带有现代诗意，跟老太太说：

"娘，让北京的光明照亮您迷信的黑暗吧。"

拽虎家有了电灯，村里逢年过节冬闲时日晚间的秘密赌场，就搬到了他家西厢房，原来不赌的，也去赌。

大家在屋里抱着肩膀来回走，体验以前没有的明亮晚间，还说暖和多了，也有来纳鞋底、把纺车搬来纺棉花的妇女，拽虎家的夜晚空前鼎盛。

赌钱这件事，虽然明令禁止，但农村晚间实在没什么娱乐，支书也就睁一眼闭一眼，还表扬了北京来的学生，并指示来年第十生产队的西瓜长成以后，都换钱买电灯泡。

几天后，高兴和拽虎在吃饭俱乐部很得意，问大家，见到科学的力量了吧？见到光明了吧？

大家都说："见到了，科学就是好。"

高兴不依不饶，问："还敢迷信吗？"

大家说："不敢迷信了，不能再迷信。"

高兴就走到石碾子前面站着，看着队长。

一般石碾子上都是蹲队长，那天队长给高兴面子，从碾子上下来，去井台上蹲着，换了位。高兴没蹲，他站着，一边吃馍一边俯视着吃饭俱乐部。门家庄氏族纷争终于结束，海内一统，信仰归一，君临天下。

瓦帽向大家请示，他可以不可以也去拽虎家的西厢房去看看，就是看看亮光儿，不赌博。大家说，那可不行，你去不得。

罗汉不明白，问为什么不让瓦帽去，众人说，瓦帽去了就没人能玩儿了。

"他掷骰子，想是个几就是个几，没天理。"

"啊？什么！"

罗汉一看，这不是挑衅吗？刚说好不迷信了。

那边石碾子上，高兴已经掉下来了，正拍胸口往外吐馍。

罗汉想，这队长也是，争理，怕的是走极端，不给自己留后路，看这回怎么办。

瓦帽三十来岁，面色微黑，脸型像一片翻转的瓦片，前额和下颏凸出，中间往里收，侧面看，像一弯新月，故有此名，人憨厚，笑得多，像小孩儿，话不多，说了一般也没人听，因为智力发育得不是特别充分。村里人有比喻，此类人，脑瓜子熟得太早，所以没长全，像是没长足实的西瓜，所以叫"八成"，就是百分之八十智商的意思。

每回吃饭俱乐部里辩论，罗汉看热闹，听着新鲜好玩儿，并不多插言，这回，要为瓦帽鸣不平，就跟大家说：

"这可是欺负人了啊，谁掷骰子能想是几就是几呀？天地良心，不能这么冤枉人家。"

大家说：真没有冤枉他。他爹掷骰子，能知道别人手里的数，到了他这辈儿，身上已经差了成色，就知道自己的数。

这话一说出来，实在是太无法无天，就让高兴逮住了，非要当场试验，要抓现行的谎言。

瓦帽一边听两边说话，一边左右两边看，没有态度，不置一言。

众人让高兴逼得无奈，就取来两个骨头骰子塞到瓦帽的手里，说试就试呗。

高兴对瓦帽说："扔吧，扔个十。"

瓦帽走到罗汉他们住的院子门口，一抬手，就把骰子扔进了院墙，进院子一看，是个十，再试九，就扔个九，试了几回，说几扔几。

高兴的天下大一统，惊天逆转，瞬间崩溃，情绪很激动，那天晚上问罗汉：

"队里这帮人怎么这样？不用算盘算账的，没事平端个独轮车走路的，梦里学功夫的，还有天生的赌徒，怎么回事这是？！"

罗汉想起，在以前，有的家族，姓氏就是一种职业，世世代代干一样的活儿，干长了，本领就长在了身体里，就成这样了，这也许是进化论，不是迷信。

忽然觉得在门家庄，科学和迷信的界限有些分不清了。

高兴虽然还没有看懂那本外国书，却不可思议地沾染了浮在外国字面儿上的西式思想习气，听了罗汉说的，开始假设了。

他说：也许史前时期的人类，根本就不是同一个人类，而是不同的人类物种，各有各的特点，打仗的、算账的、盖房的、赌钱的、治病的、能飞的、能跑的、能游的，各种各样，各有所长。后来一合作，事情好办了，日子好过了，生活方便了，就不用人人那么厉害，于是，进化为同一种人类。

但这是进化还是退化呢？两人眼对眼，有点儿把自己吓着了，难道进步同时也是退步……

想到这里，不能再想下去，再想，就有点儿反科学、反进步的意味，不过，落后的门家庄跟先进的北京真不一样。

春天的时候，队长让罗汉去菜地种菜。

队里的菜地很小，六分地，因为地不能随便种，都要种粮食上交。队里种菜，光种韭菜，因为韭菜能长好几茬儿，出得多，队里的人还是舍不得吃，韭菜割下来担到集市上去卖，换来些钱买农具和肥料，家家只吃夏天的韭菜花。

队长让罗汉去菜地，不指着他种菜，指着他卖菜。北京学生卖菜，韭菜新鲜，人也新鲜，来买来看的人也可能会多一些。队里过日子想得周到。

罗汉在集市上卖菜，戴个破草帽站在街上紧吆喝，北京口音倒是引来了一些听众观者，也有买的，但是每到太阳快落山的时候，一看还剩不少，想起乡人等着钱用，就气急败坏，死心眼儿，硬拉着人不让走，不买不行。这事情，公社知道了，武装部来了人到村里调查情况，第二年就不让他卖菜了。

在菜地跟老汉干活儿，也说说话。那天下了雨，老汉看着菜地，抽着烟袋，给罗汉讲古，对他说：雨后，地里蚯蚓多了，蚯蚓死不了，切两截，自己能接上，它们是春天的雨点变的。

神话这东西，哪儿都去，罗汉三岁多在北京的一个幼儿园里无意发明了一场游戏引发的一个结果，十几年后，竟然跑到门家庄的韭菜地里以古代传奇的身份横空出世。

罗汉顿然领悟：我们，是神话民族。

第四十二章

高兴阅读英文书，到了来年九月读到了第五十页，书中的天地豁然开朗。

到了五十页，后面的字，多数都是前面记住的字，他才知道，看来写书的人用字，知道得再多，五十页以后，也剩不下什么新的，看书看得义愤填膺的高兴，有得胜的喜悦，那感觉好像是他一直在跟作者打架，现在打败了作者。

而高兴读书，从查辞典的苦力，变成了真能看，埋在字里面的意思，都出来了。

高兴再从头开始读，就能看见故事，觉得有意思，等他终于快读完了那本书，他那被带钩儿带刺儿的英文词划得累累伤痕的头脑，里面的黑暗混沌忽然云开雾散，呈现出一小片明亮的法兰西天空。

他兴奋地攥住那个在妙香家苤上发现的新世界，借着炉膛的火光一门心思使劲往里瞧，觉也不睡了。

有一天早晨，他从屋里走了出来，稀里哗啦地穿着被灶膛里的火星烧得满是大洞已经变成渔网的读书工作服，对着院子大声说：

"我可能学会了英语！"

高兴完成了一件自己想做的事，把以前哭的那股专业精神和邪乎劲儿都用在了认字上，结果，把不高兴变成了高兴，比较大的高兴，现在很大，有了成就以后很膨胀。

所以他需要跟大家说一下。

说完话一看院子，是个空院子，没人听，罗汉和拽虎怎么没了？

他不知道，罗汉旧病复发，违背自己的誓言，重操旧业，他已经搬回了场院，以前的坟地，在那里，要从什么也没有里面发明有。

《三个火枪手》成了高兴最喜欢的书，因为那是他唯一的故事书。

那本书已经很旧，在妙香家的苤上等了他一百年，到了他手里，掐着脖子一样下大力捏着一遍一遍反复看，急了还晃荡，就给看破了，把那本书看得半死不活，骨头都散了，没了魂儿，快断了气，不能再看了，再看就碎了。

到了十一月，高兴也根本不用再看，那本书可能快死了，可是里面的故事却给看活了，在他的脑子里千变万化，奔涌激越，幻化无穷，可以生出永无休止的故事。

事实是，从查字典的力气活儿开始，到现在，他忽然有了不会断线儿和短路的才气。

那年冬天门家庄的小学校开了英文课。老师是高兴。

他不会讲别的，就会讲那本书里的事，可是他不照书讲，按自己想的讲，想怎么讲怎么讲，想到哪里讲到哪里，他没见过法国，没见过巴黎，但是见过黄土高原，见过高阳县，见过汾水，所以他讲的都是经过改编的，移植的，嫁接的，收编的，经过国有化的故事，里面没巴黎什么事，倒是有个"玻璃城"。

高兴在课堂上云山雾罩，海阔天空，随心所欲，张口就来，派生出很多根本瞧不出来法国血统和阿拉伯血统的天方夜谭。

门家庄的小学生对英文课的态度，后来变成耶稣会士对《圣经》的态度——对老师高兴，纯粹是对上帝的敬畏。

他们还小，不懂得人的生理构造，在课堂上看得目瞪口呆，眼前色彩纷呈的场面太热闹了，太好玩儿了，死活想不明白，老师的头，也是正常尺寸，怎么里面地方那么大？

高兴的故事随心所欲，随着心情的季节变，一会儿阴一会儿晴，全体小孩儿的心情和脸色也跟着变，里面的人物谁该死了，谁该活着，事先没有日程表，高兴老师要是不高兴了，里面肯定会死人，高兴老师要是心情淡然，他无所谓，怎样都行，让同学们定生死，定命运，条件是，不能乱来，要给个合适的说法，把那些脑子里只有本乡神怪传说的小孩儿们的魂儿都勾出来了，整天神魂颠倒，浮想联翩，心里头紧忙活儿，帮着老师决定别人的命运和天下的兴亡。

他们不知道，自己九岁的时候，全是作家。

他们只知道，课堂上有一股英吉利海峡新鲜空气的味儿，知道村子的外面还有个外面，此外面还有彼外面，同时看见了外面的希望和外面以外的希望，外面希望很多。

一些年后，全国最当红的那个魔幻感觉主义小说家想起，那时候天不亮就想去上学，在小学校的灶房里，趴在地上头顶着灶膛，借着烧开水的火焰看课本上的字，带着满头灶膛里溅出来的火星子等高兴老师来上课，心中是浩瀚的未来。

他还想起，有一阵子，高兴老师不讲故事，动员他们回家偷东西。

春天，是城市里的美好，被歌颂的季节，在农村，是命悬一线的一个坎儿，头年的粮食吃完了，当年的还没下来，就挨饿。

东方会计的儿子去偷生产队喂牛的苜蓿吃，东方痛心疾首，感到很羞愧，很没面子，不敢出门。

罗汉无动于衷，没什么反应。

吃饭俱乐部解散了，没饭吃就不能俱乐，空地上冷冷清清，没有了一向的热闹。

罗汉也没反应。

瓦帽饿得发慌，睡不着觉，出门遛弯，走到场院，门口大槐树下转出个穿白鞋的女人，挎着个盖着白布的篮子，要给他馍吃，吓得他灵魂出窍往回跑，后来逢人就说他的重大发现，遇见鬼能当饭吃，三天不饿，闹了半天，活见鬼是好事！什么是好事，什么是坏事，什么是现实，什么是超现实，春荒季节谁也顾不上了。

罗汉还没反应，假装没听见。

北方八十一公里的教训刻骨铭心，不能再去鼓捣新奇的发明，他已经洗手不干了。

等到队长夜里跑到邻村偷麸子让土地雷炸伤了腿，见到了血；等到拽虎他三叔拉家带口出外讨饭，见到了泪；罗汉骂骂咧咧，满口脏话，卷起铺盖就搬进了场院，要从土和柴火里提取粮食，他的家族，从一开始就是干这行的，让人有饭吃。

生产队的场院以前是墓地陵园，天一擦黑，没人敢往那边去。看守场院，其实是个好差事，可是谁也不去，宁愿在毒日头下面拼死拼活从地里刨食，也不愿黑更半夜陪死人睡觉挣工分，当年支书经过紫碣石翻身的秘事，知道罗汉连天雷都不怕，就放了心，照顾他，让他去干这个差事。

罗汉不迷信、不怕鬼、不在乎，他也正需要一个清静的地方，自己的想法没人能理解，所以周围还是没人好，需要把自己放逐到一个不知道是什么时候的年代，一个纯粹的、没有反对情绪的、允许任何想法发作，无法无天，不受限制的地方，要屏蔽人世间的任何愚昧来给他捣乱。

坟地最合适。

在丁香院，他做过类似的事情，发明过吃不完的馒头，还记得一些基本的路数，但是，少年时代荒诞的史前才具已经让现代的世事消磨掉了很多，另外，发明不仅需要智慧，也需要感觉，感觉也是一种智慧，这个，他现在没有。他得重新来。

好在身为一个史前未完成的可能性，物化为现代生命，他的意识微粒能够在几个维度之间来回串门儿，可以一分为二，在不同的时空中存在，相互缠绕，相互感应，相互通消息，他的思维，属于量子物理行为力学，不会被一个空间局限，故此，所思所见，超然于世。

现在，他能用的，只有玉米芯、高粱秆，麦秸这类果实已被吃掉的绿色垃圾，缺的东西太多了。

大家不知道他在窑洞里干什么，就知道他借了会计家祖传的红铜蒸锅和队长家的大水缸；在场院挖了发酵池；砌起一座烟熏炉；还赶着马车去了一趟县城，拉回一车锯末和一点儿豆饼，在一孔窑洞里装置了繁殖蘑菇用的温床。

那段时间，高兴在学校停止讲课，他号召学生都回家去偷东西，从家里偷来红薯秧、麦糠、猪食什么的。他那些学生特别好使，都是背着空书包，跑着去，跑着回，一趟接一趟，根本就不是偷，是在家里打劫横抢。

罗汉恢复了他的历史身份，向饥饿宣战，这次，和千万年之前发明农业一样，也是为文明而战，不能让中土饿死。

他用粉笔在窑洞的墙壁上书写古怪的象形文字，先帮助头脑中远古时代已经消亡的意识复活，然后使用现代科学应用实验和数学手段计算自己的信仰。

在原始的信仰中：粮食和果实，都是太阳和大地结婚生下的孩子。

所以他认为配方的本主里，应该有内含阳光的向日葵子。

他那农耕文明的哲学认为：既然空无一物的大地是万物的母亲，空无一物之中，长出了可以吃的东西，那么无中生有，就是科学的本质，也是早期魔法的本质，农耕的历史已经证明，一切，都是从没到有，所以他有信心。

不过罗汉在窑洞里可能是疯了好几回。

一旦没有足够的信心去维持绝望的磨损，他就跑出窑洞，见什么踢什么，还冲着墙壁上的符号和公式嘎嘎笑，以为那些壁上涂鸦是自己洒出来的脑子，脑浆涂抹在墙上，一片狼藉，惨不忍睹，里面还有正在流淌的图形，把他给逗坏了。

他趴在地上借着油灯的亮光在小本子上写字，记录试验过程，还需要跑来跑去照顾蒸锅、炉灶和各种正在呼吸的垃圾。

有两个胆大好事青年，见到以前的坟地里往天上冒黑烟，就在断崖上偷偷往下看，看见了炉火映照出罗汉狰狞的脸，吓得半死，再也不敢来了。

经常，罗汉在窑洞里看见三四个罗汉，不知道哪个是真的，他们攥着拳头面对面站成一圈，谁也不同意谁的真理，都想赶紧把对方给掐死。

此时昏乱的罗汉，已经陷入古代辩证的魔界，分不清自己是在做梦，或者，自己只是别人梦见的罗汉，或者，是掉进了老天爷和他之间彼此的相互梦见，陷入天和人之间你套我、我套你的罗圈迷梦。

第四十三章

　　一开始，村子晚间顺风能闻到场院那边飘来的是一股河泥味儿，后来闻到的是死狗味儿，后来还有各种各样的味儿，等到罗汉拿到第一个新酵母的时候，门家庄兴奋地闻到了豆腐变质发酸的味道。

　　在老乡们的眼里，那味道有光，比西厢房的电灯泡亮。

　　一天晚上，罗汉一边在窑洞的墙壁上写两种哲学可能性的公式，一边抱怨墙太小，因为墙上已经没地方了。

　　他只好在公式上写公式，一层一层摞着写，墙上的粉笔字已经是一片絮状的白棉花团，要想看清楚，必须脸贴着墙，细心往里瞧，窑洞里太黑，还是看不清楚，能看到的，是从墙上立起来的几层立体构图，七扭八歪，乱七八糟，摇摇晃晃。

　　他身后有个人背着手也在细看墙壁上的字，也在用心琢磨。看了一会儿，叹口气，说了一句：

　　"此法无本主，趋近亦枉然。"

罗汉知道，很多自己的影子，因为追不上跑得太快的思路，被甩得落在后面，掉在地上，慢慢爬起来变成了幻觉，但平时它们只是在远处的黑暗中闲溜达，并不说话，不来帮倒忙，今天插言的这个，太爱管闲事，又不懂，还瞎嘟哝，就很不耐烦，看也不看，说："起开，起开，别碍事。"

那人往后退了两步，不再说话，过了一会儿，又不屑地说："嘁……可悲至极。"

罗汉转身要骂，定神一看，不是影子，是个人。

那人挺身直立，手背在身后，正在阅读墙壁上的谜语和罗汉思想图，看神气，不以为然，好像有资格评论似的，罗汉想了想，想起来他想不起这个人是谁，一时不知道说什么。

那人身上干干净净，不穿高阳县的粗布衣，穿件月白色长衫，大概是戏装，长得眉目清秀，气度高傲，有些愤世嫉俗、桀骜不驯的神气。

那人的眼光从墙壁上落在罗汉身上，鄙视地上下打量，又看看四周窑洞内的景物，短叹口气，"嗨"，透着轻蔑，透着瞧不起，不以为然地摇头，开言说：

"您这灯，能说是个灯吗？啊？黑烟比亮光多。大老远地就瞧见洞里往外冒黑烟，还看什么看？叫人怎能看清楚？"

罗汉心说，这人也太穷讲究了，这灯是正规的煤油灯，还嫌不好？八十一公里的灯，是用墨水瓶插个铁管做的，光冒烟，冬天冻在空气里一丝丝挂着，一碰就往脖子里掉，粘在后脖梗子上，冰凉，这人是干吗的？跑我这儿来瞎搅和。

既然思路已经给搅乱了，罗汉索性沉住气，要跟他说道说道。

就说："这位来者，不要太挑剔好不好，不要太穷讲究，不要太不食人间烟火，我们这里是门家庄，穷乡僻壤，不是大城市，就有破窑洞，就衬煤油灯，我们是个村子，穷，我们他娘的现在连饭都没了，就不讲究什么油灯的事情了，没工夫好高骛远，请您考虑到这里的条件，担待一下，要是实在看不下去，可以请便……"

那个人冷笑一声，不接他的话，问他："你知道你的样子像什么吗？"

"我像什么？我能像什么？"

"你的样子分明就是个鬼，我刚进来的时候，差点儿让你给吓死。"

那人说话，已经带挑衅的性质了，还没等罗汉回话，就说罗汉像个气急败坏一脸黑烟的饿鬼，接着一口气数叨他的一连串不是，说话连个标点符号都没有：

"找个镜子看看你的样子还像个人吗我都不知道该哭还是该笑穿着一身破布片在旧坟地里饿得神魂颠倒居然想从柴火里边倒腾出粮食真是穷疯了饿疯了弄个破油灯鬼火似的黄豆大点儿的亮光还自以为那是生活的曙光自己整天喝西北风想从什么都没有里边吸收营养还觉得挺不错的你这种生活连狗都不如可惜像你这样

的人怎么现在混成这副模样你也老大不小的了别说儿女了连个家也没有哪里像个体面的男人白天孤零零没人给做饭晚上连个暖被子的人都没有整天在外头流浪也不知道将来混到哪里是个头自以为要为万民百姓发明粮食给他们的生活带来光明其实你自己连饭都吃不上了真是一代不如一代混到这个份儿上还有什么脸活在人世间尽给祖先丢人现眼沦落到这个地步真让你那些发明粮食的先人们匪夷所思一万个没有想到气得要从坟墓里跳出来扇你两巴掌他们怎么能想到千万年之后你活得还不如大荒之外的野人……"

他一口气不喘，一点儿磕巴也不打，夹枪带棒，一通儿贬。

罗汉凭空挨了一顿骂。

可是听他说话，罗汉就看见了自己，觉得没说错。是呀，自己二十好几的一个汉子，走南闯北，也不是没下过力气，也不是没努力过，现在连口吃的都混不上，也太没用了，馋，把分的口粮在集市上换了柿子和枣，现在没饭吃了，还想过偷生产队牲口的饲料吃，自己混得不像个人样，还异想天开，妄想解救别人。

罗汉一时语塞，低下头说不出话。

那人见罗汉羞愧，默然不语，更来了劲，得理不让人，开始介绍自己，好来挤对别人。

他夸自己，说话就有顿挫，有标有点：

"其实，我犯不上跟你说，说这些，是赏你个薄面，你也休要问我是谁，说了你也不认识，我的心是牡丹花一朵，一开，招蜂引蝶，妻妾成群，我的命，摇钱树一棵，一晃，银河奔泻从天上掉下银钱，就是个富可敌国，我在爪哇岛做生意的时候，还没你。"

说完了，翩然而去。

罗汉的廉耻之心并非先天生就，再加上没感觉，所以人一走，茶就凉，见他走了，羞愧登时烟消云散，也不理会，继续拿个粉笔研究自己的墙壁。

看来，那不速之客也是一个人过日子，实在是穷极无聊，没个人说话，闷得发慌，第二天又来了。

后来每天晚上都来，来了就抱怨，不是埋怨窑洞太黑，就是嫌弃味道不对，喋喋不休，夸耀自己怎么怎么强，长得怎么好，生活品位怎么高，怎么救过自己的国，女人怎么喜欢他，生过七十多个公子，四十多个小姐，不算没来得及化验证实确认的，他那里，什么都有，很富，这里，什么都没有，太穷，他那里很先进，这边很落后……

罗汉起初不愿理他，后来也抢白他几句，说：

"行了行了，你那儿东西再多，我们再穷，你们也不是什么都行。你们写的字，连个标点符号都没有，那也叫先进？我们这边有个东西叫汽车，见过吗？我们这边有个东西叫科学，你有吗？你那边连爱情都没有，听说过爱情吗？能生一堆孩子又怎么样，又不是做豆腐一天一笼屉。"

那人听了一惊，半晌不说话，缓了半天才说："你这人太可怕。"

"我可怕？"

"你可怕得很！你是如何知道的？"

罗汉问："我知道什么呀就说我知道？"

"你如何会知道，我发明豆浆的时候，是怎么想的，这事我跟谁都没说，另外，之前，我发明豆浆这件事，历史上也没记载呀。"

罗汉的意识里，尘封着一个想不清楚的谜，发明豆腐这件事，理论上太难解释，细想来，是不可能加不可能，要知道一件本来就没有的东西，就不可能，再按照一个不知道的东西把它做出来，更不可能，人，怎么会把以前根本不知道的豆腐做出来的呢？如果是巧合，豆浆加进盐卤，这两样东西，巧合得也太离谱了，为什么偏偏是豆浆加盐卤，不是腊八醋和胡椒面儿呢？

所以听他一说，就急了，瞪着眼问：

"什么？豆腐！你发明的豆腐？"

"是呀，其实也不是我自己，应该算是和内人的合作，不过，我是始作俑者。"

见他闪烁其词，罗汉就一路追问，这才问出了发明豆腐的原委。

原来，那人以前姓范，在越国当官，帮助国家跟吴国打仗，要心眼儿立了大功，救了国，后来，却被认为是危险分子，国王憋着要找碴儿杀他，他就跑了，拐走了一个也是要心眼立了功的女的，改姓陶朱，成了个生意人。因为脑子活泛，挣了钱，又因为长得不错，招女士喜爱，生活作风就未免过于热闹。

陶朱公在各处做生意，人比较馋，爱到处乱吃，吃坏了牙，有段时间不能吃硬的，就想把豆子变成能喝的汤。

聪明人喜欢想事情，他的时代，人想事情，不是光在脑子里转悠概念，想的是图画，从一个图画里能生出别样一种图画，再生出更多图画，千变万化，无休无止，这种意识形态，是形象思维，是视觉想象，是发明技术、工具和文字的基础，是发明家的底子。

对于陶朱公这样的人，发明创造，就是从没有到有，无中生有，所以他仅用一个"生"字，沿着这个字的图画往下想，最后，有了豆腐。

最开始，陶朱先生想到的是"生"这个字，因为"生"，就是发明本身，再往下想，想到生孩子，这方面，他比较熟悉；再细想，就有伤风化地想起男女双方制作小孩儿的整个过程和细节，关于这部分创造性思维的具体内容，他没详细说，省略了，让罗汉自己去想，他不小了，能明白。

于是乎，陶朱公模仿那个过程的场面，构想出磨盘的仿生主义结构图：一个在上，一个在下，中间连着，天旋地转，转出日月的精华，就能产生以前没有的东西，就发明了磨盘。

有了磨盘，就磨出了豆浆，后来就有了豆腐。

后面关于豆腐的发明，陶朱先生也省略了，看来是有意不想多说，只是强调说：没有豆浆，就没有后来的豆腐。

罗汉听了很新鲜，很受启发，也很敬佩。

"原来，豆浆的专利是先生您的呀！"

"不敢当，胡思乱想，胡思乱想而已，哈哈。"

陶朱先生是个明理的人，听到称赞，自然很谦逊。

可是罗汉那儿还没完事，要接着往下听。

罗汉问他："那么，豆腐，您又是怎样想出来的呢？"

对于发明的思想过程和细节，罗汉是个贪得无厌的人，听到了豆浆的来路，自然要知道豆腐的出处，说一半可不行。

"这个嘛，不提也罢，不提也罢，啊。"

"不行，就要提！说！"

罗汉洪荒时代的统治家族豪强做派一露出本相，陶朱先生立即感到很无奈，他也实在是很久没和人聊天了，整天跟风一样到处飘，整天承受不可承受的生命之轻，心里憋得慌，就和盘托出了一段平时不对外人道的隐秘家事。

陶朱先生发明了石磨和豆浆以后名满天下，豆浆风行各国，从北到南，从东海到交趾，吃早点都喝豆浆了，赚了很多银钱。事情坏就坏在他有个短处，就是见了妇女，内心的牡丹花就一定要开放，心花怒放之后，就要招惹是非。

他周游各国做生意，又懂各国的语言，交际广，社交圈子广布海内外，认识很多人，不免结识了一些水性杨花的妇人，有永久性的相好，也有临时性的朋友，结果原配夫人不干了。

原配的夫人，就是和他一起耍心术，含耻辱，当卧底，赢得战争，后来被他拐走的那位女子，姓西，年轻的时候长相好，因为又立过大功，被封为"天下第一娇"，后来跟着陶朱公，人老珠黄，有些受冷落。

此女心性高，眼里不揉沙子，用心狠，跟了吴王十年，没什么情不情的，该收拾照样收拾，当然不容陶朱公如此放浪自在，就在他早饭吃的豆浆里倒了一盅盐卤，想药死他。

陶朱先生喝了一口豆浆，一命归了西。

剩下的豆浆凝成了豆浆冻，就是豆腐，于是西夫人一举两得，泄愤平了事，也发明了豆腐。

说到此处，陶朱先生怕罗汉没听出重点，就反复强调：

"所以说，豆腐的发明，是我和内人合作的结晶。没有我，就没有豆浆，没豆浆，就没有豆腐。豆腐的出现，是由于我的存在这个必然性，加上贱内下毒这个偶然性，没有豆浆，能有豆腐吗？不能，她不药死我，就不会有豆腐，听明白了吗，也就是说，因为有了我这种行为，才有了她那种行为，正是因为有了我，她才反倒成了发明豆腐的人，听说后世还以讹传讹，说什么'豆腐西施'……"

"听明白了，听明白了，行了行了。"

罗汉恍然大悟，看来范先生和西姑娘的专利所有权官司，在那边打的时间也不短了。

两位发明家，在黢黑的窑洞里讨论发明的学问。

陶朱先生说：其实，他完全可以美化自己发明磨盘的思想，说自己是感悟到天、地、人之间的关系，才想到了磨盘的发明，天在转，地在动，人的生命在中间孕育，人世就是个磨盘。不过，那样说话不实在，他真实的创意，就是从男女交往想起来的，就是这么不入流，就是这么下三烂，思想太飘逸，没法子，自己管不住，话说回来，要是管住了，就没有了豆腐。发明家，不能为了给自己脸上贴金，就掩盖真实的思维程序，你说是吧？

当时二人的学术讨论，兴趣有所不同，罗汉在沉思"无中生有"的神秘过程，想着自己手头的活儿，陶朱先生在窑洞里愤愤不平地走来走去，把煤油灯都摔了，抱怨历史的盲目性：

"按老规矩，发明者，不是封神就是尊圣，老天爷明鉴，怎么到了我这儿就不算数了？不就是生活作风有问题吗？历史里也不记载豆浆这件事，噢，我耍阴谋，帮着吃屎的人害老实人的事情，倒是使劲写，弄得天下皆知，我很没面子，人人都喝豆浆吃豆腐，就是不告诉是谁给的。这么大的事情，豆腐！对万民什么贡献，啊？结果谁也不提这事了，有这样的吗？哪怕是给个小小的民间传说也行，就是一笔不写，一字不提，怎么鼓励后进呀？……"

陶朱先生话的后半段，罗汉没听进去，黑暗中他忽然看见一线光明。

"盐卤？毒药？这类东西我怎么没想到！"

陶朱先生一愣，立刻帮助他想："对呀，毒字怎么写？主和母呀，毒，会不会是配方的本主哇？"

远山之上，古代中土的稷王神像趁人没看见，在封尘后面怀疑地皱一下眉头，两个激进主义流派发明家的窑洞夜话，他听着实在有点儿担心：二位后进，你们可真敢想！行吗？

陶朱先生经常来串门，和罗汉就混熟了，他问罗汉：

"你提到的那个'爱情'，是什么呀，干吗用的？我怎么没听说过这个词？十三经里都没有，我查了。"

罗汉也不是很明白，那时提起，是为了气他，想了想，回答说：

"好像是遭天雷劈，把人劈成两半，一半好受，一半难受。"

陶朱先生说："嗨，我以为是什么新发明呢，我们那时候也有哇，我每天都那样，鄙人不就是为了这个死的吗？"

说完就退入自己的清辉中隐去了。

罗汉自己说的话，当时没在意，后来一想，开始为拽虎和高兴担忧，他们都翻动了紫碣石，拽虎目前，好像正处于"天雷劈"进行时，估计高兴也悬，也跑不了。

再一想，"天雷劈"应该是好事，不是坏事，心中惊惧：中土这地方，深不可测，因果关系太微妙。

几天后，罗汉给村庄带回一瓦罐灰色的东西，颜色像北京的麻豆腐，但是自己会吐泡儿，里面有像血管一样的经络分布，有点儿像刚挖出来的活人脑子，冒热气，散发出燕麦的芬芳。

某种意义上，它可能就是罗汉的脑子。

他捧着罐子转圈儿，劝大家尝尝："大娘，您试试这个，味儿还不错。"

吓得大娘扒着人群往外边挤。

没人尝。众乡亲不知道，那罐子里是一场还没爆发的农业革命，不过品相太差了，没人敢试，就被大家抱有歉意地婉言谢绝了。心意，领了，品尝，就算了，还是那句话，饿死也不吃妖怪，连名字还没有起，世人不接受，也就夭折了，从此无人再提。

罗汉把这项发明扔进了汾河。

很多年以后，河里衍生出一种专门爱吃水藻、化肥、农药、毒物和重金属的半透明生物，河水变得上善若水般澄澈天然。

第四十四章

　　黄土高原窑洞里的农业炼金术正在疯狂进行的时候，北京精神病医院里独臂吴打开水的绝望长征还在继续。

　　不可能就是神话，神话民族活在不可能里边，等他们把不可能变成可能，自己就成了神话。

　　三年以来，独臂吴一直在自己的椅子和一个暖壶中间跋涉，还没有倒上开水。

　　这个奋斗已经成为一种精神分裂，他在强迫症和健忘症的两极中间往复奔走，不断地向暖水瓶前进，目标一面被接近，一面在记忆中消退，走到了，也消退干净了。

　　眼睁睁看着暖壶，却不知道来干吗，回头观看椅子，还是想不起来，只好往回走，坐到椅子里，好让停留在那里没带走的要喝开水的念头漂浮上来，然后再带着它，重来，该干的事却在前进的道路上，逐渐变成零，成为打开水这个要求的历史，这个历史重复，就是没结果。

但一定要喝到开水的理想主义精神永不熄灭！

历时三年的马拉松，独臂吴虽然没有从暖壶里倒出来开水，连暖壶都没摸着，但是身体已经因为万里长征的跋涉变得异常矫健。

派来看守他的人实在受不了，已经撤换了十二批，都病了，晚上睡不着觉，开着灯，盯着天花板，嗓子里总发干，喝水，没用。

一到凌晨两点，他们一律集体惊梦，突然睁开眼睛，黑暗中耳边响起蹒跚的、绝望的、永不停顿的脚步声，他们实在是没有别的办法，只能睁大眼听，这声音将一生伴随着他们的夜晚，后来，都先后被安排在本院的抑郁症和狂躁症病房。

肇姨每天早上出于习惯各处散步，虽然视而不见，却等于在巡视病房，自己不知道，已经成了各病房的主治医生，后面远远跟着一大堆抱着病历夹子的大夫。

每次看到独臂吴的旅程，她都在想，这个老头儿得生多大气，才这么死倔横丧，如此顽固不化地跟暖壶较劲。

她知道，这不是什么精神病理上的事情，不是医学能管的，这种坚韧的、冷血的、残酷的行走，内中隐含的愤怒和杀机，是遥远记忆中宫廷里面的气场，这是设计，不是生病。这个人还挺可以的，有些像冰山，上面是一回事，下面不知道是什么，沉冷而肃杀。

但是连肇姨也不知道，独臂吴象征性的、磨损人类神经的、让人心惊肉跳的往复循环，不断地回到起点的人生跋涉，是正在向他传奇的顶峰迈进，这个命运，跟他的初衷又开了一个玩笑。

独臂吴隐身在精神病院，藏在创造性日常取水程式的伪装后面，自己心里很明白，再这样下去可不行啦，会弄假成真啦，真的忘了自己走来走去是要干什么，因为这种艰苦卓绝的行走，已经开始真的成了和自己的健忘所进行的斗争，这可是把双刃剑，弄不好，自己可能就真疯了，现在，都忘了怎么睡觉了。

他也知道，这套把戏，已经被人看破了，每天早上来查房的那个女大夫，从来也不穿个白大褂，面色冷得半透明，清高孤傲，谁也不理，谁也不待见，整个是块冰，自己剔透，别人也得跟着透明，谁也跑不了，看一眼就穿，就是透心凉。

这个人，定是个人见人怕，在医院里说一不二，随便干什么都行的霸道人，每回看见她，凉飕飕。

她在玻璃窗后面看自己一眼，自己的心脏就打冷战，浑身不自在，跟刺啦一下剥了皮似的，那双眼睛，太可怕，分明就是冰做的刀，掀起自己的天灵盖往里看，一眼就把里面瞧得一清二楚，自己就一阵头晕，然后脑子里冰凉，人家从来不说话，也不用说话，一看就知道，她什么都看见了，一副不屑的样子，每回都把自己吓出一身冷汗。

其实，肇姨看着独臂吴永无休止地倒不着水，也替他着急。

也觉得有趣，这个病人每天对着眼前的海市蜃楼走过去，刚要摸到，海市蜃楼就消散了。他在走，自己没怎么样，那些终日站在玻璃窗外盯着他看的人，一批一批的，反倒被他走得磨损坏了，都住院了。他把周围所有的人都弄得半死不活，自己气色倒是越来越好了。

中秋节的时候，全医院晚上开联欢会，肇姨就走进了他的病房。出来的时候，手里攥着张字条。

几天后，独臂吴以前的参谋长在东城文丞相胡同的住家门口来个人，开门的是个女孩儿，来人递给她一个信封，没留姓名就走了。女孩儿的爹打开字条一看，笔迹认识，上面写着："大雪降，寰宇清。"

两天后，各地的部队调防换位，有的调入，有的调出，重新布置，调令的序列号都是以"雪"字开头。

刘立业的监狱来了两个人，是上面派来调查他的，每天都来。

可怪的是二人的举止不像审案，有些像以前的学生，挺虚心好学，问的也不是刘立业自己的事，尽是些历史上无人知晓的秘密。审问秘密进行，又好像不是审问，是上课，但不做笔记，听到意外奇绝之处，会击案称快，有恍然大悟之态，临走的时候，有一位还小声自言自语："校长说，他去北方看大雪了。"

那年秋天，医院外面来个人面见独臂吴，紧急的样子，在他耳边说了句话，给他披上一件大衣。

独臂吴快步走到放暖壶的桌子边，拿起暖壶，倒了半茶缸子开水，一边吹气，一边说："不急，历史可以在外面等着，我他娘的先喝了这口水。"

第二天，中土大地发生变化，新的时代开始了。

那时，神话仍然活力四射，里面常有自然神，后来听说，那天独臂吴喝了一口水，从此土地里冒出财富，水漫金山，就富裕了。

独臂吴出院一个月后，有段历史重演了一下，他站在敞篷汽车里，像神一样手一指，说："前面，是新时期。"

跟他以前创造一个大学一样。

前面的时代忽然结束了，中间的事情说不清了，全国除了精神病院都莫名其妙犯了一回病，这事就算过去了。

新时代的第一天晚上，独臂吴在书房门前的石头台阶上坐了一夜，回忆自己一生迷离的传奇……

早晨决定：别想啦，该干什么干什么吧，赶紧开会！

第四十五章

　　罗汉灰头土脸地回到院子，两手空空，连空瓦罐都给扔了，他的炼金术成功了，也失败了，再有用，没人用，就是失败 。

　　一进门，高兴说："我要走了。"

　　嗯？他要走了？

　　问："去哪里？"

　　"去上大学。"

　　罗汉没听懂，大学不是早关张了吗。

　　他在场院窑洞里那段儿，是个世外的时间，这边的事情他不知道。

　　高兴告诉他：现在让办高等教育了，所以大学又开张了。

　　罗汉听了很高兴，是呀，没听说过一个国把学堂全上板关张的，又不是肉铺。

　　"又开张了？"

　　"开了。"

还是没反应过来，就问："是谁想去都行吗？"

"不是，要考试，合格了才能去。"

"你考完了？"

"没有，还没开始。"

罗汉不明白："还没考，怎么就要去了呢？"

高兴反问他："只要我考，还能去不了吗？"

这回，罗汉明白了，现在的高兴，志得意满，自视也高，说话，跳跃大，像春风得意的马，不错，英雄有权自大，他现在都不哭了，还能看懂一个字也不认识的书，干成了不可能的事，此君大概是仓颉氏一支嫡传，没有字，都能做出来，何况区区试题。

当天，高兴就开始自学高中课程了。

他属于跟书玩儿命那种，眼见点灯熬油不睡觉，念书、背书、做笔记，站在墙角，头顶着墙壁想事情，还用头撞墙，撞得掉土，所以头脑消耗得非常厉害，有一缕头发，初一到初五变白，初六到初十变黑，再变白，再变黑，奇怪，他心血怎么耗不干呢？昨天眼看着显老，今天又年轻，不知为什么，一手拿个瓢，举本书站在水缸边上看，看着挺瘆人，别是土炕底下的老头儿搬家到他那屋去了吧，像附体中了魔，别是也要跳水缸。

罗汉也考大学，能学习当然好，那就要去。

他们找东方会计补习数学。

补习很顺利，他们知道，自己在门家庄的日子可能不多了。

他们在农村，学到了最基本的古代真理：幸福，等于吃饱了不饿，门家庄也因为他们的存在看见了外面现代文明的曙光，现在他们要走了，他们没白来。

此时的拽虎，已经城市化，每天早上刷牙，用肥皂洗脸，兜里插钢笔，举止谈吐，是城里人，有时候罗汉跟他说话以为是高兴，抬头一看，才知道是拽虎，背着手临风玉立，也在想事情，他也跟着自学，院子里整天谈论书，像个书院。

拽虎看书，参加对书的讨论，有一阵子，说起一本从县城中学偷来的叫《钢铁是怎样炼成的》的外国书，拽虎评论，他最看不上眼的是那个叫保尔·柯察金的反面角色，名字听着就别扭，明明有好女人不娶，好日子不过，偏要去修什么破铁路，还老跟农民过不去，等拽虎说完了，高兴说，那个人不是书里的反角儿，是最大的正角儿，拽虎从此，对那个国整个瞧不起。

罗汉和高兴真要走了。

高兴考上了上海外国语学院。

罗汉的分数考得半半拉拉，扩大招生勉强考上了一个北京的什么学校，跟报考的农林专业无关，所以校名没在意，考上一个就行，哪里不是学？好像校名里面有个"第一"，他沾沾自喜，哈，第一！感觉好！

也觉得很侥幸，他的语文不行，一碰到概念就崩盘，所以文句全不通，卷子上满都是破折号，也有问号，意思是：哎呀，你们自己想吧。

他们的数学分数都很低，题会做，可是只有答案，没有运算过程，因为东方会计的数学只有答案，没有过程，太古典，他自己不用过程，教不了他们过程。

所以，挺高级的数学，弄个很低的分。

高兴上大学，是正理。罗汉考上大学，是运气。

看卷子的老师是清华化学系主任，罗汉的物理化学他没看懂，似懂非懂，似乎忽然间对快速传导新物质的启示有所领悟，看得直冒冷汗，七月份，一阵阵打激灵，虽然不太懂，但本能地认为，未必不对，准备回去以后立项研究，所以分数就给得好，于是罗汉滥竽充数，也能去上大学，不过属于可上可不上的，要是有剩下的学校名额，教育部扔钢镚儿定。

扔他那回，是正面，就上了。

临走的头两天，晚上，罗汉到场院的窑洞里去收拾自己的东西。

站在窑洞里四下看，所有的东西都在，几件衣裳，几本书，都已经装在包里，但总觉得有个什么东西忘了带，怎么也想不起来。

那种感觉好奇怪，究竟是什么呢？

也许是自己在门家庄生活了好几年，跟这里的一切都很熟悉了，突然离去，有失落感？不对呀，自己没感，何从失落？

或是因为，高阳县是自己上古的老家，现在人要走了，很想整体打包，大好山河连人带地卷起来一起带着走，又带不走，所以失落？

正觉得若有所失，陶朱先生飘然而至。

见了一拱手，说："嘿！恭喜了啊，金榜题名，富贵还乡，双喜临门呀这是，富贵不还乡，如衣锦夜行。是该走了，哈哈哈……"

罗汉说："哪里有什么富贵？别瞎客气。"

陶朱先生也不分辩，他是来道别的。

两人坐下说话。

陶朱先生说："你要走了，心里，最好别留下什么未了的事情，牵肠挂肚的不好，有些事，我要给你交代清楚。"

他对罗汉坦白了一件事情。

罗汉初到门家庄的时候，陶朱先生有天夜里穷极无聊，在四处闲逛，路过门家庄，听见一处院子里，黑灯瞎火有人正在讲论文字演化，心想，这二位胆子不小，凶宅里面谈古论今，不害怕，哪儿来的？就很好奇，听了一会儿，觉得有趣，心血来潮，就用《西江月》曲牌的韵律敲击门环，跟里面逗着玩儿，试试他们的胆量，看有什么反应。

后来在场院旧陵园，见到罗汉，坟地夜话，探讨"无中生有"的专业技术知识，他很久没有和人聊过天，又是同道，有同好，有共同语言，感觉很不错，平常就爱去，把罗汉当个熟人。

这次来道别，要把前面的事情交代清楚，人家要走了，别糊里糊涂走，"《西江月》黄夜敲门之谜"，是他要坦白交代的第一件事情。

这次来，还要送他一件东西，是所要了结的第二件事。

说着，拿出一个古陶罐，走到场院，打开盖子，里面有个月光颜色的蟋蟀，那个一身银光的小东西见到了月亮，就仰头吸食月亮的清辉。

陶朱先生指着它说："其实这位仁兄你见过，就是你初来乍到，子夜时分，县城土巷中见过的那个小孩儿。"

罗汉说："我以前在胡同里就听邻家说过这个蛐蛐，还以为是神话传说，没想到竟然是真的。"

"它是农耕时代初起之时的时钟，跟你家算是同行，农业文明技术服务公干，它不是蛐蛐，没有名字，有人叫它蛰，它一叫，就是惊蛰时节，三阳开泰，大地复苏，生机初始，万物生发。它，也算是个开天辟地的小神灵，别看它小，脾气可不小，管着龙，龙都听它的，它一叫，龙要抬头听，按时节，该谁下雨，谁下雨，不该下，它不让，就不能下，但此君任性，玩世不恭，有时候会乱来，所以一直升不上去，脾气就有些执拗，不过人还可以，讲信用。前两天，它在关帝庙跟我打赌，输了，关老爷当的仲裁，就把自己卖给了我，现在你拿着玩儿去吧。它是你初来夜遇的时神，这是我第二个交代。"

罗汉说："哪里有送礼送神灵的，太贵重，我不敢要。"

"不必客气，是个念想，不枉你我交往一场，以后，就各自珍重了。"

罗汉说："刚才你说，走是走，不能有未了的事情挂心，可我怎么总觉得丢了点儿什么东西没带呀，想，也想不起来。"

陶朱先生说："这就是下面我要跟你说的第三件事。"

"这第三件事，"陶朱先生说，"其实不干我的事，我不应该管，不过，你人还行，咱俩也有点儿缘分，却只能点拨，不能直言。你，悟性有，要自己领会。此去，你我天涯异路，就是离别也要圆满，我先把用来敲门的曲牌填了词，人之相交，你来我往的事情，时间再长，也不能半半拉拉地拖着，不能有曲无歌，现在，我把吓唬你的见面礼，变成个道别的念曲，此曲一尽，你和我，有始有终。"

罗汉说："好，陶朱兄，古君子，人品贵重，所思所行，细密端正。"

陶朱先生用手在空中写字，填写一首浸润月光晶莹闪亮的《西江月》：

夜半风清月白

吹照西江曲牌

调笑北地归乡客

轩辕后裔始来

明日君即离去

中土亦无桑田

舞榭风流无白发

遥忆原上一水台

这词，罗汉明白一些，是嘱咐不要忘了祖先老家，但又不是全明白，猜想，题，因时而解，以后大概会明白，便不问，对陶朱公说：

"不可能呀？陶朱兄春秋人士，填写宋朝曲词，时间不对吧。"

陶朱公看他一眼，说："噢，你以为你时间对呀！你整个人都不对，根本没在该待的地方待着。"

罗汉还是有点儿忍不住，就凑过去轻声地问："哎，你这词里头……有深意？"

陶朱公一笑，看看天，又四下看看，压着声音反问一句不相干的话："上善若水，知道怎么讲吗？"

罗汉读过几部正经书，说："这个知道。水，利万物而不利于己，是上善。"

陶朱公说："也是上福。贤弟是明白人，这就是今日交代你的第三件事，日后慢慢悟，啊。"

说完，就隐身在月光中消失了。

第二天，村子里设宴欢送两位去念书的学子，旧时代耕读人家的传统，还有残余，村里有人进京读书不是小事，支书请客，吃的是粉条豆腐火锅，村里辈分最大的陪席送行。

席间支书讲话："两个北京学生有出息。去了就不要再回来。大家鼓掌喝酒。"

大家点头称是，跟着鼓掌，开始吃饭。

见到桌上有一盘雕刻的木头鱼，还浇了汁，一问，谁也不知道是什么，只知道老年间的宴席上有这道菜，后来虽然没了，但礼仪就是礼仪，不能免。

罗汉闻听，不禁肃然起敬，中土，门家庄，对人对己，都敬重。

动身那天，下小雨，几个帮着拿行李的乡人在站台上送行，大伙儿不会说别的，就会不住地说：再见。再见。再见……

一片再见声中，拽虎一阵迷乱，误会了，以为自己也一起走，他一脚刚踏上火车，被妙香一把拽了下去，冲他柳眉杏眼一立，直到最后的一刻，他才意识到，自己原来不走。

火车开动，北京神话，砰的一声变成了一片五彩缤纷的烟花，在眼前破碎消散。

拽虎目瞪口呆，看见了现实。

北京遥远，也近切，在闹鬼的小院子里满不在乎住着的那两个人，就是北京，北京什么也不怕，北京有科学，北京有自来水，北京有文明刷牙，北京有饭吃，北京有电灯，北京有光明。

北京的光明，从两个外来者身上照到了门家庄，照到了西厢房，照到了自己，自己绝对应该是北京人，明明在一起干活儿，一起偷水，一起犯天条，一起看书，一起破除迷信，一起说话，一起想事情，一起在吃饭俱乐部辩论，一起办事情，怎么突然间自己就不是了？

罗汉和高兴只不过是北京的一点点，北京更大，更有意思，应该是太大、太有意思，我怎么就没去呢？

拽虎目视远去的火车，对逝去的北京挥手再见，用舌头舔了舔唇边的雨水，不明白雨水怎么会是烫的，火车远去消失，转身回看家乡的原野，深刻地意识到，自己，已没有地方可回。

罗汉把头伸出车窗外，看到云天薄暮深处淡紫色中土山脉，看到拽虎不停招手的身影一下子没有了，突然间，心潮激荡，所有的感觉回来了，很多很多，化作一行男儿泪。

我万年的故乡。

第四十六章

罗汉回到北京以后没有去上学。

去报到，他到了学校门口，知道自己考上的是第一幼儿师范。

他不敢进去，十几年前，武定侯幼儿园屠杀蚯蚓，自此，他得了后遗症，不怕别的，就怕小孩儿，单个的不怕，怕一群。小孩儿不懂事，没关系，而愚昧，一成群，很让人害怕。

他知道，这是培养幼儿园老师的学校，学习教小孩儿唱歌、跳舞和画图画什么的，里面的学员全是小姑娘，他手里拿着入学通知书站在学校门口往里看，人不敢进去，也不想进去，也怕别人不让进，反正，总觉得不合群、不合适。

正在犹豫，身后有人跟他说话：

"呵，是谁把大灰狼放到羊圈门口啦？"

转身一看，是杨丽丽，是命运。

自从寻找了罗曼斯，每次杨丽丽似乎不用再寻找，能在空气里闻见他在那儿，所以又巧遇。

胯下一辆哈利·戴维森，一副悲天悯人的样子看着他，像是怕食人族进去吃人，她下车过来拿过入学通知书一看，就哈哈大笑。

"怎么这么会考？考上这个学校啦！"

"没小心。"

她止不住，还是笑，最后见罗汉实在进退两难，不敢进去，就说："走吧，先吃饭吧？"

吃饭的时候，杨丽丽告诉罗汉，父母都恢复工作了，她现在也不在部队，自己有个公司，具体做什么没多问，好像有什么干什么，可干的事情很多。

她问罗汉今后有什么打算，真去当幼儿园阿姨？

罗汉还没想好，不过幼儿园就不再去了，省得晚上做噩梦，至于干什么，走一步看一步吧，这是个新时代，很像以前那个什么也没有的原生时代，只要什么都没有，还怕没事干吗。

杨丽丽见罗汉专心致志一连吃了三罐焖牛肉，直叹气，说：

"土，还是个野人，就不会点别的菜？"

罗汉在门家庄住了四年，肚子里亏空的肉要补足不是件易事，刚三罐儿，还早着呢。可是等吃完了一算账，给吓一跳，自己钱不够，是杨丽丽给付账，心中，就记下了这份人情。

两年以后，杨丽丽过生日的时候，罗汉请她吃了一顿饭，是涮羊肉，在她的圈子里，没听说女士过生日请吃这个的。

见杨丽丽皱眉头，罗汉告诉她："好吃，最爱吃这个。"

"谁最爱吃这个？是你还是我呀。"

罗汉知道说错了话，只赔笑，不再言语。

"又找不着罗曼斯啦你？"

杨丽丽却并不真见怪，也不少吃。

罗汉送给她一瓶子白水，说是生日礼物，生日快乐。

杨丽丽起先以为是法国香水，看那瓶子，却不像，瓶子个儿很大，很粗糙，是个吹得很业余的粗玻璃瓶，颜色发绿，里面有气泡儿，不圆不方，七扭八歪，有些古怪，像一条被拧得扭曲变形的脖子，形态很粗暴，甚至有点儿邪恶，也没个商标。

倒是很像罗汉这种人送的东西。

不知道里面是什么，就非常小心，拧开铜盖，先用手扇着闻，又把鼻子凑上去闻，什么味儿也没有，就问：

"这什么呀这是？不会是黑林子里面巫婆的毒药吧？"

"不是，这个和毒药相反，喝一口，年轻一岁，可别一口都喝了，那就费事了，还得重新再长。"

杨丽丽了解他，知道他根本就不是属于这个时代的人，脑子里的思想，尽是疯狂生长的野草，还一阵一阵爆炸乱开花儿，所以，连气都不生他的，他以前就这样，送过一麻袋死丁香花，还有一双会往死里看人的眼睛。

两年前，罗汉和杨丽丽第一次吃饭那天，高兴正在上海静安寺南京路老百乐门对面的一个咖啡馆跟别人喝咖啡。

他在上海外国语学院好端端正读书，读到二年级，有个电影摄制组到学校来选人，需要找个脸上挂相的书呆子状貌学生去跟着当群众演员，条件是人实在，身体好，能扛东西，只会读书，有些死心眼儿那种，就找到了高兴。

高兴的角色，是走向新生活的女主角的前男友，在女主角追求进步的前进道路上，跟不上趟儿，被淘汰了。

他在摄制组，跑前跑后忙活儿了一个月，主要是帮助拿行李，搬器材道具，送往迎来什么的。电影里，女主角跟他离别再见的时候，他在镜头前出现了几秒钟，远远地看着女主角上车走了，没台词。

导演给他说戏，告诉他，应该表现出万念俱灰，扯不断，理还乱，越理越乱的绝望。

高兴和罗汉是截然相反的两种人，他不像罗汉那样没感觉，他有感觉，表面沉静，内在细腻，小时候在夜里，这方面有石破天惊、别具一格的表现，现在也是外面硬，里面软，情商很高，待人接物，主要是跟着感觉走。他的感觉种类很多，种类下面还有种类，比如怀念，就有三十七种，比较齐全，同时一起来的时候，容易转向。

所以他太较真，太容易入戏，演了三秒钟的戏，后来就一直没走出来，在里面活活待了两年。

女主角登车离去，回头看他一眼，微微含笑，暗中庆幸，新生活开始了。可是导演却对高兴说：他这边，应该感觉那一眼里有割舍不下的情意。

这下可把他给害了。

虽然不能确定高兴喜欢的是女演员本人还是她演的那个人，当时，生活和艺术也分不清了。那片刻，夜哭郎的整套感觉被激活，变成沉默的、死寂的、强大的、眼睛里紫罗兰颜色的忧郁。

那天在片场上，人家回眸一笑，高兴的血液就凝固了，知道自己已经死了，是当场立毙，形神俱灭，血液化开的时候，同时已经沸腾，知道自己又活了。

瞬间一生一灭，紫磲石翻转效应，咔嚓一声，天雷击！

导演高兴坏了，喊！鼓掌，这个大学生，天才！

可是高兴快不行了，生不如死，晚上从睡梦中醒来，看见了自己的宿命。

首映式结束的时候，高兴等在大门口，给女演员献一束花朵。她以为他是崇拜自己的观众，就拿出笔准备给他签名，高兴很意外，没带笔记本，只好转过身，让她在外衣的后背上写。

后来他一直穿那件衣服，觉得后背上的名字很沉重，压得自己直不起腰，所以走路的时候比较费力，要一步一步用力向前挪，像拉车一样，拉着背上的名字走，很累，但是那名字不累，是把活锥子整天往后背里钻，越钻越深，刻进肉里，刻骨铭心，特别提精神。

可是，很累加上提精神，就等于失眠了。

女演员是白小姐，那场电影，是她的成名作，从此扶摇直上，成为演艺新星，成名以后，就有很多的应酬，要出入场合，见各种人，喝各种酒，应对媒体，上街戴墨镜，回家接电话，开始还可以，后来很难受，有时候很烦，很费神，就没有什么意思了，还有了高处不胜寒的寂寞。

有时候，她真希望能有个朋友正常说说话。

那天晚上，她从南京路的酒会出来，看见那个献鲜花的观众又站在门口，认识，一攀谈，才想起原来他就是电影里被甩了的那个前男友，不是观众，是以前的同事，觉得太好玩儿了。

高兴请白小姐到马路对面的咖啡馆喝咖啡。

高兴没喝过，尝了一口，觉得苦，就不喝了，他准备让白小姐喝完她那一杯，再说自己想说的话，怕她呛着。

不过那天是白小姐先说的话。

白小姐说：看得出，你人很厚道实在，是个正人君子，可以信赖，所以可以跟你讲实话。自己，现在很忙，没有时间谈别的，另外，人和人不一样，对生活的要求不一样，起点不一样，生活习惯不一样，身份不一样，人生目标不一样。社会是海洋，里面的鱼分层住，有深海的，有浅海的，有上有下，各有各的地方，还有，自己对生活的要求比较现实，也许过于现实，其实特别现实……

话说得清楚，高兴明白，噢，不行。

他不再是以前那个会哭的小孩儿，没有父母，从小就习惯了不行，习惯了不可能，听见过晚上土炕底下有人说话，纠正过人不可能纠正的思想，看懂过一个字都不认识的书，把黄土高原一个村的小孩儿变成认识英国字、张口就会讲故事的作家，现在，他知道怎样面对不可能。

所以他忽然很淡然，一切感觉自动叫停，事过去了，认为已经对得起自己，有了开始，有了结局，有始有终，可以了，结果想都没想，说出一句不知道哪本法国小说里的台词：

"行，就这样，以后想起来可能还是个趣事。"

高兴后来没有再出现。

仲夏之夜，白小姐一人独处的时候，有时会想起咖啡馆里那场简单平静的对话。那个大学生，像天边一颗遥远的小星星，跟自己没有丝毫关系，在远处放射安宁的微芒，总是在，看着它，心里不知道为什么很踏实。

两年以后，又见到高兴，是在电视里。

那天是电视台采访他，节目是个记者招待会，之前，什么也不说，是个广告，众目睽睽之下活人当场示范。

一个中年女人拿起一个粗糙古怪的绿色玻璃瓶子喝一口水，脸上忽然泛起光泽。再喝一口，面目更新，容光焕发。又喝一口，眼角的鱼尾纹消失，容貌一下子变了，肌肤光洁玉润，肩、颈很明显有弹性，脖子好像变长了一点儿，镜头立刻拉到手上，指甲盖眼看着微微拱起，成弧状，忽然晶莹明亮，小拇指冒出白色月牙。

主持人介绍，那瓶水是"上海高兴喝水公司"生产的产品，目前没有名字。

那时，人们对奇迹已经感觉审美疲劳，但这次，理智一下子全溃散了，常识灰飞烟灭，世界观总体瓦解无遗类。全国人民，看电视的，都站起来了，共同大喊三个字："不可能！！！"

以前，出现过一种锅，二十分钟能煮熟以前两个小时才能煮烂的牛肉，但是因为长得太像炸弹，还带个出气阀冒烟嗞嗞响，旧电影看多了的家庭主妇们怎么看，怎么像是坐在火苗上的大号地雷，所以第一个进口商破产了，从建国门城楼上跳了下去，当时还没更高的楼。

第一人往往是殉道者。

但是物质生活的方便浩浩荡荡，什么也挡不住，第二个进口商前赴后继，就取得了成功。煤气罐更像炸弹，大家也接受。

还忽然出现过一个盒子，能把已经发出的声音永久化，说过的话，唱过的歌，响起的音乐都不会跑散，在里面凝固住，不会死，一按绿色的按钮，就可以听，任何一个时代的声音都可以留下，不会消失，这个魔法出售以后，当时排队的人里面，有好多后来的摇滚乐队成员。

等到有了一种能看见远处的窗户，晚上大街上就没人了，在每一张合不上的嘴后面的脑子里，世界已经没法认识，东京夜晚的交通是两条相向而行的龙，往这边走的是无数雪亮的白眼睛，往那边去的是无数发光的红眼睛，什么世界？

还看到人在月亮上行走，看到非洲的原野和动物，看到有人向天空发射星星。人不用走出家门什么都能看见，每天晚上经受电子淋浴的洗礼，目睹了奇迹就是现实这个真理，也发现，世界上已经没有距离，没有远近，一切都在眼前。

当年人们看着自己家里人工的海市蜃楼，张口结舌，惊叹人世的变数和奇异，陈旧的思想概念，稀里哗啦地往地上掉碎片，一边扫地一边看日历，今天是今年还是明年？

这些，早成了陈年的事情，人们习惯了新时代，懂得，昨天的魔法，是今天的现实，学会了见怪不怪，当今世上，还有什么可奇怪的呢？

可是，喝水，普通的喝水怎么这样了？不能这么疯狂！

第四十七章

电视里，高兴镇静地坐在镜头前接受采访，厚颜无耻地对全国撒谎。

他闪烁其词，装傻充愣，胡搅蛮缠，避重就轻，就是不正经回答问题，若无其事地看着房顶，一看，就是在桀骜抗拒，把心虚伪装成无所谓，坚决地，寡廉鲜耻地否认与此事有关。

记者们问，他就是什么也不说，表面客气的采访，已经白热化。

男主持问："高先生，这到底怎么回事，请您详细对电视机前的观众讲清楚！"

高兴问："什么事？"

"水呀！你公司的露之华呀。"

高兴反问："水就是水呗，怎么啦？卢志华？不认识。"

男主持实在没办法，只好站起来，一脚踏在椅子上，伸出双手："您还问怎么啦？！您还问我？！那是水吗？那是长生不老的琼浆，那是青春永驻的仙露，那是活人的命根子死人的还魂汤，现在社会上管它叫什么的都有，知道吗，什么'还童露'，什么'青春饮'，什么'长生液'，什么'能喝的命'，什么'死神的眼泪'，还有叫'死之亡'的，叫什么的都有，天大的事，您能不能严肃一点儿？装什么小赤佬，我弄死你！"

业内严禁的语言和行为。不过，越说越气，主持人他也实在是顾不上了。

高兴一副老实无害的样子，刚听懂男主持的话，说："是吗？那我也买点儿吧。"

男主持抱着头坐下了，拿起面前的玻璃杯想喝口水，一看容器不对，就扔了。

女主持已经是高兴的拥护者，她口气平和，想和解，说：

"高先生，这件事的意义不用说了，谁都明白，已经关系到人类的命运，我们理解什么是商业秘密，我代表所有的女同胞只要求知道，啊，只要求，起码告诉我们它叫什么名字，在哪里购买，行不行？"

高兴死皮赖脸地装傻充愣："那我回去问问吧，不会是谣言吧？"

当时各地的黑社会，见到他在铁的事实面前坚定的恶劣，考虑发展他。

可是全国的观众跟主持人一样全都想掐死他，但够不着，又舍不得，就有当场砸电视的。

上海高兴喝水公司出品的饮用水没有名字，没有商标，没有批发商，没有零售站。

它和别的商品不一样，它不做营销，不做广告，不声张，它非常害羞地躲避着市场的视线，害怕被大家知道，偷偷摸摸出现。

有时候，它出现在偏僻街角的二十四小时小卖部里，有时，出现在遥远乡间土路边的卫生所里，边远乡镇的中药铺里碰巧了也有，医院的药房里常有，是内部处理，不过，后来到医院看病拿药的人还是越来越多。

一开始，四川有个退休的中学老师喜欢收集新奇的玻璃瓶子，见到了县城小杂货店货架上有几个稀奇古怪的矿泉水玻璃瓶子，就买回家，喝了里面的水，为的是留着瓶子，结果头发变黑了，先天的糖尿病和四种慢性并发症也好了，人看上去年轻多了，才发现这件事。

一个月以后，西南社会流传关于一种生命圣水的神话，版本有七八十，荒唐离奇不可信。

经过一段时间，这个西南民间神话和各省若隐若现的有关现象出现了互动，可以相互印证，就有了经过修正的更接近现实的传说。

这个传说到了上海，变成一家为了调查这个传说创建的秘密私人侦探事务所，业务就一个，追踪超自然液体。

据说这种液体的第一代，都装在一种七扭八歪、面目可憎、规格大小不一样、粗制滥造的微绿色玻璃瓶子里，狰狞恐怖，瓶子里神秘的古代流质不能见塑料，一碰到，就变质失效。

它们来去无踪，人们不知道的时候，在最不起眼的小店里有几瓶，等到知道了去买，就没有了，别人买走了，飘忽，可气，造成大众心理对抗目标逃逸的情结，其结果，有些购买者，行为像神经兮兮的盗贼，不带包儿，悄声走路，假装路过，突然闯进，冲进了店铺，就进柜台乱翻，有的人，还化装成儿童。

它喜欢跟人类玩儿捉迷藏，不像别的产品追着人跑，哄着骗着按着脖子让人买，还雇佣巨无霸类型女导游，不买不许回家。

它像胆小的小鹿，见人就跑。

它的原始原因是：罗汉从门家庄回到北京以后没有事情可做，快要犯病了。

那天在幼儿师范学校门口遇见了杨丽丽，一起吃过饭，大概牛肉吃太多，早已适应了什么都缺乏的身体，还不能适应什么都有，一时热量过剩，再加上杨丽丽的好心和好身材引起的特殊感受在里面跟着瞎折腾猛煽呼，体内的电热丝又开始乱来。

第二天清晨，内火上撞，鼻子里有烟，头发干枯，要着火，头脑里一阵阵响起重金属创造性的爆炸音，快不行了，不开天辟地别出心裁，就爆发，就燃烧，别想活，走投无路，得干活儿，可是，不是都有饭吃了吗，还能干什么呀？

星期三晚上，罗汉走进一个叫"九歌"的夜总会，那天的乐队，他比较适应，乐队是个摇滚乐队，几个大学生自己攒的，不见经传，没有听众，来这里，为的是自己的兴趣。

罗汉听不懂音乐，但是早年，16号院老太太每周四下午的钢琴曲，在他生长的同时流入一些进到细胞里面，渗入血液之后没有全部新陈代谢，把门德尔松、巴赫他们的一些意象，装进了东方蛮荒时代的人体，所以，他听音乐，有时候，有反应。

那个没人听的乐队的声音，跟他心跳的速率比较匹配相合。头一次听的时候，心里一亮："哎哟，好。"

不知道怎么好，反正是好。

后来就爱去，泡在那个声音里面，有要融化的意思，是物我两忘的舒适，像水里的鱼。

于是他想，音乐可能也是语言吧？不是用脑子去懂，是用心跳去懂，这个乐队出的声儿，跟自己的心动匹配。

他的生物构造不一样，心神力度和生命韵律不一样，另类的乐队适合于另类的人。

那天他太热了，太不舒服了，太害怕了，需要泡在那个声音的水里凉快凉快。

平时，进入他们的旋律里，呼吸比较通畅，思维比较敏捷，视觉更清楚，甚至可以看见平时看不见的，他可以好好想。

罗汉本能地来，是因为，他实在需要好好想一想。

乐队知道，自己不行，曲子不合时宜，没人听，但知道有个人能听，也知道他能听什么，虽然不认识，见了他，也会点下头，他是唯一的听众。

他们看见他进了门要了一整瓶酒就转身面向乐队，靠着吧台四下看看，就知道，下一首乐曲应该是什么，大家相互看一眼，心照不宣。

罗汉拿瓶酒，不好好喝，咕嘟咕嘟对嘴喝，看人们跳舞，希望酒精和欢快的气氛能够平息一下体内发明狂热燃烧的怒气。

跳舞的人们很年轻，忽然在一个很老的轻摇滚"摇摆苏丹"里兴奋地舞蹈，古典和现代，深沉和天真，丰富和单纯，严丝合缝地在一起快乐。

罗汉看着看着，眼就直了，酒瓶子掉在地上摔得粉碎。

他睁大了眼睛，发现，自己看见了。

他看见，古典没有死，还在，和现代在一起，古典不会死。

他看见，自己正在陶朱公《西江月》闪光的"舞榭"里面，周围，是没有白发的舞蹈青春，可惜，这些青春会死。

他想起，遥远的黄土高原上，有个村子，里面没有白发人。

他想起，高兴的一缕头发能黑白交替变颜色，那时候他补课太用功身心交瘁，手里拿个瓢站在水缸前，总要喝水。

于是他想起了那座自己曾经霸占了汲水权的井台，井下，水极深。

他想起《西江月》"舞榭风流无白发，遥忆原上一水台"的闪光月亮词句。

他想起陶朱公关于"上善若水"的提问，一从自己嘴里引诱出来 "水利于万物而不利于己"，原来就成了个谶语。

他想起，早年李老师说的话："见到"不是"看见"。

罗汉终于知道，他每天见到、却没有看见的是什么。

罗汉终于想起，他临走时觉得应该带、却忘了带的是什么。

他看见了水，是门家庄那口井里的水。

"李老师，您没说错，现在，我看见了。"

罗汉知道了自己下面应该干什么，有饭吃不怕，不是还需要喝的吗？

他要发明"年轻"。

第二天，罗汉给高兴打了一个电话就回了门家庄，碑亭下的井水有奇效，可以延缓衰老，但是，用来发明"年轻"，要优化。

到了村庄，罗汉先去找拽虎，满村子转，满街喊，找不到人，老乡们说：别找了，你们走后，拽虎和妙香也走了，不知去向。

罗汉去找支书，跟他说了自己的想法，要利用井水，支书为这件事，在村里开了一个会，征求乡民的意见，会开的时间不长，乡民们前事不忘，传统观念不变，说："开什么会呀，那井不就是他的吗？"

程序和技术没问题，问题在于罗汉，做还是不做。

以前的发明，有的像飞旋镖，飞起来以后，直接飞回来往命门上打，很可怕，这次，会不会伤人呢？

罗汉想来想去，想了一天，"年轻"这东西，无论怎样也是好事吧，无害，不碍事，不会伤人。他又住进了场院。

琢磨出一种配方，放进门家庄的井水里，就是"年轻"。

他和支书、队长和东方会计他们一商量，假办一个生产玻璃瓶子的企业，村里的屠夫，可以当技师，他会吹猪尿泡。鼓捣出一种新东西，没名儿，有本性，是青春永驻，瓶儿装。

这件事，连门家庄的小孩儿都支持，他们喜欢在工厂帮忙吹瓶子，吹得奇形怪状，因为他们的想象世界，比"魔兽世界"早。

罗汉最开始的动机，是想答谢杨丽丽请他吃饭的人情，让她高兴，过生日送个礼物，让她总是年轻，她会喜欢，知道，她比较在意这个，并且自己也能活，一举两得。

杨丽丽才不相信罗汉的话。谁也不会相信。

他话说得太出人意外，太绝对，太猖狂，太自然，太轻松，太霸道没商量，什么？"喝一口年轻一岁？"想什么呢，不过……就发生了反作用，况且是这种东西，别人就认真了。

杨丽丽坐在家里，看着那瓶白水，看了半天，又疑惑，又向往，又害怕，又走不了，就生气了，这不是要人命吗？后来觉得很好笑，因为她看出一个悲喜两可的选择：喝了人死了，士，为知己者，喝了没死，容，为悦己者，心一横，那就喝吧。

杨丽丽参着胆子，喝了一口水，在镜子里看见一个一年前的自己，以为是自己的妹妹来了，再一想，自己没妹妹，就差点儿疯了，也二十好几的人了，有两天，抱个瓶子睡觉。

她喜欢这个礼物喜欢得大发了，喜欢出了上善若水的精神，非要普及推广，非要造福于人类。

此时，罗汉已经学会了小心，他知道，从古至今，这类东西一出现，有可能引发纠纷，甚至战争，好的事情也许是坏事的开头，太好的东西往往是祸根，奕巧的死，就是这样，发明创造，弄不好也有代价，要小心了。

他们商量，要不，咱一点儿一点儿来，别一下子给得太满，先看看，别出什么事。

陶朱先生已经点明了他忘记的是什么，性情中人，嘴上没把门的，其实差点儿就直接说出来了，他也有先见之明，知道罗汉会在"舞榭"和"无白发"的时候，能领悟，如此看，"利于万物而不利于己"这一条可能也很重要，能不能大面积使用这"上福"，要慎重，别搞成不利于万物。

可是好东西不给人用，白瞎了，憋得慌，给人用，怕再惹事，怎么办呢？

后来和大家开会，一合计，就在上海像小偷一样悄悄干，开了个"上海高兴喝水公司"，秘密使用新发明，细水长流地输送一点儿健康、一点儿快乐、一点儿可以实现的希望，一束人生的光明，还有一小点儿神秘感，一个有可能实现的神话。

如果人们不知道自己需要什么，就给他们一些，这也是一种创造，创造"需要"谜一样的生活乐趣。

可是高兴在执行的时候，犯错误了。

他节约，秘密回收了一批玻璃瓶子，以为没人注意，没想到被那家专门为了找他而建立的私人侦探事务所发现了，跟着回家的瓶子查到了公司，他露馅了。

高兴没了退路，唯一的办法，就是死皮赖脸，赖账！

电视里，他跟全国语无伦次地说：是吗？不记得。没这回事。不知道。真的假的？瞎说。不可能。谣言。集体幻觉。忘了。别问了。

但这种事，你忘了行吗？你不知道可不行，大家都见到了，就不能不问。

高兴无处可逃，整天让媒体围着轰炸。

这件事，不可收拾，大街上整天有卡车拉着广播大喇叭高喊救命的；央求订货的；电视台广告部排长队，不是要为产品做宣传，是要宣传对产品的需求；就连那种奇形怪状的空瓶子，也成了收藏品。

出现了几千个生产冒牌水的企业和造假的粗制滥造原装玻璃瓶子的企业，它们的问题是，原装的瓶子，已经实在太差了，最差，不能再差了，要想造假，要想一样糟糕，必须使用特别高级的工艺，花费极高的造价，才能仿造得差不多一样差，成本太高了，它们真的没有能力做得那么差，结果纷纷停产。

是东方会计，先把这一节算计到了，也是没过程，就是知道。

高兴的死心眼儿，坚如磐石，谎话，说得越来越不像话。

记者问，为什么你公司的员工忽然都变年轻？他说是因为夏天那场雷阵雨同时遭了雷电劈；记者问，公司的水都销售到什么地方？他说不知道，那是营销部的事；记者问，营销部的人在哪里？他说都放假了；人家问，什么时候回来？他说，放的长假，去的是黄山，人太多，山路堵了，孔子曰，"自古黄山也是一条路"，全回不来了，公司已经事先发放了抚恤金。

皱纹在消失，白发在变黑，容颜变年轻，还能控制和死亡的距离，你爱说什么就说什么吧，都知道，是高兴，为大家带来高兴。

这个人，整天在媒体面前毫无表情，寡廉鲜耻，胆大妄为地跟公众撒谎撩票，是全国最臭名昭著的大坏蛋，但是没人恨，大家认为，他的水，是人类又一次革命性生物进化的里程碑。

高兴跟市场需求对着干的叛逆性商业行为，公众也习惯了，后来不再介意，反而觉得挺好玩儿，购物变成猎奇，变成狩猎，变成了游戏，变成了一种有悬念和期待感的乐趣，有益于健康的出行。

后来，人们平时都不在家待着，生活方式变了，四处跑，他扑朔迷离的产品推动了汽车行业、旅游行业、酒店连锁行业、预言行业、追踪培训、喝各种水行业，还有"高兴水"探测器、水质真伪鉴定仪、青春药水遥感定位手机、天外流体探测卫星等一系列相关企业和科技的发展。

后来，"高兴"，成了时代的关键词。

后来电话铃响了，他接到白小姐一个电话。

白小姐问他：家里人还都好吗？高兴说：家里没有人。白小姐问：家里人都上哪儿了？高兴说：都死了。白小姐说：那你应该考虑有个家。

后来，他们举行了婚礼。

第四十八章

罗汉发明了瓶装充值青春以后，跟着大家高兴了一阵子。

他无意间创造了一个神话，让大家去找，也部分实现了南方老家的久远古代传说：大雪下面，人永远年轻。

可是，吃的有了喝的有了以后，下面怎么办？没事干了。

他想起了书。

他想起书的过程其实很曲折，但自己不知道，是突然冒出来的一个念头。

当年，从黄土高原回北京上学，还没走到丁香院，也没走到胡同口，后海一带梧桐树里被树叶打散的星期日阳光、湖畔环路老店铺旧木门裂缝里嘎吱嘎吱的声音、老也不变的小馄饨铺里白天还一亮一灭的电灯泡、历年七月熏蚊子日沉淀在他骨头里的硫黄化解开来的味道，都把罗汉带回北京的现实。

绕着北海白塔飞的鸟，还是那几只，什刹海游泳池门口卖西瓜的老头儿草帽上的窟窿眼，还是十八个，但是那位每天上街对面馄饨铺去买馄饨吃的古旧书店里的伙计已经见老。

那天他敲自家的院门，心中忽有闪念，自问：

我是谁呀？

在外面，从北边和南边的世事中绕了一圈儿，现在归来，罗汉终于有了一点儿自我意识。

上一次，从北方的八十一公里回家，没什么感觉，当时，他基本上是跟着奕巧走了，所以没感觉。

这回有了，知道是回来了，但是说不清是从哪里回来的，好像不仅是从山西回来的，而且是从过去回来的，不仅是从城外回来的，而且是从世外回来的，不仅是从一个不一样的地方回来的，而且是从一个不一样的现实那边回来的。

之前，去过的地方，好像都是别的时代，不是以北京为中心的现代。

极北大荒之中，是没有人烟的史前初始；黄土高原之上，是万年耕作的中土，所发生的，都不像是真事，也不应当是真事，像神话传说里的事，又不是，那个古陶蛐蛐罐子就在包里。

真是说不清。

当时当刻，自家门前，罗汉原始初民不开化的头脑里出现闪念，有一大堆。

他有一个领会：千年过往的事情都还在，人就活在这个没有断线的故事里，以前和现在连在一起，前人，现在都成了故事，现在的人是以后的故事。

有了故事，就有了意思，故事是神话，我们就是神话。

走南闯北，罗汉的思想比以前进步了，有了抽象的思维。

所以他想：要是没有故事，就坏了，就没意思了。

往事，不管是真是假，都掺和当下，生活就有声有色，有些味道。

比如，过端午节包粽子，那是因为以前有个人跳了江；现在有酒喝，那是因为人家杜康发明了酒；现在有文化，那是因为仓颉造了字；现在人人见面握手，那是因为里面也有以前，以前见面拔刀就打，现在握手，是告诉对方，自己手里没拿刀，没有以前，怎么知道和平友好这层意思。

所以往事很重要，都写在书里，所以书很重要，自从有了文字和书，就开始有趣了。

罗汉返乡，敲自家的门，一下子想了那么多，一大堆，应该算是对中学以后那段浪迹天涯的总结。

他居然会总结了。

他的头脑构造不一样，思维的方式就不一样，虽然想了那么多，并没有逻辑过程，形不成那么多的话，而是直接变成动机。

所以，他站在家门口，突然想起了祖上的藏书，老家的书不知道怎么样了，想去看看。

那天，进了家门，见到父母和肇姨都在，过了十几年，一家人终于团聚，皆大欢喜，连肇姨都有了微笑，罗汉又有了家。

有一天，罗汉在胡同口遇见1号院的大公子，随口问候：

"张大爷，出门呀。"

大公子说："出门，去潘家园，瞅瞅去，它今天兴许在。"

"它"是他找了好些年没找着的那只月光蟋蟀，如今，东直门外的鬼市没了，现在稀奇古怪的东西都在潘家园。

罗汉一想："坏了，怎么把'它'给忘了，一直没喂饭。"

赶紧往家跑，到了家，先往罐子里塞一块巧克力。

晚上，罐子拿到后院，打开盖子，借着月光往里瞧，忽然来一阵东风，化出一阵细雨，罐里还发出水的声响。

银色光辉跳出陶罐，月色之下是个小孩儿，面若银盘，一脸的不高兴，指着他说：

"你像话吗，人家养宠物还放风散步呢，你怎么不管我啦？"

说着话，吐出一块巧克力直接飞进垃圾桶，一边打量院子，自言自语："哎哟，物是人非，没怎么变，只是旧了些。"

看来，他对北京不陌生，来过。

罗汉赶紧赔礼，说好话。

还跟小孩儿说："胡同里有个波斯猫，整天没什么事，很美丽，也聪明，叫声是法国音乐味儿，我让她来陪你玩儿吧。"

小孩儿摇头，说："猫？ 小了，不好玩儿，我玩儿的是龙。"

"知道知道，听说了，你饿了吧，先吃点儿月亮。"

小孩儿不接他的话，对他说："北京我有几个熟人，明天带我去看他们的照片吧。"

"啊？ 照片？"

"离你家不远，就是北海的九龙壁，老交情，我想他们了。"

罗汉觉得比较麻烦，还得抱个蛐蛐罐夜里翻墙进北海公园，没法子，去呗，将功补过。

罗汉说："行，我给你取个名吧，叫龙官儿怎么样，日后好称呼。"

"哈哈，俗气，我名字多了去了，随你便吧，这条胡同还是我起的名字呢，'口袋'就是我装龙的口袋，龙不听话，关几天，就放在这口井里，是我锁龙的井，我一时不在，怎么成你们家的了？"

罗汉说："胡同有两个大爷，也是你的熟人，未谋过面，却是你慕名的朋友，老想你，我想让你到他们家玩儿几天，阁下以为行不行？"

龙官儿很洒脱，说："我知道他们，忠臣后代，行。"

自从龙官儿在西口袋胡同落了户，后来北京北新桥、隆福寺、回龙观等地被房地产建设填井拆庙挤得没处去的龙，都往丁香院的井下跑。他们以前不喜欢来，现在也得来，好在上级领导在附近，至少有安全感。

他们的居住问题一时没办法解决，但是西口袋胡同不仅四时分明，物貌焕然，春月花树，秋光繁露，里里外外沾边的人，运气也不错。

有一天，攸攸的爷爷跟刘立业说起太阳沉渊楼藏书，罗汉就说，他想回趟江南老家，去看看家里的那些书。

当年，刘立业从庙里走出来，离家远行，到了北京，工作以后一直忙得连家都回不了，更没工夫回家乡，刚闲下来没几天，就进了监狱，之前，和破山寺之间有书信往来，知道藏书都还在经楼里保存，由以前罗剑之手下的一个和尚保管，后来一乱，自己一入狱，那些书怎样了，就不得而知。

十月，罗汉跟着父母回江南老家，攸攸的爷爷老了，想去去不了，腿有病已经不能下床，不能亲眼去看藏书。

到了县城，住在县招待所，昭文县，已经无家可回，就直接去山上的庙。

走上九十九级石阶，听见半空中也有人走路的声音。庙里的景物没有变，只是老住持已经不在了，却看见池边有株千年的梅树，不知是哪个朝代死的，如今又开放几朵梅花。庙里，罗汉还看见唐人常建两句很有名的诗："曲径通幽处，禅房花木深"，就刻在后苑的门口，才知道，诗人当年行旅留宿，是这个寺庙。

刘立业在这个庙里，灭过两次，生过两次。

他立在佛堂看佛像，看了半天，若有所思，后来给佛像磕头，当年跑了，出了庙就是俗人，现在回来，进了庙，仍是在册的弟子。

掌管经楼的老和尚见到他们的时候，紧走几步过来，拉着刘立业的双手，细细端详认人，认清了人，恍惚之间，看到了罗剑之，也看到了世事的轮回，再没有什么可多说的话，只是说：

"二公子回来啦。"

太阳沉渊楼的书，全放在经楼的架子上，一排排，按经史子集辞书文选分类，延伸到看不见的地方。罗汉看不懂眼前的景象，怎么经楼的里面比外面大好多？一排排书架，无边无际，延伸到看不见的深处。硬木的旧书架，擦得明净锃亮、脉理剔透，书虽旧，却一尘不染，都有蓝布函套。

里面不光有书，有器物字画，还有家中前人刻书的雕版，罗汉这时才看见，自有了文字以后，历代沉积的事情有多少分量，还看见父亲拿起一卷《战国策》，用手去抚摸书脊，手开始微颤，不知道是手在哆嗦，还是书在颤抖，有莫名其妙的错觉，好像他们俩认识，在寒暄叙旧。

藏书完好，刘立业很放心，他选了一部古代鉴定文物的书《名物究源》，要带回北京，送给攸攸的爷爷，感谢他以前对罗汉的照看。

在庭院池塘边喝茶的时候，向老和尚问起了一些事情。

老和尚叫小和尚拿出来一根粗重的榉木棍，这棍子是罗剑之拉队伍抗日的时候亲手削的，给了他，让他先凑合着用，后来他跟着罗剑之打仗，用的一直是这根棍，打过香月池照的闷棍，参加过大东门半条街的古书防御战。

和尚说了当年很多事，都是刘立业不知道的，听了，才知道，最后一战之前，这和尚接受罗剑之所托，守护看管藏书，把刘立业带回破山寺，保留罗家的血脉，而大哥是为了守住祖上的书去跟日本军拼命才死的。

说话的时候罗汉在旁边听着，琢磨一件事：我家和书渊源一长，就与血脉融合，变成了血统，家人因为书，有生有灭，父亲因书而生，伯父为书而亡。

刘立业问，罗剑之有没有坟，和尚说没有坟。和尚把他的棍子交给刘立业，说这是他大哥剩下的唯一旧物，现在回归罗家，得其所哉。

昭文县城的中心有座宋代的方塔，方塔下面的旧街上有家旧日的面馆，居然还在，离老宅不远，以前罗剑之经常带着弟弟来吃面，他爱吃青蒜，面馆里没有，就自己带。从庙里出来下山，刘立业带着他们先在老家房子外面看了看，没去打扰里面的住家，然后去那面馆吃面。

面馆是个不小的铺面，里面柜台桌凳齐全干净，却都是前朝的旧物，四人落座，看墙上的招牌。

面，是老家特色带爆炒浇头的面，浇头有鳝段熏鱼排骨焖肉之类，口味儿不一样，也有宽卤、紧卤、双浇、单浇，重面、轻面之分，大家各要各的。

有一桌人，上些岁数，见到他们，觉得很好奇。这个店，外乡人不知道，不来，只有当地吃面挑剔讲究知根知底的老主顾才来。店中来吃面的人挺多，越来越多，还有站着和在外面等座儿的，不一会儿，当地的人，开始交头接耳，往一起凑，小声说话，好像是在相互打听询问什么事，还不时地往这边瞧，露出惊奇之色，又犹疑不决，举棋不定。

有个老者拄着拐棍走过来，必是个公推的代表，问刘立业："请问这位客人，您是不是太阳沉渊楼罗老爷家的二少爷？"

刘立业赶紧起身回话，说："老伯，是我，我是罗家的老二罗亦之。"

老者一时激动，顾不上拐棍，一撒手扔了，仰面抱拳朝天行礼，说声谢天谢地，转身指着身后一个人说："他是我的堂弟，以前在府上做过事情，种花儿，还跟您玩儿过，认出像是您，却不好意思上前相问。"

刘立业离家的时候是个小孩儿，以为没人会记得他，不想乡里有人竟然认得，一时百感交集，面馆里的人也都十分意外，都围过来说话，谈论旧事，不住地感叹。

众人说，没想到罗家还有人在，老天有眼，香火没有断，原来，这些年是在外面居住，现在带着家里人回来了，好好好。

面馆里，后来有点儿像书场，纷纷说起从前的事情，还说起前朝的事，还说起前朝的前朝的事，各种体裁、各种版本，并不一致，文的武的都有，编年的和奇幻的混合在一起，有的事情，刘立业自己都不知道。

说着话，还观赏罗汉扛着的棍子，知道了是什么来历以后，咂舌称奇，说居然看见了罗司令手下飞天金刚的那根降魔杵，都用手小心去摸，赞叹："啊呀，真是，带雷电！"

面馆老板和里面做事的伙计也全跑出来瞧，不干活儿了，也跟着聊，面馆立刻把八扇门板全打开让人往里进，宣布今天面馆放假了，临时改成茶馆。

知道家门虽是没了，家事却没有灭，一直在乡里流传，还知道，罗剑之死了以后，店里柜台上就开始常备一盆切细的青蒜，知道是他爱吃的东西，来人可以随意取用。多放青蒜的面有专称，叫"重青"，昭文县的面馆从罗剑之死后，家家如是，常备青蒜，分文不取，当地人都爱吃青蒜。

罗剑之一生，遗世独立，绝地奋起，护卫文脉，士大夫一死之争，身后没有留下坟墓，没有留下记载，无名无迹，自己什么也没有。

只是化作一种吃面的日常生活习惯。

第四十九章

奇怪的是，自从中土的时神月光龙蛰搬家到了北京，胡同里的时运也不错。

先是胡同口早点铺老郑家，出了良好的意外。

老郑当年瘸条腿来到西口袋胡同，挨家挨户敲门打听转世药仙的居所，是北方各省追随药师佛的群众迁徙运动第一人。

后来他没走，他不能走，离胡同太远，腿就疼，不远离，腿就不疼。不管是信仰强大的心理作用，还是超自然作用，他的腿就这样感觉，没办法，只好坚决留下来，在胡同口接手经营一个卖豆浆油条的早点铺，立了业。

老郑的孙子小三儿，中学毕了业，读了书就有了见识，认为早点铺，是传统企业文化，还需要发展近现代企业文化。那年夏天，见到斜对门张大爷拎着一个瓶口拴绳儿的空罐头瓶子去打零卖的啤酒，就弄来一个压瓶子盖儿的机器，开始在后院做瓶子盖，认为，啤酒应该装瓶加盖儿才好，不跑气儿。

可是他的思想太超前，当时还没有啤酒瓶子，他做了一院子瓶子盖，没有用。

忽然间有用了，罗汉回家那年，全国的啤酒，装瓶子了，后来小三儿糊里糊涂变成了青岛啤酒瓶子盖供应商。

那年，还有一桩碰巧的事。

仗仗家没别的，都是陈年旧物。那年，陈年旧物忽然有了价格，仗仗的爷爷在琉璃厂见到个瓷瓶子，一问价，吓得腿软，差点儿没走回来。那瓶子好是好，却也不是个极品，怎么这么贵？自己家里那些……不敢再想了，吓得灵魂出窍，那不是等于想储财蓄势立国谋反作乱吗？

罗汉有天晚上又带着龙官儿去北海看照片，龙官儿这人还挺念旧的。

黑更半夜，九龙壁前，罗汉问他：

"你北京有朋友，山西有没有？"

"有。"

"谁呀？"

"关老爷，我平时就在他家住。"

关公是山西解州人，山西关帝庙多。

罗汉上古的思维带跳跃性，一下子就想通了：山西人会做生意。一直奇怪关老爷怎么成了商家供奉的财神，龙官儿平时住在关帝庙，一来北京，胡同里出现生财的迹象，陶朱公说什么富贵还乡，然后把龙官给了我。莫非大家搞错了，龙官不仅是时神，还是别的吧？不是关老爷，关老爷不搞经济呀，龙官儿的工作才跟经济有关，他管的是四时，管的是四时的生发，怪不得，古人把"运气"叫"时气"。

哈哈，原来龙官儿还有第二个不为外人知晓的身份。

夏日晚上，在院里纳凉，罗汉跟家里商量，不然把老家的书搬过来，就在北京存放吧。

他想，既然"财气"能搬家，文脉也可以进京，北京人可能就爱看书了。

刘立业跟大家说：太阳沉渊楼藏书，历代为了避祸，曾经转运出家乡七次，历经千难万险，几经毁绝湮没的危险，前人吃苦舍命护着，怕断送了，事过之后，又运回老家，每回都有天下名士作书画恭贺还乡。还是留在原籍好，在江南，它们有根基，别的，可以四时流转应时而变，但文脉，最好不要动。

两天以后，龙官儿下了最后一场秋雨。

文眉说，梦见在街上看见了文龙和小九，一个往东边走，一个往西边走，自己不知道先追哪一个，正在着急，就醒了，心里很难受。

正说着，就听见外面一阵乱，胡同里好像来了不少人，还有人在哭。

罗汉开门出外观看，见领头的是个乡下妇女，正往这边走，手持一根短棒，一边走一边哭，左右有两个女人扶着，后面跟着一队人，里头也有哭哭啼啼抹眼泪的。

他心中纳闷，怎么像是村儿里出殡的架势，这人也爱拿棍子，会不会是亲戚。

定睛再看，是小九。

小九回来了，带着三个女儿，两个儿子和他们的家人。

小九从一进胡同口就开始哭，哭死去的娘，哭第一次要饭路上去西北死去的爹，哭第二次从西北奔北京寻亲要饭路上的艰难，哭从北京被遣返回老家路上的荒凉，也哭在丁香院有饭吃、有学上、种西红柿黄瓜学习语文、摆蜂窝煤学习算术的美好日子，哭从老家逃走又奔向东北去要饭路上总被狗咬的苦处，还哭好多别的事。

小九该哭的事情可能太多，所以停不下来。

她见了罗汉不认识，见是从丁香院里走出来个壮汉，一寻思，也不会是别人了，莫非是罗汉？

小九眼泪汪汪试叫一声："大兄弟？"

见罗汉咧嘴冲她笑："小九，你回来啦？"

小九两手一张，使劲拍膝盖："是姐，是姐，姐回来了。"转脸对后面的人说："快，快行礼，是舅。"

一家人簇拥进了院，见到姑姑文眉和姑父刘立业，小九下跪，干脆跪着哭，好歹拉起来，缓了半天才能好好说个话。

小九被遣送回老家，没饭吃，又逃荒去东北要饭，后来嫁了一个矿工，养下五个孩子，那人在井下砸断了腰，瘫痪了，伺候了丈夫一辈子，给送了终，又去修公路，做过钣金工，当过妇女队长，拉扯孩子长大。

小九说半截话，就看院子，一看就哭，这些年，她太想念这个院子，现在都进来了，还是想念，想念不完，一见就哭，睹物生情，哭的声音更大。

话，一时说不完，就先安顿住下，以后再慢慢说。罗汉姥爷家本来人很多，地方大，就都在家里住下。

罗汉认为小九的苦难主要是饿，听了后来她的讲述，知道她现在不饿了。

几年前，村里把地分给了农民，小九老实，分的地最差，在一片石头山的下面。

地是荒山野地，满地是木贼灌木树丛和石头块儿，地里有座水塘，死水一片，里面没有别的，长满了水葫芦，不知为什么，不漂浮在水面上，都沉在水底纠缠。

地里种不了庄稼，什么能吃的东西都不长，只有一些鸡腿菇，吃了会中毒，脸变黄。

谁也不明白，她为什么不争不论，一声不吭领取了这块地，连她自己也不明白。

小九整天用块布包着头，不管烈日暴晒还是刮风下大雨，没黑夜没白日地在地里干活儿，清理她那块地，砍伐下草木，背回家当烧柴。

她站在杂木丛生的天地中央，很高兴，觉得心里踏实，不用再满世界跑外出逃荒要饭，现在，这世上有了自己站脚的地方，自己就是个种子，终于遇见了土。

她站在那块地里时间一长，就能感觉娘还在，娘在看不见的地方，娘在给她报信儿，娘报的信儿从地里头冒出来进入自己身体，每回都像微微过电，把她从浑然不觉中叫醒，让心里亮堂，很欢欣，很有精神。

地里传来的消息不进入她的头脑，所以，她说不上来都是些什么意思，那些地里冒上来的消息进到了体内，通知她以后的事，不知道是什么事，不过心里很透亮，身上很舒服。

于是，她就是知道这块地好，不知道为什么好。

她还知道，吹过来的清风在摸她的脸，那是娘的手，太阳落山，天上变成半边金色云霞，那时，她明白，那是娘的心情，她知道，这块地里会长出东西，不是高粱，不是黍子，生根的，是别的。

那天她从灶膛里搓出干木贼烧尽的草木灰，撒在院中的白菜地里当肥料，看见阳光之下，草木灰里有许多黄色的小粒儿在闪亮，收拾起来过筛子，拿去一鉴定，是黄金。

原来，她在地里干活儿的时候是站在一座金矿上头，当时她的脑子并不知道，但是整个人能感受到这块地对她好。

小九的金矿太富，地面植物的根茎中吸取了很多金属，也可以烧出金粒，怪不得不长庄稼，地里的石头含金，池塘下面也是矿，水里都是，所以水里没活物，水葫芦里全是重金属，太沉了，浮不上水面。

她的儿女们开发了金矿。

她有了钱，就买地，买了地，就种粮，种了粮，就盖粮仓囤子，囤积粮食。

家里面，每间屋里，东南西北各个方位，哪个方位都要摆一碗饭，人在屋里，要随时瞧得见，不然心里没有底。小九出门，走到哪儿，还是要拿根打狗棍，要饭的时候让狗给咬怕了。

孩子们孝顺，由着她，知道他们的娘一辈子不容易。

小九所在的地区，当地和周边的经济发展建设工程，都是粮食囤子，没有别的建筑，后来经过孩子们的劝说，才有了别的建筑，有了工厂、写字楼、居民楼、酒店什么的，但是建筑的造型面貌，一律粮食囤子式样，因为小九说，那样，看着心里不慌。

后来，新来的县长一看，这个地方的风貌也太死板了，怎么从哪个视角看，都像个粮库，我们的建筑设计师为什么都是死脑筋，人才呢？人才都干吗去了？问究竟是怎么回事，才知道，是开发商以前饿怕了。

县长让四周的死板乏味的环境逼得不能灵活考虑问题，就给那个县改了名字。县长上过大学，文化高，根据当地现状，改成一个很有古意的名字，叫"趸粮城"。

县长说："就叫这个吧，一听就饱了。"

于是后来，趸粮城就有了像建筑的建筑。

礼拜天，丁香院一家人包饺子，小九老怕不够吃，非要多做不可。

罗汉就给她分析，跟她说：你从小活到现在，主要经过五个时期：老家要饭，西北要饭，全国没饭，十年没饭，东北要饭，你赶上的，都是没有粮食吃，所以你有了错觉，以为自己走到哪里，哪里就没有饭吃。你这人，不用脑子想，用身体想，你全身的感觉是你的智慧，浑身都是走到哪儿都要挨饿的感觉，所以你才老害怕，你能不能别这样，不这么感觉，现在不是不饿了吗？

小九说："可不是吗，我后来一直盘算，北京那年闹饥荒，是因为我来了。"

小九跟孩子们说，带你们来，一是认亲，二是让你们上学好好念书。

罗汉对小九的思想状态，分析得很好，可是到了自己，就不行了。

小九问罗汉，现在做什么工作。 罗汉说不上来了，张口结舌。

不知道。

是呀，我现在究竟是干吗的？

罗汉发明完人造青春就没事干了，他做事，不是为了理想，是本能，不是为了结果，是为了能活着。

上海高兴喝水公司用不着他做什么，有人管，那种公司不想好都办不到，好管，没有需要他干的事了，但是没事干不行，他天生不能停呀。

他属于的那种人类，不创造，就死。

四百万年前，人类从非洲站立起来，开始往北走，过了直布罗陀以后，有的直行向北，有的向西，有的向东，向东的那支到了亚洲，现在剩存的罗汉之类，如果还有，也不多，但西边那支，似乎剩了不少，他们整天搞新发明，用心奇巧，天工开物，演变天地，移星换斗。

　　东边以前厉害，现在……文脉微弱。

第五十章

罗汉拿着古陶罐到1号院跟大公子说：

"张大爷，忘了个事，您和黎爷，不是在找这个吗，他在山西，所以您没找着，朋友把他给了我，您先拿着玩儿吧，他也同意了。"

大公子那天正是准备进入老年痴呆前兆的第一天，听了还没看见，血液就往上走，血管快崩了，一阵天旋地动日换星移，站不住了，赶紧躺下，先量血压。

家里老夫人不知道如何埋怨罗汉，那也得说他："看你这孩子，这种事，慢慢说呀，怎能像根棍子，好话，也快把人捅死了。"

可是大公子已经从床上跳下来了，他血压很正常，二话不说，急慌慌，打开罐子观看，看见月光颜色银光闪闪的龙蛰。他目不转睛，吸一口极长的气，深深倒抽气，没有出气，身子往上挺，觉得有南北极两股清气，在头顶上拧在一起从天灵盖百汇灌入往下走，清凉温润，在体内转个圈儿，四散游走，打通了小周天，又在丹田汇集，又往下走，两腿发热，膝盖发烫，从足底钻进地里，于是目明心清，血气通畅，腰腿得力，周身痛快，真是人逢喜事精神爽。

"哈！"

他感觉舒服。刚要发作的老年痴呆和陈年的眼疾都让那阵走过场的天地精气给带走了。

"哎呀，真是神品，神品也。"大公子不住称赞。

多年的夙愿，如愿以偿，千恩万谢，立刻叫来4号院的黎爷商量，醒春坊设席三天，宴请罗汉全家和胡同邻里，晚上，京城名票友整编出场堂会，有皇族的角儿。

只是，醒春坊是光绪年间的店，已经没有了，他们高兴糊涂了。

那时，刘立业以前傍晚爱去的后海环湖老街也没有了，旧地上，立着一个叫"霓彩极乐"的地方，环湖围着三百间酒吧，过去迷宫小街里，晚上升起红灯笼串的老店，自古代起，因为日常需要和人生兴味应运而生，千年形成的自然街市也没了，现在清一色卖酒水，晚上绕着湖，形成一圈发光的巨大马蹄铁，十点以后开始热闹，人们陆续赶来娱乐交际，夜总会里发出工厂爆炸的声音彻夜晃动湖面。

天一黑，霓虹灯的烟火孔雀开屏凝固，照亮极乐的幻觉，那时候，这地方全是灯，太明亮，没有灯影，没有黑门洞，没有了充满小巷的弥漫夜色，没有了黑影儿里秘密的缠绵，没有古乐留恋的徘徊，也听不见吆喝叫卖小金鱼的祖传夜曲了，那种声音，远方的人把家忘了的时候在睡梦里能听到，提醒他的故乡。

时代的问题是它必须往前走，会踩碎一些。

罗汉的问题是他必须往前走，但不能乱踩。

他是亚洲主大陆远古开创性物种，他的生活必须燃烧，人类起始时代的宿命，不是思想，可以选择，是生理需要，没有选择。

此时，罗汉已经成熟到可以对生活进行总结。

他在想：在小学，发明纸弹枪，本来是为了给老师送个生日礼物，结果造成大混乱。

想发明雨过天晴之霁，却做出会咬人的迷雾，把衣服烧出了很多窟窿眼。

想发明特效安眠药，结果做成了兴奋剂迷幻药，刺激得一只金丝鸟拼命歌唱，停不住，就累死了，他还不知道李老师早已在东南亚把他迷幻了鸟儿的梦幻推广到社会，在世界上销售人造幸福和幻觉人生，建立了一个无形的帝国。

为了解救灾荒，发明永久馒头，结果做出一个怪物，只对猫有用。在八十一公里创造了北方稻米粮食中心，结果烧死了奕巧。

后来，和人类的衰老作对，发明人造青春，这后面会不会藏着什么不对呢？

罗汉想不清楚，叹口气：

"怎么对的就是错的呢？"

这是他进退两难，对人类生命动力似非而是的悖论总结。

那我怎么办？

不知道。

罗汉不知道的时候，就不再去想，只挑喜欢的事想。

他喜欢那根棍子，看着亲，是家族的遗物，而且好像以前认识，但说不好是在什么时候，一定是在很早很早以前，隐约觉得，好像是自己身体的一部分。

棍子，是初民时代太阳天官研究测量太阳方位的工具，是他们吃饭的饭碗，整天不离手，观测太阳研究天地的变化拿着它，参加战争的时候就是武器，老了没有退休一说，走不动了也不能停止工作，就当拐杖，一头白发，撑着地继续走，倒毙荒野之前，棍子要立着，就是墓碑。

他没想起来以往的全部，但是本能地喜欢拿着它，有一阵子出门也带，自由市场买来菜，装在塑料袋里两头挑着走，单肩竖着挑，放在后脖子上横着挑。

但是杨丽丽最怕他那样走路，很反感，不爱和他上街，嫌丢人，也吓人，所以就不拿了。

晚上杨丽丽的朋友要请吃饭，在建国门一带的一个饭馆，约好杨丽丽先在后海的一个咖啡馆里等。到钟点出了门。

咖啡馆里见到杨丽丽，时间还早，杨丽丽提议不喝咖啡，步行去赴宴，顺便逛逛大街。

两人在街上走，罗汉觉得现在的城里，到处都一样，没什么可看的，百无聊赖，只好看商店的名字。

见到有个商店的名字里头有个字不认识，是好多个"金"字纠缠在一起，很臃肿，就问杨丽丽那字怎么念，是什么意思。杨丽丽说："三个'金'我知道怎么念，这么多'金'，不会念，反正是发财的意思呗，你可以拉长声音念：金！……"一边走一边伸着脖子学，跟罗汉混的时间一长，有时也不太像个淑女。

罗汉明白了，原来现代人也造字，估计是刚刚发明，有了字还没有音。

还看见有个公司的名字很大，门面很小，叫"太平洋国际永生业务服务集团"，没看懂，也得问杨丽丽是干什么的。杨丽丽说，是个卖寿衣和纸钱的店。

到了建国门一带的地段，商店的名字和门面还是不太对称，这条街铺面整齐，灯火辉煌，有很多外国店，非常热闹，看见有个店是外国字，应该是"阿玛尼"。

罗汉问："朝鲜也在这儿开店啦，卖打糕的？"

他平时不怎么上街逛，以前却和杨丽丽一起看过很多旧电影，以为是朝鲜老大娘开的点心铺。

杨丽丽跟罗汉上街，本来就有些紧张，这人本质上是山顶洞人，不开化，特别土，公众场合让人家笑话。

看见周围走路的人看着他们发笑，就拉着罗汉跑，街，不能逛了。

吃饭的地方听说是个法国餐厅，到了一看招牌，罗汉就傻了，店名是"81KM"。

"八十一公里！"

他站在门口愣着，一时有些转向，分不清方位。

八十一公里有一座坟，也是他的坟，是禁忌，自己不愿意提，也不愿意别人提，把坟打开开国际玩笑，他就有点儿不高兴了，就想起了棍子。

先进去看看再说。

饭馆富丽壮观，欧洲宫廷式样，前厅里是古典主义的家具，鲁宾风格吊灯，墙上很多获奖的金盘子和银盘子，沿墙摆放一长溜帕蒂斯桃花心木雕酒柜，水晶玻璃门后面陈列世纪前葡萄佳酿。

饭馆的介绍是中法英三国文字，刻在桌面上，桌子是路易十四时代款式，桌子腿外张，镂空螺旋状，黄金贴饰，桌面云母镶嵌。

介绍上说，这个是分店，菜系是失传的古代法国烹饪学奥秘，属于法兰西文明之前一个遗失的早期文明，这个文明，在忽然发生的冰川时代被埋在千年大雪之下，丧失在暴风雪大烟炮儿里，被考古学家在离巴黎八十一公里的地方挖了出来，找到的食谱，是语言学家和密码学专家破解的，所以这里的菜，本质上，不是这个世界的菜，是另一个世界的菜，是遗失世界的菜，每一道菜背后，都藏着那个丢失了的文明里面的事，要点菜的时候才能知道是什么。

结尾是个座右铭："不能不吃，不能不知，不然白活。"

罗汉闻出这间法式餐厅的说明书里有一股东北大碴子味儿。

这业主真不嫌费事，先把八十一公里根本什么也没有的文明搬到了法国，叫作"遗失的文明"，再把东北的大雪搬过去盖上，叫"冰川时代"，然后再挖出来，成了传统文化，还得实惠能吃，变成菜，里面还必须有故事；菜，是能吃的故事，在这里骗人吃故事。

他做生意可真不容易，挺累的。

吃故事？

罗汉再一想，不错，吃故事，自己在八十一公里就吃故事，晚上睡觉的时候饿，大家精神会餐，有个同学的父亲在西餐馆当厨师，很了解各种没吃过的菜，爱给大家讲，讲得特别细，细得能在黑暗里看见，看见了，就能假装已经吃过了，脑子里会有味道，不过嘴里没有，还越吃越饿。

这不就是吃故事吗，那是自己骗自己。不过，这个饭馆不算完全瞎编，里面好歹有真事。

罗汉想到此处，有些念旧。

侍者领班问他们喝什么酒，请客的人还没到，罗汉说喝开水吧，告诉说没开水，有冰水。那就算了。

一会儿杨丽丽的朋友们来了，都是女企业家，跟化妆品有关，对罗汉很友好，让他点菜。

菜谱很长，也是中英法三国文字，有很详细的描绘和菜里的典故，所以厚成了一本书。

罗汉看了几道菜式，知道这家饭店烹调大雪里的乌鸡，这种飞禽不吃小虫子，只喝风，喝各种风，东西南北风，都喝，靠着喝风，能活，能长肉，最爱喝西北风，到了晚上，嘴里吐出蓝色的火花；还有一种天然熏鱼，从遥远的冰海那边来，逆着河流进入大陆，穿过燃烧的松树林，到达的时候就已经让大自然熏制好了；也有烩熊掌，这种熊，不是一般的熊，拖拉机在身上转一百圈儿碾压，它不会死，站起来把拖拉机连人带车一起扔进沼泽，还通人性，有时候要找人类当事人谈话沟通误会，在公共厕所门口等着解决争端，这种熊生命力特别强，精力极旺盛，特别能生小熊，吃这个尤其对男的好。

还有一种野兔，冬天的雪暴一来就全冻死，可是过一夜就复活，只不过毛皮都被大风刮走了，赤条条往睡觉的窝里跑，第二天早晨又生出了皮毛，又出门吃早点，吃这个可以益寿延年，死而复生……

罗汉越看越有气，这也太扯了吧，怎么里面还有我，又很诡异，这是谁呀？

他跟饭桌上的朋友们说，还是你们点菜吧，自己没吃过这些，不知道怎么点。

大家点菜，点到那乌鸡和野兔的时候，他跟大家商量，法国上古的生灵，咱能不能积点儿德，就别吃了，看过菜谱以后，他有莫名其妙的自我保护意识，吃别的还行，吃自己，不太好。

席间聊天，说到了工作上。

大家说：现在时代进步快，产品要跟着进步，不仅要满足社会的需要，而且要创造社会的需要。

什么是社会的需要？比如，现在人们都不愿意胖，要减肥，但是靠节食不行，不管用，让人馋得慌，也并不健康。所以，企业要往新的路上走一步，比如，生产一种能减肥的化妆品，抹在脸上既能美容又能减肥。

什么是创造社会需要？那就是，人们不知道自己需要什么，一看见这东西，才知道自己需要，这是更高端的生产，比如，人不知道自己需要飞，但是有了穿上能飞的鞋，就知道自己需要飞。

大家说完，都看着罗汉，罗汉就明白了。

罗汉说："你们是不是想合三为一，制造一穿上，就能减肥，还变得特别年轻好看，并且能升空飞起来的鞋？"

大家还是看着他，笑而不答。

有个人说："聪明。"

在座的都知道罗汉是干什么的，干过什么，对他来说，这应该不算什么事，能不能帮个忙。

罗汉低头想：胖，好像不是问题，那是吃多了，多干点儿体力活儿就能解决，为此创造个新花样，有点儿舍近求远不说，万一有什么潜在的副作用就不好了；年轻美丽身材好，大家都愿意，是好事，但会不会人都长得一样美丽，天下就没有美丽了，这里面，会不会有问题；还有，大家都能飞，那鸟儿怎么办，还活不活了，现在陆上和海里已经快完蛋了，都是因为人能去。我得好好想想。

这种事，他以前没有想到，不是他专业的领域。

过去，都是太饿太累，自古以来，发明创造，是为了解决没有和缺乏，现在的生存问题反着来，太不饿太不累，反倒成了麻烦，还真没有想过，需要把吃多了变成看不出来吃多了去发明。时代变，发明创造的本质好像也要变，怎么办？有经验教训，不能乱发明，他心有余悸。

他跟大伙儿说，这样吧，先让我想一想。

结账的时候，他问侍者，店主是谁，能不能请来见一下说句话。

侍者手一指。

看见大堂里有个人正在忙，一面招呼来吃饭的客人，笑容可掬，一面习惯性地拿下一条搭在肩上的毛巾擦桌子，手脚麻利。

他不像老板，像个有洁癖的服务员。

罗汉一看，认识，是中学的同学，姓候，一起去了北方，在学校叫"候子"，去了之后，不知为什么变成了"猴子"，也许是因为忽然树林太多。

罗汉记起，那天，就是他，在公路上捡回一麻袋像褐色粗冰糖块儿的磷肥，大家顾不上研究是什么，给吃了，晚上在帐篷里，都趴在两溜儿通铺上脸对脸嚼"冰糖"，黑暗中相互观看对面一排嘴里冒出的蓝火星。猴子爱给大家描述想象中丰盛宴席里每道菜式的味道，大家也爱听，听了能假装不饿，于是觉得日子过得还是挺好的，那天夜晚，吃了冰糖，又听了一场满汉全席，感到很幸福。

猴子已经不是当年的少年，但错不了，就是他，个子不高，胳膊长，手背上有黑斑，是历年冻疮留下的黑印儿，看来一直都还没褪。

猴子招呼吃饭的人，四面八方地奉迎，很殷勤，笑着冲人点头打招呼说话，点头点到罗汉他们这一桌，看见罗汉在冷眼瞧他，笑脸忽然僵住，扔下毛巾就跑过来，一边喊：

"我就知道，我就知道，我就知道说不定哪天你就从这儿过，看见招牌肯定把我这店给砸了。"

罗汉和猴子在八十一公里，像两只动物，罗汉觉得不抬木头身体就往起飘浮的时候，就背着他压重，远看，像一只人猿背着一只猴。

熟人见了面。猴子跟杨丽丽也认识，中学也在一个班，开始没认出来，等认出了人，大呼小叫地咋呼："我当谁呢，是罗曼斯呀！"

上学的时候，都知道罗汉和杨丽丽是怎么回事，在一起找什么东西，找不着整天着急，就给她改了姓，也跟着罗汉姓罗，说：不是一家人，不进一家门。

一一介绍新朋友，猴子很场面，见了生人会说话，受宠若惊的样子："可不得了今天，全是天仙！我今天什么造化，啊？！"

猴子太激动，看看四下，说："这儿不好，咱上楼。"

楼上有猴子的办公室，里面还有张床，看来他就在店里住。办公桌后面的墙上，挂着一个不伦不类的座右铭，是当年罗汉冻死又活过来以后说的第一句话：生活太美好了。

大家坐下说话，说起以前和现在。

猴子的父亲是厨师，猴子回到北京以后，子承父业，也干了这一行，为什么要干这一行呢？他说，其实这也是天定，一、他喜欢干这个。二、觉得踏实安全。自从去了八十一公里，不怕大家笑话，就爱上了好吃的，因为没有，就老想，越想越爱，回了北京才明白，自己恋爱的对象就是好饭，分离了半辈子没见着，不能再离开。

他还说，干这行有个好处，一旦有什么事，最后饿死的，是伟大的厨师猴子。

杨丽丽的朋友们没见过这样的人，哈哈大笑，觉得他挺有意思。

言谈中，罗汉问，店里菜谱上那些花里胡哨的菜，都是八十一公里的旧事吧？把我们拿出来当野鸡兔子吃，人家也信？

猴子说："不错，正是，可是怪就怪在这儿，我在这儿信口开河胡说八道，其实谁也不相信，他们全明白，可偏偏就是爱来，还不就是因为贵吗！"

杨丽丽说："闹了半天，大家吃的是你们的过去呀。"

说话无心，听者有意，猴子看一眼罗汉，低头不再说话，想起了奕巧，知道，过去，有些事可以说，有些事不可以。

八十一公里，是个谎言，是个神话，罗汉和猴子二人坐在这个神话里，面面相觑，交换只有野生动物才能明白的信息。

第五十一章

当年独臂吴出院以后，紧急开会，先听汇报，从经济到文化，估算损失。

听了汇报，不大相信，问："啥也没剩？"

部长们说："没剩。"

"全没了？"

"没了。"

"那他娘的还总结什么？重来吧。"

亚洲主大陆氏族联盟，千万年来，时代有兴替，王朝有盛衰，在一套自家的文明中演化生息，近来忽然行事惊人，说拆就拆，什么也不给剩，拆完了以后，茫然四顾，也知道后悔，再重来。

重来，拆得快，兴得也快，像放烟花炮，轰然一下，物产丰盈，缤纷一片繁华，又是个大好河山，似乎，有莫测的活力。

但好像缺了一件东西。

文脉不可以这样重来，需要时间。

早期的人，懂这个，物为体，文为魄，却简单只说"天地人"三个字，相辅相成，天有道，人是慧根，地上就万物生发，物变莫测，势运永昌。

简单说，人行，什么都行，反之亦然。

龙官儿也懂这个。那天晚上，见波斯猫在房上看着他，一人清冷，他实在闲得无趣，就也上屋脊，去跟她聊了两句。波斯猫不出胡同，没见过外面的世事，只看见胡同里的事，议论就有些片面，她说：

"现在好了哈，贵族还是贵族。"

她出身如此，旧观念又改不了，以为胡同是世界，也只能这么说话。

龙官儿看不起，说："喊，还乡团论调，井底之蛙，口袋里的猫，知道什么，你以为全这样？富而不贵，反如鼠。"

波斯猫虽孤傲清高，但也不如龙官儿清高，她是个明白猫，又不太喜欢鼠，就问：

"那外面什么样呀？"

外面变化很快，北京的居民已经不认识自己的城区，有的，出了家就迷路，有的，到了建国门就找不着北，前事后事，恍如隔世，天壤之别，自然，就会觉得沧海桑田，以前早没了。

以前没是没了，可是，还有人零星从那边往回返。

西口袋胡同的人们，不知从哪里听来一个口信，说有人要回来了。但不知是谁要回来，也不知道是谁通知的，后来一直也没有看见人，就认为是个谎信儿。

过了些日子，胡同里进来几辆车，才知道，回来的是没有门牌号那家在湖心亭里绣花的七姐妹。

多年前，她们被送到大戈壁去植树造林，现在回来了。

她们像七束干花，睁着眼不动，不知道是活的还是死的，脸上表情都一样，像戴着吓了一跳的假面具，大家赶紧把她们送回家，放在湖中的亭子里先晾着，找来肇姨帮着照看，希望能起死回生。

肇姨让大家回家，自己坐在她们旁边，心中恻隐，她们的祖上是郑和，家里是海上行船的，送到沙漠里去干什么？

傍晚，湖面上吹来清凉的风，谁知七个绣花女见了风，开始喘气，从嘴里呼出来大戈壁炎热的暑气，飘到湖面上化成几滴雨点落下，吐出沙漠里经年的暴热以后，她们慢慢坐起来四下看，看见躺椅上的织针还在，绣的花边已经腐烂。

后来，她们是不是接着幻觉中的那个昨天，继续绣今天的花边，肇姨没有说。

以前的事情成了烟云，她们才回来，情况跟罗汉的出生时间错误有些像，从久远的过去回来过当代的日子。

一天夏日晚上，在外面纳凉聊天的人很惊讶，看见七个人里最小的那位，竟走出了家门，拿把檀香扇子，过来听大家说话。

这户人家，以前从来不出门。

大家见了这位多年的邻居，知道是胡同里最老的住户，但是不知道算是认识还是不认识，该把她当生人看还是熟人看，全都连忙起身让座，客气招呼，还是不敢先开口跟她说话。

　　胡同街坊邻里聊天，无非是以往的奇闻，当下的时事，没有边际。那天说起，飞机场有个从外国学习回来的学生，因为他娘没给够钱，当场用刀把她捅死了。

　　还说起上海那边新盖的一座楼横着倒，楼没怎么样，在地上撂着，底层的窗户变成了门，人们纷纷从窗户变成的门里出走四散，但是高层里那一头，不行了，没人能出来。

　　1号院的大公子说起一桩事，大家也听着新鲜。

　　早上去自由市场买黄瓜，看见有个卖小米的老太太，卖的比别人都贵。有个小伙子嫌贵，她就给解释了，解释得清清楚楚，说做买卖讲的是信义，不能坑人，别人往米里掺沙子，她不掺，掺了缺德，让人家怎么吃呀，她卖的都是真小米，不卖沙子，所以就贵，只是，行有行情，市有市规，别人都掺沙子，自己不掺，就是不守做买卖的规矩，犯众怒，是倾销，所以她卖小米，也要给买主加一碗沙子，单装一个塑料袋，不收钱，吃不吃，随便，这样，两下都说得过去。

　　那位买家说："别价，没关系，近年来，自己的牙和肠胃都习惯了，现在，牙像钢铁的磨，胃是个化铁炉，别说是您的沙子，钉子都没事，嚼和消化都没有问题，大妈，知道吗，这叫人类进化。"

说起了进化，大家一议论，思想就有些混乱。

都说，现在进步多了，什么都有，以前没有的现在都有，东西就不说了，连人也是，就说电视里出来的一些，以前没见过，现在有了，可能是新物种，说是女的，肯定不是，说是男的，也不像，有媚态，没有肩，再说那个拿刀捅亲娘的那种，以前也没有……

说着说着，发现不对，把原来想说的说反了，忽然不知该说什么，只好闭嘴，心里纳闷：进化？……

胡同口早点铺的小三，提出一个问题："以前咱们的发明也不少，影响过世界，现在怎么都是外国的影响咱们？"

大家一想，是呀，现在用的，从汽车飞机到电脑手机，尽是外国想的法子，咱们自己人干吗去了？

有人说："现在什么新东西都有，咱们不算落后吧。"

旁边的人说："那是在后面学，人家出什么，我们仿什么，自己不会。"

聊天的众人在寻思，以前我们挺行的，现在怎么不行了。一时又默然。

刘立业说："其实，先进一步，落后一步，有的时候也很偶然，时代兴衰，东西两边也是此起彼落，前面的一件事，当时看不出，后来才知道，定了以后的事。"

就给大家说了一件事，跟那天晚上新露面的老邻居家还有些关联。

他说三宝太监郑和下西洋的年代，海事通达，跟四方万国，是通的，通则慧，不单是物产，还有知识，技术，消息，想法，这些不能小看，能开眼界，眼界一开，人就要想，人一想，就有发明创造，所以在明朝，东西方两边，东边的科技还是走在前头，有机器钟表、自动开关的水渠闸门之类，那时，别的国都没有。

后来崇祯皇帝继位，铲除了阉党，明代铲除阉党铲除得彻底，太彻底，把跟宦官有关的一切，什么都不要了。之前1450年中央一道旨，把沿海的造船厂和港口都拆了，船不造了，宣布禁海，发明制作机器的技术也停了，从此大陆封闭，海事禁绝，外面什么情况，有什么，全都看不见，看不见，不知道，风俗偏固，见闻狭隘，就不去想，慢慢地，就不会想，只会跟着别人想，一人说好，人人风从，即便有几个还在想，也没人听，也就发明不出来什么。

小三说："听您一说，1450年是一道坎儿，一步没走对，步步跟不上。"

刘立业告诉小三："刚才说的，是个偶然。要紧的是，不管是什么时候，不能不去想，先知者兴，后知者衰，清代有个**魏**源写了本书《海国图志》，中国人自己不看，日本人奉为维新宝典，用心地学，结果他们强了，差点儿把咱们给灭了。"

小三想了想，就问："可是咱们的人也不是不想，我有个朋友，整天想，产品卖不出去怎么办，想了半个月，召集开会，说发现了营销的秘诀是微笑。"

小三的爹说："别瞎打岔！他卖骨灰盒，微笑什么微笑，那叫'想'吗？"

清朝搞洋务在上海办工厂的邻居说："我家老爷子说，他们那时候，学西学，不光办工厂，也琢磨他们用的是什么'道'，江南制造局和吴淞炮台工程处，专门合办多文书馆，翻译外国的好书，年轻人都抢着看，北洋海军里有个严复，把该看的都看了，还给解了让大家看。"

有一位说："看来，不看书还真是不成，印度人给算过账，以色列一人平均每年看六十四本，咱们，零点七。"

大家乘凉，议论纷纷，当天新来参加胡同夜话的郑家老七摇扇子静静地听，不说话。

天上一轮明月下沉，天色晚了，众人刚想散去，老七才站起来开始问安。

她从左边第一位开始："这位高邻，家中父母双亲可好？"
那邻居很意外，受宠若惊，连声说："都好都好。"
又问："夫人可好？"
回话也说好。
又接着问："公子令爱也好？"

她一直问，挨个儿问，问到了叔叔大爷姑姨婶子和别的亲戚，也问到了家里养的猫狗鱼鸟虫和花草。

自然是连1号院大公子的蛐蛐也都顺带问候了。

大公子家那龙蛰，是罗汉借给他养着玩儿的，没告诉他说那不是蛐蛐，虽然没说它是什么，大公子和斜对门4号院黎爷，两家轮流养，在家倒是也当个神灵供着，欢天喜地，稀罕得不得了，整天不干别的，大半夜捧着罐子陪着在外头散步喂月光。

众人不解，这位老七是什么规矩，礼数太过于周全了吧。

刘立业在一旁看着，已经明白，知道郑家绣花老七这些年在外面，一定是跟一个北方民族一起过日子。那一族的初民，从西非起身，到了欧洲再向东，遇到了西亚的天堑，过不去，就停下不能再走了。公元三世纪，他们叫丁零，北魏叫乌护，隋叫韦纥，唐叫回鹘，九世纪被人灭国，就迁到了西域，在那边跟疏勒、龟兹、吐蕃、契丹、蒙古和两汉的汉人一起住，同居融合以后，元明两代叫畏兀尔，现在叫维吾尔。

他们见面问候就这么细，不都问到了不能算完，老七现在就这样。

绣花老七问候完毕，已是半夜，才入正题：

"刚才诸位说话，不便插言，我是来送信的，哪位高邻住28号丁香院？有家书。"

第五十二章

绣花老七那天晚上在丁香院都说了些什么，大家不知道。

可是南城大栅栏一带知道。

原来，北京神话的传布，不是由近至远，由里往外面扩散，而是随意生长，像风，始于陶然亭青蘋之末，也像是野花野草，从地里随便往上冒，冒出来以后，是自己，跟别的没关系，事情的根由只是肥料。

那天大公子和黎爷在"独一处"吃烧卖，旁边那桌，正在讲。

二人听了，大眼瞪小眼，很奇怪，就问人家："我们怎么不知道呀？"

路过的伙计说："二位，不能够哇，上礼拜都进宣南书场啦。"

胡同里知道了就相互传问，又多知道一些，还是很朦胧，有时真切，有时缥缈，似幻似真。

众人分析：在沙漠里走过一趟的人，之后有幻觉，经历的，不一定是发生过的，经过的，不一定都了解，所以，有些事，郑家老七自己也不甚了然，她是淑女，问安话多，说正事，话就少，惜字如金，问一句说一句，所以，她的经历，说不具体，别人也听不清楚，以讹传讹，情有可原。

不过，南城那边，传的也太过于铺张了，第一句，就怎么听怎么不合理：

"西城区西口袋胡同，没有门牌号老郑家湖心亭的七个绣花女，去大戈壁植树造林，在沙漠里打鱼为生。"

国人想象力丰富，但这像话吗！

再往后，纯粹是荒诞派异域神怪传说：

一天夜里，她们遇见个沙漠人，上身是人，下身是马，目光如炬，黑暗里冒出绿莹莹颜色微光，不说话，领她们去了天山深处一个盆地，那里住的也都是半人马，身着长袍，覆盖下体，四蹄外露，来去迅疾，面目千奇百怪，长什么样的都有，有的赤发虬髯，有的高鼻鹰眼，有的长身玉立，也有黑发黄面的，相互间说话沟通还在史前阶段，语言好像还没完全统一，各说各的话，所以特爱打手势，特别乱乎，手势打得太多，话又不通，就很容易变成斗殴，常引起拔刀相向、白刃争斗，交流就变成了交战，没法劝，劝也听不懂，其实不用劝，他们刚打完，就忘了，该干什么干什么，驯马，打鱼，种地。他们种地，不种粮食，种玉，秋天往地里埋，初冬就能收获了，取之不尽。一入冬，挖出玉石，四下散去，回来的时候满载换来的东西。

这一族人，有个总头目，他是王，目似燃灯，来去无踪，出行蒙面，有千里眼，知天下事，北京的事，他都能看见，知道故宫，知道前门，知道什刹海游泳池，知道地安门的"合义斋"，还知道西口袋胡同口的早点铺，讲说出来，分毫不差，竟然也知道那七个绣花女是谁，她们的祖上是谁，家住哪里，还知道她们的邻居是谁，邻居的猫是谁，连人家院儿里有几棵丁香树都知道……

湖心亭里的七个女人在瀚海戈壁里没有种树，沙漠里不长树，她们是送到那里去住。

去的地方，路太远，地方太大，一个县像一个省，所以只能是走几天住几天，一点儿一点儿往里进，越走越深。

两个月以后，越过了一个有少数多数民族和多数少数民族居住的地方，送她们去的人就回去了。

她们自己往里走，越走越荒凉。

一开始，她们沿着昆仑山脉下面的古代丝绸之路南道走了一阵，后来本能地一拐弯，跟着一条河向北去，没想到，那河突然没了，一端掉进了沙子不见了，原来是进了沙漠。

沙漠里一望无际，银沙耀眼，空气一层一层向上升，像幻影，地表蒸腾，似在晃动，四面八方，远近尽是流沙丘，高的有三百米，状如金字塔。

她们不明白怎么里面还有海，海上有楼台，却一会儿有，一会儿又没有。

毕竟是航海家的后人，虽然足不出户，不知世事，可见到了海就有感觉，不管是什么海，湿的还是干的，南海还是瀚海，能感到这片沙子地可真不小，整体向南方在移动，心中十分惊骇。

她们方向感太强，在沙漠里竟然不会迷路，知道要向北，不知怎么，凭着第六感嗅觉，就摸到了合阗河的古河道。

当时河中有水，西岸有形状像塔的树，下面大，上面小，是胡杨，河道形成绿色走廊。她们穿越六十多摄氏度的沙漠，身体里的水快烤干了，虽是航海者的生命基因，生命力再强也受不了这个，河边的气温大约四十摄氏度，好多了，却早已吓得魂飞魄散，不敢再往下走，就靠河流择地先住下。

她们绣花，是本族先祖编制渔网的高雅演进，可那是闲着没事干的时候，现在不行了，要找吃的，那天她们没挨饿，不用学，自己天生会用软树枝编网，会从水里捞鱼吃。

绣花老七是大家闺秀，说话叙事，惜字如金，说这些的时候太省，只说是："进了沙漠，只好结网捕鱼。"

于是，听得人昏然想不通。

她们不知道，自己进的，是塔克拉玛干，是塔里木盆地中央一层三十米深的沙盖，东西两千八百里，南北八百多里，北有天山，南有昆仑，西边是帕米尔高原。

二十万年前早期人类从西边过来的时候，怎么也走不过去这个区域，死了很多在里面，还得绕道，从南边青藏高原那边绕着走，才到了东方，变成亚洲始祖。

这沙漠确实是活的，在向南慢慢走动，上个一千年，它走了二十多里地，她们要是知道了这是什么地方，会经受不起现实，走不到合阗河，就活不了，好在不知道，幸好又是赶上了河汛季节的末尾八月，河里有水。

她们以前不出门，觉得外面的人太多，世道太乱，太不清净，有些害怕；在沙漠里，人不太多，世道不太乱，太清静，只有她们自己，白天黑天一片死寂，听不见胡同里的世外人声，早上寒暄，入暮细雨，婴儿夜啼，午后琴音，没有世代不息的人寰动静，反而更让人害怕。

她们知道，这样过，也熬不了几天，就顺着河道慢慢走，她们走到哪里也忘不了讲究，晚上睡觉，间隔六尺排成一行，中规中矩，要是死了，风沙覆盖以后，会是一溜整齐庄重的坟墓，无论死活，都要规矩体面。

后来的事情，有些不好判断，说夜里来个人，从河边路过，骑马，身后有驾马车，抱她们上了马车，拉到了有人的地方。

老七说那人是波斯人，长衣大袍，衣袍罩住了马，蒙着脸，双目如炬，夜里一闪一闪的，有绿色微茫，前行路上，两侧沙漠里忽然同时刮起了西北风、西风和东北风，卷起旋转沙暴，通天高。

那人拿苫布把她们盖上，用车上装的石头压好，自己挖坑抱着马腿躺在里面打盹儿，那种马，以前没见过，是野马，好像通人性，用嘴叼着那人腰上系的绳子，怕他被刮走。风刮完了，再一看，沙漠里景物已经不一样了，沙丘都换了地方，地貌方位全变了。

再往前走，到一个地方，在高山之下，是一片山坳，有人烟了。有几家土院子，门没有朝西的，前庭深，种的有葡萄和石榴，干干净净，屋子里有土炕，墙上有壁龛，有图案，挂壁毯，还贴着一张多年前的《北京晚报》。

居民，显然不是同一民族的人，穿戴长相，什么样的都有，见那个人一来，都来跟他说话。他们说话南腔北调，需要指手画脚，需要嚷，相互半懂不懂，还使劲相互揪着领子表达意思，特别混乱，腰里都有刀，很吓人。那人把她们分到各家安顿住下，人家待她们挺好，给吃给喝。

后来，她们也不白住，有的人家，屋内的装饰，衣服的领子和对襟上都有花边，见了她们的手工，惊得合不上嘴，拿着跑出去让别人观看，都喜欢得不得了，举着给别人看，看完了还唱歌跳舞。

那些人都穿长袍，都骑马，拿她们的刺绣到西边远处去换回东西。居民点里有个地下石室，好像是个禁区，平时，人不往那边去，外面回来的人，有时去放进些石头，要出门的人，有时也去取些石头。

在那里，她们一住就是几年。

那人经常来，又经常走，也不知道是回家还是路过，他在各家都能住，好像是他们的头领，每次，都给她们带回些吃用的东西，那时候他就不蒙面，是个大胡子。

最后一次见，是半年前，来了直接找她们，没说当地话，说的是北京话，跟她们说，现在北京安全了，她们可以回家了，已经让沿路的人往北京那边传话通知。

他给了她们一人一块红玉，说是留个纪念。

出门坐马车，走了几天，遇上一辆汽车，就搭上了那辆汽车，没想到开车的那人一开始态度还挺好，后来把她们吓了一大跳，他看见了她们的玉石，立刻变脸，把玉抢走，把人扔回沙漠。

她们千辛万苦往外走，最后遇上一个沙漠探险旅游团，这才给送到了火车站，辗转回到家，已经死了。

那天刘立业全家跟绣花老七说话，说到天明。

那人让老七带的书信，十分简单。

　　父亲母亲大人、姐姐和姐夫、肇姨、小罗汉如晤：
朝鲜战争之后，我从部队转业分配到西北工作，因为各种原因不能回家，我没有地址，工作生活都好，不要挂念。
关山暌隔，海内同在，起居安康，步履迪吉，是所至祷，
文龙　字。

第五十三章

　　文龙在大西北的一个采石场里劳动，他没有受罪。

　　到达以后，先接受审查，场长看了他的档案材料，又谈话审问，还特别询问了306高地战况的细节。

　　场长心想，讲的是真话，这个人是为国打仗拼命的，打得就剩下两个人，那个快死了，还在战俘营没回来，他一个人，说什么也没个旁证，就送到我这里。

　　怎么办？

　　场长当过兵，对文龙就有些另眼相看，没难为他，平时还有所照顾，日子一长还能聊几句。

　　有一天，文龙来找他问工作，问打出来的石头是干什么用的。场长说，无非是盖房子修水坝。文龙说，那咱们别浪费国家财产了，石矿改成玉矿吧。

　　文龙在伎伎家见过玉，听她爷爷讲过玉，有关的书籍，像清人吴大澂的《古玉图考》之类，有的也翻看过几眼，知道一些。

见场长张着嘴眨巴眼睛不吭声儿，知道不说细点儿他不信，就告诉他：

采石场里有玉，他看见了。国内的玉，有翡翠、和田、独山、缠丝、岫岩、蓝田等等很多种，独翡翠与和田，一硬一软，一南一北，都是好的。翡翠玉在缅北和云南那边，和田玉，是本省的出产，产地就在西南方向不远处的和田、墨玉一带。玉的品，一般看的是硬、透、润。和田玉，古时候还能见到色，有墨红金白四品，墨红金三色，太罕见，现在想看也看不到了，剩下的是白玉，就是羊脂玉。

墨玉实际上是色极深的墨绿。这种颜色，没有太阳光线照射亿万年不会有，是地球上最古老的玉，《本草》上说，墨玉里面含着好东西，佩戴，能明目润肺、化通经络。红玉，汉代见过，那也是在宫里，有"玉挂红，价连城"之说，所以这两种都好，但是太稀少，世人都没有见过。

不过，这采石场的山体里两种都有，是自己亲眼所见。

场长说："文龙，知道你可能受了点儿委屈，要看开，相信组织，别太往心里去，再憋出病。"

文龙见场长还不信，就说："你棉袄左上兜儿里有个怀表，有盖儿，它，现在是十点三十八分十二秒。"

场长定睛仔细看文龙，值得同情，立大功而议罪，表面看着没事，满不在乎，别是陈年积郁，受了刺激，气迷了心，右手却不由自主慢慢摸出怀表，按开盖儿一看，不错，十点三十八分十三秒多一点儿。

多年前，文龙自从见了伎伎，当时一见之下，体内发生剧烈的生物化学反应，视力突发性进化，那时，黑夜能寻针，进化一直没有停，现在，可比以前强多了。

从朝鲜回来以后，他坐在西行的卡车上，长途一路寂寞，手拿贵州盐酸菜空玻璃瓶，把以前的事情反复掂量了三天，想来想去，他发现，自己落到这步田地，却是一点儿过错都没有，命途如此，不是自己造成的，心中就坦然了。眼前一亮，内心明澈，过眼的浮世化作烟云，突然间，能把世间一切看穿看透，再抬眼望远，看见祖国山河美好，左手昆仑之上，是晶莹的冰川，右手大漠之下，全是异彩夺目的宝石和黑色大河流淌，高天之上有只苍鹰，孤零零一字横空，翼然独处天表，景深物远，前尘已作空寂。

于是在心中跟自己说：有他妈什么大不了的事，不就是往远了去吗，人，都是越走越远，哪里有回头的路，古来君子意在致远，没什么儿女情长，张骞、霍去病、班超、左宗棠，不是都来过吗，我也来了，以前的文龙，没了，很好！

想到此处，把空瓶子拿到眼前再望一眼，对里面的文龙和伎伎二人说一声"再见"，一举手，扔进了路边荒烟蔓草。

文龙在北京沾染了士大夫的激烈和北地的决绝，仗着一口浩气进了瀚海，要再活一回。

场长自从那天看了一眼怀表，后来对文龙言听计从。

文龙领着采石场一半人马去开山凿玉，玉料打开一看，有的黑有的红，黑的墨泽润透，红的胭脂血凝，都是好东西，竟还有一种黑，下面是一层洁白匀净的羊脂玉托，他以前没听说过。

过了些日子，文龙又来找场长，问他："那些玉，怎么还不往外运？"

场长反问他："你让我往哪里运？这件事没跟上级汇报，是你做的主，往哪儿运都有毛病。"

文龙一想，场长说得对，石头有人要，这玉谁敢要？

全国正乱，这类东西是祸，扔还来不及，谁也不想找死。再说，自己在这里是个什么身份，发配的罪徒，上面一调查，不是贻害场长吗！

二人相视作难，都不知道拿它们干什么用。装麻袋入库，先放着吧。

后来，文龙总是站在房顶上往沙漠那边观看，越看神色越不好，那天又去找场长，跟场长说："咱们搬家吧。"

场长看见文龙就开始紧张，现在知道，此人不来便罢，一来找，不论好事坏事，都是大事，都不好办。见场长有些慌，文龙说："场长，您先别急，塔克拉玛干在往这边走，现在它确实是快要过来了，沙漠要来，谁也挡不住，咱们走不就行了吗！"

采石场被沙漠吞没，用了三个月，但是人，已经不能再住了，迁移的时候，自治区、州县以前的领导层正荡然瓦解消失，不知被关押在哪里了，所以没有任何指示。

场长年老有病，回了山东老家，劳动人员纷纷散去自投生路，归乡的归乡，投亲的投亲，剩下的是无处可去的。

场长临走的时候，跟文龙商量，有请求的意思，说："剩下的人，你要是愿意呢，就带着。靠山吃山靠水吃水。说得容易，其实，就是自生自灭，别人不行，你兴许可以。"

文龙凭着穿透一切、不怕风沙的目力，带着十几个人，几辆马车，顺着合阗河道穿越沙漠，迁徙到沙漠以北，在天山山麓，找见一片山坳，地势三面高一面低，附近有条塔里木河的支脉，从此安家落户。

这个地方，从几座营帐慢慢形成一个有房屋的聚落，人逐渐多了。

后来有一天，庆祝迁徙日，大家看一看自己这群人，先来的加上后来的和常来的，长住的加上流动的，有十三个民族，成了民族大团结，除了最初的汉人，还有蒙古、维吾尔、柯尔克孜、满、锡伯、回、塔吉克、俄罗斯的各族人等，是个无形的族群，忽聚忽散，说不好谁是本地的，谁不是。

有的人长住，有的是路过暂住，有的是先路过后来就住下，有的是住了又走，有的是走了又来，有的来了又走，没有定准，没有定员，没有一定的人口数目。

开始，他们各顾各，找吃的，各自寻活，个人自己谋生，开荒地，种些瓜豆，山野采集，河里捞鱼，做些简单的日用工艺物品和工具，出外贩卖做点儿生意。一开始，一个人需要什么都干，后来就有人专干，什么干得好干什么，有了分工，有了合作。

他们先是交换东西，后来又交换便利，跑生意的，也把别人养的塔里木野兔拿出去卖，在家的，就给出外的人照看他那两棵石榴、三垄蔓菁。出外的人回来，有时带回个女人，路过的，有的就不走了，有了婚配，有了家庭。

他们在河道绿色走廊里套来一种野马，这种野马跟采石场拉车的辕马生下另一种马，力道足，有灵性，繁殖也快，不久，人人骑马，也卖马。几年后，各族人说的话，为了适应别人的语言也变了，变成一种大家差不多都还能听明白的话，这种话，以前从来没有。

这些五花八门的人，共同居住，有个石头砌的地窖，里面存放采石场以前开采的黑红玉石，也有迁徙路上在河滩里捡到的彩玉，也有后来外出的人在别处发现带回来的，都是公共财产，算是个银行。

当初，文龙领着最初的人，找到了这个可以居住的地方以后，自己带着两个人去了西亚，他知道，光靠自力更生的空洞概念，根本支持不下去。

他回来的时候，车上满装着粮食、种子和工具。大家听说，都是用一块玉换来的，才知道这种石头在有些地方能当钱用。

后来，由于玉石和好马，这个地方出了名，以后，山坳里与东西两边，有了一条贸易通道，运来的用品和工具慢慢多了，这条通道变得越来越长，出现了支线，再以后，有了学校，再以后，什么都有。

他们谁也没有忘记自己本人是哪族人，但是不知道放在一起叫什么，也不知道自己的后代应该算是哪族人，他们的后代，也不知道自己算是哪族人。

后来，他们之间，出现了一个见面行礼动作：先用双手蒙住双眼，再平伸开，直视对方。都莫名其妙，不知道是什么意思，但是见了面，都这样打招呼，大概是"咱们"，或者是"眼睛里生出来的一群"，或者是"神看见了就有了我们"，或者是"看见了"或"你好"之类的意思。

很多年以后，他们人多了，日子兴旺了，但还是说不清那个人人都用的动作到底是个什么意思，没有定论，就连自己的大学和最有学问的科研机构也解释不清。

不过那时，这个氏族有一个名字，叫"凵"，这个字，内地以前有，后来被取消，字形，像他们起源之地的地形，是一个凹，发声，类似于"看"，似乎与眼睛有关。

那时，他们已经有了创世英雄出现和始祖女神的神话。女神凵姓。

第五十四章

文龙在捍卫国家的战争中失去了家，在西北瀚海的平凡经历中产生出一个氏族。

以后，史前神话的规律在那里发生重复，人们不记得他是谁，只记得他们那个眼中有火的始祖崇拜一个远方凵姓女神。

罗汉早年的经历，也发生过类似的后期反应。

极北之地八十一公里杳无踪迹，无人知晓了，现在只有珍珠泽和珍珠泽的历史，然而那里的第一代初民，在他们还活着的时候就已经成为当地供奉的祖先。

珍珠泽的传说中，很久以前，有人来开辟天地，后来，是一个"风人"为极北大荒之地送来了稻种，风人曾经凤凰涅槃，他不吃粮食，只吃风，却把粮食带给了他们，从此，北方出现文明，开始兴旺。

极北各地，有风人的雕像，脸面一半年轻，一半衰老，一半英俊，一半狰狞，都面朝南，举目向南望中天的太阳，身后有一副振羽半开的翅膀。

有一天罗汉在猴子的餐厅里和几个旧相识不期而遇，发现，那是个下意识的聚会。

那天下午他们全不由自主、漫不经心往那边走，可能是因为过去大家心里连着的那根电线还在，这边刚想卷根儿烟抽，那边就扔过来一支刚卷好了的。

大家见了面，很奇怪，都来这儿干吗？知道可能不是巧合，但是不知道为什么来。

正说着话，电视里开始专题报道珍珠泽的历史，这个好像是碰巧。

见到以前生活和劳动的旧地，大家就很有兴趣，注意看。

看完了电视节目，他们就互相看，你看我，我看你，脑子里尽是一片片白茫茫的小云彩，只有天没有地，空空荡荡，一点儿想法都没有了。

他们后来慢慢能想了，想的是不同种类的怀疑。

有人在努力重新回忆以前的事情，觉得自己大概是整个给记拧了。有人在想：那时候，是不是太忙了，所以好些事请没顾得上看见？

还有的人，竟然缺乏自信缺乏得离谱，全盘否定，变成历史虚无主义，问："那边，咱去过还是没去过？"

电视里说：北方有个珍珠泽，很久以前，那是一片神奇的土地，漫山遍野的麋鹿在奔跑，河里交通堵塞，鱼太多，挤着游，很多鱼儿被挤到岸边的青草地上，在地上跳跃，闪耀银白光亮，那里太富饶，连空气里都弥漫着激情的营养，所以那里的鱼，有情商，而那里的人，终其一生，每天都围着篝火狂欢。极北之地的大自然太强大，催发人类的快乐精神，空气中弥漫着邂逅的宿命，没有人能够逃避，一呼一吸之间，不可避免地陷入错综复杂的，扑朔迷离的，无休无止的，欲罢不能的唯美主义人事关系。

后面是思维敏捷的旅游公司广告，先出现美丽的画面，然后是简单的口号："北上！"

再后面，是反映珍珠泽生活史的电视剧《十四个冻梨启示录》预告片，大致内容是一个人吃了很多冻梨把内脏冻碎了甜蜜死去同时为好几个人殉情自我了断的悲剧，不过反衬的是北方的主流乐观主义人生观：生活太美好了！

罗汉和他的朋友们不能确定，自己脑袋里的那个以前是怎么回事？

他们不能确定，是不是那时候太小，感官还没发育好，所以很多情况当时没有纳入知觉，主要的部分漏掉了，认识上有空白。

后来他们越来越迷糊，觉得有必要在真人记忆和电视现实面前做个选择，当然了，谁都喜欢选择好的。

所以他们开始相信，以前太美好了，只不过是自己当时不知道。

再后来，他们一商量，一致同意，大家都去过那个美好的地方，还批评那个对自己的存在太没有信心的人：

"不是傻吗？也不想想，你要是没去过，能认识我们吗？"

那个人也承认，刚才是一时糊涂。

还是猴子的现实感比较强，还有点儿不放心，就问：

"记得当时空气里没有春药哇？"

众人默然自思，却不敢下断言，不敢否定，这事不好说，扪心自问，好像当时空气里确实有什么东西，让某些感觉器官总是不安分。

这些糊涂虫，以为是空气，那是青春好不好！当时要是有过路的神仙，能把他急死。

他们这样昏天黑地犯迷糊，其实情有可原，因为他们那个真以前，比当代神话里那个假以前，更不像真的。

他们像中了催眠术，不知不觉一起到八十一公里去碰头，是因为他们生病了，得的是"时间分裂错乱集体怀疑综合征"，是身份的精神分裂，也难怪，他们既是祖先也是自己。他们去，是为了相互印证一下自己曾经的存在，看看以前究竟是怎么一回事。

那天，罗汉又看见了一个以前每天看但是没看见的事情，又有重大发现。

没错，我们是那里最早的人类，比神去得还早，所以我们成了神，我们是史诗，我们是创世初民，开天辟地，掉在沼泽里，死在大火里，是蚊子的饭，结果有了文明，可是，那片湿地，怎么没了？弥漫着绿色的森林没了，雾霭缭绕的沼泽没了，冬天放射奇异光彩的桦树林没了，大地用来调节整个北方气候呼吸的肺没了。

他原始的深刻记忆忽然醒了，那个地方是我们的泽惠，大家世代都很珍惜，怎么给弄没了？还以为是在征服大自然，其实是森林和大地在反抗我们的蹂躏，现在，都让可恶的青年英雄的坚忍不拔给他娘的弄没了。

这都是因为，什么也不想，八十一公里不存在"想"。

罗汉灰溜溜贴着墙根往家走，精神上很受打击，情绪很低落。

那天，他在八十一公里犯迷糊的时候，还有个人在课堂上犯迷糊。

他以前的小学校里来了一个远方的客人，要赞助学校盖一座楼，建个科技馆，条件是允许他在课堂里讲一节课。校长觉得很新鲜，感叹富人任性，爱玩儿什么的都有。

来人前额宽阔，目光炯然，络腮胡须，穿一件过时的蓝制服，举止很谦和，梦幻的眼神，站在讲台后边看着课堂，像看着自家美丽的花园，里面全是花儿，觉得很过瘾，还自我陶醉地微笑。

客串老师讲的是算术，为了启发学生们的思维，也是为了活跃课堂的气氛，没让同学们做例行的考卷，先是问了一个普通的但是一般没人问的问题，轻松开场。

他问："我6岁的时候，我弟弟的年龄是我的一半，那我70岁的时候他几岁啦？"

学校是好学校，学生经过考试严格选拔，都是从刁钻的数学题海里玩儿命滚出来的，受过数理逻辑专门训练。

可是问题的提出，太出人意料，以前没有这么问的，也不带这么问的，一点儿实际用处也没有，大家的智慧没有覆盖过这种事，所以，没反应过来，老师的问题在脑子里不能清晰成形。

不断有人站起来问老师是什么意思，老师不厌其烦地解说他提出的问题是什么，差点儿把答案说出来。

听懂了问题，同学们启动数理逻辑思维程序，陷入沉思。

没人回答。

老师还得往下讲课，就问："赶紧的，答案是什么呀？"

有同学又问老师，问题是什么来着？思考的时候精力太集中，把正在思考的是什么给忘了。

老师再次说明问题，一个同学拿起计算器演算公式，把问题回答了。

"老师，你70岁的时候，你弟弟大约5.83岁。"

那位老师爱好者受到意外的打击，扶着讲台大声问他：

"啊？！5.83？你怎么想的你？"

学生给老师解释思维逻辑程式：

"老师，其实很简单，你弟弟的岁数是6的一半，而70包含大约11.66666直至无限个6，那么用11.66666除以2，就是你弟弟大约的年龄，所以你70的时候，他大约是5.83岁。"

有一个学生不同意了，站起来反驳：

"不对不对，你把自己绕进去了，其实比你想的简单，老师弟弟的年龄是老师的一半，老师70的时候，他弟弟是35。"

两个逻辑答案的揭晓，相差三十年，课堂开始变得很热闹，有的同意5.83，有的同意35，都拿出细微到小数点以后距离很远的精确数字，把计算器给老师看。

争论很热烈，很深入。

客串老师短时间内受到第二次打击，说不出话，干着急，此时已经插不上嘴了，开始冒汗。

他可怜巴巴地看着课堂，在想：怎么这样，有人说什么就都跟着说，难道自己不会想一想。

大家的头脑进化到了这个份儿上，把他吓了一跳。

集体的智慧是传染病，所以老师突然也不会想了。

两个答案让老师数学里的弟弟年龄差了一代，半节课过去了，真相没有确定。

老师说："行啦，那咱们不上数学了，改上语文。"

课堂立刻把教学转换为语文模式。他说："语文就是语言文学，诸位看过什么好玩儿的书吗？"

同学们摇头，看着上面的老师，他是出土文物。

一个同学给这个不知道从哪里来的老师解释：

"老师，现代科技发展了，人类脱离了落后的信息接收方式，我们不看书。"

老师茫然，看一看窗外的天空，心有不甘地再问："连小人儿书也不看？！"

同学们不约而同，不无怜悯地摇摇头，不看。这老师也太幼稚了吧。

"那你们看什么呀？"

同学向老师解释说："我们看电影电视剧，网上的视频什么的，基本上什么都有，内容非常丰富。"

老师心里很不高兴。啊！什么？不爱看小人儿书！天理不容！他感情上接受不了，所以脸色不太好看。

同学们见老师不高兴了，就用科学道理开导他，说："老师，纸介读物是文字，文字不是视觉形象，影视是视觉形象，更直接，更真切，更生动，更容易接受，所以社会已经淘汰了传统的认知方式，这是进步。"

老师没词了。

没错，同学们说得对，看来我不当老师太久了，满世界跑，不务正业，本来想再当一回老师，现在成了学生的学生。很无趣。

他低着头反思自己的落后，还是心有不甘。

可是，不看书，光看电影，大脑就减少了一道工序，不需要再把文字转换成视觉场面，减免了这道工序倒是省事了，但是想象力会不会慢慢退化，就弱了，就没了，这可怎么办？

自己没想好，不好说。嗨，还说什么说。

那天，他反而给自己上了一堂课，从此断绝了念念不忘想当小学老师的那块好为人师的心病。

校长看见这位前来客串的人怏怏而返，脸上有葡萄上的霜，有些担心，就问他："李先生，这楼咱还建不建了？"

李玉麟说："建，科技馆我看就算了，建个电影院吧。"

李玉麟从小学校出门，让校门口等候的随行人员散去自行活动，想自己在街上走一走。

他在地安门、鼓楼、后海一带闲溜达，时不时停下来细细观看，很有趣，很新鲜。

北京，物不是，人也非，高楼成群，车辆如鲫，气象与往日大大不同，人之风貌行止亦是如此。

街边停的车，一个挨一个，挨得太紧，前后五公分，中间那辆，开不出去，就有个人热心帮助指挥，指挥的人细微准确，开车的人娴熟精到，一丝一丝往外蹭，打了好几把满舵，忙活儿了十几分钟，终于把车头掉了出来，头尾无剐蹭，竟可以走了，技术超群，精彩至极。

指挥的人做完好事，就进了前面那辆车，开车走了。精彩是精彩，但是他们何必这么费事？

李玉麟信步走到西口袋胡同，在胡同口的早点铺坐下，不往里走。那里面有户人家，有两个人，他认识，算是以前在北京最熟悉的人，前后，跟自己都有些渊源，对他都发生过影响，一个是对生活，一个是对事业，只是他们自己不知道。

他坐在那里盘算，此次来北京，主要是为了看看自己的出生旧地，却还有一份不轻不重的惦记，就落在这条胡同的丁香院里，而自己是谁，他们未必记得。

李玉麟坐在早点铺里，与其说是在等人，不如说被一点儿微不足道的往事粘连了一下，他就是想在那里坐一会儿，感觉一下那个不是现在的自己的自己。

罗汉回家进胡同，一眼就看见李老师坐在早点铺门口桌子边正喝茶。

罗汉见了李老师很高兴，带着古往今来对师门的尊敬，不敢坐，站着。李老师看见罗汉，竟不认识了，感慨世事的沧桑。

师生二人，讲了一些各自的经历，一人寻找幸福，一人造物求活，在生活的道路上虽然已经相去甚远，时事所致，善恶不论，过去，毕竟让人怀念。

罗汉的简单原始意识，刚才一路之上已经成长到知道反思的阶段，个人以前的所作所为，给别人带来的究竟是什么，好还是不好，他想不明白，就跟老师说，真不知道自己这些年的作为，是对呢，还是不对。

李老师最后一次恢复了小学教师的口吻，看着他说："你有物献于世，才有资格这样想，才敢这样问，我没有，也不敢。"

李老师没有进丁香院，让给肇姨带个好，说她冰雪洁净，自己就不过去请安了，让罗汉转交她一个翡翠手镯，留个纪念，不必多问。

李玉麟完成了对北京，对自己，对丁香院的交代，就走了。

第五十五章

四百万年之前，从非洲直立起来的人类，一些族群开始北上。

越过了直布罗陀低地，踏上欧亚大陆，后来从那儿分道，有的向西，有的向东，不管向西还是向东，他们走的是一条幸运的路线。

当时世界上只有很少几处果实繁茂的地方，可以让人类生存繁衍，都在这条东西走向的线上。这些地方是欧洲南部，地中海东边西亚新月沃土地区和亚洲黄河长江流域，基本在一个纬度，气候、环境和物种差别不大，植物可以移植，动物可以引进，互通有无，物产就越来越多，出现了各种文明，因为在这条线上，之间可以学习。

美洲和非洲，跟欧亚大陆不同，都是南北向的长条，不在同一纬度，各地的气候、物种、环境差异大，之间的引进移植很困难，北边的种子，到了南边活不了，动物也是，发展就慢了。

所以再往后，世界上的热闹，主要是在欧亚大陆演化，这是命运的福利。

罗汉有时无端想起这些，还知道一些现代的事，所知所见多一些，世界就显得比较大，需要站得远一点儿才能看得全，不然有些地方看不见。

在远处，他能看见，一个氏族不学习，或不能学习，就会衰落。

那几天他一直在琢磨一件事，现在日子不错呀，什么都不缺，我还瞎折腾什么？吃的喝的，都有了，可是，总是觉得还缺了点儿什么。

他感觉有个东西好像需要修理一下，又说不好是什么。

那天早上，他在胡同口喝豆浆，忽然很怀念16号院老太太消失了的钢琴奏鸣曲，那声音跟西口袋胡同古色古香的情调不一致，在树荫里、墙头上，飘荡缭绕了好些年，是一种另类的风情，虽然不知不觉，却给每天的日子平添了深长的味道，那是西口袋胡同文明史的一丝风趣。

当时，早点铺的老郑正在给自己念报纸。

报纸上说，世界一体化了。

罗汉原始的、简单的、石化的、无法进步的思想，无法接受这种变化，他一听就急了，差点儿把豆浆给吐了。

一体化！什么都一样！这行吗？这好吗？这在新石器时代就已经成了禁忌，认为是愚昧，怎么可以什么都一样？老鼠都一样，蟑螂都一样，那还有意思吗？自己不会想，才想跟别人一样。

他明白了，现在缺的是"想"。

他忽然有点儿想二舅了，他把自己变得很不一样。

他怎么老不回来。

旧日的时光已经过去，旧时的人们有的不常见到了，但都在接续前缘，完成以后的事。

当年罗汉回到门家庄去发明青春，到了村里找不见拽虎，问村里怎么回事，村里人说，别找了，自从送走了他和高兴，拽虎和妙香也走了，他们也去了北京。

罗汉知道，拽虎又重新开始了，凡是什么也没有就开始的人，不是沉沦就是惊天，他也不一样。

秋天，高兴回来了，到西口袋胡同来看他的出生地，在丁香院隔壁26号院的门前看了看，趴在门缝上往里面张望，看见了心念中的家，没说什么话，也没进院子。

以前的夜哭郎，现在没有眼泪，他到四邻拜望一圈儿，给各家送礼，挨家挨户连声道歉，说："真对不住，当年打扰了。"有的人根本不知道他说的是什么，这是谁呀？他们是后来的，没听说过他。

不过，高兴算是认祖归了宗，没通知派出所，主观上把户籍身份正式归属西口袋胡同人口。

高兴的日子过得不错，细节只跟罗汉说。

他是个孤儿，终于有了自己的家，现在家很多，都很大，有一个是在巴哈马那边的一个岛上，客厅的一面墙壁是一块玻璃，玻璃后面是浩瀚的大海，那是他的海洋生物博物馆，卧室里面，盘的还是山西的土炕，还是土炕舒服。

当年，白小姐给他打电话的时候，他正疲于奔命地跟全国的媒体做斗争，发明故事的智慧每天推陈出新，设计弥天大谎，已经烦透了，累得要命，筋疲力尽。他大学时代那种法国浪漫主义小说主人公情怀精神附体的一见钟情，本质上，是一种过于集中体现迟到青春期的感受，那时，已经被工作中的事务和现实中的麻烦消磨殆尽，弄得很淡然，而激情一旦淡然，就不是激情，等于什么也没有。

他听白小姐的电话，就想起来了，有这么个人，突然间看到了远离媒体永久性轰炸的逃命生路，决定请一个很长很长很长很长的婚假，歇一会儿，喘口气。

他荒唐地跟着自己无耻谎言的疏导，顺着思路往下悄悄继续想：

"员工可以去黄山休假回不来，我为什么不能去度个蜜月也回不来呢？嘿嘿嘿。"

高兴本质上是个现实的人，一直希望有个家，一家老小踏踏实实过日子最好，再一想，白小姐各方面不是也挺好的嘛，自己也老大不小了，结婚！

伪浪漫主义者高兴为了方便生活现实主义地结了婚，他在门家庄捍卫的神圣北京现代科学主义，不知道什么时候也变得不那么结实了。

他跟罗汉聊天，也有酒后的胡话，说现在有意思了，家中奉养着一神一鬼，神是夫人，要供着，要什么给什么，家里好像还有一个鬼，就是门家庄他那个总也过不去的过去。

那天他酒喝得有点儿多，偷偷跟罗汉说，山西凶宅里土炕底下爱夜里说话的那位，最近也跟着媒体的八卦寻访到了他的踪迹，搬到他家里住下了，有时候晚上睡觉，听见炕底下那个栽水缸的老头儿说："我不喝了。"

高兴从生活中，到现阶段，领悟出他应该奉行的信仰是：家。

家，总想有，以前没有，现在有了，所以最重要，甭管自己家里是神还是鬼，都要由衷地供着敬着。

后来，他还想扩大他家，不仅是房子和地，还有人口，居然野心勃勃，想认肇姨做干娘，在胡同里听说，她治好了自己幼年的神伤，恩同再造，就立刻确认自己有娘。而肇姨，根本不知道他和自己有什么关系，理都不理。

高兴比较固执，不管肇姨是什么意思，他是个企业的领导，习惯于就着自己的意思来，所以行事整个按这个走，见面叫娘，垂手恭立，每天送生日礼物。

高兴对肇姨的自来亲倾向，跟小时候一样，只要能够感觉到她的存在，心里就干干净净，无端地高兴，剩不下什么可哭的事情。

他还有个贪得无厌的美学方面要求。青年时代，跟一本法国书纠缠得太久了，太深了，太费劲了，太痛苦了，太愤怒了，太恨了，太爱了，太痴迷了，太走不脱，就沾染了一些那个民族的品位习气，总觉得如果身边全是下里巴人没什么劲儿，原装的和精致的都差不多，希望能看见不是他们的那种。

生活对他已经很不错了，也很慷慨，他还不知足，问老天爷：能不能再给点儿阳春白雪呀？

所以，头一回看见肇姨，高兴喜出望外，唐朝的杨玄感头一回见到李密，也是这种情况，还没说话就知道是当世豪杰，高兴和这个也差不多，一看见肇姨，立刻极限崇拜，私下里跟罗汉说："瞧人家，那才叫上善若水，凛冽明净如冰！"

肇姨特立独行，平时冰封在自己一个人的世界，有时来辆车，被人请去抵制腐烂，胡同里猜测，大概是医院、垃圾站和肉联厂之类的单位。春暖的时候，1号院的龙蛰一叫，肇姨就坐在后院的井盖上，戴个翡翠扳指，置身事外，她感觉井里水波荡漾，里面深处有龙在鼓荡抬头，她坐在那里像冰雕一样，孤独地体现着冬天，毅然散发严霜的萧瑟，谁也不知道她在想什么，那井盖是她在自己国度里的座位。

伇伇的爷爷去世以后，伇伇一个人自己过，这些年，清冷寂寞已成为内心的安然，守着空院子陪着那些有神采的旧物，室内的清幽自有它的高雅，那就是她生活的滋味儿。

不过有的时候，她能感觉到文龙回来了，她能看得很清楚，活动、举止、音容笑貌，历历在目。

他回来的时候，站在胡同里跟邻居们寒暄，一看就是他，如今面带沧桑，头发已经花白，但是没有大胡子，下巴刮得干净，咧嘴笑，文龙还是那个文龙，手里拿的行李是离家参军时带的那个黄帆布旅行包，已经破旧了，穿件带砸杠的黄棉袄，好像是刚复员回家，见了邻居，还是叫大爷大妈，胡同众人一时恍然如梦，有隔世的惊撼，都跟他说："哎呀，文龙回来啦，回来就好。"

她没出门，人在院子里，知道外面是谁，手扶着门框看墙头，迈不开步，因为她感觉乾坤倒转，周身震颤，体内有向外冲撞的激流，此时，她已经不是青春年少，激情一冲动就发出草本花卉的气息，当时满院子里全是木本沉香久远的暗香，一丝丝渗出门缝，化入胡同里如梦如幻的寒暄。

她知道，如今的文龙，不会是当年的文龙，闻见自己的味儿就没头没脑到处乱撞寻找她的方位，他先得回家叙说前事，在家会有说不尽的话，他到了晚上才会到家门口来磕叩门环，门一打开，两人对望，会发现都不是以前的你我。

文龙一进屋，会知道伩伩的爷爷不在了，厅里条案正中有他的照片，他先给鞠躬，跟照片说："老爷子，我回来了，是文龙。"

伩伩看见这种场面，见到了真人，听见真人的声音，就会情不自禁转身回自己屋，积淤多年的自闭塞塞会变成一条大河忽然奔流通畅，流淌得淋漓尽致，手心冰凉，凉得跟以前化在手里那根冰棍儿一样。

仵仵一这样如幻如梦地看见，文龙在大西北就会深刻地知道，立刻开始犯少年时代的病，会闻到一股大雨之后河流之上强劲的清新，沙漠里的人对那种味道，根本抵挡不住。

他赶紧跑回自己的屋子，关上门，看那张贴在墙上的《北京晚报》，报纸上有告全体市民熏蚊子的通知书，他想看，又不敢看，只好双手用力捂住眼睛，仵仵心中奔流的大河就从他的眼里往外流，可是那些字迹，还是一个一个清清楚楚。

文龙需要关着门对着墙这样站立很长时间，不允许任何人看见。

那时候，他的人，谁也不往他那边去，会自动把家中的火熄灭，当天停止吃饭，不大声说话，在家的合手，骑马的下马，为一个谁也不知道是谁的人沉默。

有一年北京熏蚊子日，文龙对仵仵说，他以后一定要好好学习，上大学，好好上班，然后回来找她，此话已经隔世，又像是昨天说的，俩人都还记得，好年华已然过去，文龙是不是履行了那番话，说不好，不过他已经在西北瀚海立业，在远方，捡回了仵仵丢失的姓氏，重建她名下的氏族。

第五十六章

仿佛一生修补旧日的情殇，后来成了她的职业，有时候被人家请去看古物的真伪。

那天鉴定一本称作是第一版的《康熙字典》刻本，根本不是，是赝品，因为第一版印刻的书里面，都有一张空白的无字红纸，是防虫咬的药纸，那本里面没有，连这个都不知道，也敢作伪。她还偶然看见一卷说是太阳沉渊楼的收藏，也是假的，就把这件事告诉了刘立业。

刘立业突然感到很紧张，专门回了一趟故乡去看庙里的藏书。回来以后，人已经变老，心情很不好。

他在老家和太阳沉渊楼的藏书闹了点儿别扭。

他发现书里的字迹都变得非常模糊，有的已经看不清了，有的已经基本消退，淡化出纸页，要从世间隐退，变成白纸。

刘立业大惊失色，问它们为什么这样，劝它们不要这样，告诉它们不要走，不要离去。

有些书太清高，太孤僻，太遗世独立，太把自己当回事，想得太复杂，根本不听他的话。那些书认为，书的真实存在不是书自己的存在，而是书和看书的人共同形成的存在。它们还认为，如果连字都不认识，还看什么看，那不瞎看嘛，没资格看，所以还是把自己变成无字的天书更符合时代的特征。

所以它们走了。

这些古书如此任性，把刘立业快气死了，也快吓死了，他使劲跟它们争，央求它们，跟它们吵架，后来气急败坏地告诉它们：你们不要太过分了啊，家里为了你们的永世长存流过血，死过人，能不能看在自古以来的交情和人命的分上，看在祖先对你们千年敬意的分上，给点儿面子，不要走。还告诉它们，有他刘立业在，有他永不消逝的记忆在，想走也走不了，别以为可以一走了事，谁也别想走，谁也跑不了，甭想！都给我乖乖地好好待着。

书虽然固执，也不跟他生气，有部书叫《说文解字》，问他：

"亦之，文载道，以足下之见，何以载文呀？"

他说："窃以为，士载文。"

"对呀，天下无士，文无以载，文自灭。我们倒是想待着，待得住吗？"

刘立业气急败坏，说："一派胡言，华族人多，还缺有本事看你们的人不成？"

古代的书，像古代的人一样，孤高，认死理，耿介不变通，见刘立业很无奈，就都不再言语，也不置可否，很看不起的样子。

刘立业怏怏而归，像丧失了魂魄，派罗汉和他认识的所有人到处在电线杆子上贴条儿，说自己愿意到别人家志愿教授小孩儿学习《小学》的语义训诂音韵学问，教授古代的文字。

他跟太阳沉渊楼翻脸置气，郁郁寡欢，家里见刘立业惶惶不可终日，很着急，就劝他。

家里认为，是他年纪大了，老眼昏花看不清书上的字，是自己的视力有问题，不是书的问题，叫他不要着急。

刘立业非说不是，他说："你们不知道，那些书太孤傲，它们不认识的人，不认识它们的人，一概不爱搭理，现在置之高阁，无人问津，它们有气，所以字就开始消失，它们要走啦！人家也不是拂袖而去，是一个个憾然而退，它们一走，就永远没有了，这不坏了吗！"

从此，他整天在书房里忙活儿，凭着记忆，一本一本地抄写，一意孤行，不听劝。

刘立业从此与世隔绝，自己在书房里，要复活太阳沉渊楼。

一天清晨，罗汉醒来，离家出走，没有回来。

他以前的存在，以前的生命，以前的生活，以前的工作，以前的使命，拿个杆子到处跑，是为了让自己的人不挨饿，现在人们不挨饿了，他有点儿不知道下面该干什么。

可是他不能摆脱与生俱来的焦虑，经常走火入魔、荒诞无稽地胡乱认为。他认为，饿，有两种：没饭吃，是饿；没想法，也是饿。没饭吃，饿死了，就入土；没想法，脑子饿死了，人变成昆虫，也等于入土。

那天早晨，在早点铺，他忽然明白。

老郑头儿在念报纸，说世界一体化了。

原来罗汉的落后思想永远落后，一听就急了，什么？ 全一样！

以前以为，自己的职责只是为了让人们有饭吃，别的，不是他该管的事。想，是人类文明三大基础之一语言文字管的事情，他管不了，他也就能管管物质生活方面的，可现在，知道自己要干什么了，他要跳槽，认为自己现在要干的是，缺什么发明什么。

他要发明"想"。

罗汉决定：要发明"想"，有手指蘸一点儿，往脑门上一抹，脑子就转。

根据原始时期工作经验的本能，他认为，发明"想"要在运动中实现，不能待在一个地方静止不动。

所以他要走了。

罗汉天马行空的妄诞自大一旦爆发，就要坑人。

于是杨丽丽面对的三个选择是：不让去，他就着火了，就死了，死了就见不到了；让去，他可能不会死，但直接见不到了；

自己跟着去，等于没去，因为罗汉只能一个人自己想。

她愤怒地查了很多书和视频，没有找到办法。

后来选择第四个办法，她偷偷地在后面远远跟着，开车跟，骑车跟，骑马跟，滑翔伞跟，走着跟，再以后，也拄着根棍子披头散发跟……

她无意识地以这种方式加入了太阳天官氏族的家庭。

罗汉出了家门一直往前走，一边走一边发明"想"，他走呀走，一直没回来。

关于他的下落，不知内情的人说法比较乱。

有人说，看见他在大西北转悠，拿着一根棍子，一边走一边看天，是不是在搞测绘？有人说，他在塔克拉玛干沙漠里面，低头对着沙子看，可能是想把沙子炼成贵金属。有人说，不对，他那是在沙漠边上试验种植野生始祖小番茄，要让颜色和水分入侵瀚海，吞噬大沙漠，反正说什么的都有。

多年以后，罗汉还在大地上奔跑，头顶上燃烧着太阳的光线。

这一次，他太离谱，太不知天高地厚，真不知道他是怎么想的。

他古代先民的创造发明狂想强迫症，泛滥得太不可收拾，他一直往前走，像他那位神话中的巨人先祖，不避风雨，永不停息，背朝世界，越走越远，走进了时光的深处。

估计他像太阳沉渊楼里的文字一样，蜕化消亡，去了应该去的地方。

罗汉最原始的亚洲先民本质，是造物，太阳观察者的早期人类血液控制着他的行为，他光干不可能的事，他的一生，仍然属于现代人类之外的编制，没有出生证，行为，不记录在案。

罗汉可能变成了风，东南西北无处不在，谁也看不见他究竟在哪里。

只有那些感觉系统比较敏感的个别人，只有那几个只会看着月亮异想天开胡思乱想的疯狂另类，只有那几个披头散发、直眉瞪眼只顾写字的夜猫子，只有那几个以为自己写的字是包子应该赶紧趁热吃的馋虫，只有那几个整天抱个钟鼎文点灯熬油一门心思寻找古代奥秘的现代僧侣，只有那几个认为未来是个风筝能让远古的线绳儿拽着跑的臆想狂，喝了些酒，一定要喝些酒，一定是酿造的不是勾兑的酒，有时候，能够感觉到沉醉东风中他的存在，夜里，醉梦中能莫名其妙、无缘无故地看见北方雪原里一座斑驳半倾圮，美丽得狰狞的风人雕像。

刘立业一直在书房写书，一边凭着记忆抄写自家的藏书，一边写别的很多书。

他有所领悟，却不知其所以。

他是读书人，知道心中之所念，如果不写出来，不能成形成文，就看不见，就不知道究竟是什么，后来发现，自己略有的那点儿领悟，字是写不出来的，写出来就错。"禅不可道"的意思就是：有，却说不出来。

所以他不知道他写的那本书是个什么性质的书。

之前的所见很多，时间一长，结成一层层晶莹剔透的块垒，底下似乎藏着什么事。他知道很多语言，人一上年岁，头脑就有些不清楚，他昏乱地假设：每一种语言可以表达每一种文明的智慧，各种文明有不同的智慧，如果把这些智慧撺在一起，会不会出现更大的智慧呢？

有一段时间他研究他的智慧拼图，着了迷，但是发现不成，虽然能感觉到激荡汹涌奔流无尽的记忆底下藏着东西，却抓不住准确的表达方式让它体现出来，况且，那么多被语言决定的思维方式，掺和在一起，词义原始的所指，在上下文里也全都变了，一写出来，别说别人，连自己也看不懂。

那个说不出来的存在，卡在他嗓子眼儿里，比鱼骨头大多了，难受多了，逼迫他翻看后现代人类学家施特劳斯的全部野外考察记录，又学习了三百七十三种亚马孙流域南美洲原始部落的土语和澳大利亚原住民的六百多种方言，结果发现人家语言里的概念元素结构，根本不一样，里面没有欧亚大陆语系里那些基本的概念，有的民族，概念里没有红和蓝，有的民族，数字里没有7以上的数儿，所以他们的数学也不一样，逻辑不一样，思维当然也就不一样。

有的民族，字有温度，红色是热，蓝色是凉，字义的含量和含义的多样性很大，所以不同的语言根本不能配套，相近的词儿，也只不过是相近而已。

没有表达方式，这就比较麻烦。

结果他越往里钻越困惑，等他发现，为了说出一件事，好不容易从古代或别的民族找到了个合适的词，刚想用，就过时了。那个词的意义已经变了，因为语言也跟着时间变，以前的跟现在的意思不完全一样。

这时候，他的眼神就开始不对了，里面有偏执在凝视，有愤怒在积蓄，有歇斯底里在酝酿，他盯着他写的字，开始怀疑，大概智慧根本就不在语言表达里边，而是在张口结舌什么也说不出来语不成声而止的里面。

刘立业开始发慌，他一边撕纸一边写，纸篓里装的全是手稿，地上摆着一排排纸篓，里面有的是已经写好的书，他看了看，认为全是垃圾，扔！

他右手写，左手揉了扔，像个车间，像流水作业，那些被揉成一团的废纸，在纸篓里慢慢伸展开来，非常生气，咯吱咯吱发出声音抗议，怎么如此草菅我们的存在！

刘立业跟自己写的书也闹翻了。

刘立业快被他每天灵光闪现的启示憋死了，他太累了，快被他的智慧拖垮了。

有一天他丧失了常识，认为他写的每一本书都是一个世界，都是真实的世界，它们一旦被写出来，就客观存在了，存在于某个维度的空间，里面的人在生活，里面的事在发生，里面在打雷下雨，里面在错综复杂地出事，里面的人整天在自己的宇宙里头忙活儿，而他自己，是它们的创造者，是创造那些世界的神明。

他把废纸拣出来，各归各类弄好，整整齐齐摆在面前，自己居高临下看着它们，让里面闹腾，有时被逗得发笑，轻轻摇头，像在看戏，有时还跟它们说话。

刘立业隐形的自大，极为可怕，到了极致，不可救药，他竟然想，既为神明，我的世界，要好点儿。

那天夜里，他在黑暗中偷偷观瞧自己发明的一个世界中一条黑胡同里的动向，忽然间，心血来潮，想传递点儿光明，他把书桌上的台灯一开，说：

"我说，要有光。"

此时，书房里的灯全亮了。

文眉见他不在屋里睡觉，书房里有光亮，过来开灯查看。

刘立业看见头顶上突然一派光明，若然有所悟，已经发展到了极致的智慧又往前走了一步，但是极致就是不能再往前走了，所以走上了绝路，这一步，直接掉下了悬崖，陷入了不可知论的无底深渊，莫名其妙地感知到，外在的外面还有外在，外在的外面永远有外在。

他忽然怀疑，自己也许只是被别的什么人心血来潮创造出来的，他特有的存在方式，他那似幻似真的一生，会不会有什么问题？

一念之下，刘立业意识熄灭，里面的书全死了，一片黑暗，他瞬间老去。

最后的神话民族就此消亡。

2017年7月4日

图书在版编目（CIP）数据

罗汉 / 戴寅著. — 北京：北京十月文艺出版社，
2020.6
ISBN 978-7-5302-1946-1

Ⅰ．①罗… Ⅱ．①戴… Ⅲ．①长篇小说—中国—当代
Ⅳ．① I247.5

中国版本图书馆 CIP 数据核字 (2019) 第 093868 号

罗汉
LUOHAN
戴寅 著

出　　版　北京出版集团公司
　　　　　北京十月文艺出版社
地　　址　北京北三环中路 6 号
邮　　编　100120
网　　址　www.bph.com.cn
发　　行　新经典发行有限公司
　　　　　电话（010）68423599
经　　销　新华书店
印　　刷　河北鹏润印刷有限公司
版　　次　2020 年 6 月第 1 版
　　　　　2020 年 6 月第 1 次印刷
开　　本　880 毫米 ×1230 毫米　1/32
印　　张　14
字　　数　276 千字
书　　号　ISBN 978-7-5302-1946-1
定　　价　52.00 元
质量监督电话 010-58572393
如有印装质量问题，由本社负责调换。

致女儿书

王朔 著